JN291203

アルフィエーリ 自伝

上西明子
大崎さやの ＊訳

人文書院

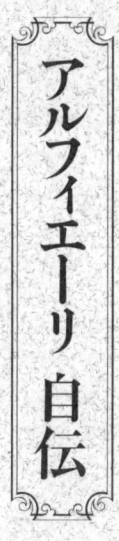

目次

第一部

第三期　青年期　旅と放埒の十年余

第四期　壮年期　創作、翻訳、研鑽に励む三十余年　

第二部

第四期の続き

第二十三章　徐々に勉強を再開する。翻訳を終える。いくつかの自作の執筆を再開し、ひじょうに快適な家をフィレンツェで見つける。そして演技にのめりこむ
第二十四章　好奇心と羞恥心からホメーロスやギリシャの悲劇作家たちを逐語訳で読む。あまり気が乗らぬまま諷刺詩その他を書き続ける
第二十五章　どんな理由で、どのようにして、どういった目的で、私がギリシャ語を基礎から真面目に独学するに至ったか
第二十六章　遅ればせのギリシャ語の勉強から得られた思いがけぬ収穫。すなわち（これを最後にアポロンへの誓いを破って）『第二アルチェステ』を執筆する
第二十七章　『フランス嫌い』脱稿。『テレウトディア』をもって有韻詩執筆を終わりとする。『アベル』を書き縮める。二つの『アルチェステ』、『イタリアの諸国家への警告』も同様に書き縮める。週一回の勉強。墓碑も準備して備えを万全にし、続く九九年三月のフランスの侵入を待つ
第二十八章　別荘占拠。フランス人たちが町を去る。われわれはフィレンツェに帰る。コッリの手紙。ケールにある一度も出版されていないはずの自分の作品が、パリで再出版の準備中であると聞いた私の苦悩
第二十九章　二回目のフランス軍侵入。文学好きな将軍のやっかいな執心。その執心から解放され苦痛がかなり和らぐ。六つの喜劇を一気に構想
第三十章　構想の一年後に六喜劇を散文で起草。さらにその一年後に詩文化。この二つの労苦により健康状態がひどく悪化。フィレンツェでカルーゾ神父と再会

アルフィエーリ　自伝

Questo libro è pubblicato grazie al sostegno finanziario
del Ministero degli Affari Esteri Italiano
e dell'Istituto Italiano di Cultura in Tokyo.

われらは儚き草木、生者とは何ぞや？
死者とは何ぞや？——人はひとときの夢なり。

ピンダロス『ピューティア』祝勝歌第七番第百三十五行

第一部

序

人が己の生涯を語るのは、己を顕わしたいがためにあらず、己の行いに得心あらばこそなり。

タキトゥス『アグリコラの生涯』

話すこと、そしてなにより自分自身について書くことは、自分を強く愛しているからにほかならない。したがって私はこの『自伝』を言い訳めいた言葉やもっともらしい理由づけで始めようとは思わない。そんなものはどのみち誰にも信じてもらえないだろうし、これから書くことが真実かどうかも疑われてしまうだろう。それよりも正直に告白すると、私が自分の生涯を書こうと思い立った理由はいくつかあるが、なかでも一番大きいものは、自分自身への愛である。それは自然が多かれ少なかれ、すべての人間に与えてくれる恵みであり、また特に作家たち、とりわけ詩人や、自分を詩人だと思っている人々に過分に与えられる恵みである。これがたいへん貴重であるのは、さまざまな素晴らしい仕事は、自分への愛、自分の用いる方法のきちんとした把握、真と美の閃き、これらが揃ったときにはじめて生まれるからだ。そしてこの真と美とは一対になっていなければ本物ではないのだ。

だがこれ以上一般論に手間取るのはやめて、私がどういうわけで自分自身への愛から伝記を書くに至ったか、またその企てをどのように決意したか、その概略を述べることにする。

これまで私は数多くの作品を書いてきた。書きすぎたと言ってもいいかもしれない。それゆえ将来私の作品をよしとするかもしれぬ若干の人々のなかには（そんな人は同時代人にはいないとしても、今後生まれてくる人のなかにはいるかもしれない）、私がどういう者であったか知りたいという人が出てくるかもしれない。これは自惚れから言っているのではなく、そう信じているのだ。というのも、どんなに価値の低い作家でも、作品を大量に生産した者については、その伝記が書かれたり読まれたり、少なくとも売られているのが常だからだ。(1) したがって私が死ねばたとえ他に理由がなくても、誰か本屋が私の作品集の新版でいくらか儲けようと、私の伝記のようなものをその巻頭に載せるに違いないのである。そしてそれはきっと、誰か私のまったく会ったこともない者、あるいはほとんど会ったこともない者によって、あることないことが書かれたものになるだろう。したがってそれは私の書くものよりはるかに真実性を欠いたものでしかないことが明白である。それに出版社に金で雇われた作家は、作品が再版される作家を無暗やたらに褒めちぎり、出版社と一丸になって自分たちの売上を伸ばそうとするものだから、余計そうなるのだ。それゆえ私のこの自伝が、私の死んだ後に書かれるどんな伝記よりよく書けていて信憑性が高く公平なものとみなされるように、これまで自分から約束したことのない私だが、こう自分自身と読者とに約束する。神の与えたもうたものであっても、客観性のためには、情熱を鎮めると。私がこう約束できるのは、自分自身を省みて、自分のなかには善の総量のほうが悪の総量より少し多いとわかったから、あるいはおそらく多いように思われるからだ。ゆえに、私には自分のことを何でも話すだけの勇気や大胆さはおそらくないだろうが、真実でないことを言う卑しさもまたけっしてないだろう。

次にこの自伝の書き方だが、読者をできるだけ飽きさせず、またあまり興味がない時期をとばして読んだり、途中で休んだりできるように、私はこれを五つの時期に分けることにする。それらは、それぞれが人の一生の五つの時期に対応しており、それをなぞってそれぞれを幼年期、少年期、青年期、壮年期、老年期と呼ぶことにする。はじめの三期と第四期の半分以上はもう書いてしまったので、これをまた短く書き直そうとは思わない。書くときにはいつも、なによりも簡潔さを優先してきたのではあるが、自分について語るときにはもっと短くすべきだったかもしれないし、そのほうがずっと褒められたことだろう。そう思うと私は、しゃべることが衰えゆく老年の最後の財産であるとはいえ、第五期のところでしゃべりすぎないかと不安が募るのである。それゆえ読者に前もってお願いするのだが、もし私が皆と同じように生まれながらの権利を行使して、べらべらしゃべりすぎるようなことになってもお許し願いたい。しかし同時にまた、その最後の部分を読まないことによって私を罰して下さるようにもお願いする。

同じようにはじめの四期についても、本当はそのほうがよくても、短く書き直そうとは思わないと述べはしたが、事細かにいろいろ書きつらねて、恥知らずな長さになってもよいと思っているわけではない。ただ私はあえて細部を語ろうと思うのだ。なぜならこれら細部を知らせることが、人という種族の研究に貢献するだろうから。その種族の秘密を知るには、一人一人が自分自身を省みること以上に良い方法はないのである。

私以外の人々については、詳細に述べないこととするが、彼らの運命の転変は、私の運命の転変のなかに散りばめられていると言えよう。私が書こうとしているのは明らかに自分のことであって、他人のことではないのだから、それがどうでもよいことであったり、あるいは称讃すべきことである場合を除いては、いちいち人の名前を挙げることはしないつもりだ。

さて、この作品の目的は主に人間全般の研究である。そして人間は自分以上に、どんな人間について、よりよく、より詳しく語ることができるだろうか？　その肉体の一番内奥に長年棲息してきた自分自身よりも、他のどんな人間をよく研究し、内面を知り、正確に評価するようなことがあっただろうか？

文体に関して言えば、私はペンの赴くままに任せよう。ごく普通で、意識しない自然さをなるべく守るようにしたい。私はその自然さをもって、頭ではなく、心の語るこの作品を書いた。そしてこの自然さだけが、ささやかなテーマに相応しいものとなるだろう。

第一期
幼年期
九年間の植物的生育期

第一章
誕生、そして両親

私はピエモンテ[1]（サルデーニャ王国）[2]のアスティ[3]の町に、一七四九年一月十七日[4]、貴族の、富裕で、誠実な人柄の両親の下に生まれた。私は両親から三つの特質を受け継いだということをはっきりと自覚しており、それをたいへん幸運なこととも思っている。その理由を以下に述べることとする。まず貴族という身分に生まれたことは、私が貴族をただ貴族だというだけの理由で軽蔑したり、その滑稽さや横暴さや悪徳を暴露したとしても、それが妬み深く卑劣であるからと他人から思われる筋合いがまったくないという点で役立った。それと同時に、私が生業《なりわい》とした芸術の貴族性をあらゆる面でけっして汚さないですんだのは、少なからずその貴族性の持つ健全で有益な影響のおかげなのである。富裕に生まれたことで、私は自由で純粋でいられた。そして真実以外の何ものにも従わないですんだ。それに加えて、両親が誠実な人柄であったおかげで、私は自分が貴族であるという事実に恥じ入って赤面するようなこともけっしてなかった。それゆえ、私の生まれに、これら三つのどれか一つでも欠けていたなら、私の数々の作品は実際よりもみすぼらしいものとなっていたに違いない。そして私はひょっとすると、ただの人間のままであったにせよ、哲学者と呼ばれる人間になったにせよ、まともなものにはならなかったであろう。

私の父はアントニオ・アルフィエーリという名で、母はモニカ・マイヤール・ディ・トゥルノンといった。母はその蛮族の面影を残した姓が示すように、サヴォイア公国の出身であった⑤。だが彼女の先祖は久しい以前からトリノに住みついていた。父は、父を知っていた人々の話によれば、清廉潔白な人で、宮廷に伺候することなく、野心によっていささかも汚されていない人であったという。その階級に相応しい財産を持ち、節度を保って欲望に溺れることのなかった父は、十分幸せに生きたと思われる。父は五十五歳を過ぎてから、まだたいへん若いがすでにアスティ貴族のカケラーノ侯爵未亡人であった母にのぼせあがってしまい、彼女と結婚した。私の誕生の約二年前に男ではなく女の子が生まれてしまったので、父はこの次にはぜひとも男の世継ぎが欲しいと望んだ。それゆえ男子である私がやっと生まれたことに、父は狂喜したのであった。父がこの誕生を、かなりの老齢になって子供を授かったので喜んでくれたのか、あるいは自分自身の名前やその一族の存続をなによりも考えるカヴァリエーレ[6]（騎士）として世継ぎができたということで喜んだのかは知らない。父の喜びは半分が父としての喜び、半分がカヴァリエーレとしての喜びだったのではあるまいか。というのも、善良でひじょうに素朴な人であった父は、アスティから約二マイル離れたロヴィリアスコという村に私を乳母に出してからというもの、ほぼ一日おきに私の顔を見るために歩いてやって来たのである。六十歳を過ぎてなお、頑健で矍鑠としていたとはいえ、季節の厳しさなどお構いなしにこれを続けたせいか、父はこうして定期的に私を訪れていたある日、高熱を出して肺炎になり、数日のうちに亡くなってしまった。私はこのときまだ、満一歳にもなっていなかった。母はもう一人の子供を身籠ったまま残されたが、その男の子も生まれて一歳にならぬうちに死んでしまった。かくして母には、私の父とのあいだに生まれた息子一人と娘一人、そして前夫カケラーノ侯爵とのあいだに生まれた娘二人と息子一人が残された。[7]二度も未亡人になったとはいえ、母はまだ十分に若かったので、騎士ジャチント・アルフィエーリ・ディ・マリアーノと三度目の結婚をした。彼は、私の一門と同名の、別の分家に生まれた男だが、このカヴァリエーレ・ジャチントは、嫡子である唯一の兄が子供を残さずに亡くなったため、その遺産すべてを相続してたいへん裕福になった。私の母はこのカヴァリエーレ・ジャチントと結婚することによって、完璧な幸福を見出した。彼は母とほぼ同い年のたいへんな美男子で、高潔で貴公子然とした人物だった。そのため母は、たいへん恵まれた模範的な家庭を築くことができた。こうした関係は、私が四十一歳になって[8]この自伝を書いているいまでも続いている。この夫婦は三十七年以上も、家庭的美徳のすべてを備えた実例として、同郷の市民すべてに敬愛されている。とりわけ母は、そのわが身をなげうつほどの慈悲心をもって、貧しい人々への慰めと奉仕に真剣に取り組んだことから、敬愛を受けているのである。

母はこの三十七年あまりのあいだに、最初の夫とのあいだにできた長男と二番目の女の子を次々に亡くし、同様に三番目の夫から得た二人の男の子まで亡くしたため、男で残っている子供は私だけとなった。(9) ところがひとえに私個人にまつわるやむをえない事情によって、私はその母の近くにいることができないでいる。(10) このことを私はしじゅう悔やんでいる。母は子供を失ったにもかかわらず、その強く気高い性格と、誠意を込めて慈善活動に取り組むことで、きっと子供たちを失ったことによってできた心の隙間を埋めているのだ。母の気持はそうだろうというこの確信がなかったならば、私はもっと辛いだろうし、母といつまでも離れていようなどとはいささかも思わないであろう。こうして私が長々と述べてきたことは、読者にとっては役に立たない脱線と思われるかもしれないが、それも一人の偉大なる母を称えたいがためなのでお許し願いたい。

第二章

幼年期の思い出

ごく幼い頃に話を戻すと、この愚かな物心もつかない生育期のうちで私の記憶に残っているのは、父方の伯父の記憶のみである。この伯父は四歳になるかならぬ私を、古い箪笥の上に立たせると、私を撫でまわしながら、上等の菓子などをくれたものだった。伯父その人については、なにやら先が四角い大きな靴を履いていたこと以外、ほとんど何も覚えていない。何年も後に、すでに伯父が亡くなってずいぶんたってから、伯父が履いていたのと同じような先の四角い喇叭型長靴《ブーツ》を見かけたとき、当然私はそういう長靴《ブーツ》を久しく目にしていなかったのだが、もういまでは時代遅れになってしまったその靴の形を目にした瞬間、伯父が私を撫でながら菓子をくれたあのときの、あのかつての感覚が突如として私に蘇ってきたのであった。伯父の仕草や身振り、そして菓子の味までもが私のなかに、そして空想のなかに、瞬時のうちに鮮明に再現された。私がこの幼年時代を筆のおもむくままにこうして綴るのは、われわれの思考のメカニズムや、思考と感覚の合致について思いをめぐらす人にとっては、これがけっして無駄とはならないだろうからだ。

五歳あまりの頃、赤痢のために死にかけたことがある。幼かったとはいえ、私は朧げながらそのときの苦痛を覚えている。死というものが何であるかも知らぬまま、苦痛を終わらせてくれるその死を私は望んでいた。弟が死んだときに、彼が小さな天使になったと言われるのを聞いていたからである。

六歳より前に受けた感覚や、思考のめばえを辿り直そうと、度重ねて努力したにもかかわらず、私は今述べた二つのこと以外には何も思い出すことができなかった。姉のジュリアと私は、母の運命のままに父の家を去り、母とともに継父の家で暮らすようになった。一緒に住むようになって、継父はわれわれにとって父以上の存在となった。母の最初の夫とのあいだの娘と息子は、順番にトリノに送られた。息子はジェズイット派の寄宿学校、娘は尼僧院へ、というように。そしてしばらくして、私が七歳になろうとする頃には、姉ジュリアもやはり、今度はアスティの尼僧院に送られた。こうした家庭内での出来事を、私はまるでそれが自分の感じ易さの目覚めであったかのように、よく覚えている。私は単に別々に住むようになるというだけで、それも初めのうちは、姉を毎日訪ねても構わなかったのにもかかわらず、この姉との別離でどれだけ辛く、たくさんの涙を流したか、はっきりすぎるほどよく記憶している。後になってその頃心が受けた痛手とそのあらわれを回想してみるに、それは若い情熱の日々に誰か愛する女性と別れるはめになったときに感じたものと同じであることに気づいた。私はいままでに真の友を三、四人得てきたが、そうした友と別れるときも同様に感じたものだ。真の友を得るということは、しかし多くの人々にそうそう起こることではない。たとえ私よりそうした幸運を手にするだけの資格があったとしても。この最初の心の痛みの記憶から、私はすべての人間の愛は、それぞれ違ってはいるけれども、みな同じ心の動きによっているのだという証を得たのである。

こうして母方の家のただ一人の男子となってしまった私は、ドン・イヴァルディという名の善良な神父の手に委ねられた。彼は私に読み書きから始めて、四年生までの学科を教えてくれた。コルネーリウス・ネポース(11)の書いた英雄伝のいくつかや、ご存知のパエドルス(12)の寓話など。神父によれば、私はそれほど物わかりのよくないほうでもなかったらしい。だが後にわかったことだが、この神父様御自身、あまり学のある人ではなかったのである。もし九歳を過ぎても、この人の手に委ねられていたならば、私はそれまで習った以上のことは、おそらく何も学ばなかっただろう。同じように私の両親も無学であった。私は彼らが当時の貴族にお定まりの格言を繰り返しているのをよく聞いたものである。すなわち、殿様が学者になる必要はない、と。にもかかわらず、私は生まれながらに学問が好きだった。とりわけ姉が家を出てからというもの、先生と二人きりでいることは私に憂鬱とともに気力の充実をもたらしたのである。

第三章
激しい性格の最初の徴候

だがここで私は、人を愛する能力の発達とともに、私のなかのもう一つひじょうに変わった特質に目を向けねばならない。姉を失ったことで私は長いあいだ苦しみ、以前に比べてずっと真面目になった。先生について勉強しなければならない都合上、姉に会いに行くのは休みの日か祭日に限られたため、だんだんと減っていった。姉に会いに行くとともに、私は次第に家の隣のカルミネ教会に毎日通うことに孤独への慰めを見出すようになった。そこでよく音楽を聴き、修道士たちの行う聖餐式や、さまざまな歌によるミサや行列を見た。数カ月すると、もはや姉のことはそれほど考えないようになっていた。さらに数カ月後には、朝と昼のミサにカルミネ教会に連れていってもらうこと以外何も望まず、もはやほとんど姉のことは考えなくなっていた。その理由とはこうだ。私の姉は九歳ほどで家を出たのであるが、私はそれ以来カルミネ教会の見習い神父たちを除けば、娘や若者の顔を見ることがなくなっていた。見習い神父たちはおよそ十四歳から十六歳くらいの者たちで、いつも短い白衣を身につけ、教会の諸祭事を手伝っていた。彼らの若い顔は、娘の顔と言ってもよく、私の感じやすく経験の乏しい心に、すでに姉の顔が刻み込んでいたのと同じ印象をもたらし、彼らに対して同じ欲望を引き起こした。それは、さまざまに異なる形態をとってはいるが、愛にほかならなかった。その後何年もたって、私は愛がどのようなものであるか十分に知ってから、このことについて考えてみて、それを確信したのである。当時の私は純粋な本能に従うばかりで、自分が何を感じ何を行っているのか、わかっていなかったのだ。けれども見習い神父たちに対するこの私の無邪気な愛は募りに募ったので、私は彼らのことや、彼らの行うさまざまなミサのことばかりを考えるようになった。ある時は神に捧げる蠟燭を手に、天使のような顔を苦しみに歪めたミサの侍者の姿で、またある時は吊り香炉で祭壇に香を焚きしめる姿で、彼らは私の想像のなかに現れた。これらのイメージにのめりこんで、勉学やあらゆる気がかり、私をうんざりさせる周囲の者にも頓着しなくなってしまった。さてこうしたある日、先生が留守で家に一人きりなのをいいことに、私はラテン語とイタリア語の二つの辞書で、フラーテ（修道士）の項をひいてみた。そしてその両方の辞書の、フラーテという言葉を削り取り、〈パードレ（神父）〉と書き直した。こうすることで、それとも他に理由があったのか、私は自分が毎日見ていたこれらの見習い神父たちを高尚なものにできたと思い込んでいた。彼らの誰とも話したこともなければ、自分が彼らに何を望んでいるのかもわからなかったのではあるが。〈フラーテ〉という言葉が、しばしば軽蔑をもって使われるのを聞き、〈パードレ〉という言葉が愛と尊敬をもって使われるのを聞いたこと、それだけが私にこれらの辞書を訂正しようと決心させた理由だった。この訂正は、ナイフとペンによる粗っぽい訂正だったが、それ以降私は絶えずひどい心配と教師への恐れから、それを隠しつづけた。教師はそんなことを疑うどころか、当然ながら夢にも思わず、その後も気づくことはけっしてなかった。こうしたつまらぬことについて深く考え、そこに人間の情熱の原因を探りたい者なら誰も、こういうことが実は見かけほど笑いを誘うものでも稚拙なものでもないことに気づくだろう。

徐々に私を支配するようになり、後にはつねに私の性質の他のすべての面を覆うことになるあの憂鬱気質は、いま思うに、自分にとってまったく未知のものでありながら、想像力のなかではめざましい働きをする、こうした愛の作用から生まれたものだったのである。七、八歳になった頃のある日、おそらく幾分体が弱っていたせいで、私はこの憂鬱状態に陥った。教師と召使が外出するのを見届けると、一階にあった自分の部屋を飛び出し、たちまち中庭に到達した。中庭にはそこかしこにたくさんの草が生えていた。私はすぐさま手でとれるだけの草をもぎとると、苦くてまずいのに、できるだけ多くを口に入れて嚙み下そうとした。誰からいつどのようにかはわからないが、以前私は毒人参という草があり、その毒で人が死ぬというのを聞いたことがあった。私はそれまで死にたいなどと思ったことはなかったし、死ぬということがどのようなことであるかよく知らなかった。だがどこから来ているのかわからぬが、苦痛の交じった何かある種の自然の本能に従って、自分を駆り立て、私はその草を貪るように食べ始めた。その草のなかに、毒人参も混じっているに違いないと思ったのである。だがその草が生でしかも耐えられぬほど苦かったため、跳び上がってしまった私は、吐き気を感じて隣の庭に駆け込み、飲み込んだ草を誰にも見られずにほぼ全部そのまま吐き出した。それから部屋に戻ると、腹やら体やらに痛みを感じつつ、一人黙り込んでいた。そうこうするうちに教師が戻ってきたが、彼は何も気がつかなかった。私も何も言わなかった。しばらくして食卓につかねばならなくなったとき、吐き気があった後よくそうなるように、私の目が赤く腫れあがっているのを母が見て、何が起こったのかを無理矢理聞き出そうとした。こうした母の詰問に加え、体の痛みがじんじんと激しくなってきていたので、私は食べることもままならず、口をきく気もなくなっていた。そこで私はいつまでも頑として口を開かず、不屈の意志を貫こうとし、母は母でいつまでも私を脅して口を開かせようとした。だが結局、私をじっと観察し、緑色の唇をして苦しんでいるのを見てとった。これは口を漱ごうと考えつきもしなかったからだが、母は私の唇を見るとひどく仰天して、さっと立ち上がって近づいてきて、唇の色が変だと言って私を急き立て、返事を強要した。そのため私は、恐怖と苦しみに打ち負かされて、泣きながらすべてを白状したのであった。私にはただちに応急処置が施されたが、それ以上何も悪いことは起きなかった。お仕置として何日間も部屋に閉じこめられたことを除いて。このお仕置は私の憂鬱気質を育てる新たな「草」となったのであった。

第四章
さまざまな行動から示される性格の発達

理性が芽ばえはじめる例の何年かのあいだに、私がしばしば示した性格とは次のようなものであった。大概は無口で平静。だが時にひどく活潑で、饒舌になることがあった。私はほぼいつも両極端の性格を示していた。力に従わず、頑固なところ。愛情のこもった助言に簡単に折れてしまうところ。なによりも叱られるのが怖くて、自分を抑え込んでしまうところ。過度に恥ずかしがるなど感じやすい反面、反対されても確固として動じないところ。

だがここで、自然が私の魂に刻み込んだこの最初の性質を、人々に理解してもらい、自分でもまたよりよく理解するために、この幼年期における多くの馬鹿げた逸話のなかから、私の性格を生き生きと描き出している思い出深い二、三をご紹介しよう。私が受けた数あるお仕置のうちでも、私が病気になるほど途方もなく苦しんだため、たった二回で終わったお仕置があった。それは、髪が見えないよう頭にすっぽりナイトキャップをかぶせられて、ミサに行かされるというものだった。第一回目のお仕置で(もうその理由が何だったか忘れてしまったが)、私は先生に手を引っぱられてすぐ隣のカルミネ教会に連れて行かれた。この教会は広いわりに人の出入りが少なく、人が四十人と集まることもなかったのだが、このお仕置でさんざん辛い目をみたので、それに続く三カ月間、私は完璧にいい子にしていた。お仕置の持つこうした効果の理由を突き止めるため、私は自分自身の心の奥まで分けいって調べ、この疑問をすっかり解いてくれる二つの主な理由を発見した。一つは、私が皆の目は必ずやナイトキャップに注がれるものと信じこんでいて、そんな恰好ではひどく無様で見苦しく見えるに違いない、またそうやってきつく罰せられた私を皆が本物の罪人と思いこんでしまうだろうと考えたということ。もう一つは、大好きな聖歌隊の少年たちにそうした自分の姿を見られてしまうのを恐れたということである。これは本当に私の胸を刺した。読者よ、少年である私の姿のなかに、あなた自身や過去や未来のすべての人間たちの姿を見出していただきたい。結局どう考えてみても、私たちは皆永遠に子供のままなのである。

さてこのお仕置が私に及ぼした素晴らしい効果は、両親や先生を大喜びさせた。そこで彼らは私に何か至らない点を見つけると、そのたびに忌まわしいナイトキャップで脅したので、私は震えながらなすべきことにすぐ取りかかるようにしていた。にもかかわらず、とうとうめったにないような失敗をしてしまって、その言い訳に母に大嘘をついた結果、またしてもナイトキャップの宣告が下されたのであった。そのうえ今回は、人気のないカルミネ教会ではなく、家から離れたサン・マルティーノ教会に連れていかれることになったのだ。この教会は町の中心にあり、正午のミサには社交界の通人たちが通ってくるようなところだった。ああ、なんという苦しみだったろう！　泣いて懇願し、絶望して見せたが、すべては無駄であった。その夜、私はこれが自分の人生最後の夜となるに違いないと思っていた。そしてまったく眠れないままその最悪の夜を過ごしたのだった。そのようなことはどんなに苦しくても、後にはついぞ起こらなかった。そしてとうとうその時はやって来た。ナイトキャップをかぶせられた私は、先生に前から腕を引っぱられ、召使に後ろから押されて、泣きわめきながら家を出発した。そうして人通りのない道を二、三本横切ると、サン・マルティーノ教会とその広場近くの、人家のある通りに入った。そこで私はただちに泣くのも叫ぶのもやめ、引っぱるのもやめさせた。そうしてむしろ、落ち着いたしっかりとした足どりで、イヴァルディ神父にぴったりくっつくようにしながら、神父服の肘の陰に隠れて、見えないですむように祈っていたのであった。私はその頃、やっと彼の腰に届くくらいの身の丈しかなかった。大勢の人々で埋めつくされた教会に到着したが、手をつかまれて誘導される私は、まるで盲人のようであった。実際教会の入口で目を閉じ、ミサを聴くための自分の場所に跪くまで、私は目を開かずにいたのだった。目を開けた後も、人の顔の区別がつかないふりをするために、けっして視線を上げなかった。さて出口で再び盲人となると、寒々と死んだような心持で、自分の名誉は永遠に失われたと思いながら家に帰り着いた。その日は食べるのも話すのも、勉強するのも泣くのも、何もしたいとは思わなかった。こうして大きな苦しみと心の緊張のために、私はその後何日間も病気になってしまった。この私が示した絶望に、心優しい母が仰天したため、それ以後わが家ではナイトキャップの罰が話題に上ることはなくなった。同様に私もそれ以後長きにわたって、いっさい嘘を口にしなかった。私は後に嘘をつかない何人かの人を知ったが、私自身がその一人になった理由が、このありがたいナイトキャップにあろうとはいったい誰が知ることだろう。

もう一つの逸話。母方の祖母がアスティにやって来た。彼女はトリノでは一目おかれている上流婦人で、ある重要な宮廷人の未亡人だった。すべて豪華な身づくろいでやって来たので、若者たちに強い印象を与えた。祖母は数日を母のところで過ごし、その間私をしきりと撫でては可愛がってくれたのだが、人見知りする野生児だった私は、彼女にまるでなつかなかった。そこで祖母は出発の際、一番欲しい物を私に言いなさい、そうすれば必ずあげるから、と言ったのである。私は初め恥ずかしさと臆病さと優柔不断から、続いて強情とはにかみから、同じ一つの答を頑固に繰り返したのである。すなわち「何も」と。するとこの不作法な「何も」という答ではない別の答を引き出そうと、皆があらゆる手を尽くして私の意志を覆そうとした。だがそれはまったく無理な話だった。

彼らはしつこく答を迫ったが、きっぱりとした「何も」をつきつけられたまま、それ以外には何も得ることはできないでいた。が、やがてこの「何も」も震えて苛立った声で口にされるようになり、しまいには涙をしゃくり上げながら、途切れ途切れに口にされるようになった。そこで皆は私がしたことに相応の報いとして、自分たちの前から私を追い払うと一室に閉じこめ、私がかくまで望んでいた「何も」を存分に楽しめるようにした。そのあいだに祖母は出発していった。しかし、これほど強情に祖母からの正当な贈物を固辞したというのに、私はこの何日も前に蓋の開いていた祖母の貴重品箱から扇子をかすめ取り、自分のベッドに隠していたのである。この盗みはしばらくたって発見され、私はあとで姉にあげるために盗んだのだと言った。本当にそのつもりだったのだ。さてこのような盗みに対しては、当然ながら重い罰が待っているはずだった。だが、泥棒は嘘つきと同様最低だとされていたにもかかわらず、脅されたりナイトキャップの拷問にあわされたりすることはもうなかった。母は私がちょっとした泥棒をすることよりも、苦痛から病気になってしまうことのほうをずっと恐れたからである。それに実際、たいして恐れるほどのものではなく、それほど苦労もせず取り除ける欠点など矯正するまでもなかったからなのだ。自らの正当な持ち物をいくつか持っている者には、他人の持ち物に対する敬意が、早い時期に生まれ育つのである。

ではここで逸話風に、私が七歳から八歳になる頃に行った、最初の良心の告解について述べるとしよう。私の先生は告解の準備のために、私がそれまで犯したであろうさまざまな罪を並べ立てて示してくれたのだが、その大部分について私は罪の名すら知らなかったのだった。こうしてドン・イヴァルディ神父とともに告解の予行演習をしたのち、母の告解師でもあるカルメル修道会のアンジェロ神父の足下に、私が告解をしに行く日が定められた。さて行くには行ったが、彼に何を言ったのかも覚えていない。知り合ったばかりの人に自分の秘密や考えを明かしてしまうことに対して、私は嫌悪感や心苦しさを強く感じてしまう性質だったのである。神父が代わって私の告解をしてくれたように思う。つまり、彼は私に許しを与えたのだが、その代わり食卓につく前に母の前にひれ伏して、皆の前でいままでの数々の過ちに対する許しを請うようにと命じたのである。私にとってこうした贖罪行為を鵜呑みにするのは難しかった。母に許しを請うことが嫌だからというわけではけっしてない。だが地にひれ伏すこと、そしておそらくその場に人々が皆居合わせるということが、私にとっては耐え難い拷問だったのである。さて私は帰宅して、昼食時になったので階上に上がって行った。食事の支度が整い全員が食堂に入ったのであるが、皆の目は私の上に注がれているように見えた。そこで私は家族に会釈をすると、各人が席に着き始めたのにもかかわらず、食卓に近づこうともせず直立不動のままもじもじしていた。ともあれ私の告解の罰の秘密を誰かが知っているようにも思えなかったので、少し勇気を出して食卓につこうとして前に進んだ。するとそこでは母が、憮然とした様子で私を見つめていた。そして、本当にあなたはそこに座ってもいいのですか、と尋ねるではないか。あなたは自分の義務を果たしたのですか、つまりあなたには自分を責めるべき何の落度もなかったのですか、と尋ねたのである。これらの質問の一つ一つが、私の胸に突き刺さった。苦痛にこわばった顔が、私に代わって、そうした質問に答えていたことは明らかである。しかし、唇は一語も発することができずにいた。命じられた贖罪行為を実行するのはもちろん、そのことを口にしたり、ほのめかしたりする余地はまったくなかった。同様に母のほうも、裏切り者の聴罪司祭を裏切ることがないよう、私に贖罪をするようそれとなくほのめかすようなまねはしなかった。そこでこの一件は終わりとなり、母は私を平伏させることができず、私は昼食にありつけず、またおそらくこれほど厳しい条件と引替えに与えられた罪の許しを、アンジェロ神父から得ることもできなかった。こうしたことがあったにもかかわらず、その頃の私はまだアンジェロ神父が、私に命ずるべき罰を母と示し合わせて決めたということを見破れるほどには、頭が回らなかった。だがこの件については、頭よりも心のほうがずっと私に忠実で、この一件以来、この神父に対してかなり深い憎しみの念を抱くようになった。そして、これより後の告解で、神父が私に公の場での贖罪行為を命じるようなことは二度となかったのだが、こうした秘蹟にはあまり熱心でなくなってしまったのである。

第五章
幼年期の最後の逸話

トリノのジェズイット派の寄宿学校で数年前から学んでいる私の兄、カケラーノ侯爵が休暇でアスティにやって来た。彼は十四歳くらいで、私は八歳だった。彼と一緒に過ごすことは、私にとって慰めともなり、また悩みともなった。彼とはそれまで一度も会ったことがなかったため（彼は私とは父親の違う兄だったので）、私は本当のところ彼にほとんど愛情を感じていなかった。しかし、何度も遊んで慣れるにつれ、ある種の愛情を感じるようになってきていた。だが彼は私よりずっと年上だった。私よりも自由にさせてもらっていたし、お金も持っていたし、両親からもずっと可愛がられていた。トリノに住んでいたため、私よりもずっと見聞が広かった。彼はウェルギリウスを講釈してみせた。そしてなぜか、彼はその他にもいろいろな持ち物を持っており、私は持っていなかった。そこでとうとう私は、妬みというものを知ることとなったのだった。けれどもその妬みはそれほど激しいものではなかった。というのも、この妬みは私にこの人物そのものを憎ませるようには仕向けず、むしろ彼の持ち物を取り上げることなく、同じ物を手に入れたいという欲望を燃え上がらせたからなのである。私が思うに、これは二つの妬みの分かれ道なのである。その妬みの一つとは、財産を持たぬ者が、その邪な心のなかで財産を持つ者を憎み、たとえ自分は何も手に入れないとしても、その財産家が財産を増やすことを妨げたり、また彼から財産を取り上げたいと思うようになるもの。もう一つの妬みとは、邪ではない心のなかで、競争や張合いという名のもと、他の者が持っているものと同じものを、またはそれ以上のものを手に入れたいという憧れへと変化するものである。ああ、われわれの美徳の種子と悪徳の種子との違いはなんとわずかなものなのだろう！

さてこうして私は、この兄と遊んだり口喧嘩したり、時には彼からつまらない贈物や拳骨を頂戴したりして、普段よりもずっと楽しくその夏を過ごしたのだった。普段よりもというのは、私はそれまでいつも一人ぼっちで家にいたからである。そしてそれ以上に子供をやりきれない気分にさせるものはなかった。暑さの続くある一日、皆が午睡をしている昼下がりに、われわれ二人はプロイセンス式軍事教練ごっこをして遊んでいた。やり方は兄が教えてくれた。私は行進していくと、くるりと向きを変えようとした。だが転んでしまい、前の冬から不注意にも置き忘れてあった暖炉の薪立ての一本に頭を強く打ちつけてしまった。薪立てはすっかり上部の金具が開いて広がってしまっていて、通常なら真鍮の玉がくっついているはずの尖った先を、むきだしのまま暖炉の外側まで伸ばしていた。そしてそのうちの一本で、私は危うく頭を刺し貫いてしまうところだったのだ。ちょうど左眉の真ん中あたりで、目から指一本ほど上の箇所だった。とても長くて深い傷で、いまでもその傷痕が残っているほどだ。くっきりとついてしまったこの傷痕は死ぬまで消えないだろう。さて私は転んでも自力ですぐに立ち上がった。そのうえ、兄にもすぐ何も言うなと叫んだのであった。最初の衝撃では何の痛みも感じなかったのだが、そんなふうに自分が足の弱い兵隊であることを露呈してしまい、とても恥ずかしかったのである。しかし兄はとっくに先生を昼寝から起こしに走っていってしまっており、ぶつかったときの音は母の耳にまで届いていて、家中ひっくり返したような大騒ぎとなった。その間私は、小卓の方に何歩か歩み寄った。がそのとき、自分の顔の上を何かとても温かいものが流れるのを感じ、すっと手を当ててみた。そして、手が血でべとべとになっているのを見ると、転んだときも起きあがったときも叫び声一つあげなかったのに、とうとう叫びだしたのであった。この叫び声は単に驚いてあげたものに違いない。というのも外科医が来て傷口を洗い、触って薬を塗り始めるまでは、なんの痛みも感じなかったことをよく覚えているからである。傷はふさがるまでに数週間かかり、私はそれからも何日間か暗い所にいなければならなかった。その傷の箇所が炎症を起こしてひどくはれ上がってしまったので、今度は傷の近くの目を心配したからなのである。その後の傷の回復期には、まだ膏薬や包帯をつけていたにもかかわらず、私は喜び勇んでカルミネ教会のミサに行った。もちろんその病人風の風体は、例のナイトキャップをかぶるよりもずっと私を無様に見せるものではあったが。緑色で清潔なナイトキャップは、ちょうどアンダルシアの伊達男たちがよくかぶっているもので、後に私もスペイン旅行中はご婦人方の気をひくために、彼らをまねてかぶっていたものに似ていたのだ。さてこの包帯姿で公衆の前に出ることに、私はまったく抵抗がなかった。それはあるいは危険な目にあったという考えに、心をくすぐられたからかもしれない。もしくは、私の小さな頭の中ではまだ形をなしていないが、さまざまな考えが混じり合って、一種栄誉の概念と傷を結びつけていたからかもしれない。いや、そうに違いなかった。当時の自分の心の動きをよく把握しているわけではないのだが、イヴァルディ神父が、人から私の頭の包帯は何だと尋ねられて「転んだんですよ」と答えるたびに、私は大急ぎで「軍事教練をしていたもので」と付け加えていたのだ。

こうして、誰でも若者の胸の内をよく探究する者は、そこに美徳や悪徳のさまざまな種子を、はっきりと見分けられるようになる。そしてここでの私の種子とは、栄誉への愛の種子に違いなかった。だがイヴァルディ神父や、その他周囲の人々は、誰もそんなことにまで考えを巡らすようなことはなかったのだ。

それから約一年して、トリノの寄宿学校に戻ったこの兄は重い胸の病気に罹り、それが肺結核へと悪化して、数カ月後に墓の中に連れ去られてしまった。病気になった兄は寄宿舎から引き取られて、アスティの母方の家に戻ってきたが、皆は私を兄に会わせないように別荘へ連れていった。そして本当に、兄は私と再会することのないまま、その夏アスティで息を引き取ったのである。こうしているあいだに、フランス、オランダ、イギリスを旅してきた私の父方の叔父カヴァリエーレ・ペッレグリーノ・アルフィエーリがアスティに立ち寄り、私に面会した。父の死後、私の財産の管理は彼に任されていたのである。叔父はたいへん賢い人だったので、私がこのままのやり方で教育を受けていても、たいしたことは学べまいとおそらく悟ったのであろう、トリノに戻ると数ヵ月後に私の母に手紙をよこし、何がなんでも甥の私をトリノのアカデミーに入学させたいと言ってきた。そのため、私のトリノへの出発はちょうど兄の死とかち合ったのである。悲しみに打ちひしがれた母が、しゃくり上げながら次のように言ったときの仕草や表情、そしてその言葉が私の心から消えることはないだろう。「神様は私から永遠に一人をお取り上げになった。もう一人だってどれだけ長く取り上げてしまわれるかわかりやしない!」当時母と三番目の夫とのあいだには娘一人しかいなかった。もっとも、その後私がトリノのアカデミーにいるあいだに、二人の男の子が次々に誕生はしたのだが。このときの母の苦しみは私の胸を深く刺した。しかし新しい事物を見たいという熱い思い、二頭ののろまな雄牛に引かれて、生まれて初めての旅行でアスティから十五マイル離れた別荘に行って来たばかりの私が、数日のうちに今度は駅馬車で旅しなければならないという考え、その他似たような幼稚な考えの多くが、何事も自分に都合よく考える私の想像力から生み出されていった。そしてそのおかげで亡くなった兄や悲嘆にくれる母を思う辛さはずいぶん軽くなった。だがやはり、いよいよ出発という段になって、私は気を失わんばかりになった。母から離れなくてはならないということ以上に、ドン・イヴァルディ先生を罷めさせなければならないということに、いっそう胸を痛めたのである。

　それで私は後見役の老人にほとんど力ずくで馬車に押し込まれ、ようやく出発した。彼は最初の訪問先であるトリノの叔父の家まで私を連れていくことになっていた。さらに私の専属となった下男も付き添っていたが、彼はアンドレア某というアレッサンドリア[13]出身の若者で、たいへん頭の回転が速く、読み書きがそれほど普及していなかった当時の私の国の教育水準や身分からすると、十分な教育があった。こうして私が早朝母の家を出発したのは、日付は忘れたが一七五八年の七月のことだった。最初の宿場に着くまで、私は泣き通した。宿場に着くと、馬を交換しているあいだに私は中庭に降りた。ひどくのどが渇いていたが、水を一杯運ぶように命じるのも、自分のためにわざわざ水を汲ませるのも嫌だったので、馬の水桶に近づくと、三角帽の一番大きな尖った部分をザブッと水桶に突っ込んで水を汲み、飲み干した。それを御者から知らされたお目付役の後見人は、私に怒声を浴びせながら、すぐその場に走ってきた。だが私は、世界を旅するのが仕事である兵士は、こうしたことに慣れなければならないし、また立派な兵士はこれ以外の方法で水を飲んではならないのだと口答えした。私がどこからこうした勇ましい考えを仕入れてきたのかはわからない。母はつねに私をずいぶん過保護に、むしろ思わず笑ってしまうほど健康に気を遣って教育してきたのである。したがってこれもやはり、私の内にある栄誉を夢見る体質からくる衝動だったのだ。この衝動は抑えつけられていた頭をほんの少し上げることが許された途端（監督がゆるまった途端）、ますます大きく膨らんでいたのである。

　ここでこの私の幼年を描いた第一期を終わりとしよう。次はいくらか締めつけのゆるい世界に入ってゆくことになる。こちらはできるだけ簡潔に、もっと上手に描きたいものだ。この人生の最初の一節は(こんな人生を知ったとしてもまるでためにはならないだろうが)、自分がかつて子供だったことを忘れて、自分は大人なのだと自惚れている人々にとっては、まったく役立たぬものに違いない。

第二期
少年期
八年間の教育ならざる教育

第一章
母の家からの出発、トリノのアカデミー入学とそのアカデミーの描写

さて、われわれはこうして、宿場から宿場へとできるかぎりの速度で馬車を飛ばしていった。私は初めの宿場の支払いで、そこまでの区間の御者に多めの祝儀を渡すよう、後見役に執りなした。引継ぎの御者はそれですっかり私に期待してしまった。その御者はまるで稲妻のように馬車を飛ばし、折に触れては私に目配せしたり微笑んだりしたので、彼には後見役への給料と同額を支払ってもよいほどだった。その後見役はと言えば、私を退屈させないようにいろいろな馬鹿話を聞かせて

くれたが、年をとってでっぷりと太っていたので、初めの宿場までで疲れ切ってしまい、すっかり寝入って牛のような大いびきをたてていた。一方でこの馬車での疾走はそれまでにないほどの喜びを私に与えてくれた。というのも、私はごく稀に母の馬車に乗ったのだが、その馬車がいつも速歩の四分の一ほどの死にそうにゆっくりした速度で走ったからである。そのうえ馬車の窓が閉じられていたため、馬を見て楽しむこともできなかったのだ。ところがイタリア製の私の馬車では、まるで馬の尻の上にでも乗っているかのように感じられると同時に、田園風景を楽しむこともできたのである。こうして宿場から宿場へと、疾走の喜びと初めて見る事物に胸を躍らせながら、午後の一、二時頃、ついにトリノに到着した。素晴らしい日和で、ポルタ・ヌオーヴァで町に入ってから、サン・カルロ広場を通り、叔父の家の近所のアヌンツィアータ教会までの一帯はまことに雄大で目が覚めるように美しかったので、私はすっかり心を奪われ、うっとりしていた。その日の晩は昼間ほど喜ばしいものではなかった。初めての家で知らない人々に囲まれて、母も家庭教師もいないうえに、再会した叔父の顔を前にするや、それが母の顔に比べてまったく優しくもなく情深くもないことに気づいたのである。こうしたことすべては、私を悲嘆にくれさせ、前日に捨て去ってきたもの全部を取り戻したい気持でいっぱいにした。だが数日すると、新しい環境にも慣れ、私は陽気さと快活さを取り戻したのだが、それはかつてないほどのものであった。それどころか叔父には度を超していると映ったようである。叔父は私が実は小悪魔で、家の中に騒動を引き起こしており、また指導してくれる家庭教師がいないため、私がまったく時間を無駄にしているということを悟った。そして、十月のアカデミー入学まで私を家で待機させるという以前の考えを棄て、早々に一七五八年八月一日から私をアカデミーに押し込んでしまったのである。

こうして私は九歳半で、突然見知らぬ人々のなかに移された。親族から引き離され、ひとりぼっちで、いわば棄てられてしまったのである。というのも、こういう種類の公教育（これを教育と呼ぶのならば）は、神様もご存知のように、若者たちの魂に勉学以外の面ではいささかの影響も及ぼさなかったからである。われわれにはいかなる道徳律も、人生訓も与えられなかった。それに教育者自身、理論上も実際上も何も世の中のことを知らなかったので、与えられるわけがなかった。

このアカデミーは四棟からなるたいへんいかめしい建物で、巨大な中庭を取り囲むようにして建っていた。そのうち二棟は、寄宿生によって占められており、あとの二棟は王立劇場と王の古文書館だった。この古文書館の真向かいの棟がわれわれの居住するところで、第二、第三学寮と呼ばれていた。劇場の向かい側の棟には第一学寮の生徒たちがいたが、これについては後ほど述べることにする。われわれの棟の最上階が第三学寮と呼ばれ、低学年の少年たちに割り当てられ、二階は第二学寮と呼ばれて、上級生に割り当てられていた。上級生の三分の一から二分の一は、アカデミーのすぐ近くの建物に本部を置く大学で学んでおり、その他の者は寄宿舎で軍事研究に専念していた。各階には、少なくとも四つの大寝室があって、各部屋が十一人の若者を収容していた。この大寝室はそれぞれ監督官と呼ばれる年若い司祭に監督されていたが、たいていは真新しい衣の新米司祭で、住込みでただ一つの机を与えられ無給で働いていた。彼らもまた大学で神学や法律の勉強に励んでいた。こうした監督官たちは、学生でない場合には、粗野で無知で年とった神父であった。第一学寮にあてられている棟の少なくとも三分の一は、二十人から二十五人の王の近習によって占められていたが、広い中庭を隔てて向い側にある、前述の古文書館に隣接した一角にいて、われわれからは完全に隔離されていた。

寮の建物内がこのように配置されていたことは、われわれ若い学生にとっては悲惨の始まりであった。まず、すぐ隣には劇場があったが、われわれ学生は謝肉祭のあいだといえども数回しかそこへ行けなかった。つぎに、近習たちは宮廷に伺候したり、狩猟や馬術のお伴をして、われわれよりはるかに自由気ままに人生を楽しんでいるように見えた。そして極めつきは外国人たちだった。第一学寮はまるでわれわれピエモンテ人を排除するかのように、外国人たちによって占められていたのである。そこはあらゆる北方の国の出身者の巣窟となっており、その大部分はイギリス人で、あとはロシア人、ドイツ人、そしてイタリア半島内の他国人(1)であった。そのためこの第一学寮は、教育施設というよりは旅館のようだった。彼らは門限が夜の十二時だという以外は、どんな規則にも縛られていなかった。そのため良友悪友連れだって、気の向くまま宮廷や劇場に出入りしていたのである。そしてみじめなわれわれ第二、第三学寮の者たちにとって一番苦痛だったのは、寮の配置の関係で、礼拝堂でのミサや、ダンスや剣術の教室に通うためには毎日第一学寮の回廊を通らねばならなかったことだ。そこでわれわれは彼らの、われわれを嘲笑うかのような歯止めのない自由をいつも目の当たりにしなければならなかったのである。彼らの暮らしぶりを、われわれが通常牢獄と呼んでいたこちら側の厳しいやり方と比較するのはまったく辛いことだった。このような寮の配置を考えた者は、人の心を知らない愚か者だと言わねばならない。多くの禁断の果実をこうして見続けさせられることが若者の魂に与える、取り返しのつかない影響に気づかなかったのだから。

第二章
教条的で身につかなかった最初の学業

さて私は、「中央の大寝室」と通常呼ばれる第三学寮に配置された。私の身はあのアンドレアという召使の手に託されていたが、アンドレアは母や叔父や親戚など彼を抑えつける人物がいないのをいいことに、手のつけようのない悪魔に変身してしまった。そうして彼は私の身の回りの一切に、思うがままに権力を振るうようになった。監督官もまた、私の勉強や日頃の行動に対し他の学生たちに対するのと同じ権力を振るった。アカデミー入学の翌日、私は教授たちによって学力試験をされ、三カ月間猛勉強すれば楽に三年生に上がれるくらい実力のある四年生だと判定された(2)。そして事実私は一生懸命準備をし、年長の者も含む他の生徒たちと競い合うことで、競争意識を煽ることがいかに有効であるかを、初めて知ったのであった。その後十一月に再び試験を受けて、私は三年生に進級した。このクラスの教師はドン・デジョヴァンニという人で、おそらくわが愛しのイヴァルディ神父よりも学識のない神父であった。そのうえ私に注がれる愛情や配慮は、イヴァルディ神父のそれに遠く及ばなかった。彼はできるだけ生徒全体に注意を行き渡らせねばならなかったのだが、生徒を多く抱えていて、その十五、六人の生徒に最低限の注意を払うことしかできなかったのだ。

こうして私はこのへぼ学校で、馬鹿の下で教えを受ける馬鹿のなかの馬鹿として日々を送った。ここではコルネーリウス・ネポースや、ウェルギリウス(3)の牧歌や、その他の講義を受けた。程度が低くてつまらないラテン語の作文もした。このクラスは、どこか指導の行き届いた寄宿学校だったら、せいぜい出来の悪い四年生というところだったろう。私はクラスでびりにはけっしてならなかった。競争心に煽られて、クラスで一番の少年に追いつき追い抜こうとした。ところがそうして自分が一番になったとたんに熱が冷めて、無気力状態に陥ってしまった。退屈で味気ないここでの授業を考えれば、何とでも言い訳が立つであろう。コルネーリウス・ネポースの『英雄伝』を翻訳していたのだが、われわれの誰一人として、教師でさえも、ここでその生涯が訳されている人物が誰なのか、どこの国の者なのか、いつの時代の者なのか、どういった政体の下に生きたのか、政体とは何なのか、知る者はいなかったのである。そこで考えられていることはすべて狭小であるか、混乱しているか、間違っていた。教える者は何の目標も持っていなかった。学ぶ者には何の意欲もなかった。こうして、つまりは恥ずかしいほど時間を無駄にしていたのであった。われわれを監督する者などいないか、いたとしても何も気づかなかった。おわかりかと思うが、かけがえのない青春とはこうして台無しにされ、二度と取り戻せないものなのである。

一七五九年はほぼ一年をこうした勉学に費やし、十一月頃に私は人文学のクラスに進級した。このクラスの教師、ドン・アマーティスはひじょうに知的で才気煥発な神父で、十分な学識の持ち主だった。彼の下で私は飛躍的に進歩した。そして、それまでの間違った勉強法を取り返そうと、懸命にラテン語に打ち込んだ。私の競争心は、ラテン語作文のライバルとなる少年の出現で、次第に膨らんでいった。彼は何度か私を追い抜いた。だがそれよりも、彼は暗唱でいつも私の上をいっていたのである。彼はウェルギリウスの『農耕詩』を六百行まで一息に、子音一つ間違えずに暗唱できたのである。私はといえば、四百行も覚束ないうえ、最後まで完璧にこなせないことですっかり苛立っていた。だが少年期の競争における当時の心の動きを振り返ってみるかぎり、私も性格は悪くはなかったようである。二百行追い抜かれ、怒りで胸を詰まらせた挙句、わっと泣き出すこともしばしばで、時にはこのライバルにこっぴどく悪口を浴びせもしたが、彼が私よりよくできた人間だったせいか、なんとか私も気持を鎮めたせいか、同じくらい腕力はあっても、私たちはまったくといっていいほど喧嘩することはなかったのである。全体としてみれば、われわれは友だち同士といってよかった。暗唱で負けたことを、自分がいつも一番だった作文で埋め合わせることで、私のちっぽけな野心も慰められたのだろう。それに、私には彼を憎むことなどできなかった。彼はたいへんな美少年だったのである。下心はなくとも、私はつねに、人でも動物でもなんでも美しいものがひどく好きだった。そのため時に、美しさが私の判断力を左右し、真実を脅かすようなこともあった。

この人文学クラスの一年間、私の素行はまだ純粋で汚れのないものだった。だが私の生まれながらの性向が、知らず知らずのうちにその天真爛漫な素行を蝕んでいった。この年私は、どうやったかは覚えていないが、四冊の小型版のアリオスト[4]全集を、偶然手にする機会を得た。お金は持っていなかったので、もちろん買ったものではなかったが、かといって盗んだものでもなかった。盗んだものを私は鮮明に覚えているからである。私はアリオスト一巻を、毎日曜日食卓に上る一人に半羽ずつ割り当てられた鶏を仲間の一人と交換することで得たように、かすかに記憶している。こうして私にとって初のアリオストは、四週間分の鶏、計二羽を失うことに相当したようだった。たいへん残念なことだがこのことはもう自分で確かめるすべがない。私は自分が、寮ではありつけないようなご馳走をも食べずに胃袋を我慢させてまで、詩というものの最初の一口を飲んだのかどうか、是非知りたいのだが。ところが私のした物々交換は、これ一つにはとどまらなかった。このありがたい日曜日の鶏を、六カ月にわたって口にしなかったことをはっきりと覚えているからだ。私はリニャーナとかいう少年に、いくつかの物語を語り聞かせてもらう代わりに、この鶏を与える約束をしたのだった。リニャーナは大飯喰らいで、腹を膨らませるために頭を巡らせたのだ。彼は食料と交換するのでなければ、自分の話を聞くことを許さなかった。いずれにしてもこのような方法で、私のアリオスト入手も実現したのである。私は読み方もわからぬまま、そのアリオストの本のあちこちを読んだが、自分で読んでいることの半分も理解できなかった。このことから、私がそれまでしてきた勉強がどのようなものだったかお察しいただきたい。『アエネーイス』よりさらに難しい『農耕詩』をイタリア語の散文に訳したりして、これら「人文学者」たちのクラスの首席だった私が、もっとも平易なイタリア詩人を理解するのに頭を混乱させていたのである。アルチーナの歌のなかで、彼女の美貌を描写するあのたいへん美しいくだりを、私は知恵をふり絞ってよく理解しようと努めた。だがよく理解するに至るには、それがどんなジャンルのものであるにせよ、私にはあまりにも多くの情報が欠けていた。そのためこの詩節の最後の二行、「これほど強くは絡みつかぬ、たとえ木蔦であろうとも[5]」を理解することなどまるでできなかった。クラスの競争相手に助言を求めたりもしたが、彼も私同様深く読みとることなどできず、われわれは憶測の海にさまよう始末であった。この密かなアリオスト作品の解読は、だが、終わりを迎えた。われわれの手から手へと何やら一冊の本が渡っていっていることに気づいた監督官が、彼の目にとまらぬようただちに隠したにもかかわらず、見つけだして取り上げ、他の巻もすべて押収して副学院長に引き渡してしまったのである。そしてわれわれ詩人の卵は、指標となる詩作法を奪われて、その意気を挫かれてしまったのだった。

第三章
私の少年時代が委ねられていたトリノの親戚とはいかなる人物か

こうしたわけで、このアカデミーの最初の二年間、学んだことはほんのわずかだった。そのうえ健康をひどく損なった。食事の内容と量がそれまでとまるで違っていたこと、ひどい過労、睡眠不足がその原因だった。これは、九歳までの母の許での暮らしと正反対のものだったのである。背は伸びず、私はまるで細くて青白いちっちゃな蠟燭のようだった。さまざまな病気が順次に私を苦しめた。そのうちの一つは、ひどい頭痛の後、頭の二十以上の箇所から粘液が出てくることから始まった。こめかみが黒ずみ、皮膚も炭のようになって何度も薄くはがれるうちに、額とこめかみから上の髪がすっかり生え替わってしまった。私の父方の叔父、カヴァリエーレ・ペッレグリーノ・

アルフィエーリは、クネオ総督に選ばれて以来、年に八カ月はクネオに行ったきりだった。そのためトリノに残っている私の親戚といえば、母方のトルノーネ家の人々か、父の従弟で、私にとっては半分叔父にあたる、ベネデット・アルフィエーリ伯爵しかいなかった。この伯爵は王お抱えの筆頭建築家で、自身のきわめて優雅で芸術的な設計により、自ら指揮して建てた王立劇場の隣に暮らしていた。私は何度か彼の家に昼食に行き、数回会いに行ったりもした。こうした訪問の是非は、クネオの叔父の言いつけや手紙をふりかざしては、専横的に私を取り締まっていた下男、アンドレアの判断一つに委ねられていた。

このベネデット伯爵は、実に素晴らしい善良な人物であった。私を好いて、とても可愛がってくれた。彼は自分の芸術に多大な情熱を注いでいた。一本気な性格で、美術に関すること以外は、ほぼすべてに疎かった。私はここで、叔父のさまざまな情熱のうち、私によく熱っぽく語ってくれた建築への情熱をお話ししよう。私のような芸術のことを何も知らない子供にも、叔父は神聖なるミケランジェロ・ブオナローティ(8)について語って聞かせてくれた。この芸術家の名を口にするとき、彼が大真面目に頭を下げたり帽子を取ったりしていたことは、私の記憶から消え去るまい。叔父はその生涯の大半をローマで過ごした。彼は古代の美的感覚を完全に身につけていたが、時に彼はその趣味の良さを押し殺して、時流に合った建築をすることもあった(9)。彼の作品である扇形の奇妙なカリニャーノ教会は、この事実を証明している。だがこのような取るに足らない汚点を、前述の劇場や、王の馬場の精巧かつ大胆なアーチ型天井、ストゥピニージ宮の大広間、荘厳で力強いジュネーヴのサン・ピエール寺院のファサードを建築することで大きく挽回している。彼の建築的才能に唯一不足していたものがあるとすれば、それはサルデーニャ王の財源であった。サルデーニャ王からもっと多くの資金を与えられてさえいれば、おそらく彼の建築事業は完成されたものになっていた。彼の死後、王の許に回収された数々の雄大なスケールの設計図がこのことを物語っている。そのなかには、トリノの町の美化のためのさまざまなプランがあり、なかにはカステッロ広場と王宮を隔てる、どういうわけかパビリオンと呼ばれていた醜悪な壁の建替えプランもあった。

立派な仕事をした叔父について語ることは、いまでこそたいへん楽しいことであるし、彼のすぐれた点もいまようやく全体がわかってきた。だがアカデミーの学生時代、私にとって叔父はたいへん愛情深くはあったが、少々うっとうしい存在だった。もっとも私の気に障ったのは、偏見によるものか根拠のない主義のせいか知らないが、彼が選ばれた言語であるトスカーナ語(10)を話すことだった。彼はローマに住んでからというもの、トスカーナ語で話すことをやめようとしなかった。仏伊混成の町トリノにおいて、イタリア語を話すことはまさしく違法であったのだが。しかし叔父の祖国への帰還当初は、そのトスカーナ語をからかっていた当の人々も、しばらくすると叔父こそ本当にきちんとした言語を話しているのであって、自分たちは外国訛の土地の言葉をもぐもぐしゃべっているにすぎないことに気づき、皆競って彼と話しては、徐々にたどたどしくトスカーナ語を話すようになっていった。イタリア語の美と真の力はそれほど強力だったのである。特に、自分の家を少し手直しして、王宮と似たものにしたいと望んでいる多くの上流の士はそうしていた。この底抜けに人が善かった叔父は、友情から自分の時間の半分を、無償でこうしたつまらぬ作品のために費やしていたのであった。このことは人々を喜ばせはしたが、自分自身には気に入らないし、芸術に対して申し訳ないと叔父が言うのを、私は何度も聞いた。こうしてトリノの上流の家々の多くは、叔父の手によって美しく飾られ、拡張されたのである。これらの家々の中庭や階段、玄関や室内設備などは、叔父の友人や友人だと称する人々にすぐに奉仕してしまう彼の親切心の記念として残るであろう。

この私の叔父は、従兄である父が母と結婚する二年ほど前に、父とともにナポリに旅したこともあった。そこで私は彼から、父に関することをいろいろ聞き出した。そのなかに、彼ら二人がヴェスヴィオ山に行った際、血気盛んな父が、火口の奥底まで降ろして欲しいと言い出したという話がある。その望みは火口外縁の頂で人々に何本かの太綱を使って操作してもらうことで実現したのだった。それから約二十年後、私は初めてその現場に行ったのだが、何もかもすっかり変わってしまっていて、下に降りることもできなくなっていた。だがそろそろここで、話を元に戻すとしよう。

第四章
相変わらずの不勉強

そういうわけで気にかけてくれる親戚もほとんどなく、私は伸び盛りの時期を、何も学ばぬまま、日々健康が悪化するのにまかせて台無しにしてしまったのであった。いつも病気がちで、体のあちこちに傷があったので、私はつねに仲間の失笑を買い、「獣の死骸」という貴い名前を頂戴した。

彼らのなかでも洒落好きでご親切な連中は、「腐った」という形容詞まで加えていた。こうした健康状態は私に強い憂鬱をもたらし、私のなかには孤独を愛する気持がますます深く根をおろしていった。それでも一七六〇年に私は修辞学級に進んだ。それというのも悪条件のせいで、私はいやいやながら折にふれては机に向かっていたし、もともといずれのクラスにもたいした勉強は必要なかったからだ。ところが修辞学級の教師は、人文学級の教師と比べると、能力的にずいぶん劣っていた。彼はわれわれ生徒に『アエネーイス』を講釈したり、ラテン語の韻文を書かせたりしたが、私に関するかぎり彼の下ではラテン語力が向上するよりもむしろ後退するように思われた。とはいえ、私がクラスの最下位にならなかったところをみると、クラスの他の生徒たちにとっても話は同じであったのだろう。この、いわゆる「修辞学」の学年のとき、私は愛するアリオストを奪還することに成功した。私のアリオストは、皆の目につくところに置かれた副学院長の書棚の本の間に入れられていたのだが、それを一冊ずつ数回にわたって盗みだしたのである。この盗みは、パロン・グロッソ（手足を使うサッカーの一種）の試合を窓から見るために、特別に彼の部屋に仲間と一緒に入れてもらうときを狙って実行された。彼の部屋はボールを最初に投げる選手の正面に位置していたため、その脇にあったわれわれの大寝室からよりも、はるかによく試合を楽しむことができたのである。私は一冊を引き抜くと、細心の注意を払ってしっかりと小脇に抱え込んだ。このようにして四日のあいだに私は全四巻を取り戻し、そのことを誰にも話さずに、一人心の中で大いに喜んだ。だが当時を思い返してみると、こうして本を取り返した後、私がそれを読むことはもうほとんどなかったのである。その理由の一つは――健康状態が良くなかったということがおそらく主な理由だったのであるいへん面白かった。だが演劇に対する才能は、その種子はおそらく私のなかに存在していたのだが、た当時も、ゴルドーニ[14]の喜劇はいろいろ手に入った。教師が貸してくれたのである。彼の喜劇はたられたものだが。これはアリオストの物語の断片化よりもいっそう辟易させられるものだった。まだした頃に、感情の盛上りを突然妨げるアリアが始まってしまうのには、ひどく残念な思いをさせの台本ぐらいだった。これらの作品は実に楽しめた。ただしこれらも、私がちょうど作品に集中しンピアデ』といったメタスタジオ[13]の数作品と、われわれの手にも入った毎年のカーニバル用オペラの作品以外で私の知っているイタリア詩人のものといえば、『カトーネ』、『アルタセルセ』、『オリ立っていた。この先生のせいで私のラテン語はどんどん退化してしまっていたのだが。アリオスト夢中になってその本を読んだ。これらの読書は、学校で先生から課せられる翻訳に、ひそかに役ス』が偶然手に入ったので、トゥルノやカミーラに胸を熱くしながら、私はそれまでになく熱心に、なかった。ちょうどその頃、どうしてだか覚えていないが、アンニーバレ・カーロ[12]の『アエネーイめてしまったのである。タッソー[11]など私の性格にはずっとよく合っていただろうが、名前すら知らい。そして物語の続きがどこを探せば見つかるのかわからなかったので、私は読み進むのをあきらきたせっかくの効果を台無しにしてしまうので、いまでも私は物語を断片化することは好きではなこのように物語を切れ切れにすることは、物語の本来あるべき姿に反するし、そこまで積み上げてしょっちゅう筋が途切れるため、物語のクライマックスで突然あっと驚くことになるからであった。いう修辞学者だったのか、私は!)であり、また一つは、アリオストの物語が断片からなっており、が、それ以外に——以前にましていっそうこの本を理解することが困難になっていたから(なんとそれに適した土壌もなく奨励してくれるものもなく、またその他諸々が欠けていたことにより、芽が出たとたんに再び土に埋もれ、消えてしまった。結局私も私を教育する者も無知で、あらゆることに対していい加減であったために、それ以上進歩することができなかったのである。

しばしば健康上の理由から、私が仲間とともに学校に行けず、長い時間寄宿舎に残っていたときに、年齢でも腕力でもまた頭の悪さでも私を上回っていた仲間の一人が、事あるごとに私に作文を代筆させていた。その作文は、翻訳や論述や詩などで、彼はそれらを私に押しつけるとき、こう持ちかけた。「もしおまえが俺の代わりに作文をしてくれたら、おまえにボールを二個やろう。」そして彼は、きれいな布で上手に縫製された、文句なくよく弾む美しい四色のボールを私に見せた。「もしおまえがやらないと言うなら、おまえに拳固を二発くらわせてやる。」そう言うとごつい手を振り上げたので、私はわっと頭を下げた。ボール二個のほうをとることにして、彼の作文を引き受けたのである。初めは彼の言うことを聞いて、できるだけ上手に書いた。教師は、それまで頭が鈍いと思われていた彼の予期せぬ進歩に少々驚いた。私は神妙な面もちで秘密を守り続けた。このキュクロプス（一つ目の巨人）が怖かったからというよりは、元来あまり口が軽くなかったためである。しかし、彼のために次々作文をしたうえに、私は次々に与えられるボールにもうんざりし、こうした苦労に嫌気がさしてきた。それに彼が私の作文でいい格好を見せているのにも多少腹が立ったので、次第に作文の質を下げていったのであった。そしてとうとう、同級生からはヒューヒューと野次られ、先生からは厳しく叱責されるような「ポテバム（potebam）[15]」などといった文法上の誤りを作文に織り交ぜるまでになったのである。彼はこうして皆にからかわれ、再び馬鹿の汚名を着なければならなくなったが、皆の前で私に復讐しようとはしなかった。彼はもはや私を自分のために働かせようとはせず、私がばらせば彼が被るに違いない恥辱を恐れて、自分を抑えていた。私はばらすようなことはけっしてしなかった。しかし学校で起きた「ポテバム」事件の一部始終が語られるのを聞いて、腹の底で笑っていた。私がこの事件に一役買っていようなどとは、誰ひとり疑ってもいなかったのである。そしてまた、あの頭の上に振り上げられた拳骨の映像が、ぎりぎりのところで私が口を開くのを抑えたのだろう。私の目に焼きついて離れなかったこの拳骨こそ、周りから軽蔑を受けてしまうもとになったボールを私に強要したものであったに違いない。私はこのとき、お互いに対する恐怖こそが世界を支配しているのだということを学んだ。

さて、私はこのように幼稚で他愛ない事件の合間によく病気になり、健康状態の悪いまま修辞学級の一年を終えた。そしていつものように試験を受けさせられ、哲学級に入る学力があると判定された。この哲学級の授業は、アカデミーに近い大学内で行われており、われわれは日に二度そこへ通った。午前中は幾何学の授業で、午後は哲学か論理学の授業だった。かくして私は、わずか十三歳という年齢で、「哲学者」となったのであった。私は自分がすでに「大人たちのクラス」と呼ばれるクラスに入れられたということより、この「哲学者」の名前のほうをはるかに自慢に思っていた。そのうえ、日に二度も家から出られるという楽しいおまけつきであった。おかげでわれわれは何か用事があるふりをしては、町中をちょっと一巡しに出かける機会をたびたび与えられるようになった。移動先の第二学寮の大寝室にいる同級生たちのあいだで、私は最年少だったのだが、皆より背丈や年齢が低いこと、腕力が劣っていることを逆にばねとして、皆から抜きんでようと精いっぱい力をふり絞った。事実、夜、寄宿舎でアカデミーの復習係の下で復習するときに、初めから私は目立つのに必要なだけ勉強した。私は皆と同じくらい質問に答えることができたし、時には皆よりもうまく答えることもできた。これは単なる記憶力のなせる業以外の何ものでもなかった。本当のところはこうした形式ばった哲学など私は何一つわかっていなかった。この哲学自体が無味乾燥のうえ、ラテン語の皮をかぶっていたからである。だがこのラテン語には、どうにか語彙力で打ち勝たねばならなかった。幾何学に関して言えば、最後まで修めたにもかかわらず、というのはつまりユークリッドの最初の六巻を勉強したということだが、当時もいま同様にその四分の一すらわからなかった。私の頭は昔からまるで幾何学に向いていなかったのである。昼食後のアリストテレス派哲学の授業ときたら、立っていても眠ってしまうような代物であった。実際初めの三十分間は教授の口述の筆記、残りの四十五分間は何だかわからぬラテン語を使った主任教授による解説で、その間われわれ生徒たちは各自がマントにすっぽりとくるまって、ぐっすりと眠っていたのであった。これら哲学者たちのあいだからは、これも半分眠りかけた教授のやる気のない声と、さまざまな音調のいびき以外は何も聞こえなかった。ある者は高く、ある者は低く、またある者は中くらいの高さでいびきをたてて、それはそれは見事な交響楽を織りなしていた。こうした催眠性哲学の抗し難い力以上に、われわれアカデミーの寄宿生――われわれには、教授の右側のベンチ二、三列が与えられていたというのに――を眠らせる主な原因となっているものがあった。それは、われわれはあまりにも早く起きなければならなかったため、いつも眠りが途中で中断されていたというものである。私に関するかぎり、これこそがすべての体の不調の主な原因だった。睡眠時間が不足していて、胃が夕食を消化しきれなかったのだ。寄宿舎の係の者たちがこの私の不調に気づいて、やっと七時まで寝ることが許されるようになった。それまでは五時四十五分が起床の、いや、無理矢理たたき起こされる時刻と決められていた。起床後は下の大部屋に降りてゆき、朝の祈りを捧げ、その後ただちに机に向かい、七時半まで勉強しなければならなかったのである。

第五章
前章同様の成行きで起こった他愛ない出来事のいろいろ

この年一七六二年の冬、クネオ総督である私の叔父は、数カ月の予定でトリノに戻ってきた。そしてまるで肺病病みのような様子の私を見て、もう少し良い食事ができるように、つまりもっと体に良い食事がとれるようにと、私にいくつかのちょっとした特権を与えるようとりはからってくれた。このことが、大学通学のための日々の外出、休日の叔父の許での簡単な昼食、そしてあの学校での定期的な四十五分間の眠りに付け加わり、私の怠惰を助長した。が、これによって私は少し健康を回復し、発育も始めた。叔父はまたわれわれ姉弟の後見人として、私の父の唯一の娘で、私の実の姉にあたるジュリアを、トリノに呼び寄せようと思いたった。ジュリアをアスティのサンタナスタジオ修道院から引き取り、サンタ・クローチェの修道院に入れようと思ったのである。アスティの修道院で、姉は六年以上も、われわれの叔母にあたるトロッティ侯爵未亡人の監督下にいた。

叔母は、修道院で隠遁生活を送っていたのである。小さなジュリアは、このアスティの修道院で、私以上に躾を受けずに育てられた。姉は人の善い叔母につけこみ、わがまま放題だったのである。叔母は姉の教育にはまるで役立たなかった。姪に愛情を注ぐばかりで、甘やかしてしまっていたのである。まだ少女だった姉は私より二つ上で、十五歳になろうというところだった。私の育った地方では概してそうなのだが、この年頃になるとすでに、愛は若い娘たちのなびきやすく優しい心を放っておかなくなり、むしろ声高に語りかけるものになるのだ。姉の愛しの君は、修道院にも入れそうな品行方正な人物で、彼女とちょうどうまく結婚できただろうと思われたのだが、叔父の気に入らなかった。叔父は姉をトリノに呼び寄せることに決めた。そしてサンタ・クローチェの尼僧である、母方の叔母の許に預けたのである。姉を見ることが、前にも述べたように私は大好きだったのだが、彼女はいまではいっそう美しくなっていたので、私は彼女を見ることによりとても嬉しい気持になった。そうやって心も頭も大きく励まされることで、私の健康も大幅に回復した。私は姉と一緒にいることで——というより姉に時々会うことと言ったほうがよいのかもしれないが——姉を少しでも恋愛の悩みから救い出したように思っていたのだが、それはむしろ、私の気持を明るくさせるほうにはるかに役立っていたのであった。姉は恋人から引き離されてはいたが、絶対に彼と結婚したいと言い張っていた。私は見張り役のアンドレアから、毎週日曜日と木曜日、週二日の休日に姉を訪問する許可をもらって、姉の許へ通っていた。本当にしょっちゅう、この一時間ちょっとの面会時間を、私は姉ともども格子にすがって泣くことに費やした。泣くのは私の精神にとって、特効薬だったようである。陽気とまではいかずとも、いつも訪問前よりはずっと晴れ晴れとして帰宅できたからだ。そして例の「哲学者」でもあった私は、姉を励ましさえし、自らの選択を貫き通すようにはっぱをかけた。こうして姉は一番強硬に反対していた叔父にもお構いなしに、選択した道を貫徹することもできたかもしれない。だが、どれだけ堅固な心にも作用を及ぼす時間というものが、若い娘の心を覆すのにそう長くはかからなかった。距離や妨害、気晴らし、そして特に、父方の叔母の許での以前の教育よりもはるかにすぐれた新しい教育を姉に与えたことで、数カ月後には彼女の心は慰められ立ち直ったのである。

この「哲学級」の年の休暇に、私は初めてカリニャーノ劇場[16]に行く機会を得た。その頃はちょうどオペラ・ブッファを上演していた。この観劇は、建築家の叔父の特別なはからいによるもので、その夜彼は私を家に泊めなくてはならなかった。この劇場の上演時間を、われらがアカデミーの規則に完全に適合させることは不可能だったのである。アカデミーの規則とは、各人遅くとも夜十二時までには帰宅せねばならない、というものだった。そしてわれわれに行くことが許されていたのは、王立劇場ただ一つだけで、われわれはそこに、カーニバルの期間週に一度団体で通っていた。情深い叔父が、自分が甥を一泊二日で別荘に連れていくと寄宿舎の監督官たちに言うようにしてごまかしてくれたおかげで、私はオペラ・ブッファを聴く運命となったのだが、それは『マルマンティーレの市場』[17]という題の作品であった。カッラートリ、バリオーニ、そして彼の二人の娘たち、といったイタリア最高のブッファの歌手たちによって歌われ、作曲ももっとも高名な巨匠の一人によるものだった。その神聖な音楽の輝き、そして多様な変化は、私を深く印象づけ、私の耳と想像力に、言ってみればハーモニーの溝を刻みつけたのであった。私は心底感動させられたため、何週間もきわめて激しいが、かといって不快ではない憂愁に浸っていた。この憂愁によって、私の普段の勉強に対するまったくの無気力と嫌悪感は、ますます極端になっていった。だが同時に想像力溢れる考えが、信じられないほど次々とわいてきたので、もし私が韻文の作り方を知っていたなら、それをもとに詩を書くことができただろう。そして私自身にも、私を教育していると称する者たちにも、私がいったいどういう者なのかわかっていたならば、私は生き生きとした感情を表すことができただろう。音楽が自分に引き起こすこのような作用に私が気づいたのは、このときが初めてであり、それは長いあいだ記憶に残った。その作用は、それまでに感じたどれよりも大きかったのである。だが、昔観たカーニバルの期間の上演や、オペラ・セリアの上演などを思い返してみて、それらが私にもたらした作用を、現在観る上演のもたらす作用と比べてみると、劇場から遠ざかって久しいのに、いまだにやはり、音、特に女性歌手やコントラルト歌手の声以上に強く御しがたい力で、自分の魂や心、そして知性に訴えるものはないということに気づく。これ以上に愛情や恐怖などのさまざまな感情を私のなかに呼び起こすものはないのである。そして私の執筆した悲劇の大半は、音楽を聴いているときか、聴いた数時間後に着想を得たものなのだ。

私は大学での勉強の一年目を終えたが、その間ずいぶんよく勉強したと教師たちから言われた――なぜだかは知らないが――ため、叔父は八月中に二週間、自分に会いにクネオまで来てよいという許しを与えてくれた。美しいピエモンテの輝く平原を通ってトリノからクネオに行く小旅行は、私がこの世に生を享けて以来二番目のものだった。この旅行は私を楽しませ、健康向上にも大いに役立った。外に出かけていくことは、私の生命のつねに変わらぬ活力源だったのである。だがゴトゴトとゆっくり進んで行く馬車で旅をしなければならないことで、旅行の喜びは少なからず辛いものへと変化させられてしまった。というのも四、五年前初めて家を出たときに、アスティとトリノの間の五つの宿場を超特急で駆け抜けたことがあったからで、私は自分が年を取ったことで逆に退化してしまったように感じ、卑屈でロバの歩みのように動きの鈍い馬車に落胆してしまったのであった。そのためカリニャーノやラッコニージ、サヴィリアーノなど、どんな小さな集落に入るときも、私はちっぽけな馬車の片隅に小さく縮こまって、外を見ないように、また誰からも姿を見られないようにしていた。まるで皆が以前の駅馬車での華麗な疾走のときの私のことを覚えていて、今回このように屈辱的なほどゆっくりしたスピードに下落させられた自分を嘲笑うに違いないとでもいったふうであった。こうした私自身の内部にある動きは、熱く気高い魂の産物であったのだろうか、それとも軽薄で虚栄心の強い魂の産物だったのであろうか？　私にはわからぬが、それはこの後に来る私の生涯から判断してもらえるだろう。だがもし私の傍らに、人間の心を隅々まで知りつくしている人物がいたなら、その人物はすでにこの頃から、称讃と栄誉を強く求める私の心をうまく導いて、私から何かを引き出してくれていたかもしれない。

この短いクネオ滞在のあいだに、私は初のソネットを創作した。これはメタスタジオとアリオスト、つまり私が少しだけ読んだことのあるただ二人のイタリア詩人の韻文の一部または全部を、つぎはぎして焼き直したものだったから、私の作品とは言えないものであった。しかるべき韻も音綴も踏んでいないものだったように思う。ヘクサメトロン（六脚詩）、ペンタメトロン（五脚詩）といったラテン語韻文の書き方は習ったが、イタリア語韻文の規則を教えてくれる者など誰もいなかったのである。その後私はその詩の一節か二節だけでも思い出そうと頭をめぐらせたが、思い出せたことは一度もない。叔父が言い寄っていて、私も気に入っていたある婦人を称讃する内容だったことだけはわかっている。無論このソネットは、最低以外の何ものでもなかった。それにもかかわらず、私は何もわかっていない当の婦人や、彼女同様わかっていない人々に褒められた。そのため私は、すでに自分は詩人であると信じ込むところだった。しかし詩など理解せず気にもとめぬが、歴史や政治には通暁していた厳格な軍人である叔父は、私からまさに生まれ出ようとしているこの詩の女神《ミューズ》を応援することなどまるでなかった。それどころかこのソネットを非難しあげつらってからかうことで、私の貧しい霊感の泉をまたたくまに干上がらせてしまったのである。それ以後二十五歳を過ぎるまで、私は二度と詩作に手を染めようとはしなかった。叔父は私の処女作である出来損ないのこのソネットばかりでなく、良い出来であろうと悪い出来であろうと幾多の詩の息の根を止めてしまったのだ!

あのどうしようもない哲学級に引き続き、翌年は物理学と倫理学を勉強した。過去二年と同様の時間割で、午前中は物理学、午後は昼寝用に倫理学という時間割であった。物理学はほとんど私の興味を惹かなかった。相も変わらぬラテン語との対決と、履修済みの幾何学をまったく理解していなかったことが、私の進歩にとって乗り越え難い障害となっていた。真実を語るために恥を忍んで告白するが、かの有名なベッカリーア神父[18]の下で一年間物理学を学んだにもかかわらず、たったひとつの定理すら私の頭には残っていないのだ。神父による多くのすぐれた発見が盛りこまれた電気に関する学識豊かな講義を、私はまるで記憶していないし、理解もしていない。このときも例によって幾何学のとき同様、単なる記憶力のおかげで、私は立派に復唱を果たし、非難よりも称讃を教師連からあずかった。実際この一七六三年の冬、叔父が私に何か贈物をあげようと言い出したのは、そのためなのである。そんなことはそれまでなかったことだったが、叔父は私が本当によく勉強したと聞かされたために、これはそのご褒美だったのだ。贈物があることは、それを受け取る予定日の三カ月も前に、召使のアンドレアによって、予言者風の大げさな調子で知らされたのだった。彼は、私がこのままいい子にしていれば、贈物を受け取るチャンスが来るのは間違いないと言っていた。その贈物が何であるかはけっして明らかにされなかったのだが。

想像力によって膨らんだ、この途方もない期待は、私の勉学熱を再燃させたので、私は理論のオウム返しの暗唱に打ち込んだ。ある日とうとう叔父の従者が、その評判の未来の贈物を見せてくれた。それは一本の銀の剣で、出来も悪くなかった。一目見てからというもの、私はその剣が欲しくてたまらなくなった。そしてずっとその剣を待ち望んでいた。私には待つだけのことがあるように思われたのである。だがこの贈物が与えられることはついぞなかった。後に私自身合点がいったことなのだが、彼らは私が自分で叔父にその剣をくれと願い出ることを望んでいたのである。だがそれよりも何年も前に母方の家で、何でも欲しい物を言うようにと祖母に熱心に促されてもねだろうとしなかった例の私の性格が、ここでもまた私に口をきけなくさせたのである。こうして叔父に剣を要求する機会は訪れず、私が剣を手に入れることもなかったのであった。

第六章

私の虚弱体質。病気がちなこと。どんな訓練でも無能なこと、特にダンスの練習での無能ぶりと、その理由

こうしてこの物理学級の年も過ぎていった。その年の夏に、私の叔父はサルデーニャ総督に選ばれ、赴任の準備を整えた。そうして九月に叔父は、私をトリノにいる他のわずかな親戚、具体的には父方の親戚に預けると、私の金銭上の収入に関しては、友人のカヴァリエーレに共同管理してもらうことに決めて出立した。それ以降私は以前よりも懐具合がよくなって、新任の後見人が定めたささやかな月々の小遣いを、初めてもらえるようになった。それは叔父がけっして許そうとしなかったことだが、当時もそしていまでも、それはたいそう理不尽なことだったと思われる。おそらく私のために――そしておそらく同時に自分自身のために――金を使っていた召使のアンドレアが反対したのだろう。彼は自分で帳簿をつけて、私には彼を頼るままにさせておくほうが都合がよかったのだ。このアンドレアという者は、彼と同じくご立派な昨今の君主たちと同じ心根の持ち主だったのだ。一七六二年の終わりに、私は民事法と教会法のクラスに進級した。四年の歳月の後に、学生を栄光の頂点である弁護士の学位へと導くコースである。何週間かの法律の勉強の後、私は二年前に罹ったのと同じ病気に再び罹ってしまった。例の頭皮が破れてじゅくじゅくする病気である。

今回は前回の二倍に広がったために、私の哀れな頭は民事法、教会法の規定集、判例集、その他の資料の勉強には耐えられない状態だった。また、このときの私の頭の外見は、太陽でひからびた地面が、縦横無尽にひび割れて、傷口を閉じ合わせる恵みの雨を待っているような状態としか譬えようがなかった。だがそのひび割れからは、ねばねばした体液が大量に沁み出していたので、今回ばかりは憎らしいハサミの刃を逃れるわけにもいかなかった。頭の毛を刈り鬘をかぶって、一ヵ月後に私はこの醜悪な病から解放された。この出来事は私の生涯でも最悪のものの一つだった。まずは髪がなくなってしまったことがそうで、不幸にも鬘をかぶることで、あっというまに口さがない学友たちのあざけりの的となった。はじめ私は決然と対抗する姿勢を見せた。だがその後、四方八方からのとめどない攻撃から鬘を救うことは絶対的に不可能だと悟り、鬘と同時に自分の身をも失ってしまう危険を冒していることに気づくと、すぐに旗を翻してひじょうに大胆な解決法を実行した。それは、鬘を取り上げられるという辱めを受ける前に、自分から鬘を脱いで、その不幸な鬘を空中で揺すりながらあらゆる悪態を浴びせるというものだった。こうして実際何日か後には、皆の憎しみはすっきり解消され、同じ大寝室の他の二、三の鬘連中のなかでも、迫害にさらされることがもっとも少なく、それどころかもっとも尊敬されているとまで言えるような身分になっていた。そこで私は人が自分から取り上げようとするのを防ぐことができないものは、ごく自然にこちらから与えているように見せかけることが必要なのだと悟った。

その年私は新たな教師とも出会うこととなった。チェンバロと地理の教師である。この地理という、地球儀と地図を使ったお遊びは、私の能力にぴったり適っていたので、歴史、特に古代の歴史などと織り交ぜながら、かなりよく習得した。地理の教師はヴァッレ・ダオスタ[19]の出身で、フランス語で教えていたが、それ以外にも私にフランス語の本を貸してくれた。私はいささかフランス語を理解しはじめていたのである。なかでも『ジル・ブラース』[20]は私の心をすっかり奪い、初めから終わりまで通読したカーロの『アエネーイス』以来初の読破達成の書となった。この本は『アエネーイス』よりもずっと面白かった。それ以来私は小説に夢中になってしまい、『カッサンドル』[21]や『アルマイード』[22]など数多く読んだ。もっとも陰気で甘ったるいものが、私を力づけ楽しませた。なかでも『ある貴族の回想』[23]を私は少なくとも十回は読み返した。チェンバロに関しては、私は音楽に限りない情熱を抱いていたし、もともとの才能が欠けていたわけでもなかったのだが、鍵盤の上で手を敏捷に動かす以外ほぼ何の進歩もなかった。書かれた音楽は私の頭の中に入ろうとしなかった。すべてを耳と記憶に頼っていたのだ。私は楽譜の読み方が克服できないことを、昼食後すぐというレッスン時間のせいにしていた。生涯のどんな時期にも、その時間は私に対して明らかに反抗しているように思えた。私がちょっと頭を使おうとしても、何か紙や物をただじっと見つめようとしても、いつも時間がそっぽを向いているように思えたのである。かくしてそのどこまでも平行でぎっしり詰まった音符や五線譜は、私の瞳の前でぐらぐらと揺れるまでになり、このレッスン時間の後では、私はもはや目の前でかすんでしまったチェンバロから立ち上がると、一日の残りをぼんやりぐったりしていたのであった。

　フェンシングとダンスのレッスンも同様で、私にとってはまったく実りのないものであった。フェンシングのほうは、ガードの姿勢を保ち続けようにも、このフェンシングという技で用いられる身構えをするにも、私は体が華奢すぎたのであった。これもやはり昼食後の時間に行われ、私はよくチェンバロを離れては剣を握ったものだった。ダンスに関しては、私はもとからダンスなどというものは敵視していたうえに、新しくパリからやって来たフランス人教師が、一種の慇懃無礼な雰囲気と、その漫画のような言動の滑稽至極な様子で、このいわば操り人形芸とでも言えるものに対する私のもともとの軽蔑の念を四倍増させ、最大限の反感を抱かせたからであった。このため数カ月後には、私はレッスンをすっかり放棄してしまった。私がメヌエットを半分も踊ることができないのは、そういうわけなのである。その頃からこのメヌエットというひとつの単語を聞くだけで、笑わせられると同時に震えさせられもしてきた。これはフランス人の近くにいると、私につねにもたらされた二つの作用であり、フランスのものといえば、いつ果てるともなく続きしばしば下手に踊られるメヌエットでしかなかった。おそらく少々誇張されているにせよ、この不快な感情は、大部分がこのダンス教師のせいだと私は思っている。フランスという国が、まだまだ追求可能な愉快な特質をも備えているにもかかわらず、この国に対するかように不快な感情は、私の心の奥深くにとどまった。こうした感じやすい年頃に植えつけられた第一印象は、けっして消え去ることはなく、年月とともに弱まるなどということも、また難しいのである。そうした印象に、後には理性が戦いを挑んでいくのだが、偏見なく判断するにはつねに戦う必要があり、偏見のない判断に到達することなどおそらくないのである。幼い頃の記憶をかき集めてみると、他にも二つ、これと同様に私を少年の頃から反フランス派に仕立て上げた出来事が見つかった。一つは母が三度目の結婚をする前、私がまだアスティの父方の家にいた頃のことで、その頃フランス生まれのパルマ公夫人(24)が、パリへの往路か帰路かで町を通ったときのことであった。パルマ公夫人とそのお付きの婦人や女中たちの馬車は、当時フランス人だけが用いていた変てこな赤い色で塗装されていた。私はこのような物をそれまで目にしたことがなかったので、想像力をことのほか刺激されて、かくまで奇妙で滑稽な、事物の自然に反する装飾の狙いや、そんなものを愛する心に納得できないまま、その後何年間もこの馬車を語草にした。というのも病気や酔いなどの理由によって、人間の顔はこうした見苦しい赤色を呈するのであるが、皆できればその赤い色を隠すか、それを見られては笑われたり同情されたりするものだからである。このときのフランス人連中は、長期にわたって私に深く不愉快な印象と、この国の女性たちに対する嫌悪感を残したのだった。私の内に芽を出しつつあったもう一つの軽蔑の若枝は、それから何年も後の地理の勉強で、地図上でイギリスまたはプロイセンの国土の広さや人口と、フランスのそれの大きな違いを見たときに生まれた。またその後もフランス人が陸海で敗れたという、戦争のニュースをしじゅう聞いていたことや[25]、それに幼少の頃から聞かされ続けた、アスティの町は何度もフランス人に占領されたという話が加わったことから生まれたものなのであった。この占領は、最終的に六、七千人以上のフランス人が捕虜となって終わった。彼らはまるで身を防ぐことのないまま臆病者としてひっとらえられ、追い出されるのに先だって[26]、例によって尊大な暴君気取りで町まで連行されてきたのであった。こうしたさまざまな例が、後にすべて一緒くたになって、漫画風で滑稽なことはすでに述べたが、例のダンス教師の顔とだぶり、この厭わしい国に対する軽蔑と嫌悪の情を私の心に永遠に焼きつけたのであった。成長した後にさまざまな個人やさまざまな集団、あるいはさまざまな人民に対する憎しみや愛のもとになる原因を自分自身のなかに探ろうとする者は、おそらくそのもっとも若い時代に、そうした感情のまだ小さく軽い最初の種子を見出すであろう。そうした種子は私がお見せしたものに比べてさほど大きくもなく、そう違ってもいないのである。ああ、まったく人間とは、ちっぽけなものである！

第七章
父方の叔父の死。初めての私の自由。アカデミー第一学寮への入寮

叔父はカリアリに十カ月滞在した後、その地で亡くなった。齢は六十ほどだったが、健康状態を悪くして、サルデーニャに出発する前にはつねづね、私にもう二度と会うことはないだろうと言っていた。私の叔父への愛情はごく淡泊なものだった。私はあまり彼とは会わなかったし、彼は私の目にはつねに厳しく冷淡な人として映っていたからであるが、けっして正しくない人には見えなかった。真摯で勇敢という点で、彼は尊敬に値すべき人であった。気品に満ちた軍人であり、強いはっきりした性格の持ち主で、きっぱりした指示をだすのに必要な美質を備えていた。あれやこれやの該博な知識を蕩々と述べ立てるという点では少々困りものだったが、古今の歴史に通暁しており、たいへん才智のある人物としても知られていた。それやこれやで私は遠い地での叔父の死がさほど辛くはなかった。彼の死は友人たちが皆すでに予期していたことだったし、その死によって私はほぼ完全に自由を手中にしたのだ。それに加え、すでに十分な父からの遺産が、この叔父の少な

からぬ遺産によってさらに増えたのだった。ピエモンテの法律では、児童は十四歳になると後見を離れて、財産管理人さえ持てばよいという仕組になっており、財産管理人は児童がもとからの資産に手をつけることを除けば、毎年の収入はその児童の好きにさせなければならなかった。こうして十四歳で自分自身の主人となった私はすっかりいい気になって、気の向くままに浪費に走った。この間、お目付役のアンドレアは後見人の指示により解雇された。この男は女や酒や乱闘沙汰に手を出すことどまるところを知らず、そのあまりのだらしなさで問題となっていたが、誰もそれを止めることができずにいたのである。そういう彼には、これは当然の結末であった。私に向かっていつも汚い言葉を遣い、酔っぱらっているときには――というと週に五、六日はそうだったのだが――私に手さえ上げ、そして手荒なことをした。前にも述べたとおり、私はいつも病気に罹っていたのだが、その際彼は私に食事を与えると出かけてしまい、時には昼食から夕食の時間まで、私を部屋に閉じこめっぱなしにした。こうしたことは他のなによりも病気の回復を遅らせ、私のもともとの性質に起因するあの恐ろしい鬱状態を三倍にも増させることに貢献した。しかし信じてもらえるかどうか、私はアンドレアを失ったことを何週間も泣いて悲しんだのである。正当にも彼を解雇しようとしていた者に反対できぬうちに、彼は私のそばから排除されてしまったので、私はその後何カ月にもわたり、毎週木曜日と日曜日に彼を訪問しつづけた。彼がアカデミー内に足を踏み入れることが禁じられていたためである。私は新しく雇われた、どちらかというと太めだが、善良で優しい性質の召使に案内させて彼のところへ面会に行き、多くはないが持ち合わせていただけの金を与えた。その後結局彼は他の主人に仕える身となり、私も叔父の死後の環境の変化に気をとられて、徐々に彼のことを考えなくなったのであった。後年仮にああまでたちの悪い男に私が抱いた理屈に合わない愛情の原因を自分自身の内に探らねばならなくなったとして、もし自分を美化して言うとすれば、それはおそらく私の性格のある種の寛大さに原因があったと言えたであろう。だが当時はそれが本当の原因などではなかった。その直後にプルータルコス[27]を読み、栄光と美徳への愛に燃え立ち、善をもって悪に報いるという申し分のないやり方を知って、そのやり方を称讃するか、可能な場合には実行してしまうほど私は寛大だったには違いないが。私のアンドレアへの愛情は、彼にひどく苦しめられたにもかかわらず、七年間その姿をいつも自分の近くに見てきたという習慣の力と、彼のいくつかの美点に対し私が抱いていた偏愛とが混ざり合ったものとして、私の内にあった。飲込みが早く、行動が迅速で器用であるといった彼の美点や、彼が語り聞かせてくれた機知と愛情と想像力に富んだ長大な物語や逸話。彼が私に加えた圧政はそれらすべてによって相殺され、彼はつねに私と良い関係を保つことができたのだった。だが生来無理強いや虐待をひどく嫌っていたこの私が、彼の圧政に慣れてしまっていたこと、それが私には理解できない。自分自身についてこう考えることで、私は時に、何人かの王子たちに対する同情を覚えた。少しも愚かではないのに、少年期に自分より優位に立つ人々の導くままにされていたような王子たちへの同情である。少年期とは、その心に与えられる影響の大きさからいうと、致命的な年頃なのだ。

　叔父の死によって受けた最初の恩恵は、馬の調教場に通えるようになったことである。それまでにも私はこの調教学校に通うことを熱望していたのだが、ずっと許可を与えられずにいたのだった。アカデミーの寮長は、私が乗馬を習いたくて気も狂わんばかりでいることを知ると、この熱意を私自身の向上に利用できないかと考えた。そして、私が師範級と呼ばれる大学の第一段階の単位取得、すなわちおよそ二年間の論理学、物理学、幾何学の勉強の成果を試す一斉試験に受かった暁には、頑張った褒美として、乗馬を認めようと私に約束したのである。私はただちに心を決め、これらあまりよく勉強していない教科の、少なくとも定義くらいは繰り返して言い聞かせてくれるような家庭教師を特別に雇った。そして試験官から尋ねられるかもしれないお定まりの数個の質問に答えるため、一ダースほどのラテン語の文章を十五日か二十日そこいらのうちに大急ぎで詰め込んだ。そうやってなんとか一カ月足らずのあいだに私は教養の似而非マエストロとなり、その結果生まれて初めて馬の背に跨ったのである。私がこの馬術の本当のマエストロとなったのは、その後何年もたってからのことであった。当時私はどちらかといえば小柄だったし、体もかなり華奢で、乗馬する際に支点となる膝の力が弱かった。だが私は意志と偉大な情熱で力の不足を補い、短期間で十分な進歩を遂げた。馬の操縦、馬の気持を読みとる技術、馬の動きと性質を知り推測することなどがたいへんうまくできるようになったのである。私が元気にすくすくと成長を遂げ、見るからに頑丈そうになっていき、新たに生まれ変わったといえるまでになったのは、まったくこの愉快かつ優雅極まりない訓練のおかげなのだ。

こうして叔父が埋葬され、いままでいた後見人を新たに財産管理人と取り替えて、教養のマエストロとなり、アンドレアの圧制から解放されて駿馬に跨った私が、日に日にどれほど傲慢になっていったかは信じ難いほどだった。寮長や財産管理人に向かって、こんな法律の勉強にはうんざりしている、自分はこのために時間を浪費しているが、一言でいってこんなことはこれ以上続けたくないとはっきりと口に出しはじめた。そのため財産管理人とアカデミーの学院長が話し合い、すでにお話しした、あのたいへんゆったりとした教育を行う第一学寮に私を移すことで決着した。

こうして私は一七六三年の五月八日に第一学寮に入寮した。その夏私はほとんど独りぼっちで寮にいた。だが秋になると、フランス以外のほぼすべての国々からの外国人で、寮は再びいっぱいとなった。一番数が多かったのはイギリス人だった。恭しく供される素晴らしい食事。放縦。ほんの少しの勉強、惰眠、毎日の乗馬、次第に募る放埒。だがそのおかげで、私には健康と活潑さ、無鉄砲さがまたたくまに甦り、さらに倍増した。頭髪は再び伸びはじめ、私は鬘を脱ぎ捨てて好き勝手な恰好をし、アカデミーの第二、第三学寮時代の五年間にわたって規則で着なければならなかった黒い衣服への反動から、衣装代に財産を注ぎ込んだ。財産管理人は、こうした大量の高価な衣装のことで怒っていた。だが仕立屋は私が支払えることを知っており、好きなだけ付けにしてくれたのであった。おそらく彼自身も、私からの支払いで自分の衣服を新調していたのではないかと思う。遺産と自由を得た私は、どんなことを企てようと、すぐ仲間や友人や追従者を見出すことができた。要するに、すべてこの金に付いてやって来て、金に付いて忠実に去っていく者たちのことである。十四歳半という年齢で、こうした新しい狂熱の渦のただなかにいたにもかかわらず、その状況から想像される、というよりは当然だと思われるほどには、私はひねくれ者でも厄介者でもなかった。時折私は自分のなかに静かな向学心と、自分の無知に対する嫌悪感や羞恥心がわき起こるのを感じた。私はその無知を自分の目にも他人の目にも、ごまかそうとは思わなかった。だが自分にはどんな学問的基礎があるわけでもなく、誰か勉強を指導する者がいたわけでもなく、何かよくできる外国語があったわけでもなかったので、私は何にどのように熱中すればよいのかわからずにいた。フランスの小説を数多く読み（イタリア語のもので読むに値するようなものが、そこにはなかったのだ）、絶えず外国人と会話し、イタリア語を話す機会も聞く機会もないままであった。この二、三年間の馬鹿げた人文学とくだらない修辞学の勉強の合間にかろうじて頭に入れることのできたなけなしのトスカーナ語も、少しずつ頭の隅から追い出されていった。こうして空になった頭には、代わってフランス語が入り込んだ。その入替りようは、この第一学寮の最初の二、三カ月に向学心が燃え上がった際、フルーリーの[28]『教会史』三十六巻に没頭し、ひたすら熱中してほぼ全巻を読破してしまうほど徹底していた。私はフランス語によるその要約さえ企て、十八巻目まで達成した。馬鹿げていて厄介で笑いを誘うが、ほとんど何の役にも立たぬこうした労苦を、私はだが執拗に行い、楽しみさえもしたのであった。私が神父たちやその周辺に対して信頼を失い始めたのも、この読書に端を発していた。だが私はほどなくしてフルーリーを放り出してしまい、それ以上彼の本のことは考えなくなった。私はこの要約を、最近まで火にくべて燃やしてしまうこともなかったのだが、書いてから約二十年後にざっと読んでみて、大笑いしてしまった。教会の歴史の次に没頭したのは小説だった。なかでも『千一夜物語』[29]は繰り返し何度も読んだ。

その一方で、私は大勢の在宅の若者たちと固い友情を結んだ。彼らは家庭教師について勉強していたのだが、彼らとは賃貸のぼろ馬を借りては乗馬をしまくったり、首をへし折るような気違い沙汰も、一度ならず数え切れないほどやった。エレモ・ディ・カマルドリからトリノまでの急斜した石畳を走るというような、その後どんなに素晴らしい馬を使ってでもけっしてやらないようなことまでやってのけたのである。ポー川とドーラ川の間に広がる森を、痩せ馬に乗って先導役を務める例の私の召使に続いて、私たちは狩人のように走り回った。あるいは馬から鞍を外し、大きな叫び声をあげながら鞭をぴしぴしいわせ、口から角笛のような音を発しながら、途方もなく大きな堀を飛び越えては、しばしばそのど真ん中に落っこちたり、ドーラ川のポー川に注ぎ込む場所を馬を歩かせて渡ったりしていた。つまりはありとあらゆる種類の、こうしたとんでもない馬の乗り方をしたため、賃貸料を多めに支払わないかぎり、もはやわれわれに馬を貸そうとする者は誰もいなくなってしまったほどだった。だがこうした過度の運動こそが、私の肉体を見事に鍛え上げ、精神を大いに向上させてくれていたのであった。そしてそれこそが、私が獲得した物質的かつ精神的な自由を支えていくことができるよう、またおそらく徐々にその自由に見合った人間になれるよう、私の魂を準備してくれていたのである。

第八章

完全なる無為。災難が降りかかるが、力強く耐える

その頃私の私生活に干渉する者は、財産管理人から差し向けられた、半分家庭教師のような新しい召使以外には誰もいなかった。彼は私の行く先々につねにお供するよう指示を受けていた。彼はしかし、人の善い阿呆者で、私腹を肥やすことに熱心な輩であったため、実際には私は彼に多額の

金を与えてしたい放題をし、彼はそのことを他言しないでいたのであった。だが人間とはけっして満足するところを知らないもので、また私は誰よりもそうだったから、自分の行く先々にいちいち召使を同行しなければならないことに、すぐにうんざりするようになった。そして第一学寮のなかでも、召使を使っているのは自分だけだという事実により、この彼の奉公はいっそう気の重いものとなっていた。というのも、他の者は皆、一日に何度でも好きなだけ一人きりで外出していたからなのである。私は自分が十五歳未満で皆よりも小さいからという理由に、まったく納得していなかった。そこで自分も一人で外出したいという一心から、召使にも誰にも一言も告げずに、一人で出かけるようになった。最初は監督官に取り押さえられ、すぐに寮に戻った。二度目は寮の中で捕まったのだが、数日後に解放されて再び一人で外出しはじめた。今度はいっそう厳重に取り押さえられたのだが、再び解放されると、また外出に成功した。こうした出来事が何度も繰り返され、たしか一カ月ほど続いた。私に加えられる懲罰は次第に重くなったが、これまでどおり暖簾に腕押しであった。そうやって捕まったあるとき、とうとう私はこう宣言した。「あなた方は私をずっと捕まえておかなくてはならない。解放されれば私はすぐにまた一人で外出してしまうだろう。良くも悪くも、私は自分が他の仲間たちと多少なりとも違ってしまうような、特別なことはしたくない。こうした分け隔ては、不公平で憎むべきもので、私を他の者の嘲笑の的としてしまうのである。もしも私が他の第一学寮の者たち同様の振舞いができるだけの年齢に達していないと、監督官殿がお考えになるならば、私を第二学寮にお戻しになることができるのではないか。」こうしたいっさいの高飛車な発言の後、私は再び拘禁の憂き目をみた。この拘禁は三カ月以上、一七六四年のカーニバルの全期間という長きにわたった。私はいよいよ頑なになり、けっして釈放を願い出ようとはせず、すっかり頭に血が上ってしまって自分の主張に固執していたので、そこに閉じこめられたまま朽ち果ててしまったかもしれないと思う。しかし、とにかくけっして主張を曲げなかった。ほとんど一日中寝て過ごし、夕方頃ベッドから起きあがると、暖炉の近くに敷布団を一枚持ってこさせ、その上に寝ころんだ。彼らが部屋まで運ばせていた、アカデミーのいつもの食事をとる気になれなかったので、自分でポレンタその他似たようなものを暖炉の火を使って料理していた。髪に櫛を入れさせず、服を着もしなかったので、私は野生の少年のような姿になってしまった。部屋から出ることは禁じられていたが、例の勇ましい乗馬の、信頼する仲間である外部の友人たちが遊びに来ることは許されていた。だがその訪問の際、私は耳を閉ざし口も利かず、まるで魂の抜け殻のように、ずっと横になったまま、誰が何を言っても答えなかった。そして何時間も、いまにも泣き出しそうな目を、だが一滴の涙も見せることなく、床に釘づけにしたままでいた。

第九章
姉の結婚。私の名誉挽回。最初の馬

私をこのまさに獣の生活からようやく解き放ったのは、姉ジュリアのジャチント・ディ・クミアーナ伯爵との結婚だった。この婚礼に続く一七六四年五月一日は私の心に深く刻まれている。その日私は結婚式の一行とともに、トリノから十マイル離れたクミアーナへと、素晴らしい休暇に出かけたのであった。私は一冬中監禁された後、脱獄した者がそうするに違いないように、一ヵ月以上そこでたいへん楽しく過ごしたのである。新しい義兄は私を釈放するよう頼み込み、そしてもっとも公正な取決めのもと、私がアカデミーの第一学寮の連中の持っている権利を得ることが決定された。こうして何ヵ月もの監禁によって、私は仲間と同等の権利を手にするようになったのである。この結婚の機会に、私に許される支出金額が増やされたのだが、それは法律的には誰も反対することができないものであった。私の最初の馬の購入はこうして決まった。この馬は私についてクミアーナの休暇にもやって来た。実に美しいサルデーニャ産の馬で、毛は白く、体つきは際だって素晴らしく、頭部から首、胸にかけての線は最高であった。この馬を私は溺愛したので、強い感動なしに思い出すことができない。私のこの馬に対する情熱は、馬が何か具合を悪くするたびに、私に平静を失わせ、食べることも眠ることもできなくさせてしまうほどであった。この馬は気性が激しいと同時に繊細でもあったため、しばしばそういうことが起こった。ところがいったん馬に跨ると、私はこうした深い愛情にもかかわらず、馬が言うことをきかないと、構わず責めたり手荒に扱ったりしてしまうのだった。この貴重な動物の繊細さをすぐにもう一頭買いたいと言う際の口実とし、その後も四輪馬車用に二頭、二輪馬車用に一頭、乗馬用に二頭と増やしていき、一年足らずのあいだに私の所有する馬は八頭にもなった。石頭の財産管理人は大騒ぎしたが、私は好きなだけ叫んだり抗議したりさせておいた。こうして私はこの締り屋で倹約家の財産管理人という障害を乗り越えたのであった。主として衣装代だったが、何でも少しでも浪費すると、彼は私に出過ぎた注意を与えるように思われた。私の仲間の何人かのイギリス人は、衣装にとても金をかけていた。私は負けるのが嫌で、努力して逆に彼らの上を行った。だが一方で、私がアカデミーの外国人たちよりもずっと長い時間をともに過ごしていたアカデミー外の友人たちは、その父親たちの管理下にいたので、わずかな金しか持っていなかった。そのため彼らはトリノの名家の者たちで、生活ぶりは身分相応のものではあったが、好きなように使える金額は当然ひじょうにわずかだったのだ。そこで本当のことを言うのが好きな私としては、当時自分にとって自然で当然の行為であると確信して、純粋な気持から行っていたある善行、彼らへの配慮をここで告白せねばなるまい。それは私が、力や能力や心の広さや性格や財産が、自分よりも劣っている者に対してはそれが誰であろうと、またどんなことであろうと、追い抜きたいと願わず、またできもしなかったことである。実際私が作らせていた生地や皮革や刺繡の豪華な新しい服を、宮廷の参内用あるいは見栄の張合いをしていたアカデミーの仲間たちとの食事用に、朝着付けさせることがあったとしても、外部の友人たちが私のところにやって来る時間すなわち昼食後には、さっさと脱ぎ捨ててしまうのだった。彼らがこうした服を見ないよう隠させまでしたのだが、要するに私はそれを、まるで犯罪を犯してでもいるかのように彼らに対して恥じていたのである。そして実際、自分の友人たちや、自分と同等の者たちが持っていない物を所有したり、さらには見せびらかしたりすることは、私の心には犯罪のように映っていた。私は度重なる言い争いの後にやっと、トリノのようなちっぽけな町の十六歳の小僧には、まったく無駄で滑稽でさえあるような優雅な馬車を財産管理人に作らせることに成功したのだが、それに乗ることはほとんどなかった。友人たちが馬車を持っておらず、いつも神から授かった足を使って、歩いて帰らなければならなかったからである。多数所有していた乗馬用の馬に関しては、それらを彼らと共有するということで許してもらっていた。彼らは各自自分用の馬を持っており、両親がその馬を飼育させているのにである。そのためこの馬という分野での贅沢は、他の分野で贅沢するよりもずっと私を喜ばせ、嫌悪の情を伴うことは他の分野に比べると少なかった。友人たちを傷つけるようなことが何もなかったからである。

冷静に真実に基づいて、こうした自分の青春の黎明期を振り返ってみると、激しやすく、怠惰で、躾がなく、歯止めの利かない年頃の多くの欠点のなかにも、正義や平等や魂の寛容さに向かうある種の自然な傾向が見分けられるように思われる。これら正義、平等、魂の寛容さといったものは、自由な人間、または自由に値する人間の必要条件であるように思われる。

第十章

初めての恋ごころ。初めての小旅行。入隊

私は乗馬仲間のうちでも特に親しくしていた兄弟の一家と、一カ月ほどの休暇に出かけた。私が間違えようのない初めての愛の力を、兄弟の長兄の妻にあたる彼らの義姉に対して感じたのは、その休暇のときのことであった。黒髪でひじょうに生き生きとしており、どこか尊大なところのあるこの若夫人は、私を大いに奮い起こさせたのである。生涯にわたって、私が後に他の対象についても感じたこの情熱のしるしは、このとき深く執拗な鬱の姿で現れた。愛の対象である彼女をひっきりなしに探し回るのだが、見つけたとたんに彼女が逃げていってしまうこと。ほんの一瞬であっても二人きりで彼女と出会った場合——彼女は姑夫婦の厳しい監視下にあったので、そんなことは一度も起こらなかったが——、彼女に何と言っていいのやらわからないこと。彼女がどこかの通りを、ヴァレンティーノやチッタデッラ[30]の公共の遊歩道を通りやしないかと、町のあちこちで待ち伏せることだけに日々を（別荘から戻った後だが）費やすこと。人が彼女の名前を口にするのを耳にすることも、彼女について自分で話すこともてんでできないこと。すなわち神聖なる情熱の、われらの神聖なる師であるペトラルカ[31]が、たいへんな教養と愛情をもって著した作用のすべて、そしてそれ以上のものが、私にもたらされたのである。少数の者にしか理解されず、さらにいっそう少数の者にしか経験されない作用。だが、芸術全般にわたり、このほんの一握りの者たちにのみ、低俗な群衆のあいだから抜きんでることが許されているのだ。この私の最初の炎は、何の決着もつかずに終わったが、その後長く私の心のなかでじりじりと燃え続けた。そしてその後の旅の年月にも、いつも私の意志とは関係なくほとんど無意識のうちに、口に出さないが自分の行動すべての内部律となっていたのである。あたかもある声が私の心のもっとも秘められたところで、私に向かってこう叫んでいるかのように。「もしおまえにこれこれ、もしくはこれこれの良いところが増えれば、旅からの帰還後、彼女はおまえのことをすっかり気に入るかもしれぬ。事情が変われば、もしかするとこうした夢を現実のものとすることができるかもしれぬぞ」と。

一七六五年の秋、私は財産管理人とともに、ジェノヴァに十日間の旅をした。これが私が国を出た最初であった。海の眺めはすっかり私の心を奪い、その眺めは私を飽きさせることがなかった。そうしてこの誇り高き町の、絵に描いたような素晴らしい町の立地もまた、私の想像力を燃えたたせた。その頃もし私が何らかの言語を習得していて、自在に詩を作り出すことができたならば、必ずや韻文詩を創作していたであろう。だが私が本を読まなくなってから、はや二年ほどの歳月が流れていた。たまにフランスの小説や、ヴォルテール(32)の散文をいくつか読んだくらいである。このヴォルテールの散文は大いに私を楽しませた。ジェノヴァに行く途中、母と自分の生まれ故郷を再び見るという至福を得た。故郷を離れてからすでに七年が過ぎていたが、それは当時の私にとっては何世紀にも思われた。その後ジェノヴァから戻ったのだが、私には自分がたいそうな偉業をやり遂げ、多くを見聞したように思えていた。だが私はこの旅行のことで、アカデミー外の友人たちに対して優越感を感じれば感じるほど（彼らに屈辱感を与えないため、この旅のことを隠していたにもかかわらず）、その後内部の仲間たちを前にいっそう憤りと肩身の狭さを感じていたのである。というのも彼らはイギリス人、ドイツ人、ポーランド人、ロシア人といったように、みな遠い外国からやって来ていた者たちだったからだ。彼らには私のジェノヴァ旅行など、実際そのとおりなのだが、取るに足りないつまらぬものに見えただろう。このことで私は、彼ら全員の国を見てみたい、旅に出たいという強い望みを持つようになった。

こうした無為と、だらだらとした放埒な生活のうちに、私の第一学寮での最後の一年半は過ぎ去った。第一学寮に入ったときから、私は軍隊への入隊志願者のリストに登録していたが、学寮で三年間過ごした後、一七六六年の五月に、やっと他の百五十名ほどの若者たちとともに集団入隊させられたのであった。そして自分にとっての天職は軍人であるという私の思込みは、一年以上前からすっかり冷めてしまっていたのだが、入隊志願書を取り下げていなかったために、召集に応じなくてはならなくなってしまった。それで私はアスティ地方連隊の旗手となったのである。初め私は、生来の馬好きから騎兵隊に志願した。だがそれからしばらくたち、どこか地方の連隊に入るだけで十分だと思うようになって、志願先を変更した。地方連隊は平和時には一年に二回だけ、数日間軍旗の下に召集されるだけで、それ以外には何もせずにまったく自由でいられた。そしてまさにこの何もしないでいられることこそ、私がそうしたいと思うように運命づけられていた唯一のものなのであった。とはいえ、このたった数日間の軍務ですら私にとっては大きな苦痛であった。たいへん居心地良く感じて、そのぶん自らすすんで住みついていたアカデミーから、その任務のために出て行かねばならないということで、いっそう苦痛に感じられたのである。そしてこの第一学寮の居心地の良さを、私は以前住んでいた他の二つの寮やこの第一学寮に入って最初の一年半、居心地悪く、いやいやながら暮らしていたことで、いっそう強く感じていたのだった。だがやはり任務には服さなくてはならなかったので、五月中に私は約八年間を過ごしたアカデミーを引き払った。九月にはアスティの自分の所属する連隊の最初の閲兵式に加わり、自分のつまらぬ任務を忌み嫌いながらも、私はその仕事すべてを正確無比にこなしたのである。私は上官への服従と呼ばれる、例の軍隊内の上下関係にはまるで順応できなかった。この上官への服従こそが軍規の核となっていたのである。だがそれは、未来の悲劇詩人の核とはけっしてなりえないものであった。アカデミーから出ると、私は姉の屋敷内の、小さいが趣味の良い一角を借り切った。そこではもっぱら馬や、ありとあらゆる種類の無駄遣い、友人やアカデミーの昔友だちとの食事など、遊蕩の限りを尽くすことに没頭した。旅に出たいという物狂おしい思いは、こうした外国人たちとの会話によって私のなかで果てしなく膨らみ、私が自分の生来の性格に反して、ローマとナポリへ行く少なくとも一年間の旅行の許可をもぎ取る策略を編み出すよう仕向けたのであった。だが十七歳と数カ月という当時の私の年齢では、一人で行かせてもらえないことはあまりに明らかだった。そこで私はカトリック教徒である一人のイギリス人養育係(33)に働きかけた。彼は今度私と一年以上アカデミーで一緒だったフランドル人とオランダ人を旅行に連れていくことになっていた。私はこのイギリス人が、私の後見も引き受けてくれるかどうかを確かめ、その旅行をわれわれ四人で行おうとしたのだ。あらゆる手を尽くした結果、彼らは私を旅行仲間に加える気になった。その後は、たいへん評判がよく実に分別に富んだこのイギリス人養育係の監督下に出立する許可を王から得るため、義兄も支援してくれた。そしてついに、その年の十月初めの出発が決定されたのである。これは、神経をはりつめてねばり強く準備した策略の最初のものであったが、私がその後もこんな策略を立てたのは数えるほどである。こうして養育係や義兄、そして他の誰よりも締り屋の財産管理人を説得することに努めたのである。策略は成功したが、私は目的を達成するためにしないわけにはいかなかった、こうしたおもねりや見せかけ、偽りのすべてを心のなかで恥じ、憤っていた。われらが小国のいかなる些事にも首をつっこむ王は、自分の支配下にいる貴族たちの旅行を少しも快く思っていなかった。まして殻から出てきたばかりのひよっこで、ちょっと面倒な性向を示している者に対してはなおさらそうだったのである。そのため私は、王に頭をひたすら下げる必要があったのである。だが幸運なことに、頭を下げたからといって、すぐその後に完全に自由に頭を上げられなくなるようなことはなかった。

ではここで第二期を締めくくることとしたい。私はここでたぶん第一期よりもさらにつまらない話を、一段と事細かに挿入してしまったことに気づいた。そういうわけで、読者にはこの第二期をじっくり読むようなことはせず、できれば読みとばしてしまうことをお勧めする。この私の少年期の八年間をいくつかの言葉で言い表すなら、病気と無為と無知という言葉に尽きるからである。

第三期
青年期
旅と放埒の十年余

第一章
最初の旅。ミラノ、フィレンツェ、ローマ

物狂おしい思いにとらわれて、一晩中眠れないまま過ごして迎えた一七六六年十月四日の朝、私は待ちに待った旅へと出発した。われわれ一行は、主人格の四人を乗せた私の馬車一台、召使二人を乗せた二輪馬車一台、私の馬車の御者台に他の召使二人、そして伝令馬に乗った召使一人からなっていた。この召使は、養育係として三年前に私に付けられたあの老人ではなかった。私は彼をトリノに残してきたのである。私の新しい召使は、フランチェスコ・エリアという名の者で、彼は

ほぼ二十年にわたって私の叔父に仕えたのだが、叔父がサルデーニャで亡くなって、私の許にやって来たのであった。彼はこの叔父とともに、サルデーニャに二度、フランス、イギリス、オランダにも旅行したことがあった。たいへんに機転が利き、稀に見る活動的な男で、他の四人の召使たちが束になっても敵わないほどの人物で、今後の私の旅行喜劇の主人公となる予定である。彼はすぐに、子供や耄碌した老人からなる、残りの八人全員が完全に無能で、この旅行の指揮を実際にとれるのは、唯一自分であることに気づいた。

最初十五日間ほどはミラノに逗留した。二年前にすでにジェノヴァを見ており、トリノのこのうえなく美しい町並を見慣れていた私に、ミラノの町の町並が気に入るはずはなかったし、また気に入ることなどありえなかった。それでも何かしら見るべきものはあっただろうに、私はそれを見なかった。あるいは見たとしてもじっくりとは見なかった。有益であったり、人を楽しませたりする芸術というものを、私はまるで何も知らず、無関心でいたせいである。特によく覚えているのは、もう何だったかは覚えていないが、図書館員からなにやらペトラルカの自筆原稿(1)をアンブロジアーナ図書館で手渡されたときのことだ。正真正銘野蛮なアッローブロゴ人(2)であった自分は、こんな物に用はないと言って、その原稿をその場で突き返したのである。それどころか、私は内心このペトラルカに対して一種の怒りを覚えていたのであった。その何年か前、哲学コースの学生だった頃、偶然ペトラルカの本が手に入ったので、私は当てずっぽうにあちこち開いて、走り読みしたり、何行かを声に出してつかえつかえ読んでみたりしたのであった。だがまるでわからず、意味のとれる箇所も皆無であった。そこで私は、フランス人に同調し、思い上がった無知な連中とともに、一致して彼を断罪したのである。彼を口うるさい、つまらぬ物事や退屈で言葉を操るだけの詩人と決めつけていたのである。しかし後になって私は彼の貴重な自筆原稿をかなり収集することになったのであった。

とはいうものの、この一年にわたる旅に出発する際、何冊かの『イタリア紀行』(3)の本しか持たずに出かけたうえ、それらはすべてフランス語で書かれていたので、私はますます文明人になることから遠ざかってしまった。旅の同行者とはいつもフランス語で会話し、ともに訪問したミラノのいくつかの家でも、やはりフランス語で会話していた。そのため、貧しいおつむで考えて組み立てた、ほんのちょっとしたことも、やはりみっともないフランス語風のものなのであった。手紙もどきを書くのもフランス語であったし、この旅での滑稽な思い出を走書きしたものも、やはりフランス語だったのである。最悪なのは、私はこの「ことばもどき」を、たまたま知っていたにすぎないということだった。一度も正式に学んだことのない文法の規則は、もはや何一つ思い出せず、さらにイタリア語に至ってはそれ以下のありさまであった。これはイタリア語とフランス語の両方が使われている国に生まれついた不運と、まるで役に立たない教育を受けたことの結果であった。

約二週間の滞在の後、われわれはミラノを出発した。だがこの旅の『回想記』を、私はほどなく自身の手で燃やしてしまった。したがって、著名な町を扱ったこの幼稚な旅を、必要以上に詳細に述べることで、燃やしてしまった『回想録』をここに再現しようとは当然ながら思わない。そこで、芸術に疎い私が、まるでヴァンダル人のように長距離を移動して訪れたさまざまな町については何も言及しないか、あるいは言及してもほんのわずかにし、むしろ自分自身について語っていこうと思う。というのもまさにこの「私自身について」という不幸なテーマこそが、この作品のテーマだからである。

ピアチェンツァ、パルマ、モデナを通り、われわれは数日かかってボローニャに到着した。パルマには一日だけ、モデナにも数時間のみ滞在し、例によって何も見ないか、または見るべきものを見ても大急ぎでよく見ないまま通り過ぎた。私が旅から得た唯一かつ最大の楽しみはというと、街道を駅馬車で飛ばすこと、しかもできれば伝令馬で飛ばしていくことであった。ボローニャのアーケードも修道士たちも、私はあまり気に入らなかった。この町の絵画については私は何も知らなかった。一所にとどまっていられない、ある種の我慢のなさにつねに駆り立てられ、私は年老いた養育係をひっきりなしに出発するよう急き立てた。十月の末にわれわれはフィレンツェに到着した。この町はトリノを出発して以来、初めて私の気に入った町であった。けれども二年前に見たジェノヴァほどではなかった。そこに一カ月間滞在し、名声に促されてウフィッツィ美術館、ピッティ宮殿、さまざまな教会などを訪ね始めたのだが、見学の仕方は下手としか言いようがなく、すべてひどくいやいやながらであったし、美に対する感覚などまるでないまま行われた。特に絵画についてそうだったが、私の目は色に対してひじょうに鈍感だったのである。何も楽しまなかったといっても、彫刻は少しばかり、建築はそれよりも楽しめた。私のなかにおそらく、建築家の叔父の記憶があったためであろう。サンタ・クローチェ教会の中にあるミケランジェロの墓は、私の足を引きとどめた数少ないものの一つであった。私は、この大いなる名声を得た男の生涯についてしばし思いをめぐらせた。そしてこのときから、人々のなかで真に偉大な人とは、自分の手で何か永遠に残る作品をものにした一握りの人たちなのだということを、強く感じ始めたのであった。しかしいつも気もそぞろなありさまだったから、その気持も膨らむことはなく、いわば大海の一滴といったものであった。後々もずっと顔を赤らめてしまうような若い頃の多くの過ちのなかでも、フィレンツェで英語を学び始めたことはその筆頭に挙げられるだろう。一カ月という短い滞在のあいだに、私はたまたま出会ったイギリス人の似而非教師から英語を習ったのであった。幸運なトスカーナの人々が実際に使っている言葉を手本として学び、彼らからその神聖で、少なくとも外国語訛のないイタリア語を習う代わりに、英語を習ったのである。私はこの神聖なる言語であるイタリア語を、使わなくてはならないたびごとに、たどたどしく話していた。そこで、できるだけ話すことを避けていたのである。だがこのイタリア語が話せなくて恥ずかしいという気持は、やはり私のなかで強かった。それでもなお、イタリア語など面倒くさくて習得しようと思わないという気持のほうが、それよりもずっと強かった。こうしたことにもかかわらず、私は早速、われわれのあのおぞましいロンバルディア風、あるいはフランス風の「u」の発音を純正イタリア語風に改めた。この「u」が私は昔から大嫌いであった。それはこの詰まったような発音と、会話の最中にそれを発音する者の顔を、猿が話すときに見せるあの滑稽なしかめっ面そっくりにする口の形のせいであった。さらにいまでも、私はこの「u」があるにもかかわらずフランスに滞在するようになり、耳が痛くなるほどこの音を聞いて五年以上になるのだが、それでもなおその口許に目を向けるたびに、吹き出してしまう。劇場での上演やサロンでの上演（ここではしょっちゅうのことだ）では特にそうだ。こうした場では、煮え立った野菜スープを吹いてでもいるかのように唇をすぼめて発音される、「自然

(nature)」という言葉が幅を利かせていたからである。

こうしてフィレンツェで、私はあまり多くのものは見ず、何も習得しないまま時間を無駄に費やし、すぐに退屈してしまった。そこで、われらの老いた養育係を励まして、十二月一日にはわれわれは、プラートとピストイアを通ってルッカへと向かった。ルッカでの一日は私には一世紀にも思われた。そこで一行はただちにピサに向けて出立した。ピサでの一日は、カンポサントがたいへん気に入りはしたものの、やはり私には長く感じられた。そこですぐリヴォルノに向かった。この町はひじょうに私の気に入った。というのも、この町はトリノによく似ており、私がけっして飽きることのない海を控えた海岸通りがあったからである。そこでの滞在は、八日から十日にわたるものであった。私は相変わらずたどたどしく洗練されない英語を話し、トスカーナ語に耳を貸さないでいた。後になって、この馬鹿な選択の理由を考えてみたのだが、自分自身気づかぬうちに私をそうした選択に向かわせたのは、英語が本当に好きだったからではなく、偽の憧れだったと気づいたのだった。私は二年以上をイギリス人たちと生活し、あらゆるところでその力と富が称讃されるのを聞き、その多大な政治的影響力を見てきた。一方、イタリアはすっかり死んだも同然で、イタリア人は分割され、弱体化し、服従させられ、奴隷にされていた。私は自分がイタリア人であること、イタリア人と見られることを恥ずかしく思い、イタリア人のするようなことは何もしたくなかったし、知りたいとも思わなかったのである。

われわれはリヴォルノからシエナへ向けて出発した。このシエナは、町としてはさほど私の気に入ったわけでもなかったが、美と真実に溢れていた。まったく無知な人々までもが、たいへん優美に、的確に、そして簡潔に気持よく話しているのを聞いて、まるで強烈な光が私の心を突然照らし、甘い期待が耳と心を満たしてくれるように感じたのである。だがそこには一日しか滞在しなかった。文学的、政治的な私の回心はまだまだ先の話であったのだ。それに、私がイタリア人が何であるかを知り、愛を抱くためには、イタリアから長期間にわたって出る必要があったのである。さて、私はローマへ向けて出発したが、胸はどきどきしっぱなし、夜もほとんど眠れないまま、サン・ピエトロ寺院やコロッセオ、パンテオンに終日繰り返し思いを馳せた。これらが称讃されるのを何度も聞いていたからである。そしてまた、ローマ史にでてくるいくつかの場所にも大いに心を乱された。私はローマ史を――無秩序、不正確にではあるが――おおよそ把握しており、脳裏に十分深く刻み込んでいたのである。それは私が思春期にきちんと勉強しようとした唯一の歴史だったのである。

一七六六年十二月のある日、私はとうとう待望のポポロ門を見ることができた。ヴィテルボからの田舎の荒れ果てようと貧しさはひどく私の気分を滅入らせたが、この壮麗な門は私の心を慰め、私の目をひじょうに満足させた。宿が取ってあったスペイン広場に降り立つと、養育係は宿で休ませて、われわれ若者三人は、駆けずり回ってその日の残りを過ごした。そしてなによりも大急ぎでパンテオンを見学したのだった。仲間たちは、全体として私以上に見るもの聞くものに驚いている様子だった。何年かのちにそうした仲間たちの国を見たとき、なぜ彼らが私よりも驚いたのかが容易に理解できた。そのあとローマには八日間だけ滞在したのだが、その間じゅう当初から抱いていたあの抑え切れない好奇心を満たすために駆けめぐるばかりであった。だが私は新しいものを見るよりも、一日に多いときは二度、サン・ピエトロ寺院を訪れるほうをずっと好んだ。そこにある驚くばかりに見事な収集品は、当初思っていたほどには私の心を打たなかったが、その後次第に私の讃嘆は大きくなっていった。このローマ滞在から何年もたたなければ本当にはその価値がわからず、正当な評価もできなかったのだが、それができたのはアルプス以北の国々のみじめな「壮麗さ」にうんざりしていたときのことであった。そのときには私の讃嘆は、私を何年間もローマに引きとどめねばならないほど大きくなっていたのであった。

第二章
旅の続き、養育係からも解放されて

こうしているあいだにも、迫りくる冬がわれわれを急かしはじめた。そこでナポリに向けて出発するために、その冬よりもいっそう強く、私はのろまな養育係を急き立てていた。ナポリにはカーニバルのあいだ滞在する予定だった。そこでわれわれは辻馬車を雇って出発した。これは当時ローマからナポリへの道はほとんど通行不可能の状態であったためと、召使のエリアのためであった。彼はラディコファニで駅馬車の馬から落馬して腕を折り、その後われわれの馬車に運び込まれて、ローマまで揺れる馬車にたいへん苦しんで来たのである。この事件で彼は、自分がひじょうに勇敢で、機転が利き、真に肝が据わっているということを示した。彼は自力で起きあがると、再び痩せ馬の手綱を取って、一マイル以上離れたラディコファニまでたった一人で歩いたのである。そこで外科医を探しに人をやって、医者を待つあいだに衣服の袖を剝いで自分で腕を診察し、折れていることがわかると腕をできるかぎり伸ばして手をしっかりと固定させ、右手を使ってその腕を完璧につなぎ合わせたのである。馬車で駆けつけたわれわれとほぼ同時に到着した外科医は、腕が芸術的なまでに見事に治療されているのを見た。その技は、外科医がそれ以上腕に触れずに、そのまますぐ包帯を巻きつけると、一時間もしないうちにこの怪我人を馬車に乗せたわれわれが再出発できてしまったほどのものであった。エリアは小さくない痛みを、力強く自信に満ちた顔をしてこらえていた。アクアペンデンテに着くと、馬車の梶棒が壊れていることがわかった。このときわれわれ三人の若者、年取った養育係、その他四人の愚かな召使は皆役立たずで、一人首から腕を吊ったこのエリアだけが、怪我から三時間後、一番に立ち働いて梶棒を直そうと力をふりしぼり、われわれの誰よりも役に立っていた。こうしてうまく応急の修理をしたので、二時間以内には再び出発できた。この弱い梶棒は、だが無論その後は何の事故も起こすことなく、われわれをローマまで引っ張っていったのである。

このエピソードを、卑しい身分にも似ず、大きな勇気と強靭な精神力を持つ一人の男をよく物語るものとして紹介できることを嬉しく思う。こうした性格の単純な美点を称讃することほど、私を喜ばせることはない。こうした美点があるからこそ、これらを無視し、恐れ、抑圧する最悪の政府を、われわれは大いに嘆くのである。

さて一行は公現祭に、ほとんど春のような気候のナポリに到着した。カポディキーノから入り、大学通り、トレド通りを通ったが、この町は見たところ私がそれまでに見たことのないほど陽気かつ人で溢れており、永遠に心に残るような町であった。ところが、町でももっとも暗く不潔な路地にある安酒場の上階に宿を取らねばならなくなると、そうは言えなくなった。清潔な宿はどれも外国人でいっぱいだったので、どうしようもなかったのである。だがこの相反する印象はそこでの滞在を苦々しいものとした。住む場所が快適であるかどうかは、つねに私の幼い脳に、その後もずっと抗し難い影響を与えたからである。

数日のあいだにサルデーニャ大使の仲介で、私はさまざまな家に出入りするようになった。カーニバルは、観衆を前にして行われる見世物とともに、さまざまなパーティーやふざけた遊びによって、これまで私がトリノで見たどんなカーニバルよりも愉快に輝いて見えた。だが次々に現れるこうした新しい刺激のただなかで、私は十八歳という年齢で、外見も可愛らしく、十分な金を持ち、完全に自由でいながら、その状態に飽き飽きし倦怠と苦悩を感じていた。私を一番わくわくさせた楽しみは、テアトロ・ヌオーヴォ（ヌオーヴォ劇場）のオペラ・ブッファであった。だがこのオペラの音楽は、ひじょうに愉快なものでありながら、私の魂に憂鬱の長いこだまを残したのだった。そして音楽は私のなかに何百という暗く陰惨な思いを呼びさましたのだが、私はそれらの思いに小さくはない喜びを見出し、海の音が聞こえるキアイアやポルティチの海岸で、それらの思いを何度も反芻したのであった。私はナポリの上流階級の大勢の若者と知り合ったが、その誰とも友情を結ばなかった。人に対する気難しい性格は、私が人と交流する際の小さな障壁となっていた。そしてこういう性格は私の顔にはっきり表れ出たので、人が私と交流しようとする妨げともなっていた。女性についても同じで、私は生まれつき女性が好きなのだが、控えめでない女性は気に入らなかった。だが逆に私はずけずけした女性にしか気に入られなかったのであった。そのせいで、私の心はつねに虚しいままだったのである。そのうえ、私が自分のなかでずっと育てていた山の向こう側を旅してみたいという激しい欲求は、私にどんな愛の鎖に自分をつなぎとめることも避けさせたのであった。そんなわけで、この最初の旅行では、私は何の網にかかることもなく無事だったのである。一日中楽しく二輪馬車を駆って、私はなるべく遠くの物を見に行った。いや、見に行ったわけではなかった。何にも好奇心がなく、何も理解していなかったのだから。そうではなくて、じっとしているのが苦しく、飽きることなく前進していた私は、ただ進むためにそうしていたのだ。

宮廷に迎え入れられた私は、王フェルディナンド四世が、当時十五歳か十六歳という年齢であったにもかかわらず、それまで私が見た他の三人の君主たちと、その挙措がまったく同じであることを発見した。他の三人の君主たちとは、わが至高の王である老齢のカルロ・エマヌエーレ王[4]、ミラノ総督モデナ公[5]、これもたいへん若いトスカーナ大公レオポルド[6]である。そこでこのときから、私は君主という者は全員で一つの顔しか持っておらず、すべての宮廷は合わせてただ一つの側近たちの集団にすぎぬことがわかったのである。このナポリ滞在のあいだに、私はサルデーニャ大使を通じて、二つ目の計略実行に取りかかった。その計略とは、養育係を解雇して自分一人で旅を続けてもよいという許可をトリノの宮廷から得ることである。われら若者は皆お互い完璧にうまくいっており、養育係も私に対して、他の者たちに対して同様、まったく不愉快な思いはさせなかった。ただ一つの町から次の町に移動する旅行では、皆でまとまって動く必要があったのだが、この老人はいつも優柔不断できまぐれでゆっくりしすぎていた。彼がこうして旅を左右することに、私は苛立っていたのである。そこで私は大使に、トリノ宛に私のことをよく書いてくれるように腰を低くし、私の行いが正しく、私に自分で自分を律し、一人で旅行する十分な能力があることを証明してくれるよう頼んだ。事は私の大満足のうちに成功し、私は大使に対して限りない感謝を捧げ、彼のほうも私に好意を寄せてくれた。この大使は、外交の世界に入るためにはもっとよく政治を勉強していかなくてはならないという考えを、私の頭に植えつけた最初の人物であった。この政治というものが私はひじょうに気に入った。当時の私には、それは王への奉公のなかでももっとも卑しくないものに思われた。私の思考は政治に向かったのだが、何かを勉強することなどはけっしてなかった。欲求を自分の内部に押さえ込み、誰にも見せようとしなかった。こうして私は自分がどこへ行っても、おそらくその年齢にしてみれば、上品かつ折目正しく振舞っていることに満足を覚えていた。だがこれは自分の意志というよりは、主に性格によるものだった。私の立ち居振舞いはつねに重々しく（といってもそれは故意にではなかった）、無秩序のなかにあっても私は秩序正しかった。そして自分が間違っているときはいつも、間違っているということを自覚していた。

一方で私は自分自身のことがまるでわからずにいた。この世の中のただ一つをとっても、自分に真の能力があるとは思えなかった。憂鬱が続くばかりで、強い衝動が自分のなかにわき起こってくることはまったくなかった。平和も安らぎも見出すことのないまま、自分が自分に対して何を望んでいるのかもまるでわからなかった。自分の本性に盲目的に従いつつも、私はこの本性が何であるか少しも知らず、探ろうともしなかったのである。自分の不幸は単に、自分のなかの必要、心が価値ある愛によって、また精神がなにか高貴な仕事によって、同時に占められる必要から引き起こされたものだと気づいたのは、やっと何年もたった後のことであった。時々そのうち一方でも欠けることがあると、もう一方も駄目になってしまい、すべてに嫌気がさして、なんとも不安になってしまうのであった。

この間にも私は、自分に新たに与えられた完全な独立を十分活用するために、カーニバルが終わるとすぐに、何がなんでも一人でローマへ向けて出発したいと思った。だが養育係はフランドルからの手紙を待っていると言って、われわれ教え子たちの出発の日取りを定めようとしなかった。私はナポリを出て、再びローマを見たくてたまらなかった。あるいは実のところ、私に自由を与えてくれなかった故郷から三百マイルも離れた街道に立って、一人になって自分のことは自分で決めたいという気持に駆り立てられていた。それ以上ぐずぐずしたくなかったので、私は仲間を置き去りにした。この行動は正解だった。彼らはその後も四月いっぱいナポリにとどまっていたために、ヴェネツィアのキリスト昇天祭[7]に間に合わなかった。私はこの昇天祭をたいへん気にかけていたからなのである。

第三章

旅の続き。私の最初の吝嗇

信頼するエリアが先に向かっていたローマに到着すると、私は早速トリニタ・デ・モンティ教会の階段下に広がるたいへん陽気で清潔で瀟洒な一角に向かった。ナポリの汚らしさからは一転したその場所で、私は息を吹き返した。だが例の自堕落、倦怠、憂鬱が私を再び旅へと駆り立てた。なによりも困ったのは相変わらず物を知らなかったことで、知っていないと恥ずかしいようなことを知らないのだった。その一方でローマの町に溢れている多くの美しく偉大なものに対する感受性のなさは、日ごとに増大していくように思われた。私は主要なもの四、五箇所に限定して、何度も同じ所を見て回った。毎日私はサルデーニャ大使のリヴェーラ伯爵のところに通っていた。彼は大いに尊敬に値する老人で、耳が遠かったにもかかわらず、私を少しも飽きさせず、いつも最高の素晴らしい助言を与えてくれた。ある日彼の家に行くと、テーブルの上にウェルギリウスの美しい本が置いてあり、『アエネーイス』の第六章の箇所が開いてあった。この善良な老人は、私が入って来るのを見ると自分のところに身振りで招き寄せ、あの誰もが知っていて称讃しているマルチェッロに捧げられた韻文を(8)、懸命に声に出して読み始めた。だが六年ほど前にその韻文を解釈し、翻訳し、暗記していたにもかかわらず、私にはほとんど何もわからなかったのである。私はこれ以上ないほど恥じ入り、悲嘆にくれてしまった。その後何日も自分自身のなかで自分の不名誉を繰り返し思い返しては、伯爵のところに出入りしなくなってしまったほどであった。私の知性の上には日々堆積した錆が分厚い外皮となって被さっており、それをはぎ取るには通り一遍の反省よりも、よく切れる鑿のほうが必要であったのだ。そのためこの至極当然の羞恥心も、このとき私の内部に何の痕跡も残さず終わってしまい、私はその後何年もウェルギリウスは言うにおよばず、いかなる良書もどんな言語でも、読まなかったのである。

この二度目のローマ滞在で、私は法王に拝謁した。当時の法王はクレメンテ十三世といい、たいへん威厳のある美しい老人であった(9)。その威厳にモンテカヴァッロ宮(10)の荘厳さが加わったため、聖職者の歴史を読んで法王の御足に与えられた大きすぎる価値を知っていた私にも、例の平伏や御足への接吻に対する嫌悪感は少しもなかった。

前述したリヴェーラ伯爵の仲介で、私は三つ目の計略実行に取りかかって成功を得た。それは祖国であるトリノの宮廷に、フランス、イギリス、およびオランダを見て回るというもう一つの旅行の許可を得るというものであった。こうした国名は、若く未経験な私に、驚きと喜びを呼び覚ましたのであった。この三つ目の企みも成功を収めたことによって、その年と一七六八年の一年あまりを合わせた期間、私は世界を駆けめぐるための保証と完全な自由を得たのである。だがこのとき、この後長く私を苦しめることになる、いささか厄介な問題が起こった。私はそれまで、自分の財産管理人と帳簿を検討したことはなく、管理人も私の収入をはっきりと正確に見せてくれたことはなかった。彼はいろいろと曖昧なことを言って、私に金を与えたり与えなかったりした。最初の旅行のためにたった千二百ゼッキーノ（ゼッキーノとは当時使用されていた金貨で、通貨単位として用いられた）しかよこさなかったうえに、この二年目にも私が旅行の許可を得た機会に、たったの千五百ゼッキーノの信用状を振り出す旨の手紙をよこしたのである。この通知は私を啞然とさせたが、気落ちすることはなかった。とはいえつねづねアルプス以北の国々の物価の高さを耳にしていたので、金が足りず惨めな旅をしなくてはならないことは、ひどく辛いことに思われた。だが私はけちな財産管理人にはっきりと手紙を書くようなまねはしなかった。そんなことをすれば、彼は私にすぐ反論しただろうからである。彼はトリノの貴族階級のあいだでは、つねに一家の奥深くまで影響力を持っていた「王」という言葉を持ち出したであろう。そして私のことを手に負えない不良の浪費家だと吹聴して回り、私を祖国に呼び戻すこともお手のものであったろう。それゆえ私は財産管理人といっさい言い争うことなく、自分一人でこの問題を解決しようとした。そこで最初の旅行で与えられた千二百ゼッキーノをできるかぎり貯金し、支払われる予定の千五百ゼッキーノにできるだけ多く加えようとした。千五百ゼッキーノでは、アルプス以北の国々をめぐる一年間の旅行には少なすぎると思われたのである。こうして私は初めて、間違ってはいないのだが、どちらかといえば荒かった金遣いを一転、自らに貧乏生活を課して、自分がひどく卑しい吝嗇家になるのではないかという悲しい予感を持った。そしてこの吝嗇のせいで、チップをやらないでおくためにローマの名所訪問をしなくなっただけではなく、信頼するお気に入りのエリアに対しても、一日また一日と給金や生活費の支払いを延期した。私が支払ってやらないので、しまいにはエリアが、あなたが原因で、私は生き延びるためにあなたから金を奪わなければならなくなると抗議したほどであった。そこで私はいやいや彼に金を与えたのである。

こうして心も頭も狭小になった私だったが、五月の初め頃ヴェネツィアに向けて出発した。ラバのようにのろいので嫌だと思いながらも、貧乏ゆえに辻馬車の御者を雇うことになった。駅馬車と辻馬車の違いはやはり相当大きかったのだが、それを我慢して文句を言い言い出発したのだった。二輪馬車に召使とエリアを乗せ、私はしじゅう躓く痩せ馬に跨って進もうとしたが、結局歩くことにした。旅の間じゅう、旅にいくらかかるか小声で指を折って数えながら、ほぼ全行程を徒歩で通したのである。この十日から十二日の旅はいくらかかるか、ヴェネツィアの一カ月分の滞在費はいくらか、イタリアから出るときには蓄えはいくらになっているのか、これはいくら、あれはいくらといった具合に。私は心と頭をこんな卑しい計算ですり減らしていた。

御者はロレートを経由してボローニャまでという取決めだった。だがうんざりしきって、心の余裕も失ってロレートに到着した私は、もはやそれ以上吝嗇にもラバの歩みにもついていけなくなり、この死にそうなのろさはもう御免だと思った。そのようなわけで冷静そのものだった私の吝嗇も、熱い気性と若気の至りに席を譲る結果になり、嘲笑されることとなった。私はたちまち大きな赤字を作ってしまったのである。取り決めた額によって、ローマからボローニャまでの行程に相当する金額をその御者に支払い、彼をロレートに残すと、自分のためだけに新しく雇った駅馬車に乗り込み出発した。私はそれ以降吝嗇をやめ、けちけちせずに適度な出費をすることにした。

ボローニャはまったく好きになれなかった。往きに寄ったときよりいっそう好きになれなかったのである。ロレートにもなんの愛着もわかなかった。少年の頃からそのさまざまな素晴らしさを聞いていたヴェネツィアだけを、私は目指していた。ボローニャに一日とどまった後、フェラーラへと進んだ。この町も記憶にとどまることなく通り過ぎてしまったが、ここはあの神聖なアリオストの故郷であり、彼が一生を終えた町であった。私はアリオストの詩の一節を限りない喜びとともに読んだが、彼の韻文こそ私が偶然知った最初の韻文だったのである。だが私の乏しい知性はその頃まったく聞く耳を持たずに眠っていて、文学への理解力ともども日々働く力を失いつつあった。もっとも、気づかぬうちに世界や人間の科学と同様、日々さまざまな連続した心情描写を、目にし観察しながら自らの内に取り込んでいたこともまた事実である。

ラーゴスクーロ[11]の橋から、私はヴェネツィアの連絡船に乗り込んだ。そこには劇場の踊り子が何人か乗っていたが、そのなかの一人はたいへん美しかった。だがこれもキオッジャまでの一泊二日の航海の憂さを晴らすようなものではまったくなかった。というのもこれらニンフたちは清純な乙女ぶっていて、私はそのような偽善は断じて我慢できなかったのである。

さてついに私はヴェネツィアに到着した。その風変わりな地形は、私を最初の数日間、驚きと喜びで夢中にした。私はその地の俗語まで気に入ってしまったのだが、それはおそらく私の耳が少年の頃からゴルドーニの喜劇に慣れ親しんでいたせいだったのだろう。実際このヴェネツィア方言は威厳に欠けてはいるものの、優美そのものだった。町中に外国人と劇場が溢れ、さまざまな楽しみや祭はすべてヴィルテンベルク公にお目にかけるため、その年は例年のキリスト昇天祭の笑劇《ファルス》よりも大々的に行われていた。なかでも壮麗なレガッタは、私を六月半ばまでヴェネツィアに引きとどめたのだが、だからといって私はそれを楽しんだわけではなかった。いつもの憂鬱、倦怠、そしてじっとしていられない性格が、目新しさがなくなるにつれ、私を苛み始めた。私はヴェネツィアで、何日も家から出ずに孤独に過ごした。窓辺にいる以外何もせずに過ごしたのだが、窓辺に行ったのは、向かいの家に住む娘と合図しあったり、短い会話を交わすためであった。長い一日の残りは、居眠りしたり、なんだか自分でもわからないようなことを心のなかで反芻して過ごした。一番多かったのは、これもなんだかわからぬことに涙までして過ごすことだった。一時も心の平安を見出さなかったが、それだからといって不安を引き起こすもの、平安をなくすものを不審に思って追求することはなかった。それから何年もして、自分をもう少しよく観察した結果、これは毎春、あるときは四月、あるときは六月終わりまで私のなかに周期的に現れる発作であると確信するに至った。長く続いたり強く感じられたりするのは、頭と心がそのときどれだけ空虚で無為であるかに比例する。私はまた自分の知性を極上の気圧計になぞらえて、自分の創作能力や才能が気圧に左右されることに気づいた。初冬や初夏、春分や秋分の風が吹くとき、私は完全に馬鹿になった。夕方よりも朝のほうがずっと頭が働いた。発想のための想像力や情熱、能力は、春や秋といった中間の季節よりも、真冬や真夏のほうがずっと冴えていた。私に見られたこのような物質性は、多少の差はあるにせよ細い線維からできている人間には、だいたいにおいて共通しているのではないかと思う。それは私が時に為してきたわずかな良いことへの自惚れを徐々に消していった。また、私が将来失敗をして抱くに違いない恥ずかしさ、特に芸術における失敗の恥ずかしさを大幅に緩和してくれた。そこで私は、季節に対して自分にはほとんどどうする力もないことを確信したのだった。

第四章
イタリア旅行の終了。初のパリ到着

こうして私のヴェネツィア滞在は、全体としてひじょうに退屈なものとなっていた。未来のアルプス以北の国の旅の欲望に絶え間なく駆り立てられた末に、私はこの滞在から何の収穫も得なかったのである。ヴェネツィアに集まっている多数の至宝のうち、絵画も建築も彫刻も、全体の十分の一も見に行かなかった。まったく恥ずかしいことに、造船所すら訪れなかったのである。すべての点で他とは異なるこの地の政府についても、おおよその知識さえ得なかった。この政府は立派なものではないとしても、稀有な存在として評価されなければならない。何世紀ものあいだ、名声と繁栄を得て存続したからである。私は、美術作品を見に行くことなどないまま、まるで動物のように何もせずに日々を送っていたにすぎなかった。そしてついにこのヴェネツィアも出発する日が来たのだが、着いたときより千倍も嬉しかった。パドヴァに至ったが、この町はまるで私の気に入らなかった。何年も後になって是非知己になりたいと望むようになる大勢の優秀な教授たちとも、そのときは面識を持たなかった。当時は教授、勉強、大学、と聞くだけで鳥肌が立ったのである。パドヴァから数マイル離れたところには、われらが第二の巨匠(12)、ペトラルカの墓があったのだが、私はそれを思い出さなかった(というより知りもしなかった)。一度として読みもせず、理解もせず、聴きもしなかったうえ、たまに手にとることがあったとしても、何もわからぬまま放り出してしまっていたのだから、私にとってこの作家が重要だったはずがない。こうして絶えず無為と倦怠に後押しされ、追い立てられて、私はヴィチェンツァ、マントヴァ、ミラノと進んで行き、駆け足でジェノヴァまで舞い戻ったのであった。何年か前に一見しただけではあったが、この町は私にまた行きたいと思わせたのである。上記のほとんどの町について、私は紹介状を持参していたのだが、その紹介された先の大半には立ち寄ることなく、立ち寄ったとしても再訪することはないのが常であった。特に私に会いたいとわざわざやって来る人は別であったが、そんなことはめったに起きなかったし、実際起こるはずもなかった。かような非社交性は、一つは私の教育のなさに起因する自尊心の高さと柔軟性の欠如に、また一つは矯正不可能な人見知りに由来した。だが自分を取り巻く人々を変えずに国から国へ渡り歩いていくことなど、まったく不可能なことであった。内心はずっと同じ人々と暮らしたい、ただしいつも異なる場所でと願っただろうが。

サルデーニャ大使が不在だったために、私はジェノヴァでは自分が顧客となっている銀行家以外とは誰とも知り合わず、すぐに退屈してしまった。六月末に出発日を設定していたのだが、ある日、社交家で洗練された紳士であるその銀行家がやって来た。彼は私がまったく孤独に社交もせずふさぎ込んでいるのを見ると、どうやって自分の時間を過ごしているのかを知りたがった。そうして私が本も持たず、何も知らず、バルコニーにいたり、ジェノヴァの通りを馬車で一日中走ったり、岸沿いをボートで遊覧する以外何もすることがないのを知ると、おそらく私と私の若さに対する同情から、しきりに友人のカヴァリエーレに引き合わせようとした。このカヴァリエーレはカルロ・ネグローニという、人生の大半をパリで過ごした人だった。彼はすっかりパリに行く気持になっている私を見ると、その町について率直に真実を語ってくれた。そのとき私は彼の言葉を信じなかったのだが、それから何カ月か後にパリに到着するや、それが真実であったことを理解したのである。さてそうするあいだに、この上品な紳士はジェノヴァのいろいろな要人の邸宅に私を連れて行き、皆に紹介してくれた。新しい総督の邸宅で開かれる名高い宴会の折には、彼は私の付添いと紹介者を兼ねて活躍してくれた。そこで私はある麗しい夫人と恋に落ちる一歩手前まで行った。彼女は優しさに溢れているように見えた。だが一方で、私はイタリアを捨て、世界を駆けめぐるという考えに取り憑かれていたので、このときは愛の神は私を捕らえることができなかった。とはいえ私は少しのあいだ、彼女への愛を胸に抱いたのであった。

とうとうフェラッカ船⒀で、アンティーブへ向けての航海に乗り出したのだが、私にはそれはまるでインドに向かっているように思われた。それまで私は船で数マイル遊覧する以外に陸地から離れたことがなかったのである。さて今回、ちょうど理想的な弱風が吹き始めたので、船は沖に向かって漕ぎだされた。ところがその後どんどん風が強くなり、危なくなったので、われわれはやむなくサヴォナ港に臨時停泊した。そこで二日間、良い天気になるのを待とうということであった。この遅れは私を退屈させ、たいへんに苦しめた。私は外出することなく、かの有名なサヴォナのマドンナ・デッラ・ミゼリコルディア聖堂記念堂ですら見に行こうとはしなかったのである。もうイタリアのものはすべて、見るのも聞くのも絶対に嫌だった。そうやって逗留を引き延ばさなくてはならなくなるたびに、フランスで自分を待っている多くの楽しみが減っていってしまうように思われた。その楽しみとは、良いものも悪いものも、実際に見る前に極端に膨らませてしまう自由奔放な想像力が、私の内部に生み出したものだった。そのため、こうした良いものや悪いもの、特に良いものは実際に知ったとたんに、特に何ということもないものに思えてしまうのであった。

こうしてやっとアンティーブに到着したのだが、下船した私には、他国の言語や習慣、建物や顔といったすべてが、自分を慰めてくれるように思われた。そしてそれらすべてが、良いというよりどちらかというと悪い方向に、いままで見たものと違っていたのだが、それにもかかわらずいささかの変化が私を楽しませた。すぐにトゥーロンに向けて再出航したのだが、そこに到着するやいなや、まだ何も見ないうちから私はマルセイユに向けて出発したいと思った。この町の外観がまったく気にくわなかったのである。マルセイユは違っていた。その陽気な外観、まっすぐで新しい清潔な道路、美しい大通りに美しい港、愛らしいが尊大な態度の娘たちなど、最初はこのうえなく私の気に入った。私はすぐに、旅に向かない七月の猛暑が過ぎるのを待つため、そこに一カ月ほどとどまることに決めた。逗留した宿では毎日皆で円卓を囲んでいたのだが、そこで私は話すことを強制されることなく——生来無口な私はいつも話すために努力を要したのだが——、他の人々と一緒に昼と夜の食事を取り、残りの時間は一人で満足して過ごしていた。私の無口の一因は、いまだ完全に克服されていない私の臆病さにあった。ところでこの食卓では、さまざまな種類のフランス人の例の饒舌のせいで、私の無口さは倍増していた。フランス人の多くは将校もしくは商人だった。その誰とも友情を結ぶことも親しくなることもなかったが、それは私が生まれつきそういうことが簡単にできない性格であるせいだった。だが私は彼らの話は喜んで聴いた。そこから何も学ばなかったにせよ、私は人の話を聴くことを辛いと思ったことは一度もなかった。どんなに馬鹿馬鹿しい話であっても、彼らの話からは、普通は口にされないようなことが何でも学べたのである。

私がどうしてもフランスに行きたいと思った理由の一つは、フランスではいつでも劇が楽しめるということだった。二年前に私は、トリノでフランス人役者の一座を見て、一夏彼らの公演に通い詰めたのだった。そこで私は主要な悲劇の多くと、名高い喜劇のほぼ全部を見たのである。だが実を言えば自分が劇作をしたいと望んだり、実際に書いたりすることになろうとは、私は心にも頭にも一度として思い描かなかった。トリノにいてもフランスにいても、最初の旅においても、二年あまり後の二度目の旅においても、そんな考えが浮かんだことはなかったのである。そういうわけで、私は他人の言うことを注意深く、だがこれといった意図もなく聞いていた。ただそれだけで、創作への衝動を自分のなかに感じることなどなかった。それに私は、笑い上戸というよりは泣き上戸ではあったのだが、全体として悲劇が胸に染みることより、喜劇を面白いと思うことのほうが多かった。いまになって考えてみると、こうした私の悲劇に対する無関心の主な原因は以下の点にあった。フランスの悲劇は、ほぼすべてが全場あるいは全幕通して上演されていた。そのため脇役にも出番が与えられ、筋を無意味に引き延ばしたり、逆に筋を台無しにしたりしたので、頭といい、心といい、私はすっかり興冷めしてしまったからである。それに私はイタリア人でいたくなかったのだが、不運なことに耳がひじょうによかったので、詩行が真ん中で区切れたりする、俗悪な様式と耳障りな鼻にかかった音に気づくとともに、一対ずつ韻を踏んだり、詩行が真ん中で区切れたりする[14]、この退屈で馬鹿馬鹿しい画一性に気づいてしまったのであった。わが国の下手くそな役者に比べると、素晴らしい役者たちであったのに、なぜこうなったか説明できない。彼らによって演じられているものは、感情においても行動においても思考においても、おおむね素晴らしいものであった。それにもかかわらず、私は次第に興冷めし、満足できなくなってしまった。私がもっとも気に入った作品は、『フェードル』、『アルジール』、『マホメット』[15]などわずかなものであった。

演劇以外のマルセイユでの楽しみはと言えば、ほぼ毎夕の海水浴であった。私は港の右手に伸びるある岬に、ちょっとした気持のいい場所を発見した。そこで岩にもたれかかって座っていたのだが、この岩はかなりの高さがあったため、私の背後に広がる陸地はまったく見えなくなってしまい、前と周りには海と空以外私には何も見えなかった。波に射し込む光のせいで、いっそう美しく見えるこの二つの広大なものを前にして、私は一時さまざまに想像力をめぐらして楽しんでいた。何語でもいい、韻文でも散文でも書く術を知っていたら、私はこのときいくらでも詩が書けただろう。

だが私はマルセイユの生活にも飽きてしまった。怠け者はなんにでもすぐ退屈してしまうのである。パリへと逸る気持に急き立てられもした。八月の十日頃、旅行者というより逃亡者のようにして出発し、リヨンまで昼夜休むことなく進んでいった。明るく気持のよい遊歩道のあるエクス・アン・プロヴァンスも、かつて教皇庁があり、いまでは有名なラウラ[16]の墓があるアヴィニョンも、われらが神聖なペトラルカが長いあいだ滞在したヴォクリューズもどれ一つとして、パリに向かって矢のごとく一直線に進んで行く私の気を逸らせはしなかった。疲労のためリヨンには二泊三日で逗留した。勢いを取り戻して再び出発し、ブーローニュの街道を経由して、三日足らずで私はパリに着いたのであった。

第五章
最初のパリ滞在

あれは八月の何日だったかよく記憶していないが、十五日から二十日までの曇って寒いある雨の朝のことであった。プロヴァンスやイタリアのあの素晴らしく美しい空を私は後にしてきていたし、またそれほどまでにおぞましい霧に出くわしたことなど――まして八月とあっては――それまで一度もなかった。私はパリ郊外サン・マルセルの貧民地区を通ってパリに入り、それから下町のサンジェルマン地区を進んで行った。そこには自分の泊まる宿があったのだが、まるで悪臭を放つ泥まみれの墓地を行くようであった。悪天候とあいまって、私の胸は強く締めつけられた。一生のうちでこのときほどつまらない理由で、これほど悲痛な気持になったことはなかったほどである。想像力を燃えたたせ、狂おしい幻影をさまざまに抱いて、この町へと息を切らして急いだというのに、私がもぐり込んで行ったのは悪臭を放つ下水道に等しいものであった。宿に向かいながら、私はすでに十分幻滅していた。疲れがそれほどひどくなく、またその後少なからず恥をかくことがわかっていたなら、私はすぐにまたそこを発っただろう。その後パリの町を巡るうちに、幻滅したという私の思いはますます強くなったのだった。みすぼらしく程度の低い建物、邸宅気取りの豪華さが俗で滑稽な家々、小汚いゴシック様式の教会、当時の野暮な造りの劇場、その他無数の不快な事物が朝から晩まで私の目の前に現れ続けた。なかでも耐え難かったのが、醜い女たちの世にも最低に塗り固めた厚化粧の顔だった。それら不快な事物は、数々の美しい庭園や、人の溢れた優雅で素晴らしい町の通り、数え切れないほどの趣味のよい豪華な馬車、ルーブル宮(17)の比類ないファサード、ほとんどが見事といってよい見世物の数々に免じても、その不愉快の度合を減じることはなかった。

この間、信じられないほどしつこく悪天候が続いた。八月だというのに、パリ到着後半月以上たっても、太陽の顔が拝めなかったのである。そしてこの町に対する哲学的というより詩的な私の判断は、大気の影響を少なからず受けていた。このパリの第一印象は、私の脳裏に深く刻みつけられたので、いまでも——二十三年経た——あちこちで理性はこれを否定しようとするのに、目や想像のなかに生き続けているのだ。

宮廷の人々はコンピエーニュ[18]に滞在しており、九月いっぱいそこにとどまることになっていた。また私が紹介状を持って訪ねる予定だったサルデーニャ大使は、そのとき折悪しくパリにいなかった。したがって私には、すでにイタリアの各地で知り合って交際のあった何人かの外国人の他、誰もパリに知合いがいなかった。そしてその外国人たちも、パリの名士をひとりも知らなかった。そのため私は、散歩や観劇や娘たちとの交際に暇をつぶしたが、悶々とした状態はいつまでも続くように思われた。十一月末までそれは続いたのだが、その頃ようやく大使はフォンテーヌブロー[19]からパリの自宅へ戻ってきたのである。大使はそこで、私をあちこちの家に紹介してくれた。紹介されたのは主として外国の要人だった。スペイン大使の家ではファラオーネ（十八世紀に流行したトランプ遊びの一種）に興じていたので、私も生まれて初めて挑戦してみた。しかし大きく勝つことも負けることもなかったので、パリでの他の気晴らし同様、すぐにそのゲームにも飽きてしまった。そこで一月にロンドンに向けて出発することに決めた。街路しか馴染みのないパリにうんざりしてしまっていたのだ。つまるところ、新しいものを見たいという熱が、もうかなり冷めてしまっていたのである。そうした新しいものが、私が空想のなかで膨らませていた想像の産物と比べてひどく劣っていたというのではない。イタリアの各地で私がすでに見たあの現実の品々と比べると、ずっと劣っていたということだったのである。そんなわけで、ロンドンを訪ねることによって初めて、私がナポリやローマやヴェネツィアやフィレンツェについて知り、その真の価値を学ぶことになるのである。

ロンドンに発つ前に、大使が私をヴェルサイユの宮廷に紹介しようと提案した。もう十二分に裏切られていたにもかかわらず、それまで見たどれよりも大きな宮廷を見てみたいという一種の好奇心から、私はその案を受け入れた。一七六八年の元旦に、私は宮廷に上ったのだが、その日はそこでさまざまな行事が行われるということでもたいへん興味深い日であった。王が一般の外国人には話しかけないということは、前もって知らされていた。もちろん私はそんな差別などあまり気にかけなかったのだが、それでも私は、この君主の最高神ゼウスのような態度には我慢がならなかった。この君主すなわちルイ十五世は、御前に引き合わされた人間を頭のてっぺんから足のつま先までじろじろ見回した挙句何の反応もお示しにならなかったのである。巨人といえども「あなたにアリを紹介しましょう」と言われれば、そのアリを見て、微笑むなり、「ああなんてちっぽけな動物だろう！」と言うなりするだろう。たとえそうは言わないとしても、表情に表すだろう。しかし私は私の後でも、王が私よりずっと重要な人物に対して同じ視線を投げかけているのを見た。そのときはそんな侮蔑的な態度もそれほど非難がましく思えなかったのである。二人のお抱えの高位聖職者のあいだで短い祈りが捧げられた。私の記憶に間違いがなければ、その一人は枢機卿であった。王が礼拝堂に向かっていく途中、扉から扉へ行くあいだで、パリ市当局筆頭の役人である通商産業長官が、王に例の年始の挨拶というやつをぼそぼそと言上した。無口な大君は顎をふっと上げてこれに返礼した。それから振り向くと、お付きの一人に向かって、「エシュヴァン（市参事官）」たちはどこでぐずぐずしているのかお尋ねになった。「エシュヴァン」とは上述の長官にいつもお供している者のことである。すると宮廷人の群のなかから声があがって、ふざけた調子でこう言った。「彼らはぬかるみにはまって動けないでおります。」宮廷中がどっと笑い、君主もこのときばかりは微笑まれ、おいでを待って執り行われるミサのほうへと進んで行かれた。運命とはわからぬもので、私はそれから二十年以上たった一七八九年七月十七日にパリの市庁舎で、もう一人のルイ王が、「市長」という名の別の長官から、以前とはだいぶ違う挨拶をされて、それに対して以前よりもずっと丁寧に返答しているのを見た。(20) そしてそのとき、ヴェルサイユ(21)からパリに来る途中だった宮廷の人々は、真夏にもかかわらず「ぬかるみにはまって」動けなくなってしまっていたのだ。その道はそれほどまでにぬかるみ続けていたのである。庶民が天下を支配した結果とその影響が、フランスと世界にカペー王朝の王たちの残したものよりいっそう不幸をもたらしたと、疑いなく信じることができるなら、私はこのときこのような王の姿を見たことで、神を称えもするのだが。

第六章
イギリスとオランダの旅。最初の愛の障壁

そんなわけで一月の半ば頃、同郷のカヴァリエーレ(22)とともに、私はパリを出発した。彼は私より十歳から十二歳位年上の眉目秀麗の若者で、生まれながらの才気を備えていた。私同様無知で、私よりいっそう思索することを知らなかったが、私より社交界が好きで、人間の心理に精通していた。彼はパリにいるわが国の大使の従弟にあたり、また当時ロンドン駐在だったスペイン大使、マッセラーノ公の甥でもあった。彼はこの叔父の家に逗留するはずだった。私は旅の同行者と親しくする

ことはあまり好きではなかったのだが、ある目的地まで一緒に行くというだけのことなので、喜んで彼と旅をともにしたのだった。この私の新たな旅の道連れは、明るくおしゃべりな性格だった。そこでお互いの了解のもと、私は黙って彼の話を聞き、彼は自画自讃してしゃべりまくった。ひじょうに女にもてるということで、自分に酔いしれていたのである。そして自分が収めた愛の勝利の数々をもったいぶって語り聞かせてくれたのだが、私は何の羨望も感じずに楽しんで聞いていた。夕方宿で食事を待っているあいだ、われわれはチェスをしていたのだが、勝つのはいつも彼であった。私はどんなゲームでもまったくいいところがなかったのである。カレーまで行くために、リール、ドゥエー、サン・トメールと大きく迂回して行った。度を超した寒さであった。そのため窓を閉じた二輪馬車の中は乗客と荷物でいっぱいで、さらには大きな蠟燭まで灯していたのにもかかわらず、一晩のうちにパンが、それからワインまでが凍ってしまうほどであった。この極端さは私の気分を明るくした。というのも、私は生まれつき中途半端なことがあまり好きではないからだ。

ようやくフランスを離れ、ドーバーで船を降りたところで、この寒さは半減し、ドーバー——ロンドン間ではほとんど雪を見なかった。パリが最初から好きになれなかったのとちょうど逆に、イギリス、特にロンドンは最初から大いに好きになった。道路、居酒屋、馬、女、皆が裕福でいること、このイギリスという島の生活と活動、小さいが清潔で快適な家々、浮浪者の不在、首都同様の田舎における産業と経済の浸透とその不断の動き。この幸運で自由な国の、ここでしか見られない真の長所は、すぐに私の心を捉えた。その後もこれまでに二回そこを旅行で訪れたが、この感想は変わっていない。イギリスとその他のヨーロッパの国々では、こうした目に見える形での万人の幸福が、あまりにも違っているからである。イギリスでは最良の政府がこの幸福を実現しているのだ。そのため、当時大きな繁栄を生むもとになる慣習法を深く学んでいなかった私ではあったが、その素晴らしい効果をこの目で観察し、その価値を見極めることができたのである。

　ロンドンではパリとは違い、外国人が家に招かれることはきわめて容易であった。あのパリでの困難の際私は、その困難と妥協するため自分から折れようなどとはしなかった。何も見返りの期待できないところで困難に打ち勝つことなど、どうでもよかったからである。そうした私であったが、今度はその容易さと、例の旅の相棒に引きずられたために、数カ月間社交界のまっただなかにいた。マッセラーノ公の私に対する優しく父のような思いやりも、私の生来粗野で人見知りする性格を矯正するのに、大いに貢献した。スペイン大使であるマッセラーノ公は、たいへん善い人だった。彼の父親はスペインに移住してしまっていたのだが、ピエモンテが自分の祖国だということで、彼はピエモンテ人が大好きだった。しかし約三カ月もすると、残念ながら私は自分がこうした舞踏会や晩餐会や宴会に飽きてしまい、そこから何も学んでいないことに気がついた。そこで私は夜通しのパーティーでカヴァリエーレを演じる代わりに、そのパーティーの入口まで馬車を御するほうを選んだ。そうしてロンドン中あちこちに私の美しい連れであるガニュメデス（ゼウスの酒の酌をしたトロイアの美少年）を連れ回し、彼がただひたすら愛の勝利の名声を得るにまかせていた。私はひじょうにうまく自然に、自分の御者としての務めを果たしていた。当時レーンロー公園から出るときや、各劇場のはねどきには、イギリス人の御者同士が互いに馬車の梶棒をぶつけ合う小競合いが繰り広げられた。そうした小競合いに何度か巻き込まれたときも、馬車にも馬にも傷一つつけず、いささか誇らしげに抜け出してきたほどだった。このようにして、私のその冬の楽しみはもっぱら、どんな天気でも毎朝四、五時間乗馬し、毎晩二、三時間運転のため御者台に座り続けることであった。四月には、私はいつもの連れとともに、イギリスでもっとも美しい田園めぐりをした。ポーツマス、ソールズベリ、バース、ブリストルと回り、オックスフォードを通ってロンドンに帰った。田舎は大いに気に入った。そしてどこよりも繁栄しているこの島では、さまざまに異なるものがすべて調和しているということが、ますます強く私を魅了したのである。そしてそのときから私のなかには、永遠にそこで暮らせればという欲求が芽生えた。一人一人の個人がそれほど私の気に入ったわけではなかった(彼らはフランス人よりも善良で暢気だったので、ずっと好ましかったのだが)。それよりもイギリスという国の風土や簡素な習慣、美しく慎ましやかな女性たち、なによりもその正しい政府とそれが生み出した真の自由が気に入ったのである。これらすべては不快な天候や、この国にいる者にはつきものの憂鬱、滅茶滅茶に高い生活費をすっかり忘れさせてくれたのだった。

私を再び移動させることになったこの周遊から戻ってすぐ、私は旅立ちの思いに駆られ、ようやくの思いでオランダへの出発を六月初めに早めることに成功した。そうして今度はハリッジを通ってヘルフトスロイス行の船に乗り、よい風を受けて十二時間でオランダに到着したのである。

オランダは夏には気持よくて魅力的な国ではある。もしイギリスよりも先にこの国を訪れていたなら、私はこの国がもっと気に入ったであろう。だが人や富、清潔さ、賢明な法、産業、活気に溢れていることなど、称讃されているものすべてが、イギリスに比べると劣っていたのである。実際その後あちこち旅行をして、さまざまな経験をしたが、ヨーロッパの国で私をつねに惹きつけてやまなかったのは、ただ二国であった。イギリスとイタリアである。イギリスは人為が人間の本性を克服し変えたという点で、イタリアはしばしばお粗末でまったく機能しないその政府に人間の本性がさまざまに復讐し、たくましく再生を果たしてきたという点で。

　私のハーグ滞在は、当初予定していたよりずいぶんと長くなってしまったのだが、その滞在中に私はとうとう恋に落ちてしまった。そのときまでは恋は、私に触れることも捕らえることもなかったのである。結婚して一年というさる高貴な若夫人[23]が、その自然な優雅さと控えめな美しさ、そしてあどけない純真さで、私の心をはげしく打ったのである。小さい国で楽しみも少なかったので、私はこれまでになく、もっと頻繁にその人に会いたいと思うようになり、すぐに思う存分会えないことを苦しく思うようになった。私は知らぬ間に、自分が手ひどく捕らえられてしまったことに気がついた。そのときすでに、彼女なしで生きることは無理だろうと思いこんで、自分はハーグから生きて出ることも死んで出ることもないだろうと心のなかで何度も反芻していたほどだった。私が頑な心を愛神《エロス》の放つ矢面にさらすと、愛神は恋と同時に友情をもそっと優しくそこに忍び込ませてくれた。この新たな友人とは、当時オランダでポルトガルの使節をしていた、ドン・ジョゼ・ダクーニャ殿であった。彼はたいへん才能に恵まれ、さらにはひじょうに独創性豊かな人物で、十分な教養と強靭な性格の持ち主だった。心が広く、高貴で燃えるような魂を持っていた。二人とも無口だということからくる一種の親近感が、気づかぬうちにお互いを結びつけていたのであった。二つの魂の率直さと熱っぽさが、すぐに最大限に働いたのである。そのためハーグでの私は最高に幸せだった。その地で生まれて初めて、この世に一人の恋人と一人の友人さえいてくれればよいという事態が、私の身に起こったのである。私は彼らにとって恋人であり友人であって、また二人も私の愛に応えてくれた。恋人のことを友人に話したり、友人のことを恋人に話したりして、愛情が体の隅々から溢れ出んばかりだった。そうしてそれまで心に感じることのなかったほどの、譬えようもない鮮烈な喜びを味わっていた。とはいえ、それまでも心は漠然とではあるがそのような喜びのあることを教えてくれてはいたのだが、それまで私の心はそのような喜びを現実に知らなかった。高潔な友人ダクーニャは、数え切れないほどの賢明な助言を次々に与えてくれた。私が愚かで無益な生活を送っていることや、何の本も開こうとしないこと、多くの物事をまるで知らず、特に多勢の素晴らしいわがイタリアの詩人や、（少数ではあっても）卓越した散文家や哲学者を誰も知らないこと、これらをめぐって、彼が実に巧妙に私に恥を覚えさせてくれたことはとりわけ忘れられない。こうしたイタリアの文人の一人、不滅のニッコロ・マキアヴェッリ(24)について、私はその名前しか知らなかった。その名は偏見によって無視され歪められて、本来の姿を失っている。われわれの受ける教育においては、彼について説明することをしないし、彼を中傷する者も、その著作を読んだことも理解したことも、見たことすらないのである。友人ダクーニャは私にマキアヴェッリの著書を一冊贈ってくれた。その書はいまでも取ってある。私はその後何年も何年もたってから、その書を繰り返し読んで印を付けたり多くの注釈を施したりした。だがたいへん奇妙なことに（そのことに私はずっと後になってから気づいたのであるが、そのときははっきり感じてはいても、分析して考えることはしなかったのだが）、学習願望や創造的思考の一種の衝動や興奮がわき立つのを頭や心で感じることなど、私の心が愛によって占められているときを除いては、私にはなかったのである。愛は私をあらゆる精神活動から引き離しつつ、同時に熱中させるのである。誰か大切な愛する人がいて、その人に自分の才能の成果を捧げることができると感じているとき、そのときほど何かの文学分野で自分が成功できると思ったことはなかった。

だが、この私のオランダでの幸福は、長くは続かなかった。私の恋人の夫はたいへんな金持ちで、その父親は昔バタヴィア総督であった。彼はしょっちゅう居住地を変えていたのだが、最近はスイスに領地を購入したため、その秋にはそこへ休養に行きたいと考えていた。八月に、彼は妻とともにスパ[25]の温泉に小旅行をした。私は彼らの後にくっついて行った。彼はあまり嫉妬深くなかったのである。スパからオランダに戻るときには、マーストリヒトまで同行したが、そこで私は彼女とどうしても別れなくてはならなかった。彼女は母親と一緒に別荘に行かなければならなかったのである。一方で夫は一人でスイスへと向かって行った。私は彼女の母親と面識がなかったし、他人の家に入り込むための適当で納得のゆく理由も手段も持っていなかった。この最初の離別は私の心を千々に砕いた。だがまだ再会できる望みはあった。事実、私がハーグに戻り、夫がスイスへと旅立ったあと数日して、私の熱愛する女性は再びハーグに現れたのである。私は有頂天になったが、それもほんのいっときのことだった。自分が誰よりも恵まれた男であると思いこみ、また事実そうだった十日間、彼女も私にいつ出発しなくてはならないかを言う気にはなれず、こちらからも彼女にそれを尋ねる勇気のないままに過ごした。十日を過ぎたある朝、突然友人のダクーニャがやって来て、彼女は是が非でも出発しなくてはならなかったのだと言いながら、彼女の手紙を手渡してくれた。その手紙は私に死ぬほどのショックを与えた。どうしても行かなくてはならなくなってしまったこと、自分のところに来るようにと厳命した夫の許へ向かうことを、面倒を起こさずにこれ以上先延ばしにはできないこと、そうしたことをたいへん愛情深く真摯な調子で私に告げていた。それでもその手紙は、私に死ぬほどのショックを与えたのである。友は、もう修復の余地はない、運命と理性に道を譲るべきだ、と優しく付け加えて言った。

もし、自分の苦しみ絶望した魂の狂乱状態をここで述べ立てたりしようものなら、私は真実を語る人だという評価を得られないであろう。とにかく私は、是が非でも死にたいと思いつつも、誰にもそんな言葉を漏らしはしなかった。友人が自分をそっとしておいてくれるように、病気になったふりをした。そうして、瀉血(26)のため外科医を呼びにやった。外科医はやって来ると、私の血を抜いた。外科医が出ていくとすぐに、私は眠りたいふりをして、寝台の四角い枠の中に閉じこもると、何分間か自分がこれからしようとしていることを心のなかで反芻した。そして、傷口の血が染みた包帯をほどき始めた。そうやって自分の血を抜いて死のうと固く決心していたのだ。だが信頼がおけて同時に抜け目のないエリアが、私がそうまで絶体絶命の状況にいることを見たためか、あるいは去り際に友人から私をよく見張るよう注意を受けたためか知らぬが、私に呼ばれたふりをして寝台の脇に戻り、帷《とばり》を突然めくりあげたのである。驚くと同時にきまりが悪くなった私は、おそらくその自分の青臭い発想に後悔したか自信を失くしたかして、彼に包帯がほどけてしまったと言った。彼はそれを信じるふりをして、もう一度私に包帯を巻くと、その後私から一瞬たりとも目を離そうとしなかった。そのうえ、友を再び呼びにやったので、友が私のところに駆けつけて来た。そうして彼ら二人して、私を無理矢理寝台から起き上がらせた。友は私を自分の家に連れていこうとしたのだ。そこで私は、何日も彼の家に逗留したのだが、その間いっときも放っておかれることはなかった。私の苦しみは暗く寡黙であった。私は自分が恥じていようが、希望を失っていようが、それを表に出そうとはしなかったのである。そうして黙っているか、さもなければ泣いていた。だがその間、時間や、友の助言、彼が私に強制したささやかな気晴らし、彼女にもう一度会えるかもしれないという不確かな希望の光、それらが私を少しずつ快方に向かわせたのである。来年はオランダにまた戻って来られるのではないかという希望、そしてなにより十九歳という年齢に本来備わっている軽やかさが、私を徐々に立ち直らせたのである。そして私の心はなかなか健康に戻らなかったが、理性は数日のうちに私のなかにすっかり舞い戻ってきたのである。

こうして多少回復したものの、すっかり傷ついてしまっていた私は、イタリアに出発する決心をした。私は、手に入れたのとほぼ同時に失ってしまった自分の幸福を、自分のいまいる国や場所に、返してくれるように要求していた。だがその国や場所を目にすることが、つくづく嫌になってしまったのである。しかしダクーニャのような友と別れることは、自分にとってずいぶんと辛いことであった。ところが出発のときに、絶望の底にいる私を励ましてくれたのは、その彼であった。彼は移動や環境の変化、距離と時間が私を癒すであろうと確信していたのだ。

九月の半ば頃、私は見送りに来てくれた友とユトレヒトで別れ、そこからブリュッセル、ロレーヌ、アルザス、スイス、そしてサヴォワを通って、ピエモンテまで戻ってきた。寝るため以外、どこにも逗留しなかったのだ。そうして三週間足らずで、私はクミアーナの姉の屋敷に戻ってきた。トリノを通らずに、スーザから直接そちらへ向かった。人間社会を避けて、ひとりで自分の熱病をさます必要があったからである。全旅程で、ナンシーでも、ストラスブールでも、バーゼルでも、ジュネーヴでも、それら通過した町の城壁以外何も見なかった。何か言うために口を開くことも、いっさいなかった。信頼すべきエリアが私の持病に慣れて、私の合図でもって命令に従ったり、先回りして用を足したりしてくれていたからである。

第七章
半年間祖国に戻り、哲学の勉強に没頭

私の初めての旅とは以上のようなもので、それは二年と数日にわたった。姉とともに約六週間を別荘で過ごしたのち、彼女がトリノへ戻るとき一緒に帰った。多くの者が、私を見てそれとわからなかった。この二年のあいだに、私の身長は、とどまるところを知らずに伸びていたからである。あの変化に富み、無為であると同時に疲れる生活が、私の体格を向上させてくれたおかげであった。ジュネーヴを通ったときに、私はトランクいっぱいの本を購入した。これらの本のなかには、ルソーやモンテスキュー、エルヴェシウス(27)などの作品が含まれていた。祖国に戻ったばかりの私は、彼女への愛と憂愁で胸がいっぱいだった。そして何かを勉強して頭を使う必要を感じていた。あのいい加減な教育の仕上げに、六年ほどの無為と怠惰が加わったせいである。これらのせいで私の勉強は相変わらずまったく進展がなかった。私は何を

していいかわからなかった。祖国に残るか、またすぐ旅に出発するのか。その冬私は姉の家にいて一日中読書をし、散歩も少ししたが、誰ともつき合わなかった。私の読む本は、もっぱらフランス語のものだった。ルソーの『エロイーズ』を読もうと何度も挑戦した。生来私はとても情熱的な性格で、その頃はちょうど恋に落ちていたのだが、その本は多くの技巧と計算、見せかけの感情に溢れているように思え、反対に心で感じていることが少ないように思われた。頭で無理矢理強い情熱を作りだしているが、心はひどく冷たいのである。そのため、一度も第一巻を読み通すことができなかった。その他の彼の政治的な作品、例えば『社会契約論』などは理解できずに途中で放り出してしまった。ヴォルテールで気に入ったのは、散文だけだった。韻文はつまらなかった。だから私は彼の『アンリアード』は数節を除いては読んだことがない。『オルレアンの乙女』はそれよりは読んだが、たいしたことはない。みだらなものを楽しいと思ったことはなかったからである。そして彼の悲劇のいくつかを読んだ。モンテスキューは出会った当初から、通して二回繰り返しよく読んだ。私はそれを驚きと喜びをもって読んだが、同時にそれは私にとっておそらく何らかの役に立つものになった。エルヴェシウスの『精神』も印象深くはあったが好きにはなれなかった。だが私にとって本のなかの本はと言えば、プルータルコスの『英雄伝』であった。私はその冬この本にすっかり心を奪われて至福の時を過ごしたのである。ティモレオーン、カエサル、ブルータス、ペロピーダス、カトーといった人々や、その他の人々の生涯を、私は少なくとも四回から五回、繰り返し読んだ。その間泣いたり叫んだり、激高してわめきまでしたので、近くの部屋で私の出す声を聞いた者は、きっと私の気が狂ったと思ったことだろう。ある英雄たちの偉業を読むと、しばしば興奮していきなり立ち上がるのだった。そしてわれを忘れて、自分がピエモンテに生まれたことを思っては、怒りと悲しみの涙に泣き濡れていたのである。高潔なことは何一つ、行うことも口にすることもできない時代と政府の下に生まれてしまったことを嘆いたのである。高潔なことを感じたり考えたりはどうにかできても、それはむなしいばかりだった。この同じ年の冬、私は太陽系や天体の動きと法則について、当時解明されているところまでたいへん熱心に勉強した。私には歯の立たない幾何学の助けを借りることはなしにすませた。つまり数学そのものである天文学の基本的部分を邪道ながら勉強したのだった。だがこの宇宙の巨大さに合わせて脳を拡張することによって、まったく無学だった私にも十分理解できたのである。もし他の学問を進めていくための基礎が生まれつき私に備わっていたとしても、この天文学ほど私の心をつかんだ学問はなかっただろう。[28]

こうした高貴かつ自分の好きな仕事を、私は楽しんでいたのだが、一方で私のあらゆるありきたりな娯楽に対する沈黙と憂鬱、嫌悪が目にみえて増大していった。義兄は私に妻を娶るようにしきりに勧めた。もともとは私は家庭生活に向いていたのかもしれない。だが十九歳でイギリスを見、二十歳でプルータルコスを熱狂して読み感動したことは、トリノで妻を娶って子供を作ることに疑問を抱かせ、思いとどまらせたのである。だがまさに二十歳という年頃が持つ軽薄さは、始終繰り返される忠告に私を徐々に折れさせ、私は義兄が私のためにある娘との結婚話を進めることに同意するまでになった。この娘はたいへん高貴な身分の、とある家の財産の相続人で、美人と言ってよく、漆黒の目をしていた。プルータルコスがおそらくあの美しいオランダ女性への私の情熱を弱めたと思われるのと同様に、この目は、私にプルータルコスを読むのをすぐにやめさせたかもしれない。それから、告白すると私は卑しいことにその頃、その娘が美しいということより、裕福であるということが望ましかったのである。自分にとって、収入がいまの半分ほど増えることで、世に言う体面をうまく保つことができるだろうと考えたのだった。だがこの件で私の運命は、弱い心から生まれた私の浅はかで卑しい判断よりも、ずっとよいほうに働いたのだった。娘は私に会ってすぐに、私に心魅かれたかもしれない。ところが彼女の叔母は、別の身分ある若者を彼女にと考えた。その若者とは、兄弟や叔父が大勢いる一族の息子だったため私よりもずっと貧しかったが、次期王位継承者と見られていたサヴォイア公の側で、ちょっとした寵愛を受けている者だった。彼はサヴォイア公の近習で、実際のちに王を通じて国の恩恵を受けたのだった。そのうえ、その若者は性格がたいへん善く、人に好感を与えるたしなみをも身につけていた。反対に私は、悪い意味ですごい男だとの評判で、自国の考え方や行儀作法、噂話、お国への奉公のどれにも向いておらず、それにそうした慣習を軽率にも非難したり皮肉ったりしていた。こうした非難や皮肉は(当然と言わねばなるまいが)許されていないことだった。そこで私は手ひどく拒絶され、件の若者が選ばれたのだった。この娘は自分にとって最高の選択をしたと言える。嫁いだ家で、このうえなく幸福に一生を過ごしたからである。そして彼女は私にとっても、たいへんよいことをしてくれたのである。もし私がこのような妻子の絆に組み込まれてしまっていたなら、芸術の女神は私の許を去ってしまっていたに違いないからである。私は拒否されたことによって、苦しみと喜びを同時に得た。この結婚問題の間じゅう、私はつねに後悔の気持、ある種の恥の気持を感じていたからである。私はその気持を外には出さなかったが、かといってその気持が減ずることなどなかった。金銭のため、自分のあるべき考え方とは逆のことをするまでに堕ちることを、自分自身でも恥ずかしく思ったのである。だがどんな些細なことでも何か一つあると、それは二つに増え、その後も何倍にも増大していくものである。この私の、まるで形而下的な欲の深さは、いつの日か外交官の職に就いてみたいとナポリ滞在のときに心に抱いたことに端を発していた。このような処世術は、筋金入りの宮廷人である義兄から吹きこまれたものだった。したがって、未来の外交職の土台として、私はこの裕福な結婚を望んだのであった。外交職では金を多く持っているほど、外交の場面で有利な立場となるからである。だが私にとって幸いだったことに、この結婚話は立ち消えとなり、それと同時に私の外交職への馬鹿げた野望も消し去られたのであった。結局この種の仕事は一度も志願しないまま、この私の愚かで低俗な欲望は、(義兄以外の)誰にも知られることなく、私の胸の内で生まれ、死んでいった。だがそのため、私の恥ずかしさも最小限にとどめられたのであった。結婚をして外交官になるという二つの計画が無に帰したとたん、私の胸にはあと三年間は旅を続けたいという思いが蘇った。その間に自分が何をしたいのか考えようと思ったのである。二十歳だったので、私にはまだ考える時間があった。私は財産管理人と会い、財政問題を片づけた。私の国では二十歳に達すると同時に、財産管理人の管理を受けなくてもよいということになっていたのである。自分の財政状態を明らかにした結果、私はたいそう裕福であることが判明した。そのことを財産管理人はそれまで私に言ってくれなかったのである。彼はこのことによって、少なからず私に貢献してくれたのである。私は財産のある状態よりも、ない状態に慣らされたからである。そのため、それ以降も私の金遣いはほぼつねに妥当なものであった。消費にあてることのできる実際の収入が、約二千五百ゼッキーノあり、子供時代の貯金も少なくないことがわかって、私はわが国の独身男としては十分裕福であるようだった。そこで財産を増やそうなどという考えは捨て去って、二度目の旅に向かって準備を整えた。今度の旅は以前の旅よりも、出費を惜しまないで快適なものにしたいと思った。

第八章
ドイツ、デンマーク、スウェーデン周遊の二度目の旅

例の必要不可欠だが取得しにくい王の許可を得て、一七六九年五月、私はまずウィーンへと向かった。旅の最中私は、信頼するエリアにも給金を支払わないまま、この世界の事物についてさかんに思索を巡らせ始めた。最初の旅では、私はいつも無為ゆえの憂鬱に悩まされ、一所にとどまっていられない単純な性急さに急き立てられていた。だが今回は、一つには例の私の恋愛、一つには半年のあいだずっとあのいささか重要な問題に心をわずらわせたことによって、また別のとても甘美で内省的な憂鬱が生み出された。私の少なからぬ助けとなったのは（そしてたぶん、すべてがその作品のおかげだったのだ。それ以来私は思考することができるようになったのだから）、かの有名なモンテーニュの傑作『随想録《エッセー》』であった[29]。この作品は小さな十巻本からなり、それ以後ずっと旅のあいだの座右の書となった。そうして私の馬車のポケットは、もっぱらこの『随想録』でいっぱいだった。この本は私を楽しませ、教訓を与えてくれた。そして無知で怠慢な私さえも、少なか

らず満足させてくれた。どの巻でもいいのだが、たまたま開いた箇所を一、二ページ読んでは本を閉じて、その後何時間もそのページについて空想を広げていったのだった。だがこのモンテーニュの本を読んでいて私はたいへん恥ずかしい思いをした。というのもどのページを読んでも、一つあるいはそれ以上のラテン語の箇所に行き当たり、注に記された解釈を探さなくてはならなかったからである。もっとも陳腐な散文の引用はおろか、もっともすぐれた詩文の引用の多くを、まったく理解することができないほど私のラテン語の力は落ちていた。そして、それらの引用を自分で解釈してみようなどとはせず、愚かなことにすぐに注を読んでしまっていたのであった。さらに言うなら、頻繁に引用されているわがイタリアの主な作家たちの文を、全部とばして読んでいた。本当によく理解するためには、少なからぬ苦労が要っただろうから。私の生来の無知はそれほどまでに救い難いものだった。そのうえ使わないせいで、この神聖な言語を日々忘れてしまっていた。

もう一度見てみたいと思っていたミラノとヴェネツィアを通り、その後トレント、インスブルック、アウグスブルク、ミュンヘンを通ったが、それらの町にはほとんど滞在することのないまま、私はウィーンにやって来た。ウィーンはトリノ同様規模の小さな田舎の都市であったが、トリノと違って地形に恵まれていなかった。私は夏の間じゅうそこにとどまったが、学んだことは何もなかった。ウィーンでの滞在の半ばにあたる七月にはブダへと周遊し、ハンガリーの一部を見た。再び怠惰な生活に戻ってしまい、いろいろなグループと一緒に、あちこち出かける以外のことはしなくなってしまった。だが、恋の誘惑に対してはつねに身構えていた。私にとって自分の身を守るために信頼できる防具は、カトーの推賞する策(30)を実施することだった。このウィーン滞在で、私は高名な詩人メタスタジオの知己を得て交際できる可能性があった。というのも、わが国の大臣で、大いに尊敬に値するカナーレ伯爵が、少数の選ばれた文学者たちとともに、彼の家で開かれる夜の会で何時間も過ごしており、そこでは毎晩ギリシャ、ラテン、イタリアの古典の数節が朗読されていたのだがこの素晴らしい老カナーレ伯は私を好いてくれて、私が無為に時を送っていることを憐れに思い、何度もその会に出ないかと誘ってくれていたのだ。だが私は、もとから引込み思案な性格なのに加え、どっぷりフランス語に浸かっていて、イタリアの作家や本は何でも馬鹿にしていた。そのため、この古典を読む文学者の集いは、嫌みな衒学者の集団に違いないと思っていたのである。そのうえ私は、メタスタジオがシェーブルン宮殿(31)の庭で、たいそう卑屈に媚びた笑顔をして、マリア・テレジアにひざまずいてお辞儀をするところを見てしまった。若者らしくプルータルコスにかぶれていた私は、この現実を頭の中でひどく拡大してしまったので、このようなミューズ(メタスタジオを指す)と友情を結んだり親しくなったりすることは無理だったろう。私が激しく忌み嫌っていた専制君主に給料で雇われ、そのような権威に身を売り渡したミューズなどとは。こうして私は徐々に人間嫌いの思索家の性格になっていった。私のこんな一風変わった情熱は、二十歳という年頃では当たり前なあの情熱と合わさり、そのごく当然の結果として、私のかなり変わったおかしな性格が形成されていった。

九月にはプラハ、そしてドレスデンへと旅を続け、そこに約一カ月滞在した。次にベルリンにもそれと同じくらいの期間滞在した。フリードリヒ大王(プロイセン王国のフリードリヒ二世)の国に入国したとき、私にはこの国がただ一色の衛兵たちの集まりのように思え、こうした軍人という恥ずべき職業への恐怖が、二倍にも三倍にもなったような気がした。この職業は、専制君主の独断的権威の不名誉だが唯一の基盤なのである。こうした独断的権威はつねに、王に追従する何千という雇われ兵士たちによって必然的にもたらされる結果なのである。私は王に拝謁した。感嘆の気持も尊敬の気持も、私には起きなかった。逆に、怒りと義憤の感情がわいてきた。その感情は、実に多くの物事が、本来あるべき姿にないのを見るにつけ、日々強まり増大していった。それらの物は偽物であるのに、さも本物であるかのような顔をして、本物であるとの名声を不当にも得ているのである。大臣のフィンヒ伯爵は王への拝謁を取りはからってくれたのだが、私に、あなたは王に仕える軍人でいらっしゃるのに、なぜ軍服をお召しではないのかと尋ねてきた。私は「こちらの宮廷に、もう十分大勢の軍服の方々がいらっしゃるようですので」と答えた。王は私に、紋切型の言葉を二言三言仰せになった。私は王の目を恭しく見つめ、しみじみと観察した。そして、天が私をこの世に、彼の奴隷としてお遣しにならなかったことを感謝した。私は国全体が兵舎であるこの国を、それに相応しいだけ憎みつつ、十一月半ばにそこを去った。

ハンブルクに行って、そこに三日間滞在してから、今度はデンマークに向かって出発した。十二月初めにコペンハーゲンに到着した。その国はどこかオランダと似ていて、大いに私の気に入った。オランダ同様この国にも、まったくの専制政府であれば見られぬ商業や工業といったある種の活動が存在していたからである。その結果、皆ある程度裕福なのだが、その事実はこの国にやって来て初めてそれを見る者を驚かせ、この国の統治者の無言の称讃となっていた。こうした活動や商業、工業はすべて、フリードリヒ大王が専制的に文芸や商工業の繁栄を命じたとしても、プロイセン王国ではどれ一つとして見られないものであった。したがって、コペンハーゲンを私が嫌わなかった主な理由は、それがベルリンでもプロイセンでもないということだった。プロイセン王国よりも悪くて痛ましい印象を私に与えた国はなかったのだ。多くの美しく壮大な建築物が、ことにベルリンなどには多かったのだが、悪い印象に変わりはなかった。あれから何年もたったいまでも、当時彼らを見るたびにわき上がってきたのと同じ激しい怒りが、自分のなかに甦ってくるのを感じることなしに、そこに常駐している兵士たちを、私は容認することはできない。

その冬私は、デンマーク駐在のナポリ大使を相手に、片言のイタリア語を再び話しはじめた。彼はピサの人で、タヌッチ侯爵の義弟にあたり、カタンティ伯爵といった。タヌッチ侯爵は有名なナポリの総理大臣で、かつてはピサ大学で教授をしていた人である。カタンティ伯爵のトスカーナ風の話し方と発音は、大いに私を喜ばせた。特にデンマーク方言の子供のむずかり声のような鼻音や喉頭音と比較したときがそうで、私はこの方言を耳にしないわけにはいかなかったのだが、ありがたいことに何を言っているかわからずにすんでいたのだった。私がカタンティ伯爵と意思の疎通をはかるのは大変だった。語彙数も文の簡潔さや表現力も、私には欠けていたからだ。それらにかけてはトスカーナ語の右にでるものはなかった。私はもともとはイタリア語ではない言語を使っており、それをイタリア風に直して話していたのだが、発音は十分に純粋なトスカーナ風だった。私はトスカーナ風以外のイタリア語の発音を、実に聞くに耐えないものと思って、いつも馬鹿にしていた。そのため「ウ」、「ズ」、「ジ」、「チ」や、その他すべてのトスカーナの音を、自分でもできるだけ上手に発音するよう習慣づけていた。そして私は前述のカタンティ伯爵から、このように美しい言語をなおざりにしないようにと大いに激励されたのだが、その言語とは自分がフランス人だなどとはどうあっても受け入れられない以上、私自身の言語でもあった。そこでイタリア語の読書を再開し、何冊かの本を読んだ。なかでもアレティーノ[32]の『対話』が、その猥褻さにはうんざりさせられたが、独創性と変化に富み、表現が豊かな点で、私の心を奪った。こうした読書は楽しかった。色事に逃避しすぎたあまり、しばしば体の具合が突然悪くなることがあったため、その冬は家にいたり、さらには寝床にいたりすることが多かったからである。そして三度目か四度目のプルータルコス再読に取りかかったのだが、それはまさに喜びであった。それから例のモンテーニュも再読しはじめた。そのため私の頭の中では、哲学や政治や自由思想が混ざり合っていた。体の調子がよくなって外出できるようになった後の、極寒の気候下での私の最大の楽しみの一つは、橇に乗ることだった。その詩的なスピードは私を興奮させ、そのスピードに劣らぬほどめまぐるしく働く想像力を喜ばせた。

三月の終わり頃、私はスウェーデンに向けて出発した。スンドの街道には氷もなく、したがってスカニア[33]にも雪がなかったのだが、ノルチェピングの町を過ぎたとたん、またすぐに厳しい冬の気候となり、木々には雪が積もり、湖はすべて凍りついていた。そのためそれ以上は車輪では進んでいけなくなったので、その土地の人々のように馬車から車輪を外して、二枚の橇の上に固定した。こうしてストックホルムに着いたのである。初めてみるその地の光景、そして広大な森の人跡未踏で雄大な自然、湖や断崖などが、私をすっかり夢中にさせた。『オシアン』を読んだことはなかったのだが、そこに出てくるイメージと同じ光景が、私に鮮烈な印象を与えた。何年か後に、その名高いチェザロッティの美しく整った韻文を勉強したとき、その本のなかに、私はそれと同じイメージがあるのを再び見出したのであった(34)。

スウェーデンの風土も、そこに暮らすどの階級の人々も私は気に入った。それが私の極端を好む性格のせいか、何か他の言葉にできぬ理由のせいかはわからない。だからもし私が北の地に住むことを選択するなら、自分が知っている他のどこよりも、この北の果てにある土地に住むことを選択するだろう。スウェーデンの政治形態は、ある方式で攪拌されて均衡を保っていたので、ある種の完全ではない自由が透けて見えていた。それは、私にそれをもっと深くまで知りたいというささかの好奇心を呼び覚ました。だが続けて真剣に打ち込むということが私にはできないので、おおよそのことしか勉強しなかった。とはいえ自分の小さな頭に一つの考えを形成できる程度にはその形態が理解できた。選挙権のある四つの階級が皆貧しく、そのうちの二つ、つまり貴族階級と市民階級には汚職がはびこっていた。それゆえ選挙で金を使う二種類の買収者すなわちロシアとフランスの金銭が影響力を持つようになり、社会階級間の融和も、政治的決定の有効性も、正しく継続性のある自由もないのだった(35)。私は陰気で広大な森の中や、凍った大きな湖の上で、夢中で橇遊びを続けた。四月二十日を過ぎた頃信じられない速さで全部の氷が解けだし、たった四日間で解けてしまったのであった。水平線上に太陽が長いあいだとどまり、海風が吹いたためだった。降り積もった雪は、おそらく一層また一層と重なって十層にはなっていたのだが、それらの雪が消えて新しい緑が現れた。実に素晴らしい光景だった。もし韻文でものを書くことができたなら詩が書けたのに、と私は思った。

第九章

旅の続き。ロシア、再度プロイセン、スパ、およびイギリス

私はいつも出発しなければという焦燥感に駆り立てられていた。ストックホルムの居心地はひじょうによかったが、フィンランドを通ってペテルブルクへ向かうために、五月半ばに出発したいと思った。四月の終わりにウプサラ(36)まで行って戻ってきた。ウプサラではその有名な大学や、いくつかの鉄鉱山を通りがかりに訪れたが、その鉱山にはいろいろな興味深いものがあった。だがそれらをよく観察もせず、また記録など無論しなかったので、ほとんど何も見なかったも同然だった。私はスウェーデンの東海岸の、ボッニア湾の入口に面した所に位置する小さな港町、グリッセルハームに到着した。ところが、まるで私がその後を追いかけたかのように、そこで再び冬に遭遇してしまったのだった。海は大部分が凍っており、陸から一番近い小島までの航行（五つの島に行くのに、前述の湾の入口を通る）は、水が凍りついてしまっていたため、どんな船を使っても不可能となっていた。そのため、私はその陰気な土地で三日間を過ごすこととなり、そのぶ厚い氷の皮があちこちでひび割れしはじめ、われらが詩人（ダンテ）の言うように「ばりばり」といいだすまで(37)、そこで過ごすこととなったのである。水に浮かぶ氷が徐々に一枚一枚板状になって分かれていき、そこに小舟で乗り出すような危険を冒す者に、狭い道を開けてくれるまでそこにとどまったのだ。そ

して実際それが起こった次の日、一番近くの島から小さな帆船でやって来た一人の漁師がグリッセルハームに上陸した。予定では私のほうが先にその島に着いているはずだったのだが。漁師は私たちに、渡れることは渡れるが、少し難しいでしょうと言った。私はすぐに航海に挑戦してみたいと思った。われわれの船は馬車を積んでいたために、その漁師の舟よりもずっと大型で、そのため通り抜けるときの障害はより大きくなるはずだった。しかし危険はより小さいはずだった。漂流している氷塊の衝撃に対しては、小さい船よりも大きな船のほうが、抵抗力があっただろうから。そして実際、そのとおりだった。島のように浮かんでいる多くの氷板は、その恐ろしい海を不思議なものに見せていた。海は大量の水というよりも、バラバラに割れてゆらめく陸のように見えたのだ。だが風はあっても、神の思召しのせいか微風だったので、そうした氷板が私の船に与える衝撃は、ぶつかるというよりも、まるで撫でているようなものだった。そうはいっても氷板は大量だったし、それぞれ動いてもいたので、しばしばわれわれの船の前に立ちふさがり、氷板同士互いに嚙み合わさっては、あっというまに航路を塞いでしまった。そうしてすぐに次から次へと氷塊が流れてきたかと思うと、互いに組み合わさって、私を陸の方に送り返したがっているかのようだった。そこでこれを切り抜けるための唯一効果的な方法は、どんな無礼者をも懲らしめることのできる斧だということになった。船員たち、そして私自身も、こうした氷塊の上に一度ならず降り立っては、斧であちこちをかち割って、櫂で漕いで進んでいけるだけのスペースが空くように、氷塊を船の側面から押し離した。再び航海できる状態にまでなったら、船に飛び乗って、船にまとわりついてくるしつこい氷塊を、櫂で払いのけながら進んでいった。こうしてわれわれ初のスウェーデンにおける航海は、七マイルの距離を十時間以上かけて渡るものとなったのだった。この旅の目新しさは、私をたいへん楽しませた。だがたぶん私の語り口があまりに微にいり細にわたったせいで、読者は私と同じようには楽しめなかったのではあるまいか。そうなってしまったのは、イタリア人にとっては珍しいものを描写したせいだ。最初の航海はこのようなものであったが、他の六つの航海はこれよりずっと短い距離だったうえに、氷塊に妨げられることももう少なくなっていたので、だいぶ楽だった。その野生の荒々しさのために、この国は私がヨーロッパでもっとも気に入った国の一つであった。そしてその空気を支配する、曰く言い難く深いある種の静けさによって、幻想的で憂愁に満ちた雄大な思想が呼び覚まされた。この空気の中にいる人には、まるで地球の外にいるように感じられるだろう。

スウェーデン領フィンランドのアアボで最後に船を下りたのち、素晴らしい道を駿馬を駆ってペテルブルクまでの旅をした。ペテルブルクには五月の終わり頃到着したが、到着が昼だったか夜だったかはわからない。というのもその季節、北国の天候では、夜の闇はほぼ存在しないも同然となっていたからである。それに居心地の悪い馬車で寝た以外は、何夜も寝ておらず、疲れ切って頭がすっかり混乱していたのである。そのうえ始終あのもの悲しげな光ばかりを見てすっかりうんざりしてしまっていたので、私にはもうそれが何曜日だか何時だか、自分が地球のどのあたりにいるのかも、わからなくなってしまっていたのである。というのも、ロシア人の風習や服装、髭などが、ヨーロッパ風というよりはずっとタタール風であるように、私の目に映ったせいだった。

私はヴォルテールが書いたもののなかでピョートル大帝の物語(38)を読んだことがあった。トリノのアカデミーにはさまざまなロシア人がいて、その生まれつつある国家を彼らが褒めそやすのを私は聞いていた。そのため、これらすべては私の想像力によってまた膨らまされていたのだが、この想像力によって私は次々に失望を味わうはめになったのだった。途方もない期待に胸を高鳴らせながらペテルブルクに到着したものの、なんたる光景か、バラックが一列に建ち並ぶアジア的な野営地のごとき土地に一歩足を踏み入れたところで、私はローマやジェノヴァ、ヴェネツィアやフィレンツェを思い出し、あまりの違いに笑い出してしまった。そしてその後は、この国で何を見ても、私は最初に受けたこの印象をますます強めていった。そしてこの国は見るに値しないという得難い認識を得たのだった。気に入るものが何もなかったので——髭と馬以外——六週間ほどそのヨーロッパ人の顔をした野蛮人のなかにいたが、私は知人を作ろうとはしなかった。トリノのアカデミーで一緒だった、国のエリートである二、三の若者たちと再会したいとも、かの有名な専制君主エカテリーナ二世に引き合わせてもらいたいとも思わなかった。ついにはこの女帝の顔を見ることさえしなかった。その評判については当時聞き飽きた感があったからである。後に私は、このように何もせず、人と接しないような野蛮な態度を貫いた本当の理由は何だったか考えてみた。そしてそれは柔軟性を欠いた、ひたすら不寛容な自分の性格と、専制に対する漠然としてはいるが純粋な憎悪だったと、自分のなかで合点した。この私の憎悪は、その後、無防備な夫を刺客を送って殺すというもっとも恐ろしい犯罪で、当然の責めを負うべき一人の人物[39]（エカテリーナ二世）に向けられた。このような犯罪を弁護する者たちが持ち出す釈明のなかに以下のようなものもあると私は聞いたことがあった。それは、エカテリーナ二世が皇位を継承する際、夫によってなされた国家に対する多くの損害を埋め合わせたことに加えて、完全な農奴であるロシア人民全体から、残酷にも奪われてしまっていた人間の権利を、正しい憲法を与えることで埋め合わせたというものである。当時は、この女哲学者の顔をしたクリュタイメストラー(40)が五年か六年支配した後だったが、依然として完全な奴隷状態におかれているロシア人民を私は目にした。また、ベルリンの玉座を取り囲んでいる者たちよりもさらにおぞましい傭兵たちがペテルブルクの玉座を取り巻いているのを見た。私がこの国の人々をひどく軽蔑し、極悪非道の支配者たちを激しく忌み嫌うのはきっとこのせいだ。ロシア的なものは何一つ気に入らなかったので、初め考えていたようにモスクワに行く気にはなれなかった。そしてヨーロッパに一刻も早く帰りたいと思っていた。私は六月末に出発し、ナルヴァを通ってリガ、そしてレウェルに向かった。おどろおどろしく荒涼とした砂地を行くと、起伏の激しいスウェーデンの雄大な森林が私に与えてくれたあの喜びが帳消しになってしまった。ケーニヒスベルク(41)、そしてダンツィヒ(グダニスク)と旅を続けた。ダンツィヒはそれまで裕福で自由な都市だったのだが、ちょうどその年悪い隣人であるプロイセンの独裁者からひどい仕打ちを受けはじめるようになっていた。この独裁者がいやらしい手先の軍勢を送り込んだのである。私はロシア人もプロイセン人も、それに人間の顔をしながら専制君主たちから動物以下の扱いを甘んじて受けている者はすべて悪罵した。そしていやいやながら自分の名前、年齢、身分、職業、目的など(どんなちっぽけな村でも、入るとき、通過するとき、出るときに軍曹が聞いてくるこうしたこと全部)をあちこちで言わされながら、やっとベルリンに再度到着したのだった。約一ヵ月の旅の後での到着だったが、この旅ほど不愉快で退屈で息の詰まる旅は、しようと思ってもできるものではないだろうし、地獄へ下る旅を加えたとしても、これよりも暗く鬱陶しく気を滅入らせる旅はありえないだろう。ゾーレンドルフを通り、ロシア人とプロイセン人が戦った戦場跡を訪れた[42]。そこでは両軍の多くの者が骨となり、骨になることによって奴隷の状態から解放されたのだ。遺体が埋まった広大な溝は、麦が緑濃く美しく生い茂っているので、はっきりと見分けがついた。そこ以外のもともと乾燥している痩せた地では、麦は品質も悪く、まばらにしか生えていなかったのである。そこで私の頭には、意地悪だがもっともな考えが浮かんだ。奴隷というものは、本当に、肥料になるためにこの世に生まれてくるものなのだと。すべてこうしたプロイセン的なものが、恵まれたイギリスを私にますます知りたいと思わせ、渇望させるようになった。

　二度目のベルリン滞在は三日間で切り上げた。私がそこにとどまった理由は、ひじょうに調子が悪かった旅の疲れを少し癒すためだけだった。七月の終わりに出発し、マグデブルク、ブラウンシュバイク、ゲッティンゲン、カッセル、そしてフランクフルトを回った。かの隆盛を誇る大学によって広く知られているゲッティンゲンの町に入るときに、私は一頭の小さなロバに出会った。私はこれを大いに幸運だと思った。ロバという動物が繁殖することも生きていくことも不可能な極北の地にずっと滞在していたため、一年以上それを見ていなかったからである。私というイタリアのロバ（イタリア語のロバ（asino）には「馬鹿者」という意味がある）とドイツの小さなロバの、名高い大学での出会いについて、なにか愉快で一風変わった詩を、私は作っていたかもしれない。私の頭が言葉とペンを駆使することができればそうしただろうが、私に書く能力のないことは日々決定的なものとなっていたのである。そこで私は、自分のなかで想像をめぐらすだけで満足し、ずっとロバと二人だけでその一日を浮かれて過ごしたのだった。私には休日はめったになかった。というのも休日があっても相変わらず一人孤独に、たいていは何も読まず何もせず、口をきくこともなく過ごしていたからである。

ドイツ的なものにすっかりうんざりしてしまって、二日後にはフランクフルトを後にしてマインツに向かった。ライン川の船に乗り、その雄大な大河をケルンまで下っていった。目に心地よいその川岸の眺めは、船上の私を楽しませた。ケルンからアーヘンを通ってスパに戻った。二年前に何週間かを過ごしたその土地を、心が落ち着いたときにまた見てみたいとずっと思っていたのだった。そこでの生活は、私の気質にあっているように思われた。というのも、そこでは生活のなかで喧騒と孤独が一体となっていたので、夜通しのパーティーや宴会でも、人に紛れて、見られたり知られたりしないでいられるのだった。実際、私はそこがたいへん気に入って、八月半ばから九月の終わり頃までそこにいた。そこでなければそんなに長い時間とどまることはけっしてできなかったろう。私はあるアイルランド人から馬二頭を購入した。そのうちの一頭は類稀な美しい馬で、私はすっかり夢中になってしまった。朝昼晩と乗馬しては、八人から十人の各国の外国人と昼食をとり、夜には高貴な夫人や令嬢たちが踊るのを眺め、自分の時間をたいへんうまく過ごして（消化して、と言ったほうがいいかもしれない）いた。そうこうするうちに寒い季節となり、湯治客の大部分が立ち去り始めたので、私も出発したのだった。私は友人ダクーニャに再会するため、オランダに戻りたいと思った。以前深く愛していた女性に再会するためなどではなかった。彼女はもうハーグにはおらず、一年以上前に夫とともにパリに居を定めたことを、私は知っていた。自分の素晴らしい二頭の馬と離れることができなかったので、馬車でエリアを先にやり、自分は歩いたり馬に乗ったりしながらリエージュへと向かった。この町にいたフランスの大臣を私は知っていたのだが、彼が司教であるリエージュ公(43)への拝謁を取りはからってくれた。私はいつもと違って、大臣に気を遣ったこともあって、彼がしてくれるに任せていた。たとえあの有名なエカテリーナ二世を見なかったにしろ、少なくともリエージュ公の宮廷は見たということになるように彼の釆配に任せていた。スパでの滞在中、私は聖職者であるもう一人の君主に拝謁した。アルデンヌのスタヴロ(44)の修道士で、彼はリエージュの司教より一回り小さい君主だった。リエージュ公のときと同様、例のフランスの大臣が、私のスタヴロ公への拝謁を取りはからってくれたのである。その宮廷の昼餐会はたいへん陽気で料理も申し分なかった。聖職者の宮廷は、鉄砲と太鼓の宮廷ほど私に嫌悪を催させなかった。鉄砲と太鼓という二つの人間の災を陽気に笑うことなどけっしてできないからだ。私はリエージュから馬とともにブリュッセル、アントワープ、モーディック、そしてロッテルダム、ハーグへと進んだ。文通を続けていたあの友人は、私を歓迎してくれた。こんな私でも多少思慮深くなったということがわかっても、相変わらず彼は私に暖かな愛情に満ちた立派な助言を与えてくれた。二カ月ほど彼と一緒にいたのだが、その後私は再びイギリスを見たいという熱烈な思いに駆り立てられることになった。冬も迫ってきたので、われわれは十一月の末に別れることになった。二年あまり前に通ったその同じ経路で、ハリッジで船を下り、数日のうちにロンドンに到着した。最初の旅行のとき交流があった数少ない友人たちのほとんどと再会することができた。そのなかにはスペイン大使のマッセラーノ公や、抜け目がなくてユーモア溢れるナポリの大臣、カラッチョロ侯爵がいた。この二人の人物から、私は二度目のロンドン滞在で、父親から受ける以上の厚意を受けた。このロンドン滞在は約七ヵ月にわたったが、そこで私は後に述べるような厄介で異常な苦境に陥ったのだった。

第十章
ロンドンでの第二の激しい恋愛による躓き

ロンドンへの最初の旅行のときから、さる高貴な美しい貴婦人(45)に私は心を虜にされていた。この国をそれほどまで美しく素晴らしいと思ったのは、あるいは私の心にそっと忍び込んだ彼女のイメージによるところが大きかったのかもしれない。そしてその国を再び見たいという思いが大きくなったのも、そのためだったかもしれない。当時から彼女の美しさを好ましいと思っていたのだが、引込み思案で人見知りする性格から、私は彼女の愛の罠にはかからなかったのであった。だが以前よりもいささか洗練され、恋愛に敏感な年頃に達した私は、ハーグでの命を失いかねない重傷の恋の病の初めての発作のショックから、まだ完全には立ち直っていなかったというのに、今度は彼女が再び仕掛けた別の網にかかってしまった。私は自分でも制御できぬほど激しい情熱を燃やしたのだった。そしてこのときのことを書いている四十五歳になったいまでも、思い出すといまだに体が震えてくるのである。私は、特にマッセラーノ公の家で、たびたびこの美しいイギリス女性と会う機会があった。それは公の夫人が、イタリア・オペラ劇場で彼女と同じ桟敷だったためで、彼女自身の家で会うことはなかった。というのも当時イギリスの貴婦人は人を家で迎える習慣が、特に異国人を迎える習慣がなかったためである。そのうえ彼女の夫はアルプス以北のヨーロッパ人にしてはたいへん嫉妬深かった。このようなちょっとした障害のために、私はいっそう燃え上った。毎朝、あるときはハイド・パークで、またあるときはどこか別の散歩道で、彼女に会った。毎晩、人でいっぱいの夜通しパーティーや劇場でもやはり彼女に会った。こうしてわれわれの仲はどんどん進展していった。そしてとうとうそうなってしまったとき、私は自分も彼女から愛されている、もしくはそうだと信じて、すっかり有頂天になった。だが同時に、自分はこのうえなく不幸だとも思った。こんな交際を長いあいだ安全に続ける方法がわからなかったからだ。日々は飛ぶように過ぎた。春も過ぎ、六月の終わりまでこの逢瀬は続いた。というのは彼女は毎年七カ月かあるいはそれ以上の期間田舎の別荘に滞在することになっていて、出発を考慮に入れると、その頃彼女と会うことはまったく不可能となってしまったからだった。私はそのため六月になったら自分の人生も終わりだ、と考えていた。私には自分の心も病んだ頭も、物理的にこのような別離を乗り越えることができるなどとは思えなかった。この私の二度目の恋愛は、最初の恋愛よりずっと長期間にわたるものだったため、そのぶん強固なものとなっていたからである。彼女から離れなければならなくなったときに、自分はきっと死んでしまうに違いないというこの不吉な想念のなかで、心がひどく高ぶってきて、私はもはや何も失うものはないとでもいうように、ますます彼女との逢瀬を重ねるようになった。こうなったのは、私の愛する女性の性格も小さからぬ要因となっていた。彼女は中途半端なことなどまるで好きではないし、理解もできないようだった。事がここまで進んだとき、私にも彼女いて、ひどい目にあわせるぞ、と私に何度も警告してきていた。だがそれこそ私がこの世で一番望んでいたことだった。というのも彼が怒って出てこないかぎり、自分が助かる道を見つけること、あるいはすべてを失うこと、そのどちらも私にはできなかったからである。私はとうとう以下に述べるような事件が起きてしまうまでの五カ月ほどをこうした恐ろしい状態のなかで過ごした。二人にとってはたいへん危険なことだったが、日によって異なる時間帯に、私は何度も彼女自身の導きで彼女の家の中に忍んでいった。ロンドンの家は小さく、ドアはいつも閉まっており、召使たちは地階にいたので、道に面したドアを家の中の者が開けて、簡単に外の者をドアから直接一階の部屋に招き入れるだけの隙があり、私の姿が見られることはなかった。したがって彼女がこうして不法に私を招き入れても、毎回何の問題もなくうまくいった。夫が家にいない時間、そして使用人たちが食事している時間は特によかった。こうした順調な結果に勇気づけられて、われわれはさらなる危険に手を伸ばすことにした。五月になると、夫は彼女をロンドンから十六マイルの距離にある近郊(46)の別荘に連れていった。八日から十日のあいだそこに滞在するためで、それ以上の長期ではなかったのだが、われわれはすぐにこれまでと同様に、私が別荘に忍び込む日時を決めた。そしてその日を、近衛連隊の将校である彼女の夫が必ず出席しなくてはならない軍隊の閲兵の日に定めた。その日彼はロンドンに泊まるはずだったからだ。そこで私はその日の晩、一人で馬に乗って別荘に近づいていった。彼女から別荘の正確な位置を教えてもらっていたので、馬を別荘から約一マイルのところにある居酒屋に預けると、その後は歩いていった。庭園の通用門の所まで行くと、そこから彼女に誘導されて邸の中を通っていった。もう夜だったので、誰にも見られない、いや見られていないだろうと信じていた。けれどもこうした逢瀬には、一触即発の危険があって、いつも安全であるという保証はどこにもなかった。そこで、この短い別荘滞在が続くあいだ、こんな道行きを頻繁に繰り返すために、われわれはいくつかの方策をとった。だが自分たちのすぐ前に来ている、長期間にわたる夏の別荘生活のことを考えると限りなく絶望した。私は逢瀬の翌朝ロンドンに戻ると、あと二日のあいだ彼女に会うことなく過ごさなくてはいけないのかと思い、気も狂わんばかりになって震えていた。そして一刻一秒を、指折り数えていた。私はずっと熱にうなされているような錯乱状態でいた。そんな状態を経験したことがない者は、これを言い表すことも信じることもできないだろうし、ここまでひどく経験したことがある者もきっと少ないだろう。どこに行くのか知らずにいても、つねに進んでいっていないと、私はけっして落ち着いていられなかったのだ。だが休むか食べるか寝るかするために落ち着いたとたん、今度は恐ろしい声でわめき散らしながらぱっと立ち上がると、それが外出するような時間でない場合は、仕方なく部屋の中で、まるで気違いのように暴れ回った。私は馬を多く所有していたが、そのなかにはスパで買ってその後イギリスまで運んで来させた、あのたいへん美しい馬も含まれていた。そこで私はこの馬に跨っては、イギリスのもっとも大胆不敵な騎手さえもぞっとさせるような、とんでもない気違い沙汰をやってのけるのだった。とても高くて幅のある垣や、並外れた幅の溝、目の前に横たわる柵という柵を飛び越えたりしていたのだ。恋いこがれる別荘への、道行きと道行きの合間のある朝、私はカラッチョロ侯爵と一緒に乗馬をしていた。実に見事な自分の馬が、どんなにうまく跳べるかを彼に見せたくて、広い野原を公道から隔てるひじょうに高い柵の一つに目をつけると、そこを目指して馬を走らせた。だが私が半分理性を失っていたのと、跳ぶまでの時間内に必要なだけの指示を馬に出さなかったせいで、馬の前足が柵の横木に触れてしまい、馬も私も一緒に野原に放り出された。まず馬が起きあがり、私もそれに続いた。何の怪我もないようだった。とはいえ傍目には、狂気の愛によって私の勇気は何倍にも膨らみ、まるで私が自分の首を折る機会をわざと請うているかのように見えたのであった。そのためカラッチョロ侯爵は、私がようやくのことで飛び越した柵の向こう側に残っていたが、今度は柵を越えないで野原を回ってこちらに戻るようになさい、と叫んだ。私は自分で自分がしていることがよくわからぬまま、野原を逃げようとする馬の後について走ると、どうにかその手綱を摑んだ。そして馬に再び飛び乗ると、前と同じ柵に向かって、勢いをつけて飛ばしていった。馬はその柵を飛び越え、自分と主人の名誉を見事に挽回した。私がこうして若者らしく傲慢にこの勝利を味わったのも束の間だった。何歩かゆっくり走った後、頭と体がだんだんと冷えてきて、私は左の肩に激痛を感じだしたのである。事実、左肩は脱臼し、肩の先端と首とをつなぐ小さな骨が折れていたのであった。痛みは徐々に増し、馬でのろのろと家にたどり着くまでの数マイルは、たいへん長いものに感じられた。外科医がやって来てかなりのあいだ痛い目にあわせたのち、骨は全部元どおりの位置に直しましたと言い、包帯を巻くと、私にベッドに寝ているようにと命じた。恋愛というものがわかる人には、こうしてベッドに釘づけにされた私を見て、その物狂おしい気持がおわかりいただけるものと思う。それはちょうど別荘への二度目の訪問日と決められていた日の前夜だったのだから。腕の脱臼は土曜日の朝に起こった。その日一日、そして日曜日も夕方までじっと辛抱したので、このわずかな休息で、私の腕には力が甦り、心はいよいよかっかと燃え立った。そこで六時頃に私は何がなんでも起き出そうとして、半分私の監督係のようなエリアが何をどんなに言おうと、郵便馬車にただ一人でどうにか乗り込むと、自らの運命の導く方向に向かっていった。腕が痛むことと、きつく巻きつけられた包帯が邪魔なせいで、馬には乗れなかったし、御者もいるのでその馬車では別荘まで行くわけにもいかず、別荘から二マイルほど離れたところで馬車を乗り捨てねばならなかった。そしてその後は歩いて行った。片方の腕はよく動かず、もう片方の腕はコートの下で剣を握りしめたまま、夫の友だちとして招かれたわけでもないのに、夜たった一人で他人の邸の中を進んでいったのである。一方馬車の揺れのせいで、私の肩の痛みはぶり返し、さらにひどくなった。包帯もすっかりゆるんでしまっていたので、そのせいで私の肩は実際それ以降二度と元の形に戻らなかったのである。だが恋いこがれる対象に近づきつつある自分は、世界一幸せな男だと私は思っていた。さんざん苦労してついに別荘に到着したが（誰の助けも借りずに、というのは信用のおける者がいなかったので）、敷地内に入るために庭園の尖った柵の上を跨ぐことになった。最初のときには半開きになっていた通用門が、このときは開けることができなかったためである。夫はいつものように、翌日の月曜日に行われる閲兵のために、この晩もロンドンに泊まりがけで出かけていた。こうして家までたどり着くと、彼女が待ちかまえていた。彼女自らが何時間も前に開いておいた通用門が閉まっていたという事態なぞ、私も彼女もあまり深く考えることはなかった。そして私は明け方までそこにとどまった。その後、入ったときと同じようにして出ていき、誰にも見られなかったものと確信して、同じ道を馬車のある所まで戻り、馬車に乗り込むと朝の七時頃ロンドンに戻った。彼女を後に残してきた、そして自分の肩の状態が前よりいっそう悪くなったという、二つの激しい苦しみの狭間で、私はすっかり平静を失っていた。これから起こることはすべて予想できていたが、私は心が狂ったような状態だったので、もう何が起きようとお構いなしだった。外科医には包帯をきつく縛り直させた。だが骨の位置の再調整だの脱臼の治療だのはさせなかった。火曜日の晩には具合もかなりよくなって、もう家にひき籠っていたくなかったので、イタリア・オペラ劇場に行ってマッセラーノ公のいつもの桟敷席に入った。そこに公は夫人とともに来ていたが、夫妻は私が半身不随でベッドに寝ているものと思い込んでいたので、腕を首から吊しただけの私を見て、たいそう驚いていた。

その間私は音楽に耳を傾けて、表面上は落ち着いていたものの、心のなかは千々に乱れていた。だが顔はいつもながら、まるで大理石でできているかのように表情を見せなかったのである。突然、誰かの口からぽろりと私の名前がこぼれるのを聞いた、あるいは聞いたような気がした。その声の主は閉じられた桟敷席の扉の向こうで、誰か他の者と言い争っている様子だった。私は単純な機械的な動作で扉に駆け寄り、それを開けて外に出ると、すっと自分の背後で扉を閉じた。私の目の前には恋人の夫が立っていた。彼は鍵のかかった桟敷の扉を、桟敷の案内係たちが外側から開けるのを待っていたのである。イギリスの劇場では、人々は皆そうして桟敷が開くのを廊下で待っているものだった。私はもう何度も出会いを予測していた。そしてそれを私のほうから堂々と仕掛けるわけにもいかなかったので、この出会いは望むべくもないものなのだった。さて、こうして稲妻のごとく桟敷の外に現れ出た私が発した言葉は、ひじょうに短いものだった。「お待たせした」と私は叫んだ。「どなたか私にご用か?」「私だ」と彼は答えた。「あなたに少し話があります。」「出ましょう」と私は答えた、「話を伺いましょう」。それ以上何も言わずに、われわれはただちに劇場の外へ出た。イタリア時間で二十三時半頃の出来事だった。日の長い五月のロンドンでは、劇場が始まるのは二十二時頃だったのである。ヘイマーケットにある劇場からかなりの道のりを歩いて、われわれはセント・ジェイムズ公園に行った。その門から、グリーン・パークと呼ばれる広い芝地に入った。そこではもうほとんど日が暮れてしまっていたが、われわれは隅の方の奥まった場所に行くと、一言も発さぬまま剣を抜いた。当時は燕尾服を着ていても剣を持ち歩くのが習慣だった。したがって私は剣を身につけていたし、彼も別荘からロンドンへ戻ると、ただちに刀鍛冶の許へ走って剣を用意したのであった。セント・ジェイムズ公園へと続く、ポールモール通りに立って、彼は私が隠れて彼の家に何回も行ったことを繰り返し責め、何をしたのかを問いつめた。私はすっかり逆上してしまっていたのだが、同時にひどく冷静で、心の奥でこの敵の言うことがどんなに正しくもっともなことであるかを感じていた。そこでこう答えるしかなかった。「そんなことは嘘だ。しかしあなたがそう信じているのなら、いま私からよくご説明申し上げよう。」すると彼は再び断固として私が彼の家に隠れて行っていたのが事実だと主張しはじめたのである。特についこのあいだの別荘行について、彼は微にいり細にいりひじょうによく描写してみせた。そこで私はひたすら「嘘だ」と答え続けたのだが、彼が一切について詳細に報告を受けていたことは明らかであった。とうとう彼はこう言って話をやめた。「妻が自分で私にこのように白状し、語り聞かせたというのに、いったい何を否定なさろうというおつもりか?」私はこの言葉に唖然とし、こう——下手な答をした、と私は後から悔やんだのだが――答えた。「彼女がそう白状したのなら、私も否定はしない。」真実以外の何ものでもない、まったく明白な事実を否定しつづけることに、もはやうんざりしていたため、思わずこのような言葉が出てしまったのである。自分の侮辱した敵を前に、このように愛人の役回りを演じるのはまったく気が進まないことではあったが。無理にも気を奮い立たせてまでそう言ったのは、できれば恋人を救いたいと思ったからだった。以上が前述した場所に到着するまでに、われわれのあいだで交わされた会話である。だが剣を抜くときに、彼は私が片腕を首から吊っているのに気づいて、戦いの障害になりはしないかと寛大にも尋ねてくれた。私は彼に礼を述べ、願わくはそうならないで欲しいと言うなり彼に襲いかかった。私は剣の腕前がよかったためしがなかった。そのためやけのやんぱちで、剣術の規則など無視して、えいやとばかりに躍りかかったのである。実を言えば、もうとにかく殺してもらいたいとしか考えていなかったのだ。自分自身でしたことをどう描写していいかわからないが、かなり強力に攻撃していたということはできる。初めは日没の日の光が目を射るせいで、私はほとんど何も見えなかった。しかし七、八分もすると、私はどんどん前に攻め込み、彼のほうはカーブを描くように後退していった。そのとき太陽が今度は私の背後に来たのである。そうやって長いあいだ激しく剣を交えていたのだが、私がいつも突いて出ては、彼が受けて押し返していたところから、彼は殺したくないので私を殺さず、私は殺すことができないために彼を殺さなかったものと思われる。しまいには彼が私の突きを受け返す際、剣先を伸ばして、ついに私の右腕の肘と剣を握った手の間に突きを入れた。そしてすぐに、私が怪我を負ったことを知らせてくれた。私が怪我を負っていることにまったく気づかず、また実際その怪我自体重いものではなかったからだった。そこで彼が最初に剣先を下ろし、自分はもう十分気が晴れたと言って、私も満足したかどうか尋ねてきた。私は、侮辱されたのは私ではなくあなたなのだから、続けるもやめるもすべてあなたの胸一つだ、と答えた。すると彼が剣を収めたので、私もそうした。彼はすぐに立ち去った。私はその後もしばらくその場に残り、自分の傷がどうなっているか調べようとした。そして服は縦方向に引き裂かれてはいるものの、ひどい痛みも感じず、大量に出血しているようでもなかったので、この傷は切傷というよりは引っかき傷程度のものだろうと判断した。とはいえ左腕は使えなかったので、服を一人で脱ぐことは不可能だった。そこで私はハンカチをどうにかざっと帯状に畳み、歯を使ってそれを右腕に縛りつけ、それ以上の出血を防ごうとしたのだった。そうして公園から出て、来たときと同じポールモール通りを通って、小半時前に出てきた劇場の前に舞い戻った。いくつかの商店の明かりのもとで、着物にも手にも血がついていないことを確認すると、腕のハンカチを歯を使ってほどいた。そしてもう痛みを感じなかったので、もう一度劇場の中に戻りたい、すべてが始まったあの桟敷席に戻りたいという気違いじみた幼稚な欲望がわいてきた。桟敷に戻るとすぐマッセラーノ公から、あんなに気でも狂ったように大急ぎで桟敷席から出て、いったいどこへ行っていたのか、と問いつめられた。桟敷の外で起こった短い諍いのことを夫妻は何も聞いていないということがわかったので、ある人に話があったことを突然思い出して、それであのように出ていったのです、と私は言ったが、それ以上は話さなかった。だが気を落ち着けようと努めたのだが、心ははなはだしく動揺していた。こんな事件の後はどうなるのだろうとか、自分の愛する人の身に降りかかる可能性のある災難すべてを考えて、動揺していたのである。そこで私はどうしたらよいかわからぬまま、十五分ほどでそこを去った。劇場から出ると――私の傷は歩くのを妨げはしなかったので――恋人の義姉の家に行くという考えが閃いた。その義姉は、私たちの味方で、彼女の家で何度か逢瀬を重ねたこともあったのだ。

この偶然の閃きは、まったく的を得たものだった。この婦人の部屋に入って私の目に最初に飛込んできたものといえば、ほかならぬ私の恋人だったからである。まったく予期していなかったこの光景と、さまざまな思いに掻き乱されて、私はもう少しで失神するところであった。彼女はすぐ私に事件を逐一説明してくれたが、それは私が思っていたとおりの内容であった。だがそれは事実とは異なるものだった。私は後に運命によってまったく別のところから真実を知ることになるのだ。

さて彼女は私に、夫はすでに私の最初の別荘行のときから、別荘の外で見ていた者の知らせを受けていたと言った。彼は誰かが妻の許にいたということしか知らず、誰も私だとは知らなかったのだと言う。夫はこれこれの日、これこれの宿屋に一晩中一頭の馬がとめ置かれ、その後これこれの時刻に大金を払って一言も口を利かずに馬を引き取った人物がいる、ということを確かめたのであった。そのため私が二度目に訪れた際には、彼は自分の召使の一人をひそかに配置して監視させ、探りを入れさせた。翌月曜日の晩、ロンドンから家に帰ったときに、委細漏らさず報告させるためであった。彼は日曜日の午後ロンドンへ出かけて行った。そして私は前にも言ったように、日曜日の午後遅くにロンドンを発って彼の別荘に向かい、日暮れ頃に歩いてたどりついたのだった。スパイ――一人もしくはそれ以上の――は、その地の墓地を私が横切っていき、庭園の通用門に近づいていったが開けることができずに、囲いの柵を乗り越えていくのを見た。そしてその後私が夜明け頃出てきて、大道をロンドンの方へ向かって歩いていくのを見たのだった。あえて私に姿を見せたり、声をかけたりするスパイはいなかった。私が決然とした様子で剣を携えてやって来るのを見て、私を止めたとしても彼らには何の利益にもならないし、また平常心の者が恋する者に対抗できるはずもないということから、私を立ち去らせたほうが得策だと考えたのだろう。だがもちろんこうして泥棒のように私が庭園に出入りする際に、二、三人がかりで捕まえに来たら、私にとってはたいへん都合の悪いことになっただろう。逃げようとでもしようものなら、私は泥棒と思われてしまったかもしれず、攻撃したり防御したりしようものなら、殺人犯と思われてしまっただろう。それに私も、生きたまま捕まるようなことはしまいと、堅く心に決めていたのであった。そのため後で剣を振るうはめになったのだが、たいへん賢明な法律を持ち、それが尊重されているこの国では、このような私の行為は必ず厳しい罰を受けねばならない行為だった。こうしたかつての自分の行為を書いていると、私はいまでも背筋が寒くなる。だが当時はそうした状況に飛び込むことを少しも躊躇しなかったのである。さて、夫は月曜日の午後別荘に戻る途中に、別荘から二マイル離れた所で一晩中私を待機していた御者から、尋常ではないこととしてこの出来事が語り聞かされたのだった。そして御者が身長、体型、髪などの私の外見を描写したことから、夫にはそれが私だとはっきりわかったのである。彼は家に戻り、部下たちから報告を受けると、ずっと欲しいと思っていた自分の受けた被害の証拠をとうとう摑んだのだった。

だがここでイタリア的な嫉妬は、イギリス的な嫉妬の不思議な結果を述べるなかで、異なる性格や気候、特に異なる法律の下では、情熱というものがさほどに異なっていることに気づいて、笑わざるをえなくなるのである。イタリア人の読者なら皆、短剣や毒や殴り合いや、少なくとも妻の監禁など、この種の当然起きてくるどたばた騒ぎなどがここで語られることを期待しておいでだろう。だがこんなことは何一つ起こらなかった。イギリス人の夫は、自分なりのやり方で妻を熱愛していたのであるが、罵詈雑言や脅し、告訴などで時間を無駄になどしなかった。彼はただちに妻を証人たちと会わせた。そこで証人たちは、妻に否定しえない事実を易々と認めさせた。火曜日の朝になると、夫は妻に、もうその時点から彼女を自分の妻だと思っていない、それゆえただちに合法的な離婚によって彼女と別れるつもりだとはっきり言い渡した。そのうえ離婚だけでは十分ではなく、私の彼に対する侮辱を誠心誠意償うよう望むと付け加えた。そして彼はその日ロンドンに向けて再び出発し、必ずや私を探し出すつもりだと言ったのである。そこで彼女はすぐに、ある信頼する召使を通して、ひそかに私に手紙を書き、これから起こるであろう事を知らせてよこしたのである。使者は大金をもらって、ほとんど馬を殺さんばかりの勢いで、片道二時間足らずでロンドンまでやって来た。彼はおそらく夫より一時間以上前に到着したに違いない。だがたいへん幸運だったことに、使者も夫も私が家にいるところを捕まえることができなかったため、私は何も知らされることのないままだったのだ。夫は私が出かけてしまったのを見ると、イタリア・オペラ劇場に行ったのだろうと推測し、それが的中したのだった。そして前にも述べたように、そこで私を見つけたのである。この事件で、幸運は私に最高の二つの恵みをもたらしてくれた。一つは私が脱臼したのが右腕ではなくて左腕であったこと。もう一つは私が夫と会った後まで、彼女からの手紙を受け取らないでいたこと。もしこの二つのうち一つでも起こらなかったら、私はどこかでひどい目にあっていたかもしれない。さてロンドンに向けて夫が出発するやいなや、彼女も夫とは別の道を通って、夫の家からさほど遠くないロンドンの義姉の家に直接やって来たのだった。その義姉のところで、彼女は夫が一時間足らず前に辻馬車で家に戻ったことを知ったのである。そして夫が馬車から飛び出るようにして家に入ると、家の誰とも会おうともせず、誰ともしゃべろうともせず、部屋に閉じこもってしまったと聞いたのだった。そこで彼女は夫が私に会って、私を殺してしまったのだと思い込んでしまった。こんなふうに彼女は、断片的で脈絡のない話を私に語って聞かせた。話が途切れ途切れなのは、本当にさまざまな感情の大きな動揺のせいだと思われたが、そのような感情にわれわれ二人はともに苦しんでいたのだった。しかしこれはさしあたっての結末であったのだが、彼女の話は最終的に、われわれがそれまで予期していなかった、ほとんど信じ難い幸福へと変化したのである。すなわち避けようのない離婚が差し迫っているからには、彼女が断ち切ろうとしている夫婦の絆を、夫に取って代わって自分が引き受けなくてはならないだろう――そしてそれ以外には何も望んでいなかった――ということに、私は気がついたのである。こうした考えに酔って、私は自分の小さな怪我のことを、ほとんど思い出さなかった。しかし結局何時間か後に、愛する人の前で医者に腕を診察してもらった。そのとき肌には長いひっかき傷がついており、多量の血がシャツの折目に固まっているのが見つかったが、それ以上の傷はなかった。腕に薬を塗ると、私には自分の剣がどうなったかも確認してみたいという若者らしい好奇心が芽生えた。剣を見ると、敵によって何度も強く打たれた跡がついており、鍔から三分の二までの部分しか残っていなかった。そしてその刃の欠けた部分は鋸歯のようにぎざぎざになっていた。その後何年も、私はこの剣を戦いの記念品として身近にとっておいた。火曜日の夜遅くにやっと私は恋人と別れたのだが、帰りにカラッチョロ侯爵のところに寄らないではいられなかった。すべてを彼に報告するためである。彼もまた、紛糾した事態を知って、私がきっと殺されてしまって、夜の十二時頃に閉まる公園に、そのまま残されているものと思い込んでいた。そこで私を見ると、みるみる元気を取り戻し、熱く抱擁して迎えてくれた。その夜はそれからおそらく二時間以上も彼といろいろな話をして過ごした。そのため私が家に戻ったときは、ほとんど夜が明けてしまっていた。たった一日のうちに起きた多くの不思議な転変の後、私は床に就いたが、このときほどぐっすりと甘い眠りを味わったことはその後も二度となかった。

第十一章
おそろしい幻滅

さて以下が、前日の出来事が実際にはどのようにして起こったかの詳細である。私の信頼するエリアは、息を切らして汗びっしょりの馬に乗って、一人の使者がやって来るのを見た。この使者が彼に、ただちにその手紙を私に届けるようにと繰り返し頼んだので、エリアは私の後を追うためにすぐ家を出た。最初彼はマッセラーノ公のところに行き、というのは彼は私がそこに行ったものと思っていたからなのだが、その後カラッチョロ侯爵のところに行った。この二人は何マイルも離れたところに暮らしていたので、移動のあいだに何時間もが無駄になったのだった。最後にサフォーク通りにある私の家に再び向かったのだが、家はイタリア・オペラ劇場のあるヘイマーケットのすぐそばだったので、彼は劇場に私がいるか見てはどうかと思いついた。私はその頃まだ脱臼した腕を首から包帯で吊っていたので、彼は私がまさかそこにいるだろうとは思っていなかったのだが。彼は劇場に入り、私をよく知っている劇場の桟敷案内係に私のことを尋ねた。すると私が十分前にこれこれの人物と一緒に出ていったということ、その人物はわざわざ私のいる桟敷席まで私を探しに来たのだということが、ただちに彼に伝えられたのである。エリアは私のこの絶望的な恋愛を知っていた(私の口から知ったのではなかったが)。そのため私を探しに来た人物の名前を聞いた瞬間に、手紙がどこから来たものか了解し、すべてが明白になった。そこで私がどれほど下手な剣術使いかを知っており、そのうえ私の左腕が使えないことも承知していたエリアもまた、当然私が死者となったものと考えた。そしてすぐにセント・ジェイムズ公園に駆けつけたが、グリーン・パークには向かわなかったため、われわれを発見できなかったのである。その間に日が暮れてしまった。そこで彼は、他の人たちと同じように公園から出なくてはならなかった。彼は私がどうなったのかはっきりさせるために、何をしたらよいのかわからぬまま、わが恋人の夫の家の方に向かった。そこで何かが見つかるのではと思ったのである。おそらく彼は自分の辻馬車に、かの夫の馬よりも良い馬をつないだのだろう。あるいは夫がこの間どこか他の場所に行っていたのかもしれない。そういうわけで、エリアはその辻馬車に乗って、夫が家に着くのと同時に、偶然その家の玄関近くに到着したのだった。そして夫が剣を持って戻って来ると家に駆け込んで、ひどく取り乱した様子ですぐさまドアを閉めさせるのをしかと見届けた。夫が私を殺したに違いないというエリアの確信はますます強まり、もうそれ以上は手の施しようがなかったので、急いでカラッチョロのところに行った。そして彼に自分の知っていることや恐れていることを、洗いざらい話したのである。

さて私はこのたいへん骨の折れる一日の後、長時間このうえなく安らかに眠って元気を取り戻した。二つの傷もよくなってきており、このうち肩の傷はこれまでにないほど痛んだが、もう一方の傷はそれほど痛みもしなかった。私は恋人のところに駆けつけると、その日一日を彼女の許で過ごした。召使たちを介して、夫が何をしているかは耳に入ってきたが、以前述べたように、彼女が目下暮らしている義姉の家のすぐ近くに夫の家があったからだ。私は私たちの現在の苦境も、近い将来実現するだろう離婚によって終わるものだと心のなかで思っていた。彼女の父親――私が何年も前からよく知っている人だった(47)――も、この日水曜日に娘に会いに来て、二度目の結婚で立派な男――と言っていたようだ――に縁づくことになっただけでもましだと、彼女は不快だっただろうが勝手に一人でお祝いを述べた。それでも私は、愛する人のたいへん美しい額に、暗い影が走るのを見逃さなかった。それは私には何か良くないことの予兆のように思われた。彼女は相変わらず泣いてばかりいて、私を他のなによりも愛しているとしきりに言いつのった。こういう事件の醜聞と、国の隅々まで広まってしまった自分の不名誉も、私と一緒にいつまでも暮らせさえすれば十分に報われると何度も言う一方で、私が彼女を自分の妻にしないだろうことは、承知しすぎるほど承知しているとも言った。こんな彼女のしつこくておかしな繰り言は、私を落胆させた。彼女が私のことを嘘つきだとも、うわべだけの男だとも思っていないことはよくわかっていたので、こうした彼女の私への不信がまるで理解できずにいた。こんな嫌な当惑の気持は、彼女と朝から晩まで自由に会うことができるという満足感を残念なことにすっかり損なって無にしてしまった。そのうえ、誇りや恥を知る人間ならば誰にとっても不愉快なすでに審理中の裁判の気懸かりがあった。こうした当惑と気懸かりのなかで水曜日から金曜日が終わるまでの計三日間が過ぎたのである。そしてこの状態は、彼女の話や憂鬱や警戒心に隠された恐ろしい謎を解くなんらかの手がかりを彼女自身から引き出そうと、金曜日の晩に私が彼女を厳しく問いつめるまで続いたのであった。彼女はしゃくりあげたりため息をついたりして途切れ途切れになりながらも、やっとのことで苦しい前置きを述べた後にこう言い始めた。私はもうあなたの妻に相応しい人間にはなれないことがわかっていたこと。あなたは私と結婚などしてはいけないし、できないし、けっして望まないでしょう……というのはすでに……あなたを愛するより前に……私には愛した者がいたからで……私はかっとして遮ると「いったい誰を?」と尋ねた。「ジョッキーです(つまり馬丁のことだ)、私の夫の……家に……いた……。」「家にいたって? いつ? ああ、死にそうだ! なぜ僕にそんなことを言うのです? 残酷な人! 殺されたほうがましだった。」彼女はここで再び私の言葉を遮った。そして少しずつ、この醜悪な愛の汚らわしい一部始終を告白したのだった。その恐ろしい、耳を疑うような詳細を聞いて、私はまるで石のように固まって茫然としていた。ところでこの私よりも以前から彼女の恋人であった、私に引けを取らぬ立派なライバルのお方は、こうして話しているあいだも夫の家にいたのだ。彼こそが最初に女主人である恋人の動向をスパイした者なのだった。彼こそが最初に私の別荘への道行きや、田舎の旅籠に一晩中おきっぱなしにされた馬を発見した者であった。彼こそが私が二度目に別荘に行った日曜日の晩に私の姿を他の使用人たちとともに目撃し、私だと確認した者であった。彼は、彼女の夫が私と決闘したこと、そして夫が愛を示している女性と離婚しなければならなくなってしまって絶望していることを聞いた。そこでこの馬丁は、木曜日にひそかに主人の許へ行こうと決心したのだった。そうして主人に真実を悟らせ、自分自身の敵を討ち、さらにこの不実な女と新たなライバルを懲らしめようとしたのである。この彼女の愛人である馬丁は、女主人との三年にわたる愛の一部始終を隈なくべらべらとしゃべってしまったのである。そして主人に、あんな妻を失ったからといってこれ以上長く絶望することはない、むしろ幸運と思うべきだ、と熱心に説き伏せたのである。このような恐ろしく残酷な話の詳細を、私は後になって知ったのだった。私は彼女からは事実しか、それも最小限のものしか知らされていなかったからだ。

私はその晩、苦悩と激怒に取り憑かれ、すべて偽りで不吉で虚しいさまざまな決意を、してみたりやめてみたりということを繰り返し、悪態をついたり呻いたり吼えたりしていたのだが、これほどの怒りと苦しみのなかでもなお、愛する価値もない人を盲目的に愛しつづけていたのだった。こうした愛情はすべて、口では言っても抑えられるものではないのだ。あれから二十年たったいまでも、あのときのことを考えると、体の血がわき立ってくる。

その晩私は彼女に次のように言ってその場を去った。あなたは私がけっしてあなたを妻にしないだろうと、あんなに何度も繰り返して言っていましたが、あなたは本当に私のことがよくわかっていらっしゃる。もし結婚してしまった後に、このような汚らしい行為が判明したならば、私はこの手であなたを必ずや殺してしまっていただろうから。そしてもし私がそのときまだ、不本意ながらいまと同じくらいあなたを愛していたならば、おそらく私もあなたの後を追って死んでいたでしょうから、と。そしてこう付け加えた。あなたが勇気を出して誠実にこのような話を「自発的に」打ち明けてくれたことで、あなたを軽蔑する気持が幾分か和らぎました。あなたがヨーロッパやアメリカのどんな辺境に行ったとしても、私は一人の友人としてけっしてあなたを見捨てないでしょう。どこに行っても私はすぐにあなたと暮らすためにあなたの許へ向かう用意ができています。あなたは私の妻でもなく、妻のようだったこともないのですが。

こうして私は金曜日の晩に彼女の許を去った。千々に乱れる怒りはおさまらず、翌日の土曜日には夜明けに起きだしてしまった。そしてテーブルの方を見やったのだが、そこには当時ロンドンで流行していた大衆新聞が何紙ものせてあった。そのうちの一紙にたまたま目をやったところ、私の名前が真っ先にこの目に飛び込んできたのである。(48) 新聞を広げると、そこに載っていた少し長めの記事を読んだ。そこには私の事件の全真相が、微にいり細にいり語られていた。ライバルの馬丁についても、彼の名前、年齢、風貌、そして彼自身が主人にした告白が長々と載っており、私はこの記事からさらに、私にとっては致命的だが笑止千万な細部までも知ったのであった。このようなものを読んで、私は死なんばかりになった。そしてそのときになってようやく理性を取り戻し、三文記者が金曜日の朝刊で、大々的に報道したあとようやく、あの不実な女は私にすべてを「ごく自然に」告白したのだと言うことに気づき、実際に確かめたのであった。そのためついに私は堪忍袋の緒を切らし、彼女の家に駆けつけ、辛辣で侮蔑的な憤懣に満ちた言葉に身振りをまじえて彼女をさんざんに罵倒した。そうやって愛と、死ぬほどの苦しみと、絶望的な決断を一度に表現したのだ。

しかし私は弱虫の卑怯者だった。彼女に向かってもう二度と会うことはないだろうと誓った数時間後に、再びその彼女の家に引き返してしまったのだ。私は彼女の家に引き返して、一日中そこにいた。その翌日もまた戻り、その後も何日間か、彼女がイギリスを出る決心をするまでそうしていた。イギリスで彼女は皆の噂話の的となってしまっており、しばらく修道院に入るために、フランスに行く決心をしたのだった。私は彼女を見送って行ったのだが、その間も少しでも長く彼女といられるように、イギリスの田舎をあちこち見て回った。私は震えながら、彼女と一緒にそんなところにいる自分自身を罵ったが、どうしても彼女から離れることができずにいた。そしてとうとうロチェスターに来たとき、羞恥心と侮蔑が愛を上回った時点で、彼女と別れたのであった。そこで彼女は例の義姉とともにドーバーを渡ってフランスに向かい、私はロンドンに引き返したのだった。

ロンドンに着くと、私は彼女の夫が私を相手取って引き続き離婚訴訟を進めていたことを知った。そしてそのなかで、彼は私がわれわれのうちの三番目の男よりも罪が軽いことを認めてくれていたのだった。三番目の男とはまさしく馬丁のことであるが、イギリス人の嫉妬というものは本当に寛大で福音の教えに適ったものだ。彼はいまだに主人に仕えていたほどだった。だが私にしてもこの侮辱された夫のとった態度を喜ばないわけにはいかなかった。彼は明らかに私を殺せただろうにそうしようとしなかったのだから。しかもこの国の法律で定められているように私から賠償金をとろうともしなかったのである。この国では、どんな侮辱に対しても賠償金が支払われなければならず、不義密通はたいへん高くついたのだ。もし彼が私から剣ではなくて財布を取り上げようとしたなら、私を無一文にできるというほど高かったのである。というのも、彼の受けた損害の大きさに比例して賠償金の額が決まるのならば、彼の妻に対する熱烈な愛情と、さらに馬丁から加えられた損害を考慮に入れれば、彼は莫大な損害を受けたということになるからである。馬丁は財産なしで弁償などできるはずがなかったので、ゼッキーノにして最低でも一万から一万二千ゼッキーノ、もしくはそれ以上の賠償金を私が払わないわけにはいかなかったことは確かだからだ。この生まれの良い穏やかな若者は、こんな不愉快な一件においても、私に対して勿体ないほどの立派な態度で対応してくれた。そして私を相手取って裁判は続行されたのだが、事実は多くの証人やさまざまな人々の供述からあまりにも明白だったので、私自身が裁判に口出ししたり、イギリス出発が妨げられることはなかった。私は後になって、離婚が完全に承認されたということを知った。

図々しいことではあるかもしれないが、私はこの異常で、また私にとっては重要な事件を細部にわたるまでことさらに分析してみたいと考えたのであった。私にとっては重要なと言ったのは、この事件が当時たいへん話題になった事件であったからで、またこの事件は違った角度で自分自身を知るとともに、自分自身を試す大きな機会となったからであった。私がこの事件を正しく精密に分析することで、私をもっとよく知りたいと思っている読者も、そのなかに大きな手がかりを見出すことができるだろう。

第十二章
オランダ、フランス、スペイン、ポルトガルへの再度の旅と、故郷への帰還

このように手ひどい苦難を切り抜けた後では、これまでと同じ場所や物を日々目にしているかぎり、心の平安を見出せなくなっていた。自分のおかれている惨めな状態に、なにやら友としての同情を感じた数人の友人たちに私は簡単に説き伏せられて、出立を心に決めたのであった。そこで六月の末頃にイギリスを出発したのだが、自分の心がひどく病んでいると感じて、何か支えが欲しいと思い、最初オランダの友ダクーニャの許へと足を向けた。ハーグに着くと数週間そこにとどまって、彼以外の誰にも会わずに、彼とともに過ごした。そして彼も私を懇ろに慰めてくれたのであった。だが私の心の痛手は大きく、私の憂鬱は日々軽減されていくどころか、むしろ大きくなっていったのであった。そこで、機械的に移動して、場所や周りの環境をつねに変えていくことでだいぶ気分も晴れるに違いないと思い、今度はスペインへと旅立った。私にとってこれは、あらかじめ予定されていた旅行だった。ヨーロッパでまだ見ていない、ほとんど唯一の国だったのだ。私はずたずたに引き裂かれた心の傷を、さらにえぐるような地域を通って、まずブリュッセルへと向かった。私の心の傷は、オランダを通ったとき、そこでの最初の恋と二度目のイギリスでの恋とを比べ、特に深くその口を開いたが、私はそんなときにいつも、夢にうなされたり、泣いたり、黙りこんだ

りした。そうしてとうとう私は、たった一人でパリに到着した。この大都市でさえ、二度目の訪問でも最初のとき同様に好きになれなかった。まるで私の気を紛らわしてくれなかったのである。だが私は一カ月ほどそこに逗留した。スペインに入る前に、猛暑が去るのを待ったのである。この二度目のパリ滞在で、私は知人のイタリア人を通して、彼といささか親交のあるかの有名なジャン＝ジャック・ルソーと会い、親しくなれる可能性があった。この知人は、自分はルソーにたいへん気に入られていると言っていた。彼は何がなんでもルソーに私を紹介しようとして、ルソーと私が互いに気に入るはずだと主張してやまなかった。私はルソーの著書は数冊読んだが、そこには作者の気取りと苦労が滲み出ており、どちらかといえば私を退屈させたので、彼の著書に感心することはできなかった。それよりも、彼の純粋でまっすぐな性格や、気高く独立心に満ちた行動を文句なしに素晴らしいと思っていた。だがそれにもかかわらず、私自身本来それほど好奇心が強くも忍耐強くもなかったし、さまざまな些細な理由から、心の内で彼を高慢で頑固だと感じていたのだった。それゆえ私は傲慢で気難しい男の前に出るなどという危ない行為は願い下げだったし、万一彼から何か無礼を受けようものなら、十倍にしてお返しをしたに違いなかった。いつも自然の本能と衝動の赴くままにそうしてきたし、悪いことをされれば良いことをされたときと同様に、利子つきでお返しをしていたからである。そこでこの話は進展しなかった。

だがルソーの代わりに、イタリアやその他の国の一流の人物で、私にとってはルソーよりもはるかに重要な、六人から八人の人と知り合うことができた。パリで私は、イタリアの詩人と散文家の選集三十六巻を購入した。小型版だが優美に印刷された本で、そこに入っているのは、二年にわたるこの二度目の旅のあいだにも、一人として読んだことのない作家たちであった。これら著名な大作家たちはこの後私の行くところにはどこへでもついてきてくれた。とはいっても、初めの二、三年のあいだは、それほど見もしなかったが。当時何かに集中して頭を使いたいとも、自分が頭を使える状態だとも感じてもいなかった私は、読むためというより所有するためにその選集を買ったのであるから、それは当然の結果であった。イタリア語に関して言えば、次第に読んでもすぐに理解できなくなってしまっていたので、メタスタジオよりも程度の高いどんな作家を理解するにも、私の頭は混乱した。だが無為と退屈からこの三十六巻のページをぱらぱらとめくってみた。そしてそこにわがイタリアの四人の最高の詩人たちとともに多くの詩人たちが収録されていることに驚いた。私が（ひどく無知だったせいで）その名前すら聞いたことがないような人々であった。彼らの作品は、『トゥラッキオーネ』、『モルガンテ』、『リッチャルデット』、『オルランディーノ』、『マルマンティレ』などというものだった。(49) 何年ものちには、彼らの詩は陳腐な子供だましで、嫌になるほど多くの言葉が盛り込まれた代物だと私は嘆くようになったのだが。とはいえ、私のこの買物は、ひじょうに価値あるものだった。それからというもの、われらがイタリア語の六人の畢生の作家たちが手許に常備されているようになったからである。その作家たちとは、ダンテ、ペトラルカ、アリオスト、タッソー、ボッカッチョ、そしてマキアヴェッリだった。そして私は、以前述べたようにあのアカデミーのせいで、二十二歳になろうという歳まで、青年期の初めに読んだアリオストの文章数節以外は、これらの作家たちの作品をまるで読んだことがなかったのだった。

このように、怠惰と退屈に対抗して、この強力な盾で自らを武装し（だがそれは無駄であった。

私は他人に対しても自分自身に対しても怠惰かつ退屈であり続けたためである）、八月の半ば頃スペインに向けて出発した。オルレアン、トゥール、ポワチエ、ボルドー、そしてトゥールーズと、フランスのもっとも美しく輝かしい地方をしかと見ることもなく通り過ぎると、ペルピニャンからスペインに入った。バルセローナは、パリのあとしばらくとどまりたいと思った最初の都市であった。この長い旅の期間、私はただ一人馬車の中で、あるいは馬の上で泣くほかは、ろくろく何もしなかったが、もう一年以上きちんと読むことのなかったわがモンテーニュの一巻を、時折手に取ることがあった。そうやって途切れ途切れではあるが読書することは、私にほんの少しの分別と勇気を取り戻させてくれ、幾分慰めも与えてくれた。

バルセローナ到着の数日後、すぐに二頭の馬を購入した。私は馬をイギリスにおいてきてしまい、カラッチョロ侯爵に預けたあの美しい馬以外は全部売ってしまっていたし、馬がなくては、私は半人前にさえならなかったからである。新しく購入した馬のうち、一頭はアンダルシア産のセレス種のチェルトジーニで、金色がかった栗毛の素晴らしい馬だった。もう一頭はコルドバ産のハカで、他の一頭に比べると少し小ぶりだが、やはりとびきりの、たいへん俊敏な馬だった。私は生まれおちるともう、スペインの馬が欲しくてしようがないというありさまだった。スペインの馬は国外にほとんど輸出不可能とされていた。そのため自分がこれほど美しい馬を二頭も手に入れたことが、本当のことのようには思えなかった。この二頭の馬はモンテーニュ以上に私を勇気づけてくれた。スペイン旅行はすべてこの馬に乗ってすませようと考えていた。ここではのろのろとラバの歩みで進む馬車が、一台につき数日間しか借りられなかったからである。馬車用の宿場がところどころにしか建っていなかったせいであるが、この実にアフリカ的な王国全体の最悪の道路事情を考えるならば、それも無理からぬことであった。私は体調が悪かったせいで、十一月の初めまでバルセローナにとどまるはめになったのだが、その間にスペイン語の文法書と辞書を用いて、ぼんやりとではあるがこの美しい言語を読むようになった。それは私たちイタリア人にとっては簡単なことだった。そして実際『ドン・キホーテ』[50]を貪り読んだのだが、十分理解して、楽しんで読めた。以前に何度もフランス語で読んでいたことが、助けとなっていたのではあるが。

サラゴサとマドリッドを目指して行ったが、私は次第に荒野を旅していくいままで知らなかった旅の仕方に馴染んでいった。若く健康で、懐が豊かで、なおかつ我慢強い者でなければ、とうてい耐えられる旅ではないだろう。だがマドリッドまでの十五日間のあいだにそんな旅にも慣れてしまった。そのためその後は、旅を続けていくことのほうが、野蛮な町に逗留するより退屈しないと思うようになるほどだった。というのも、そうやって進んでいくことは、つねに私にとって至高の喜びであったからだ。一方どこかにとどまることに、私は最大の努力を要したのだが、それは私の落ち着かない性分が原因なのである。私は、美しいアンダルシア馬に付き添い、徒歩でほぼ全行程を踏破した。馬はまるで忠犬のように私に付き従ってきて、私は馬と一対一でいろいろ話し合った。アラゴンの広大な荒野に馬と私だけでいられることが嬉しかった。そこでいつも従者たちに、馬車やラバを連れて先を行かせ、私はずっと後ろから付いていった。その間、銃を持ってラバに乗ったエリアは、道の両側にいるウサギや野ウサギ、鳥などをしとめながら進んでいった。スペインには人間の代わりに、そんな動物たちが棲んでいたのである。そしてエリアは私が何時間か後に追いつくと、昼も夜も安食堂で腹いっぱい食べさせてくれた。

不幸なことに――他の人々にとっては幸運なことに――当時私は自分の考えや感情を韻文にすることなど、まるでどうしたらいいのかわからず、できもしなかった。不幸、というのもああした孤独のなかで私の心には、愁に満ちた想いが心のなかに無限に浮かんできていたため、韻文が書ければ詩が洪水のように溢れ出しただろうから。同様に、恐ろしいイメージや幸せなイメージ、それらが混じり合ったイメージや、不可思議なイメージが次々に浮かんできた。だがその頃の私には、きちんと操ることのできる言語がなかった。それに、散文や韻文で何か書かなくてはならないとか、また書くことができようなどとは夢にも思わなかったので、心のなかで反芻したり、時折何のせいだかわからぬが、堰を切ったように泣き出したり笑い出したりすることでいいとしていた。この突然泣き出したり笑い出したりという行為は、文にされなければ単なる気違い沙汰ですまされてしまうような行動だし、事実気違い沙汰である。もしそこから文が生みだされれば、詩という名で呼ばれるし、事実詩なのだ。

こうして私はマドリッドまでの最初の旅行をやり抜いた。このジプシーのような旅の暮らしはたいへん楽しかったので、マドリッドではすぐに退屈してしまい、かろうじて一カ月そこにとどまるのみだった。そこではある時計職人以外は誰とも知り合わず、親交も持たなかった。その時計職人は、技術を磨きに行ったオランダからその頃戻ってきた若いスペイン人だった。この若者は生まれながらの才気に溢れており、いささか世界を見聞したせいか、祖国の至るところに見られる野蛮さを、私の前で嘆くのだった。ここでこの若いスペイン人の前でエリアに対してしてしてしまった、自分の気違いじみた大失敗について手短かに語ろう。この時計職人と夕食をともにしたある晩、食後になってもテーブルについたまま話を続けていたところ、エリアがいつものように私の髪を梳かしにやって来た。その後そのまま皆一斉に就寝できるようにするためであった。彼は髪の一房を鏝でもってのばした際に、髪を一本他よりも強く引っぱってしまった。私は稲妻よりも素速く立ち上がり、燭台を摑むと、彼に向かって一言も口を利かずに、手の甲を彼に向けた格好で、右のこめかみに燭台の強烈な一撃をお見舞いした。一瞬にして血が噴き出し、私の向かい側に座っていたその若者の顔や体に、噴水のように降り注いだ。若者は夕食をとったかなり大きなテーブルの向こうにいたのだ。彼は（当然のことながら）私が突然発狂したのかと思い、髪の毛一本引っ張られたことが、このような唐突な怒りの原因であるとは思いもよらず、疑いさえしないで、驚いて立ち上がると、私を押さえつけようとした。だがこの間に、ひどい怪我を負わされ憤怒に燃えたエリアが、私を殴りに飛びかかろうとし、実際その行為に及んだ。だが当時体も細く敏捷だった私は、彼の体の下をすり抜け、隣の部屋の収納箱の上に置いてあった剣に駆け寄り、剣を抜く間があった。逆上したエリアは、それでも私に向かってきたので、その剣先を彼の胸に向けた。スペイン人はというと、ある時はエリアを、ある時は私を引きとめようとしていた。宿屋じゅうが大騒ぎとなり、使用人たちが上ってきた。こうして私にとってスキャンダル以外の何ものでもない、この悲喜劇のような喧嘩の両人は引き離されたのであった。気分が落ち着いたところで、各々の弁解が始まった。私は髪の毛が引っぱられたのを感じて、かっときてしまったと言った。エリアはそんなことには気づきもしなかったと言った。スペイン人は私は気が違ってはいなかったが、正常とは言えなかったと証言した。こうしてこの恐ろしい喧嘩は終わったが、私はたいへん心苦しく恥ずかしくて、いっそのこと殺してくれればよかったのにとエリアに言った。彼はそれができるだけの男であった。長身の私よりさらに一掌尺(約二十五センチ)も背が高く、勇気や腕力も外見に劣らなかった。こめかみの傷は深くはなかったが、出血は多量だった。もしこめかみよりもう少し上を殴っていたなら、一本の髪を引っぱったか引っぱらなかったかで、私は自分の大好きな男を殺してしまうところだったのである。私は自分のこのように野蛮な、度を超した怒りに背筋が寒くなった。そしてエリアがもう気は鎮まっているが、まだ私に対して怒っているのに気づいた。だが私は彼に対して警戒心を見せたくもなかったし、またそんなものを持ちたくもなかった。数時間後、傷口には包帯が巻かれ、すべてが片づいたので、私は自分の部屋の隣にあるエリアの寝室に通じるドアを開けっ放しにしたまま床に就こうとした。スペイン人の言うことなど聞きたくなかった。ついさっき腹を立てたばかりの男を、そんなふうにして仕返しに誘うようなことをしてはならないと警告してくれていたのである。ところが私は、大声でエリアに、私はもう床に就いている、おまえがそうしたければ今晩私を殺しても構わないぞ、私はそれに見合うだけのことをしたのだから、と呼びかけさえしたのである。だが彼も、少なくとも私と同じくらいには立派な男だった。このあと彼は、そのときの傷を拭った血だらけの二枚のハンカチをずっととっておいて、時々私の目の前にかざすこと以外、何の復讐もしようとしなかった。その二枚のハンカチは、何年も彼の手許にあった。私たち二人の持つこうした凶暴性と寛容さの共存は、私たちピエモンテ人の習慣や、私たちの血を知らない者にとって、容易には理解できないものだろう。

私は、自分の恐ろしい衝動の原因を後から解明しようとしたのだが、そのときはっきりと以下のような確信を持った。私の生まれながらの異常な短気さに、孤独と無為の生活が続いたことによる不機嫌、そこに髪の毛が引っぱられたことが加わって、たまりにたまっていたものがその瞬間噴き出したのである。しかしそれまで私は、自分と同等の者を殴るようにしか、召使を殴ったことはなかった。その際も棍棒などの武器を使ったことはなく、拳骨や椅子など、身近にあるものを使った。それは幼い頃、他の者に挑発されて思わず手をあげてしまったときとまったく変わらなかった。だが、めったにないことだが、このときのようなことが起こった場合には、私が彼らを殴ったように、私を殴り返してくるような召使こそ褒めただろう。私は召使と一対一の人間として喧嘩するので、彼らを主人として叩くなどということはまるで理解できないことだったからだ。

こんなことがあった後、冬ごもりの熊のようにひき籠ったまま、私はマドリッドでの短い滞在を終えた。何か私の興味をそそるようなものもいくらかはあったかもしれないが、そのどれ一つとして見ないままだった。かの有名なエスコリアルの宮殿も、アランフェスも、マドリッドの王宮も、その君主[51]ですら見ることがなかったのである。この極端な人嫌いは主に、自国サルデーニャの大使との関係がほとんど駄目になっていたせいであった。彼とは一七六八年、ロンドンへの最初の旅行で知り合った。彼は当時大臣だったのだが、私たちはお互いにまったく気が合わなかった。マドリッドに到着した私は、彼が宮廷人たちとともに、その王宮の一つにいるということを知ると、ただちに彼がその場にいない時を見すまして、普段から持ち歩いている名刺を、ピエモンテの国務省の推薦状とともに彼の許へ残してきた。彼はマドリッドに戻ると、私のところを訪ねて来たが、私は外出中だった。私はそれ以上彼に会おうとしなかったし、彼のほうもそうだった。こうしたことすべてが、すでに十分気難しく辛辣な性格をさらに悪化させることとなった。そこで私は十二月初旬頃にマドリッドを出発し、トレドやバダホスを通って、徐々にリスボンの方へ向かっていった。リスボンに着いたのは、それから二十日後の、クリスマス・イヴのことだった。

この町の景観は、私もしたように、テージュ川を下って到着する者にとっては、ほとんどジェノヴァのようにひじょうに規模が大きく変化に富み、演劇的で壮麗な外観を見せていた。それは特に、ある距離をおいて見たときには私の心を虜にした。しかしこの驚嘆と喜びも、岸に近づくにつれてすぼんでいった。そして人々が住んでいた建物の区画に沿って山積みされた、地震[52]のときの瓦礫でできた区画を分断するように走っている通りに、下船して足を踏み入れたとき、この驚嘆と喜びは、私のなかで悲しみと惨めさの織り交ざったものに変化したのだった。こうした通りは、町の低い部分にまだまだ多く見られた。あの不幸な大惨事から、もうほとんど十五年もたっているというのにである。

この約五週間のリスボン滞在は短く感じられ、私にとっていつまでも貴重で忘れられないものとして記憶に残るだろう。その間、当時ポルトガルにおける私の国の使節であったヴァルペルガ・ディ・マジーノ伯爵の弟にあたる、トンマーゾ・ディ・カルーゾ神父と私は徐々に親しくなったからである。この人は、めったにないほどの性格と品行、信条をもっていて、この私のリスボン滞在をたいへん楽しいものにしてくれた。彼の兄のところでほぼ毎日朝食時に会うほか、冬の長い夜すらも、社交界の馬鹿げた娯楽を追い求めてあちらこちら走り回るより、一晩中彼と一対一で過ごすほうが私は好きだった。彼といると絶えず何かしらを学ぶことができたし、また彼はたいへん心が温かく寛容だったため、私が自分の極端な無知を、重荷に感じたり恥じたりする気持を、いわば軽くしてくれたのだった。この私の無知は、彼が多くのことを知っていれば知っているだけ、彼にとって煩わしく不快なものと感じられたに違いないのにである。こんなことは、多くはないがそれまでにつき合わねばならなかった文学者とのあいだには起こらなかったことで、これらの文学者たちはこのため私にとって何の意味もない者になってしまった。また私は無知であるのと同じくらい自信家だったから、そうなるほかなかったのである。神父と過ごした心の安らぐある夜のこと、私は精神と心のなか深くに、ひじょうに詩的なある衝動を感じた。詩という芸術のために、熱にうなされたように何もかもを忘れてしまったのである。だがその衝動はほんの短い閃光にしかすぎず、ぱっと閃いたかと思うとすぐに燃え尽きてしまい、それからまた何年間も灰の下で眠り続けたのであった。愛情深く立派な神父は、詩人グイーディの運命の女神に捧げたあの偉大なオード[53]を私に読み聞かせてくれた。私はその日まで、この詩人の名前すら聞いたことがなかったのである。このカンツォーネのいくつかの詩節《スタンツァ》、特にポンペーイウスの美しい詩節《スタンツァ》で、私は口では言い表せぬほど感動したので、神父は私に、あなたは詩を書くために生まれ、勉強すれば最高の詩を作れるようにまでなる、と確信をもって言ったほどであった。だが私はこの一時的な狂熱が過ぎた後に、自分の知的能力のすべてが、まったく錆びついてしまっているのに気づいて、そんなことが可能であるとはとうてい信じられず、それ以上はこれについて考えなかった。

この間に、生けるモンテーニュともいうべきこの唯一無比の男との友情とうるわしい交際は、私の魂を再び落ち着かせるのにたいへん役立った。そこで私は、自分でもまだすっかり立ち直ったとは感じていなかったものの、徐々に再びこの一年半ほどのあいだには考えられなかったほどの量の読書をしたり、熟考したりするようになったのである。神父がいなかったら十日間といえどもとどまらなかったと思われるリスボンの町に関して言えば、全体に女たち以外何も気に入らなかった。彼女たちはまさに、ホラーティウス[54]のいう「見つめるには危険なもの[55]」に溢れていた。だが私にとって、いまや精神の健康は肉体の健康の千倍も大事なものとなっていたので、私は本気になって勉強し、健康な女たちを避け続けることに成功したのであった。

二月の初め頃、セヴィリアとカディスに向けて出発した。リスボンの土産としては、先に述べたカルーゾ神父に対する最高の尊敬と友情以外何もなかった。彼がトリノに来たときには再び会えるようにと望んだ。セヴィリアの素晴らしい天候は私の気に入った。そしてひじょうにスペイン的な独特な一面も気に入ったのだが、それはこの町を王国の他のどんな町よりも抜きんでたものとしていた。この私は、ひじょうに良くできた偽物よりも、どんなにみすぼらしくとも本物のほうを好んできた。スペイン国民とポルトガル国民は実際、特に下層階級と中産階級において自国の気風を保っている、ヨーロッパのほとんどただ二つの国民であった。確かにここでも、よい気風というものは、あらゆる種類の歪んだものばかりが優勢を占めている海原で、ほとんど溺れかけている。だが私はこの土地の人々は、特に軍事面で大事を成し遂げることで、容易に自分の身を正すことのできる素晴らしい素材だと思う。彼らには軍人の資質が最高の水準で備わっているのだ。勇気、ねばり強さ、気高さ、節度、従順、忍耐、心の高潔さである。

カディスでは、大いに愉快にカーニバルを終えた。だがコルドバに向けて出発して数日後、持ってくればしばらくは手許に取っておいただろう、カディスでの日記を忘れてきてしまったことに気づいた。このあまり自慢できない失敗は、カディスからトリノまでの私の長い旅をずいぶんと辛いものにした。私はこの旅を一気に終わらせてしまおうとしたのだが、結局少しずつスペイン全土を縦断して、フランス国境までやって来た。スペインへ入国するときもそこを通ったのだ。馬に乗ったり、ぬかるみを歩いたり、肉体を酷使して、執拗に苦しみながらもたくましく頑張り続けたのだが、実を言えば私は疲れ果ててペルピニャンに到着したのである。そこからは駅馬車を乗り継いでいったので、それまでよりはずっと楽になった。この長い周遊の旅で、私がある程度満足できたただ二つの場所は、コルドバとバレンシアだった。そして特にバレンシア王国を私は三月の終わり頃縦断したのだが、その頃はその国のどこもかしこも暖かく気持のよい春となっていた。詩人たちが描写したあの春である。バレンシアの近郊や散歩道、澄みきった水、町の位置、その空の素晴らしい青色、そして大気に溢れるやわらかく快い何とも言い表しがたいもの。それから、女たちは私に見惚れ、臆面もなくじろじろと見るので、私は彼女たちを罵った。つまりはこの夢のような地で、すべてがこのように私の前に現れたのである。他のどんな土地もこれほどまでには私を虜にしなかっただろうし、これほど何度も夢のなかにも出てきはしなかっただろう。

トルトサを通って再びバルセローナにやって来た。私は緩やかな速度で進んでいく旅に飽き飽きしていた。そのため自分の美しいアンダルシア馬を手放した。馬はカディスからバルセローナまで三十日以上ぶっ通しで行われたこの前の旅ですっかり疲れ切ってしまっていたのだ。それに後でペルピニャンに向けて二倍の速度で進んで行くときに、馬車の後ろを大急ぎで追いかけさせて、台無しにしたくなかったからである。もう一頭の馬、コルドバ産のほうは、コルドバとバレンシアの間で足がきかなくなってしまった。二日間待てばたぶん回復しただろうが、私は待つ代わりに、その馬を宿屋の女主人のたいへん美しい娘たちに贈ってしまった。よく世話をして少し休ませてやれば、すっかり回復するだろうといって託したのである。私はその馬がその後どうなったかはまったく知らない。手許に残った最後の馬を私は売りたいとは思わなかった。売るなどという行為は、生まれつき大嫌いなのである。そこで私はその馬を、バルセローナに住むフランス人の銀行家に贈った。彼のことはこの町に最初に滞在したときから知っていた。そして貪欲な人物の心というものがどのようなものであるかを定義して示すために、ここでさらに事の詳細を述べようと思う。私の手許にはスペイン金貨にして三百ドブロン[56]以上が残っていたが、スペイン出国の際、税関で厳しい取調べを受けることが予想された。スペイン通貨は持ち出しが禁止されていたので、持ち出すのはほぼ不可能だったろうと思われる。そこで件の銀行家に馬をプレゼントした後、後で通過する予定のモンペリエで見せればこの三百ドブロンという額を払ってもらえるような手形を発行してくれるように頼んだ。彼は私に感謝の念を示すために、私のドブロン金貨を現金で受け取ると、その週の最高に厳密な両替率で変換した手形を作ってくれた。こうしてモンペリエで手形の額面をルイ（フランスの通貨単位。一ルイは約二十四フラン。）で受け取ったのであるが、私はそのときその額が、もとのままドブロン金貨で持ち出して両替したならば受け取ったであろう額より、およそ七パーセント少ないということに気づいたのだった。だが私は、こうした種類の人々に対する自分の意見を定めるにあたり、このような銀行家流の親切を受ける必要など初めからなかったのだ。彼らはいつも、この社会のなかでもっとも卑しい最低の輩として、私の目には映っていたからである。それは彼らが紳士の仮面を外さなければ外さないだけにいっそうそう映ったのである。私たちを家に招き、贅を尽くした正餐でもてなすあいだに、彼らはひじょうに巧妙に銀行の机の上で私たちを身ぐるみ剥いでしまうのである。そして皆に災難が降りかかる機会を狙っては、金を増やそうと待ちかまえているのだ。私は賃金をはずんで、歩みの遅すぎるラバたちを棒で叩いて急がさせ、急ぎに急いで、往きには四日かかったバルセローナからペルピニャンまでを、たったの二日で移動したのであった。そして急いで進んでいくことにまたもや取り憑かれてしまい、ペルピニャンからアンティーブまで飛ぶように進んでいき、ナルボンヌにもモンペリエにもエクスにもとどまらなかったのだった。アンティーブではすぐにジェノヴァに向かう船に乗り込み、ジェノヴァには単なる休息のために三日間だけいて、そこから祖国に帰還し、さらに二日間アスティの母のところにとどまった。そして私は三年間の留守の後、一七七二年の五月五日にトリノに到着した。モンペリエを通ったときに、私はカディスで罹った病気を評判の高いある外科医に診てもらった。彼は私を引きとめようとしたのだが、私はすでに経験した同様の病気の経験から自分の判断を信じていたし、そしてこの種のことには詳しい召使エリアの忠告を信じていた。私はドイツやその他の地で、この病気からすでに何度も完全に回復していたので、モンペリエの強欲な外科医の忠告に耳を貸すようなことはせず、いま述べたように超特急の旅を続けた。だが二カ月にわたる旅は病状を著しく悪化させた。そこでトリノに着いたときには、きわめて悪い状態になっていたので、夏の間じゅう私は健康の回復に努めねばならなかった。それがこの私の三年間にわたる二度目の旅の主な成果だった。

第十三章
祖国に帰還してほどなく、三度目の恋愛の網にかかる。初の詩作の試み

多くの人の目には、そして私自身の目にも、この五年間の二度目の旅は何の成果ももたらさなかったように見えるかもしれないが、私の思考は幅が広くなり、考える力もだいぶ磨かれた。そういうわけで義兄が、本来ならば私のほうから求めるべき外交職の話を再び持ち出そうとしたとき、私はこう答えたのだった。各国の王やその外交官たちをいささか見てみたが、私には彼らを尊敬することなどとうていできない。王のために外交官を務めるなど、たとえそれがムガール帝国皇帝の外交官であろうと望まない。ましてわれわれの王のような、ヨーロッパ一弱小国の王の外交官になどけっしてならないだろう。こうした弱小の国に生まれてしまった者たちにとって、唯一の報いは、もし当人に財産があるのならそれを使って暮らすか、めでたき独立がつねに温かく後押ししているような何か称讃されるような職に、自分自身の力で就くことである。この私の発言を聞くと、義兄は顔をひどく歪めた。彼は王の宮廷の侍従の一人だったのである。それ以来彼が私にこの種の話をすることは二度となかったが、私は自分のこの言い分をますます確信していったのである。

当時私は二十三歳だった。国では十分に裕福で、そこで許されている範囲内で自由であったし、

このように大雑把ではあったが道徳や政治の問題にも精通していた。いろいろな国や人を次々に見てきたおかげである。その年齢にしては珍しく思索家ではあったが、無知でおまけに自信過剰であった。こうした前提では、激しく偏狭で傲慢な性格が強まっていき、有益で褒めるに値するような何かはけ口を見つけるまで、私は必然的にさらにさまざまな過ちを犯すほかなかった。

この祖国に帰還した年の暮、私はトリノで、美しいサン・カルロ広場に面した素晴らしい家(57)を手に入れた。そしてその調度を独創的にかつ趣味よく豪華に調えた。そして当時は私の周囲に大勢いた友人たちと遊んで暮らしはじめたのである。昔のアカデミーでの仲間たち、そしてともに若者の馬鹿騒ぎをした連中が再び私の親友となった。その友人たちのうち、しょっちゅう寄り集まっていた十二人かそこいらの者で、ある結社を結成することになった。さまざまな滑稽で馬鹿げた規則を守ると宣誓した者だけが入会を認められた。フリーメーソンではないが、おそらくそれと似たようなものだった。この結社の掲げる目標は、楽しむということだけだった。しょっちゅう夕食をともにし(だが不祥事は起きなかった)、夜に開かれる毎週の例会ではああだこうだとあらゆることを話し合った。こうした聖なる集会は私の家で行われた。仲間うちでも私の家がもっとも広く美しかったためと、私が一人暮らしだったために皆が気楽でいられたためだった。これら青年たちのなかには(皆生まれの良い、町の上流の者たちだった)いろいろなタイプがいた。裕福な者も貧乏な者も、人の善い者も意地悪な者も、すぐれた者も才能ある者も、愚者も教養豊かな者もいた。そこで偶然うまい具合にバランスよくできたこの混成部隊のなかで、私は他の者たちよりもずっと多くを見てきたにもかかわらず、たとえできてもそうしようとは思わなかっただろうが、どのような形であれ主導権を握ることはなかった。そのため会の規律は、誰かによって強制されたものではなく、皆で話し合って決められたので、正しく偏りのない、ひじょうに公平なものとなった。われわれのようなグループでも、この良識のある遊び組織と同様に、良識のある共和制国家を創建できるかもしれないというほど、正しく偏っていない公平な規律を持っていたのだった。ただ運命と状況により、共和制国家ではなくて遊びの組織をつくることになったのである。まず、どんな投書でもできるように十分の容量があり、上部に投函用の穴が開いた木箱が設置された。投書はその後毎週交替で皆に選ばれるグループの会長によって読まれた。会長がその木箱の鍵を持っていた。投書のなかには時折ひじょうに面白い、風変わりなものもあった。大体誰が書いたか想像はついたものの、作者の名前は記されていなかった。ところがわれわれグループにとって、そして私にとってはさらに不幸なことだったのだが、こうした投書はすべて（フランス語で、とは言わないが）フランス語の単語で書かれていたのだった。私はいろいろなことを書いた紙切れを木箱に投函するようになったが、それは一座を大いに楽しませたのだった。哲学や図々しい暴言がまぜこぜになった、ウィットに富んだもので、最悪とまではいかなくとも、少なくとも上等だとは言えないフランス語で書かれたものだった。だがそうはいっても、フランス語を私よりよく知っているわけでもない聴き手が相手なら十分通用したし、わかりやすいものだった。この投書の一つで、私がいまでも保管しているものに、「最後の審判」の場面を描いたものがある。そこでは神がさまざまな魂に向かい、自分自身のことをすっかり説明するよう要求しているのだが、自分自身の性格を描写してみせるさまざまな人物を、私はそこで描いたのであった。[58] この作品は大好評を博した。そこには多くの真実が含まれており、機知も少々きかせてあったからである。われわれの町の、多くの男や女を暗示したものや、彼らの陽気で生き生きとしたさまざまな姿を描写したものから、その場の聴衆は全員がそれが誰であるかまたたくまに理解して、その名前を言い当てたのだった。

このようにして私は自分の考えがどのようなものであるかを紙に書きつける能力や、そうすることで他人を喜ばせることができる能力について、ささやかな確証を得た。そのためその後、いつか何か文学的に価値あるものが書けたらという期待と欲望の入り交じった気持が、私の心のなかにしばしばわき上がってくるようになった。だが、何もかも手探りの状態だったので、自分自身でもどういった題材を扱えばよいのかわからなかった。もともと私は他のなによりも風刺の才能があり、人や物に滑稽さを与えることが得意だった。だがよく考えてみると、自分がこの風刺のジャンルで何らかの器用さを持っているに違いないことがわかってはいながらも、心の奥ではこのように薄っぺらな風刺というジャンルをあまり評価していなかったのだった。こうしたジャンルでは良いものができても大概長くは残らず、しかも自分たちの同類が攻撃しあうのを見て満足するという人間たちの悪意や嫉妬に根差したものが圧倒的だからだ。そして攻撃している人自身にある面白みがあるというものではないからである。

こうして遊びまくっているあいだに、完全なる自由、女たち、二十四歳という私の年齢、十二頭以上まで増やしてしまった馬たちなど、私に何も良いことをさせないようにする大きな障害すべてが、私の作家になるという野望を、まもなくことごとく消し去り眠らせてしまったのだった。かくして私は、若き無為の日々を、ほぼ一瞬たりとも自分の時間を持たず、もうどんな種類の本を開くこともまったくないまま、植物のようにただただ生きていたのだが、またしても（やはりとでも言うべきか）不幸な恋に落ちてしまったのである。私はその恋愛から、数え切れないほど多くの不安と恥辱と苦しみの後に、ようやく抜け出すのである。そうして抜け出せるのは、知識と行動への、本物の強く熱狂的な愛のためなのだが、この知識や行動への愛は、それ以降けっして私を見放さなかった。その愛こそがまさしく、退屈したり飽き飽きしたり、何もしないでいたりすることへの恐怖から、私を救ってくれたのだった。さらに言うなら、私を絶望の淵から引き揚げてくれたのである。その絶望の淵へと、自分が徐々に引きずられていっているように当時私は感じていた。もし私の心をつねに熱く満たしてくれるものがなかったら、三十歳になる前に発狂したり入水自殺したりする以外ないというほど、私は絶望の淵へと引きずられていっていたのである。

この三度目の恋の陶酔はまったくみだらなものだったが、それにもかかわらず長続きした。私の新たな情熱の対象となったのは、生まれは良いのだが、色恋にまつわる話ではあまり評判の良くない女性[59]で、しかももう若くなかった。私より九歳か十歳年長だったのである。私が社交界にデビューしたてでまだアカデミーの第一学寮にいた頃に、すでにわれわれのあいだには一時の友情があった。六年かそれ以上たって、私が彼女の家の向かいに住んで、私と会ったことは、彼女をひじょうに喜ばせた。私は無為の日々を送っていた。それゆえ私は、ペトラルカが真実と愛をもって語っているあの魂の一つだったのかもしれない——

なんとわずかな麻（ここでは愛の罠を指す）で結ばれてしまうのか

高貴なる魂は、ひとりきりでいる（理性の付添いのない）ときに、
また守る者のないときに。

（『愛の勝利』第三番第百七十二〜百七十四行）

つまるところわが良き父である詩の神アポロンは、こうした素晴らしい道を通して、自分の許に私を呼び寄せようとなさったのだろう。そういうわけで、初めは彼女のことを愛しても評価してもおらず、その尋常ならざる美しさすら気に入らなかった私も、自分に対する彼女の無限の愛をまるで阿呆のように信じ込むと、徐々に本気で彼女を愛しはじめ、とうとう目が見えなくなるまでどっぷり溺れてしまった。私にはもはや遊びも友だちもなかった。大好きな馬までもなおざりにした。朝八時から夜十二時まで私は延々と彼女とともにおり、そうしていることには満足していなかったのだが、そうしないではいられなかったのである。奇妙でたいへん苦しい状態、しかしながら私はそうした状態で一七七三年のほぼ半ばから、七五年二月の終わりまでを過ごした（いや、植物的に生きた、と言ったほうがよい）のであった。このはかない恋が終わるとき、自分が劇作家になる宿命にあることを知ろうとは、予想だにしなかった。

第十四章
病気と改心

こうした関係は長いあいだ続き、私は朝から晩まで狂ったようになっていたため、いともたやすく健康を損ねてしまった。七三年の終わりには実際、長引きはしなかったがめったにないようなひどい病気に罹ってしまい、そのためトリノには少なくない意地悪な才子たちが、私が外出しなくてすむようにその病気を発明したのに違いないと辛辣な発言をしたほどであった。胃の中の物を三十六時間ぶっ通しで戻しつづけることに始まり、胃からはもう一滴の水分も出ないほどになってしまった。そのうち嘔吐は無理矢理押し出すようなしゃっくりへと変わり、同時に横隔膜の恐ろしい痙攣が起き、ただ一口の水すら嚥下できなくなってしまった。医者たちは炎症を恐れて、私の足から瀉血したので、すぐにこの吐き気の苦しみはおさまった。だが今度は体全体が痙攣するようになってしまい、神経もすっかりやられてしまった。そのため私はおそろしく震えてベッドの枠に頭を打ちつけるようになってしまったので、もし皆が私を押さえつけてくれていなかったら、手や特に肘を何か近くにあった物に打ちつけていただろう。どんな栄養物や飲物を私に飲ませようとしても無理だった。小さな壺や、何か吸口の付いた器具を差し出しても、その部分が口に達するまでに神経が高ぶって、それをバッと跳ね返してしまったからだ。どんな力をもってしてもその高ぶりを抑えることはできなかった。それどころか、もし私を暴力で抑えつけてじっとさせようとしたなら、もっとひどい結果になっていたことだろう。四日間まったく飲み食いせず、病気で衰弱していたにもかかわらず、筋肉はひじょうによく機能していたので、健康なときでも出せぬほどの力が出たのである。こうしてまるまる五日間を過ごし、その間私は二十口か三十口ほどの水をすばやく口に入れられ飲まされたのだが、おおかたはすぐに吐いて戻してしまった。六日目になるとようやく痙攣もおさまってきた。私がその日水と油半々の熱い風呂に五、六時間入れられていたおかげである。こうして食道が再び開いたので、数日間に大量の乳漿を飲んで、私は回復した。長いあいだ飲み食いせず、また吐くときに入れる力がたいへんなものだったために、両側の肋骨の間のカーブしている胃の上部が、普通の大きさの卵が入るぐらいにぽっかりとへこんでしまった。それ以後その部分は二度と元どおり平らには戻らなかった。怒り、恥、苦しみ、このくだらない恋愛のせいで、私はずっとそうしたもののなかで生きていたのだが、それが私を病気にした原因だった。そして私はこのいかがわしい迷宮から抜け出す道を見出せぬまま、病気で死んでしまいたいと思っていた。病気になって五日目、医師たちが私はもう治らないだろうと言ったので、皆心配して私の許に私よりだいぶ年長の、素晴らしいカヴァリエーレである友人を呼んだ。彼の本題に入る前のその顔つきと前置きで私にはわかってしまったのだが、要するに告解して遺言状を作るように私に勧めるためにやって来たのだった。私は彼が本題に入る前に、告解して遺言状を作りたいと先取りして言った。

このことで私の心が掻き乱されるようなことはまったくなかった。私は若い頃、二、三回本当に死にそうになったことがある。だがそれがいつ起ころうとも、私はいつも同じ落ち着いた態度で迎えていたようだ。もし死が、今度は容赦しない態度で私に再び向かってきても、同様の態度で迎えるだろう。人間は自分の持つ本当の勇気を自分自身で確認し、他人にも確認させるために、実際に死んでみる必要があるのだ。

病気は回復したが、悲しいことに私は再び愛の鎖に繋がれてしまった。しかし私を苦しめているもう一つの鎖からは解放されたいと思った。私は今のいままでまったく気にくわなかった軍隊ともうこれ以上関わりたくないと思ったのだ。絶対的な権力の下にある軍隊で何であろうが唯々諾々と働くことなど私は嫌だった。軍隊とはつねにきわめて神聖な祖国の名誉を否定するものなのだ。この点で、私は自分の愛神《ヴィーナス》が、私の軍神《マルス》ほど恥さらしなものではなかったということを認めるものである。結局私は大尉のところに行き、健康証明書とともに辞表を提出した。本当のことを言えばそれまで軍務を果たしたことなどなかったのだが。約八年間私は軍服に身をかためていたが、うち五年間は外国で過ごした。そして残りの三年間にも、どうにか五回閲兵式に参列、そのうち二回は私が軍務に就いていた地方部隊の連隊に参加したものであった。大尉はこのように辞職を願い出る前にもう少しよく考えるようにと私に言った。私は礼儀正しく彼の勧めを聞き入れたが、その後さらに十五日間考えたふりをしてから、いっそう毅然とした態度で辞表を届け出て、承諾させることに成功した。

その間私は扈従《こじゅう》騎士(60)の務めを果たしつつ、日々だらしなく過ごしていた。自分でも恥ずかしいと思い、退屈でうんざりしていながら、知人や友人全員を避けていた。口に出さずとも彼らの顔に、私の愚行をみっともないと思っていることがはっきりと読み取れたからである。その後一七七四年の一月に彼女が、私は完全にそう信じたわけではなかったが、おそらく私が元凶だと思われる病気に罹ってしまった。その病気には絶対安静が必要だった。そこで私は彼女の世話ができるよう、忠実にそのベッドの足下に座っていた。彼女に口をきかせて病気を悪化させないよう、朝から晩まで一言も口をきかずにそこにいた。そうやって座っていることは当然ながらあまり楽しいものではなかったが、そんなある日、私は退屈してたまたま手許にあった五、六枚の紙切れを取ると、劇のある一場面を、構想もなく書きちらしはじめた。それは悲劇なのか喜劇なのか、ただの一幕物なのか五幕物なのか、それとも十幕物の一部なのか、なんと言っていいのかわからぬ一場面であった。要するに、ポティヌスとある一人の女、そしてクレオパトラのあいだで、対話形式の韻文体で言葉が交わされる、というものだった。クレオパトラは最初の二人が長々と話をした後に忽然と現れる。「ある女」には、名前を付けなければならなかったのだが、他に何も思いつかずに、ラケシスという名を与えてしまった。それが三人のパルカイ[61]の一人の名だということを忘れていたのだ。いまになって思い返してみると、私の唐突な企ては、まったく不可思議なものだったような気がする。というのも私は、それまでおよそ六年余の年月、イタリア語を一言も書いたことがなかったばかりか、それを読んだこともごく稀だったからである。にもかかわらずいったいどうして、どのようにして、このように突然こうした場面を、イタリア語で、しかも韻文で書く用意が自分にできたのか、私にはわからない。だが読者に自分の目で、当時の私の詩的能力の乏しさを判断されるよう、このページの最後にその作文の一節を、判断してもらうに十分な量だけ付記しようと思う。単語の綴りに至るまで間違いだらけで書かれているのに、ちゃんと取っておいた原本を、そのまま忠実に書き写すつもりである。そしてこの韻文が、書き写しているあいだに私を笑わせたように、目を通す人をせめて笑わせることができるよう願っている。特にクレオパトラとポティヌスの場面で。いま一つ指摘しておきたいことだが、この下手な原稿を書き始めた時点で、私がベレニケやゼノビアなど(62)、悲劇の題材となりうるような他の女王ではなく、クレオパトラを選んだのはひとえに以下の理由からである。すなわち、件の婦人の家の控の間には、いくつかのたいへん美しいつづれ織りの壁掛けが掛かっていて、そこにクレオパトラとアントニウスにまつわるさまざまな挿話が描かれているので、私が何カ月も何年もそうした壁掛けに馴染んだからである。

わが恋人はその後体調を回復した。そして私はこの笑わずにいられないような自分の脚本のことを再び考えることなどないまま、それを彼女がその後一年余いつも座ることになった彼女の肘掛椅子のクッションの下に置いた。その間、私の初の悲劇は、普段そこに座っていた彼女や、たまたまそこに腰掛けた他の人々によって、肘掛け椅子とお尻の間で温められていたのであった。

だがこの扈従騎士の生活にも私は徐々にうんざりし、腹が立ってきたので、その年七四年五月に、突如ローマに向けて出発しようと決めた。旅行と別離が彼女に対する不健全な情熱から自分を解き放ってくれるかどうか、試してみようとしたのである。彼女とひどい喧嘩をした機会を捉えて(こんなことは珍しくなかったが)、それ以上何も言わずに夜家に帰ると、翌日は彼女のところに一度も顔を出さないまま過ごし、旅支度をすべてすませて、その翌日の早朝にミラノに向けて出発したのだった。彼女は出発の前の晩までそのことを知らずにいて(誰か私の家の者から知らされたのだと思うが)、その晩遅くに、当時の慣習として手紙と自分の肖像を私に届けてよこした。この贈物ですでに私は理性を失いはじめ、決意もぐらついてしまった。だが意を決して、前に述べたように、ミラノへ駅馬車で向かったのであった。まる一日低俗な情熱に翻弄され続けて、夕刻ノヴァーラに到着したのであるが、後悔と苦しみ、自分は卑怯だという思いに激しく心を苛まれた私は、もはやすっかり理性を失って、真実に耳を傾けずに考えを変えたのであった。伴として連れてきたフランス人の神父に、馬車や従者たちとともにミラノで待っているようにと言って、そのままミラノに向かわせた。その間私はたった一人で、馬に乗った御者に先導させて夜のなかを走り続け、夜が明けるまで六時間馬を飛ばして、翌日の早朝には再びトリノにいた。だが皆の噂の的にならないよう、姿を見られないようにするため、町の中には入らなかった。町の郊外にある居酒屋に立ち寄り、私に腹を立てている彼女に対し、今回の逃亡を許してくれるよう、また少し私の話を聞いてくれるよう、嘆願の手紙を書いた。返事はすぐに来た。一年の予定だった私の旅行のあいだ、私の財産を管理する予定でトリノに残っていたエリア、あのいつも私の傷を治療したり傷に包帯を巻いたりする運命にあるエリアが、その返事を運んできたのであった。彼女が話を聞くというので、まるで亡命者のように夜の帳が落ちるとともに町の中に入った。まったく恥ずかしながら完全に許してもらうと、翌日の夜明けに再びミラノへ向けて出発した。私は健康への懸念を口実にしたのだが、五、六週間したらまたトリノに戻る、ということでわれわれ二人は合意したのだった。私はこうして理性と狂気のあいだを行き来し、和平条約に調印したのだが、調印するやいなや再び大道の上に唯一人になって、諸々の感情に揺れていた。自分の弱さを恥じる気持が、再び激しく襲ってくるのを感じていたのである。こうしてみじめだが同時に笑わずにはいられぬような状況のなか、後悔の念に引き裂かれながら、私はミラノに到着した。当時まだわれらが愛の師匠ペトラルカの、優雅で滋味ある次のような言葉は知らなかったが、経験によってそれと感得したのである――

理性で判断する者は、心で望む者に負かさるる。

（『カンツォニエーレ』第百四十一番第八行）

私はどうにか二日間ミラノにとどまったが、ある時はどうやってこの忌々しい旅がやめられるだろうと考え、またある時はどうやったら約束を守らずに長い旅にできるだろうとひっきりなしに思いを巡らせていた。というのも、自由な状態でいたいと思ってはいたのだろうが、自分を自由にするにはどうすればいいかわからなかったし、またできもしなかったからだ。だが絶えず駅馬車を走らせて移動し、気を紛らわせることにしか心の平安を見出せなかったので、私はパルマ、モデナ、ボローニャを通り、フィレンツェにやって来たのである。だがそこにも二日以上とどまっていることができずに、すぐにまたピサ、そしてリヴォルノに向けて出発した。リヴォルノでわが恋人からの最初の手紙を受け取ると、彼女から離れていることにそれ以上は耐えられなくなり、すぐにまた出発して、レリチとジェノヴァを通過して、ジェノヴァでは連れの神父を残し、また馬車も修理させるために残すと、馬を全速力で飛ばしてトリノに舞い戻ったのであった。一年間の旅行のはずだったのだが、それは出発後たった十八日目のことであった。しかも私は、人々の冷やかしを受けないよう、夜町に入ったのであった。実に馬鹿げた旅ではあったが、この旅のあいだ私は悲嘆に暮れるという代償を支払ったのである。

私は（自分は潔白だと感じることで身を護るのではなく）、大理石のように大真面目でとりすました顔を盾にして、自分に向かってあえて「よくお帰りになりました」などとは言わずにいる知人や友人たちの嘲笑を避けたのだった。私は手ひどい「歓迎」を受けたのである。そのためいまや自分自身の目にも、最低の軽蔑すべき存在となってしまったので、私はすっかり落ち込んで鬱状態になり、その状態がそれ以上続けば、気が狂うか、それまで抑えてきた感情を爆発させるしかないというまでになった。実際そのどちらの状態になるにもあと一歩のところまできていたのである。

とはいえ、私は彼女へのこうした卑しい隷従を、中途で終わった旅から戻った後、すなわち七四年の六月末から七五年の一月まで、ずるずると続けていたのである。だが七五年の一月、それまで抑えていた私の激しいいら立ちはとうとう極限に達し、爆発した。

第十五章
真の解放。最初のソネット

ある晩、憎いと同時に愛しいわが恋人の桟敷席に何時間も引きとめられた後に、オペラ――イタリア全土にはびこる、愚かしくてこのうえなく退屈な娯楽――から戻ると、もうすっかりうんざりして、こんな関係などもう永久に断ち切ってしまおうと固く決心した。駅馬車であちこち走り回っても決意を固める力にはなりえず、それどころかすぐにその力を弱め消滅させてしまうということが経験からわかったので、こんどは自分をさらに大きな試練にあわせようと考えた。私は生まれつき頑固で鉄のような性格をしているので、いっそう困難な努力をすることでたぶんもっとうまくいくのではないかと期待したのである。そこで前にも述べたように、彼女の家のちょうど真向かいに自分の家はあったのだが、そこから動かないことにしようと固く心に決めた。そうやって毎日、彼女の家の窓を眺めて、彼女が窓の向こうを通り過ぎるのを見たり、彼女が話すのをどうにかして聴いたりするためだ。そうやってなお、直接間接の伝言にも、追憶にも、この世の何に対しても屈しはしまいと決意したのだった。そしてもし最後の最後にこの愛の戦いにうち勝つことができるのなら、そのために死んでもたいしたことではないと思った。こうした考えが頭に浮かんだので、誰かにこれを打ち明けることによって、恥ずかしくて途中で決意を翻すことができなくなるように、同い年の友人に伝言を書いた。彼は私のことをたいへん好いてくれており、一緒に青年時代を過ごした仲間だったが、当時はもう何カ月も前から私と会っていなかった。彼は私がこのようなカリッディ（メッシーナ海峡に棲む怪物、転じて困難な状況を指す）の囚われの身となっていることを哀れんでくれていたのだが、私をそこから救い出すこともできず、かといって私のしていることを認めているようにみえることも嫌がって、私と会っていなかったのだ。私は自分の揺るぎない決心について数行したためた。そして真赤で長く豊かな自分の髪の毛を入れた大きな包みを添えた。それは、こうした突然の決意の証であると同時に、そんなふうに丸坊主になることで、どこに姿を現すのもわざとしにくいようにするためだった。当時そんな髪型は、下層の者や、水夫以外には認められていなかったのだ。自分を勇気づけるために、そばにいてくれるよう友人に頼んで、伝言を締めくくった。こうして私は家に閉じこもり、どんな言伝ても受け取らずに、吠えたり叫んだりしながら、私の一風変わった解放の最初の十五日間を過ごしたのだった。何人かの友人は私を訪ねてきてくれた。彼らは私に同情しているようだった。私は嘆きの言葉を口にしなかったが、態度と表情が口に代わってその言葉を語ってくれていたのだろう。何か軽いものでも読んでみようとしてはいたが、どんなに軽い本でも、たとえ新聞であっても頭に入ってこなかった。ページ全体を目で、そして時には声を出して読んではいたのだが、読んだものの一語さえも理解できないでいた。もっとも、人気のない場所に乗馬には行ったのだが、このことだけが心と同時に体にも良い効果をもたらしたのである。このように半狂乱の体で、私は七五年の三月末までの二カ月以上を過ごしたのだった。突如新しくわき上がってきたある考えが、やっと私の頭と心とを、このような恋についてのいくら考えても堂々巡りになってしまう腹立たしい思索から、突然私を解き放ってくれるまで。こうして半狂乱の日々を送っていたある日、私が空想をめぐらせていると、まだ物を書くには年齢的に若すぎたかもしれないが、詩が浮かび上がってきた。そこで断片的ながらどうにか十四行で韻を踏んだ短い習作を作り上げた。ソネットのつもりで、私はそれを親切な教養人のパチャウディ神父[63]に宛てて送った。神父とは時々会っていたのだが、彼はいつも私に愛情深く接してくれ、私が時間を無駄にしてだらしない暮らしをしているのを見て残念がってくれていたのだ。ここにそのソネットに添えて、彼から送られた丁寧な返信の手紙も書き写そうと思う[64]。この素晴らしい人物は、いつもイタリア語で書かれたものを読むようあれこれ勧めてくれていたのだが、なかでもある日、壁にある『クレオパトラ』の予告を見て、私が以前それが悲劇だと指摘し、またいつか自分もそのテーマに挑戦してみたいと言ったこと（この後にその筋書を掲げたが、私は自分のこの初の失敗作を彼に見せたことは一度もなかった）を覚えていて、その本を買って私に贈ってくれた。彼はその作品が枢機卿デルフィーノ[65]の手になるものであることから、その社会的な地位と同じくらいすぐれているという意味で「エミネンティッシマ[66]（素晴らしい）」という名で呼んでいた。時々心が落ち着いて頭がはっきりしているときに、辛抱強くそれを読んでは書込みをした。そうしてその本を神父の許に送り返したのだが、劇としての構成においても効果においても、自分の作品よりもだいぶ劣っているというふうに内心では評価していた。もっともそれはたびたびわき上がってくる、自分の『クレオパトラ』を書き進めようという気持に従って、私が作品の続きを書いていたらの話であった。ともあれパチャウディ神父は、私の志を挫かぬよう、私のソネットを良くできていると思っているようなふりをしてくれた。彼自身は毛頭そう思っておらず、実際良くできてはいなかったのであるが。その後数カ月のあいだ、私はわれらがイタリアの最高の詩人たちによる作品に浸りきった結果、ほどなくして自分のソネットはまるで価値のない代物であると判断できるようになった。だが本心からではなかったとしても、こうして贈ってくれた最初の讃辞に対して、またその讃辞を寛大にも私に与えてくれた人々に対して、ありがたい恩を感じていることを表明しよう。これらの讃辞は、私が本当の讃辞に値するようになるために頑張るように大いに勇気づけてくれたからである。

　恋人と近々別れるのは必至であると考えていた私は、その破局の何日も前にふと思い出して、肘掛け椅子のクッションの下から、そこに一年近くも放って置かれてくしゃくしゃになっていた例の試作『クレオパトラ』を拾い上げた。その後いよいよその日がやって来た。私はその日、例のいら立ちと絶え間ない孤独のなかで、ふとその作品に目を通した。するとそのときになって突然何か閃いたかのように、私は自分の心情がアントニウスのそれとそっくりであることに気づいて、心のなかでこう言ったのだった。「この作品をを書き上げよう。もしこのままではよくないというのなら作り直そう。つまりこの悲劇のなかで、私自身を蝕んでいる感情を膨らませてみて、そうしてできた悲劇をこの春やって来る役者たちに上演させてみせよう。」こうした考えが閃いたとたん、私は(ほとんどこの企てのなかに自らを治療する方法を見出したと言わんばかりに)手当たり次第に書きなぐり始め、それをまとめ、手直しし、削除し、付け加え、そしてさらに書き続けたのであった。要するにあの完成した形で生まれなかった不幸な『クレオパトラ』を、狂ったように書き直したのである。自分と同い年の友人たちの意見を求めることも、恥ずかしいとは思わなかった。彼らは私のようにイタリアの詩歌をなおざりにして日を送ってなどいなかったからである。自分はまったく疎いこの芸術について、示唆を与えることができる人には相手構わず助言を求めて、迷惑をかけたのであった。私が望んでいたのは、学ぶこと、そしてもし危険極まりない向こう見ずなこの企てで成功できるのならば、挑戦することだけだった。そのため私の家はだんだん文人たちのアカデミーまがいのものに変身していった。しかし私は、こうした状況のなかでたまたま学ぶ意欲に燃え、素直になっていたにすぎなかった。本来の私はそれまでに蓄積された無知のせいもあって、人の教えに対して反抗的で、従順ではなかったのだ。そのため私はやがて失望し、他人をも自分自身をも持て余してしまったので、この活動はほとんど何の役にも立たなかったのである。だが悪しき愛の炎を胸から消し去り、新たな衝動に従って、長いあいだ深い眠りについていた自分の才能を少しずつ取り戻すことで得られたものはこのうえないものだった。少なくとも、私が家から逃げ出して再び彼女の許に戻って虜になることのないように、自分の体を椅子に縛りつけさせるという辛くて滑稽な方法をとる必要がなくなったのだ。自分を無理矢理正気に戻したことでいろいろなことが報われたのだが、これもその一つだった。このとき私を縛っていた縄の縛り目は、体をすっぽりくるむ大きなマントの下に隠され、私の手は読んだり書いたり頭を掻きむしったりできるように自由に動かせたので、私に会いにやって来る者は誰も、私の体が椅子に縛りつけられていることにまったく気づかなかった。そして何時間も私はそうしていたのである。私を縛る係だったエリアだけが、私とこの秘密を分かち合っていた。そして彼は後で、私が狂ったように分別を喪失した状態を抜け出し、自分に確信を持ち再び決心を固めて、彼に縄を解くよう合図してやっと縄を解いてくれていたのだった。彼は本当にいろいろな方法で、私を激しい発作から救ってくれたので、ついには再び深みに落ちることを免れたのだった。私が元の木阿弥に戻らないように実際に用いた、いろいろな変わった方法のなかでも、カーニバルの終盤《フィナーレ》に、劇場の公式舞踏会で仮装するという方法は、確かにひじょうに変わっていた。私はたいへんうまくアポロンの扮装をし、チェトラ(67)を持ち、それをどうにかかき鳴らしながら登場することまでやってのけたのだった。自作のいくつかの詩らしきものをその場で歌いさえしたのだ。気恥ずかしくはあるが、このページの最後にこれらの詩を書き写そうと思う。この恥知らずな行動は、私の本来の性格にはまったく反するものであった。だが私自身、怒濤のような情熱に対抗するには、残念ながら自分はまだ弱いということを感じていたのだから、こんな見苦しい茶番を演じるよう私を突き動かした理由は、おそらく何らかの憐憫に値するのではないだろうか。その理由とはまさしく私が、彼女の罠に再度かかることを恥ずかしいと思う気持を、自分にとっての歯止めにして、罠から救われる必要があると感じていたからにほかならない。私は自らそんな罠を皆の前で非難しようとしたのだ。そのため私は無意識のうちに、二度恥ずかしい思いをしたくないと自分に思わせるためにも、先に皆の前で自分に恥をかかせていたのである。その滑稽で中身のないコラショーネ[68]（三行連詩）を、匙加減というものがわかっていなかった、かつての未熟な自分の正真正銘の記念として、ここで真実に捧げなければならないと感じていないなら、わざわざここに書き写すようなことを私はしなかっただろう。

このような馬鹿げた行動をとる一方、私は自分にとって新鮮な栄光への美しく高貴な愛を、徐々に本気で燃え上がらせつつあった。そして何ヵ月かにわたり、皆から詩作上の助言を受けたり、文法書をすり減らしたり、辞書を使い古したり、多くの誤りを犯したりした後に、とうとう自分では「幕」と呼んでいた五つの部分をどうにかつなぎ合わせるまでになり、そのまとめたものに『悲劇クレオパトラ』という題を付けたのであった。第一幕を——過度な美文調に仕上げることなく——清書すると、それを善良なるパチャウディ神父へ送った。ざっと読んで意見を手紙で言ってもらうためであった。この悲劇のなかにでてくる文をいくつか、パチャウディ神父の返事とともに、ここに忠実に書き写そうと思う。それらの文に付された神父による書込みのなかには、いくつかたいへん陽気で楽しいものもあった。そうした書込みは、自分への批判であったにもかかわらず、私を腹の底から笑わせた。これはそのうちの一つである。「百八十四行目、『心の吠え声……』。この隠喩は過度に犬的である。削除されたし。」この第一幕の書込みと、それに添えられたまるで父親が諭すような調子のメッセージは、いっそうのねばり強さと忍耐力で、全体を再び作り直すことを私に決心させた。その結果いわば悲劇とでも呼べるものが生まれ、一七七五年の六月十六日にトリノで上演されたのである。この悲劇の最初の数行を、二十六歳半を過ぎた当時の私の愚かさの、三つ目かつ最後の証拠として書き写したいと思う。これらを見ただけで、私の成長がどんなに遅いものであったかがおわかりだと思う。また、私には基本的な勉強が足りていなかったという、ただそれだけのために、相変わらずものを書く能力がなかったこともおわかりいただけると思う。

私は第二稿を批評してもらおうと、パチャウディ神父に迷惑をかけたのと同じように、他の多くの人々にも迷惑をかけて回ったのだが、そうした人々のなかに、アゴスティーノ・ターナ伯爵(69)もいた。私と同い年で、私がアカデミーにいた頃王の近習をしていたので、私たちの受けた教育はまあ似たようなものではあったのだが、彼のほうは近習を辞した後、イタリア文学についてもフランス文学についてもたゆまぬ精進をし、自分なりの文学の趣味を確立していた。それは特に文法的にではなく哲学的な批評をするために、確固たるものになっていた。私の不幸な『クレオパトラ』について彼が行った批評は、鋭くて洗練されていて端正なものだった。もしその批評をここで私が勇気を奮って読者にお見せするなら、それは皆さんを大笑いさせることだろう。だが私は恥ずかしい思いをするだろうし、出来損ないの第二稿の最初のたった四十行を書き写しただけでは、その批評はよく理解もされないだろう。彼が書込みをした私の原稿とともに送り返されてきた彼の手紙を、やはりここに書き写したいと思う。これを読めば彼がどういう人物であるかがおわかりになるだろう。

私はまた、『クレオパトラ』の上演に引きつづいて朗読される予定の笑劇を書き、その題を『詩人たち』とした。私には散文を書く能力もなかったことの例として、その一節をここに書き写す。だが笑劇も悲劇も、ある馬鹿者のしでかした単なる愚行だったわけではない。二作ともそのあちこちに、なんらかの閃きや面白みがある。『詩人たち』のなかに私はゼウジッポという名前で登場したのだが、そこで最初に『クレオパトラ』を嘲笑ったのはほかならぬ私自身だった。クレオパトラの亡霊が、地獄から呼び起こされて、他の悲劇のヒロインたちとともに、この私の作品に審判を下しに来る。私のライバルである他の詩人たちの、これと似たり寄ったりの悲劇とこの作品が比較されるのであるが、彼らの悲劇は教養をつんだけれども能力のない者の月満ちた出産によるものだったのに対し、私の悲劇は能力はあるが無知な者の早産によるものだったという違いがあった。

この私の悲劇と喜劇は、二晩にわたって上演され、喝采を浴びた。皆過ぎた寛大さを示してくれてはいたが、私はもう心のなかで、これほどまでに厚かましく公衆の前に登場したことを、反省し悔やんでいた。そのため『クレオパトラ』の三度目の上演をしてくれという要請にも、役者たちや彼らを率いている者に対し、私はそれ以上上演をしないようにできるかぎり働きかけた。だがこの運命の晩以降、いつの日か劇で本当の栄誉を手にしてみせるぞ、という凄まじい興奮とやる気が私の全身の血管に沸々とわき上がってきた。どんな愛の熱も、こんなにも激しく私を捕らえたことはかつてなかった。これが私の公衆の前への登場だった。もし多くの、いやそれどころか多すぎるほどの、最近の私の劇作品が、最初の二つのものとそれほど違わないならば、私は自分の無能さを露呈するために、笑止千万で馬鹿げた手段をとったということに当然なるだろう。だがもし、私が悲劇や喜劇の、最低の部類ではない作家のなかに数えられるようになって、その作家たちの集まりに加わるようになれば、われわれの後からやって来る者たちは、かかとの低い喜劇役者の靴とかかとの高い悲劇役者の靴を片足ずついっぺんに履いた、つまり喜劇作家と悲劇作家の二足の草鞋を履いた私のパルナッソス山（文学の巨匠たちの山）への滑稽な登場、つまり文壇デビューが、その後十分に信頼できるものとなったと言わざるをえないだろう。

　この章で私はわが青年期を終わるが、それはわが壮年期を始めるのに、このときほど幸先の良い時はありえまいと思われるからである。

第四期
壮年期
創作、翻訳、研鑽に励む三十余年

第一章
初めての悲劇二作品『フィリッポ』、『ポリュネイケース』を、フランス語散文で構想し、起草。この頃、出来の悪い詩を洪水のごとく創作

こうして私は二十七歳になり、悲劇作家になることを、人々と自分自身に約束する。このような不遜な企てを支えるに、当時私がいかなる元手を有していたかをここに語る。

堅牢にして不屈の魂と、愛とそれの引き起こす狂気をはじめとするあらゆる情念やあらゆる専制に対する深く激しい憤怒に満ち溢れた心。こうした生来の性質に加えて、はるか昔に劇場で目にし

たさまざまなフランス悲劇のかすかで朧げな記憶。実を言えば、その頃までこれらの劇については考えることはおろか、読んでさえいなかったのだ。加えて、悲劇創作術の規則に関する完全なる無知、わがイタリア語を美しく綴り、使いこなす神聖にして必須の術に関するまったくと言っていいほどの未熟（読者は前掲の作品の節々からすでにこのことをおわかりのことと思う）。さらに、これらすべてが思い上がり、あるいはもっと的確に表現するならば途方もない傲慢と激しい気性という硬い殻に包まれ、そのためにごく稀な例を除くと、私は真理を識り、探り、聴き入れるということができなくなっていた。こうした元手は、読者にはおわかりのように、輝かしい著者どころかむしろ邪で俗な君主を作り出すのに適していた。

しかしある声が私の心の奥底で囁きかけていた。それは、私の稀少な親友でもこれほど強くは忠告しないだろうというほど断固たる声だった。「おまえに必要なのは退却すること、つまり少年時代に後戻りして徹底的に初歩から文法を学び、続いて、正しくかつ見事に書くのに必要なすべてを学ぶことだ。」この叫び声のあまりの激しさに、私はとうとう降参した。口では言えないほど辛く屈辱的なことだった。大人なりの考えと感性をもつ歳になって、子供のように一字一句から勉強のし直しとは。しかし、めらめらと燃える栄光への情熱が私をあかあかと照らし、間違いだらけの自作を朗誦することでかいた恥が私を強く駆り立て、厭わしくも強大な障害物に立ち向かい克服する覚悟が少しずつ固まった。

例の『クレオパトラ』の上演は、この題材が試作品に手を染めたばかりの駆け出しの作家のみならずいかなる作家によっても悲劇化するには適さないという内的欠陥を持つことに、私の目を見開かせた。未熟者の私がこのようなテーマを選んだのは不運なことだった。それればかりか、この上演は私の目をさらに大きく見開かせて、私が後戻りしなくてはならない長大な距離をじっと見つめさせたのだった。後戻りしてようやく、言ってみればスタート地点に再び立ち、競技場に臨み、運を天に任せてその中央に突き進むことができるのだった。こうして私の目をそれまで暗く蔽っていた霧が完全に払われて、私は自らに厳かなる誓いを立てた——イタリア人としてわが言語イタリア語に通暁するためにいかなる難行苦行も厭わぬ、と。このような誓いに至ったのは、もしひとたびよく語ることができるようになれば、よく考え、よく著すこともできるようになるだろうと考えたからだった。誓いを立てると私は文法の渦の底に身を投じた。ちょうどその昔、完全武装したクルツィウスが渦をじっと見つめながら、飛び込んだように。[1]それまでのすべてが誤っていたと気づけば気づくほど、自分が時とともに上達していけると確信が持てるようになった。そのうえ、わが手文庫のなかにその明らかな証拠を保管していることで、その意をますます強くしたのだった。その証拠とは二つの悲劇『フィリッポ（フェリペ二世）』と『ポリュネイケース』だった。この二つは一七七五年の三月から五月にかけて、つまり『クレオパトラ』上演の約三カ月前に、フランス語の散文で起草したもので、わずかの者にしか読み聴かせていなかったのだが、聴いている彼らがそれらの作品に心を打たれているとの印象を受けたのだ。そのような効果を確信したのは、彼らが私の作品を概して褒めてくれたからではなくて、彼らがそれらの作品を初めから終わりまで聴き入る際の、見せかけではない、強いられたのではない集中ぶりによるものであり、彼らの心動かされた顔の表情のもの言わぬ気配がその言葉以上に雄弁に語っているように思われたからなのだ。しかしまことに残念ながら、この悲劇たるべき作品はふたつながらフランス語散文で構想され生み出されたもので、イタリア語詩に形を変えるまでには踏破せねばならない長く厳しい道のりが残されていた。この意にそまないみすぼらしい言語で創作したのは、それを私が熟知しているからでも、それに憧れていたからでもなかった。ただ、五年の旅行のあいだ仲間うちでもっぱら話し、聞いていた言葉のほうが、自分の考えをよりうまく、より損なわずに説明することができるようになっていたからだ。イタリア語をよく知りさえすればと思いつつフランス語で間に合わせるようなことは、私がいかなる言語にも通暁していないためにつねに起こっていた。ちょうど病に伏しているイタリア有数の競走選手(2)に起こるようなことなのだ。彼は自分と同等か劣る者と競走することを夢見て、彼が勝利するために不足しているのはその両足だけだと考えるのだ。

　イタリア語で自らを説明し表現することが、詩は言うに及ばず散文でもこれほどできなかったので、私が聴き手の好評を博したこれらの作品のある幕、ある場をイタリア語に変えて読むと、彼らの誰も以前と同じ作品とは思わず、真顔でなぜ変えてしまったのかと私に尋ねた。登場人物のまとう衣や鬘の変化があまりにも大きな影響を与えて、もはや元の人物と同じとは思えなくなり、耐え難いものになってしまったのだ。私の怒りも涙も虚しかった。否応なく忍耐強くやり直さなければならなかった。それと同時にトスカーナ風に浸るために、わがイタリア語の、もっとも無味乾燥で反悲劇的な作品をむやみに読まねばならなかった。（あまりうまい表現ではないかもしれないが）二言で表すと、私は「新たに考える」ために日がな「（旧い）考えを壊し」ている、とでも言えようか。

しかしながら、私は手文庫に未来の悲劇たるこの二作品を忍ばせていたから、私に矢のように浴びせられる教育的忠告にそのおかげでかなり辛抱強く耳を傾けることができた。それればかりでなく、この二つの悲劇は私に『クレオパトラ』のひどく私の耳に痛い上演、つまり俳優が発する一語一語がこの作品全体へのもっとも痛烈な批判のように心に響く、そんな上演に耳を傾ける力を貸し与えてくれていた。その頃にはすでにこの作品そのものが私の目に無意味なものと映って、将来の作品を生み出すための拍車としてしか考えられなくなっていたのだ。こうして、のちに悲劇作品を集めた一七八三年シエナ版初版(3)に関して私に向けられたおそらく部分的には正しいがおおむね悪意ある無知蒙昧な批評にも落胆せず、またトリノの平土間席が私に献じようとした誤った分不相応な讃辞、おそらく若いがゆえの一本気と大胆さに心動かされたのであろうが、そういった讃辞にもけっして鼻高にもならず納得もしなかったのだ。さて、純トスカーナ風へ第一歩を踏み出すには、フランス語の読書を徹底的に追放するべきで、実際それを実行した。同年七月以降、フランス語の単語を口にすることさえ潔しとせず、フランス語を話すあらゆる友人知己をあからさまにもっぱら避けるようにしていた。しかしこのような努力にもかかわらず、私は一向にきちんとしたイタリア語を習得できなかった。順序だてた規則的な勉学になかなか馴染めず、三日もたつとまたぞろ、諸々の忠告に逆らって、自らの翼で羽ばたこうと試みるのだった。そして何を考えても空想の世界に浸り、それを詩に託そうと試みるのだった。あらゆるジャンルあらゆる韻律をつまびいてみて、鼻っ柱も思い上がりもへし折られ、残ったのは消えることのない希望だけだった。こういった「韻文」(とても詩と呼ぶ勇気はない)のなかにひとつ、必要に迫られて作ったものがあった。フリーメーソンのある会合で朗誦しなければならなかったのだ。この会合には馬鹿げた社会のさまざまな仕組、階級、役人を暗示する詩が相応しく、実際そのような詩にした。すでにここに書き写した最初のソネットではペトラルカのカピートロ(4)（三行連詩）のなかから一行拝借したものの、私の不注意と無知はかくも著しいものであったから、自分自身で作る段になるとまったくといっていいほど三行連詩の規則を忘れてしまって、ほとんど守らなかった。こうして間違えたまま十二連まで進んだところで、疑念が生じダンテをひもとき、誤りに気づき、次の連からは直したものの、そこまでの十二連には手を入れなかった。こうしてそのままその会合で私は歌った。しかしこのフリーメーソンたちはその家造りの技術同様、韻文・詩に通暁していた(5)。わがカピートロは潰えた。私の無益な努力の最後の証として、ここに再びこのカピートロの大部分、あるいはすべてを書き写すことにする。それは、紙面の余裕と私の忍耐次第である。

同一七七五年八月頃、町の暮らしに倦み、勉強も満足にできないと感じた私は、ピエモンテとドーフィネの間に連なる山岳地帯へ逃げ出し、ハンニバルのアルプス越えで有名なモンジネーヴロの麓のセザンヌ(6)という小村で二カ月過ごした。私は生来思慮深いたちなのだが、衝動的に無思慮になることがある。セザンヌ行を決心する際、この山麓地帯にいれば忌々しいフランス語に逆戻りしてしまうかもしれない、ということに考えが及ばなかった。それまでは、言語の習得に当然必要な頑固さで、つねに逃れようと目論んできたにもかかわらず。しかしそう勧めてくれたのは、すでにお話しした前年の馬鹿げたフィレンツェ旅行に私を連れていった神父だった。彼はセザンヌの生まれで、エイヨーという名だった。才に恵まれ、さまざまな哲学に造詣が深く、ラテン文学およびフランス文学の教養が高かった。彼は私の二人の弟たちの家庭教師だったのだが、私はごく若い頃弟たちとの結びつきが強かったので、私とエイヨーも親交を結び、以後もそれが続いていたのだ。実はこの神父こそ、若かった私に文学で成功するかもしれないなどと言って、文学への愛を吹き込もうとした張本人なのだ。といっても彼の努力はなかなか実らなかったのだが。当時、二人のあいだで次のような馬鹿げた取決めをしたことがあった。それは、エイヨーが丸一時間私に『千一夜物語』という名の小説あるいは短篇小説集を音読するという条件で、私は彼がラシーヌの悲劇の一節を音読するのを十分間だけ拝聴しなければならない、というものだった。私は最初のくだらない音読のあいだは全身を耳にしてじっと聴いていたが、かの偉大な悲劇作家の甘美な詩行の響きには居眠りをしてしまうのだった。エイヨーはこれに腹を立て、理由を述べて厳しく私を責めた。その理由とは、私が悲劇作家になる素質がある、ということだった。これは王立アカデミーの第一学寮にいた頃の話だ。しかしそれ以降もやはり、フランス語詩行の、単調で冷ややかな哀歌を大量に読破することはできなかった。悲劇の詩句のあるべき姿を知らなかった頃も、その後自分なりに探し当ててからも、それらをとうてい詩とは感じられなかったのだ。(7)

セザンヌでの隠遁生活に話を戻そう。文学に造詣の深いこのエイヨーのほかに、チェトラを嗜む神父がいた。彼は私にその手ほどきをしてくれた。私にはその楽器が詩想を吹き込んでくれるように思われ、いくらか弾いてみたい気持になった。しかし、その音色が心に引き起こす悦びに見合うほどの強固な意志はなかった。そういうわけで、この楽器についても、幼少から習っていたチェンバロについても、凡庸の域を出ることはなかった。私の耳も創造力もすこぶる音楽的ではあったのだが。このようにして私はこの夏を二人の神父とともに過ごした。ひとりは私にチェトラを弾いてくれることで、私を（勉強に邁進しなければならないという）新たな苦痛から私を救い出してくれたものだったし、もうひとりはそのフランス語で私を散々な目に遭わせたのだった。ともあれ実に愉快で有意義な時間だった。この滞在中、私は勉学に励み、自らの錆びついた知性にやすりをかけ、学習能力を徐々に開花させることができた。この能力こそ、恥ずべき怠惰な冬眠を貪っていたこの十年ほどのあいだ、思いのほか閉塞させられていたものだった。私はすぐに、仮の衣をまとって生まれた例の『フィリッポ』と『ポリュネイケース』を、イタリア語の散文に訳し直す作業に取りかかった。しかし、いかに私が懸命になろうと、この二つの悲劇は相変わらず二匹の両生類のままだった。つまりフランス語とイタリア語の中間にあって、そのどちらでもないのだった。まさにわが詩人ダンテが燃えだした紙について述べたごとく――

……暗褐色にて、
いまだ黒ならず、されど白さの失せた(8)

フランス的思考をイタリア語で著さなければならないときに味わう苦労は、『クレオパトラ』第三版の書直しの際にすでに嫌というほど経験済みだった。例えば、『クレオパトラ』を作成後、アゴスティーノ・ターナ伯に、文法面ではなく悲劇面の批評を仰いだときのことである。私がこの作品をフランス語で読んで聞かせたときは、彼はそのなかのいくつかのシーン、例えばアントニウスとアウグストゥスの場面を、強さがありひじょうに美しいと評した。ところが、私が弱々しい安易で調子のいいイタリア語もどきにそれらを変換するや、並以下であると彼は考え、そう私に言明したのだった。私はそのとおりだと思った。さらに言えば、私自身もそう感じていたのだった。実際、いかなる詩もその衣が本体の半分をなし、なかには（例えば叙情詩）衣服がすべてであるものもあるのだから。それが証拠に、詩のなかには、

実と見まごう虚ろの姿によって(9)
他の多くの詩に、勝るものがある
珠玉が卑しい指輪に繋がれているような詩に。(10)

ここであらためて、パチャウディ神父と、いまはとりわけターナ伯に、彼らが真実を私に語ってくれたことと、私を健全なる文学の小径に強い力で引き戻してくれたことを深く感謝したいと思う。私はこの二人に心酔していて、私の文学の運命は完全に彼らの手中にあるほどだった。二人のうち一人がちょっと合図しさえすれば、彼らが酷評したわが作品をすべて火中に投じるほどだった。そして実際、直しても無駄な多くの詩を没にしたのだった。だから、私がいまこうして詩人となり、自らそう称するのも、神とパチャウディとターナのおかげなのである。彼らは長く厳しい戦いのあいだ私の聖なる守護者だった。その戦いに、私は文学を志した最初の一年をすべて費やしたのだった。その間、私はフランスの言葉と文体を駆逐しつづけ、自分の思考に別の衣を纏わせるためにそ

の思考も言わばいったん脱ぎ捨て、年齢相応の完全に大人の勉学と、衣に関しては初学者段階にある若造のそれとを最終的に一点に収束させるために戦っていたのだ。疲労は筆舌に尽くしがたく、報われず、（あえて言うなら）私の炎より小さい炎しか持たぬ者なら誰でも落伍させてしまうほどだった。

すでに述べたようにこの二つの悲劇を下手な散文に翻訳した後、私はわがイタリアの主要な詩人たちの作品を時代順にひとつひとつ読み、研究し、彼らの思考、表現、あるいは響きがどの程度自分の気に入ったかを自分でわかるように、語句についてではなくて詩に流れる特徴を少なくとも一つ余白に書き留めるという企てに取りかかった。しかしほどなくダンテは私には難しすぎるとわかって、このときまで開いたこともなかったタッソーから始めた。さて、実に多様で相互に矛盾するたくさんの事柄を把握しようとひどく力を入れて読んだあまり、スタンツァ十個で私の頭は満杯になり、あたかも自分自身が作ったかのように精魂尽きた。しかし少しずつこのひどく骨の折れる文学ジャンルにわが目と心を馴らしていくことができ、ついにはタッソーの『解放されたイェルサレム』を、次にアリオストの『狂乱のオルランド』を読破した。続いて注釈をつけずにダンテを、それからペトラルカにはびっしりと書込みをしながら一気呵成に貪り読んだ。これに約一年かかった。ダンテでわからないところは、それが歴史に関することであればその理解にはあまり心を砕かず、表現、言い回し、語句に関することであれば推測して切り抜けようとした。それは多くの場合不成功だったが、たまにうまくいくと私は鼻高々だった。この最初の読みでは、四大巨匠の精髄を極めるというよりは全体を消化不良ながら丸飲みにすることに努めた。しかしそれによって、後に読み直すときによく理解する準備、つまりこれらの作品を、いわば、ほぐし、味わい、そしておそらく互いの比較をするにもよい準備ができたのである。読んでみるとペトラルカはダンテ以上に難しかったし、はなからダンテほど気に入らなかった。なぜならこういった詩人たちの作品を味わう無上の愉しみは、その作品を理解しようと格闘しているあいだはとうてい得ることができないのだ。しかし私は悲劇のために無韻詩を書かねばならず、その雛型を自分なりに作りあげようとしていた。ベンティヴォリオによるスタティウスの翻訳[11]を薦められて、貪欲に読み、研究し、すべてに注をつけた。しかし悲劇の台詞に採用するには、その詩の構造は幾分弱々しいものに映った。その後、友人の批評家連中がチェザロッティの『オシアン』を私の手にもたらしたのだが、これが無韻詩で、心底気に入り、感動し、夢中になった。それはほとんどそっくりそのまま台詞詩のすぐれた手本になると思われた。

他にも、わがイタリアの悲劇作品やフランス語からの翻訳ものの悲劇作品のいくつかを、その文体を学ぶ意図で読もうとしたが、語法や詩句の弱々しさ、俗悪さ、冗漫さのために投げだしてしまった。いうまでもなくくたびれもうけだった。それでも、いくらかまともな作品のなかから、パラディージによるフランス語からの四つの翻訳作品[12]とマッフェイ作の『メロペー』[13]を読み、注解した。とくに後者は、気に入った文体が諸処で見つかった。とはいえ、それは空想のなかで幾度も私自身練り上げた、夢か現の完全さを実現するにはまだほど遠かった。そして私はたびたび自問するのだった――ダンテの言葉ではあれほど雄々しく、力強く、激しいわが聖なる言語が、いったいなぜ悲劇の台詞になるとこれほど色褪せ去勢されてしまうのだろうか。あれほど力強く『オシアン』

を詠いあげたチェザロッティがヴォルテールから彼自身が翻訳した『セミラーミデ』や『マオメット』[14]ではなぜこれほど無味乾燥な説教調になってしまうのだろうか。無韻詩の始祖たるフルゴーニは、その詩は華やかで流麗なのに、クレビヨンの『ラダミスト』の翻訳においては、なぜこれほどクレビヨン[15]にも彼自身にも劣るのだろうか、と。なるほど、私はそれをわがイタリア語が柔軟で変幻自在だということ以外のあらゆることに罪を着せようとした。しかし、こうした種々の嫌疑をわが友人批評家たちにもちかけても、誰一人としてそれを解き明かしてはくれなかった。そんなとき、無二の助言者パチャウディは、この骨の折れる読書三昧のあいだに散文をおろそかにしないようにと私に説いて聞かせた。彼は学識豊かな人らしく散文を詩の養い手と呼んでいたのだ。この点に関して、ふと思い出したことがある。ある日、彼はカーサ[16]の『ガラテーオ』を持ってきて、その語法が混じりっ気なしのトスカーナ語法で、あらゆるフランス風語法の対極にあるという点で読むに値すると私に薦めた。私はといえば、子供の頃からこの本を（われわれ誰しもそうであるように）毛嫌いしていて、ほとんど理解もせず、味わうどころではなかったから、この子供向きあるいは教師のお定まりの薦めにはむっとした。それで不承不承、その『ガラテーオ』を開いた。さて、その最初の「かくなるうえは（Conciossiacosache）」に飾りたてた内容空疎な文が延々と続くのを見るや、憤激に駆られて本を窓から放り投げ、狂ったように叫んだ。「もううんざり御免だ。二十七歳になって悲劇を書くのに、またもやこんな幼稚な戯言を読んで、規則ずくめの型に洗脳されなければならないとは。」彼は私の感情的で無礼な激高に微笑んで、そのうち私が『ガラテーオ』を一度ならず読むことになるだろうと予言した。そして事実そうなったのである。とはいえ、その数年ののち、つまり肩や首が丈夫になって文法の重い軛に耐えられるようになってからのことだが。しかもそのときは、『ガラテーオ』ばかりか十四世紀のわがイタリアの散文家のほぼすべてを読み、それに注をつけたのだった。その効果のほどは定かではない。しかしこれだけは確かである。つまり、作品を読むにあたって、内容は切り捨てて、各語法に関して熟読し、その衣服の華を正しくかつ巧妙に自分のものにすることができるような者は、おそらく後に自分の著述において、それが哲学であれ詩であれ歴史であれ、またその他のいかなるジャンルであれ、その文体を豊穣で簡潔で適切で表情豊かにすることができるであろう。私の見るところ、かつていかなるイタリアの著述家にもそれらを真には備えた者はいなかった。おそらく、伴う労苦が耐え難いものゆえ、それらを利用する才も能力もある者はしたがらず、そのような才能のない者はしても無駄なのである。

第二章

ホラーティウス講釈の教師に就く。最初のトスカーナ文学旅行

七六年の初頭、気づいてみれば私はすでに六カ月以上イタリア語研究に没頭していたのだが、ほとんどまったくラテン語がわからないという率直で灼けつくような羞恥心に襲われた。実際、よくあることだがあちこちでラテン語の引用を見つけると、それがとても短く、またありふれたものであっても、解読する時間が惜しくてわざと読み飛ばさざるをえなかったのだ。そのうえいかなるフ

ランス語の読書も自分に禁じてイタリア語作品しか読めなかったから、演劇作品を読むにはまったく寄る辺なき状態なのだった。わからぬという恥に加えて、こういう理由で私はこの第二の労苦を企てざるをえなかったのだ。つまり、そのいくつかの崇高な詩節が私の心を奪ったセネカ(17)の悲劇を読むために、また、われわれがいとも甲斐なく所有している多くのイタリア語訳より信頼度が高く退屈度が低いことの多いラテン語訳によるギリシャ悲劇を読むために。そこで私は優秀な教師を根気よく探し出した。その教師は私にパエドルスの本を手渡したが、彼は驚きあきれ、私は赤面したことに、私が十歳のときにすでにそれを解読していたものの理解はしていなかったのだと見て取り、私にそう言った。そして実際に、私にイタリア語訳をさせてみると、それはとんでもない間違い、恥ずべきへまだらけだった。しかしそれを聴いていた教師は、そのなかに私の愚かさばかりでなく強靭な決意のまごうことなき証をみとめ、パエドルスの代わりにホラーティウスを薦めてこう言った――「難より始めて易に至る、というわけで、あなたにはこのほうが相応しいでしょう。このラテン詩人中もっとも難解な王者に対して大いに間違いを犯すのです。それによって他のラテン詩人へと降りていく道がなだらかになることでしょう。」それは実行に移され、何の注釈もないホラーティウスの一作品が選ばれた。私は、たどたどしく間違いながらも、組立て推測し、『カルミナ』の一月初めから三月終わりまでのところを声に出して訳した。この勉強はひどく私を消耗させたが、大いなる実りをもたらした。というのも、これによって私は詩の世界から出ることなく文法を再確認することができたからである。

その間も怠ることなくイタリア詩人を読み、注解しつづけていた。なかにポリツィアーノ(18)やデッラ・カーサといった新しい詩人も加え、それから主要な詩人たちを最初から読み直すのだった。こうしてペトラルカやダンテを四年間で五回ほど読み、注解したのだった。さらに時には悲劇詩を作ることを試みて、すでに『フィリッポ』の詩文化を終えていた。しかしあの『クレオパトラ』よりはだいぶ力強く洗練されてきたにせよ、やはりその詩は私にはまだ弱々しく、くどく、煩わしく、粗野なものに思われた。実際『フィリッポ』は、その後の出版時に読者を煩わせたのはほんの千四百余行だったが、初期のこの二つの試作品では二千行以上で著者である私をしつこく煩わし、絶望させたのだった。なかで語られる内容は、後に千四百余行で語られるより、かなり少なかったにもかかわらず。

文体のこうした饒舌さ、弱々しさを、私は自分の心よりもペンのせいであると考え、ついには、フランス語で起草してから自分で訳しているかぎりはイタリア語でうまく表現することはとうていできないと納得するに至り、とうとう、トスカーナ語で話し、聞き、考え、夢を見ることが自然にできるようになるためにはトスカーナに行くよりほかないと決心した。こうして七六年の四月に六カ月の予定で、つまり私の脱フランス語化がそのくらいでできるという甘い見通しを立てて旅立った。しかし所詮六カ月は私の十年以上の悲しい習慣を解体するには短すぎた。ともあれ、私はピアチェンツァとパルマの方向を目指して、時には荷馬車に乗り、時には馬に乗り、ゆっくり、ゆったり[19]、進んでいった。持ち物は小詩集と、わずかな手荷物だけ。連れは、三頭の馬、二人の伴、ギター、そして未来の栄光への大いなる希望だった。パチャウディのつてで、パルマ、モデナ、ボローニャ、そしてトスカーナで、多少とも文学で名をなした人々皆と知己を得た。前に旅をしたときは自分を売り込むことなど毛頭考えていなかったが、次第にいかなるジャンルの人であれ大物や並以上の人物と知合いになりたいと思うようになっていった。その頃、パルマで高名な出版主ボドーニ(20)と知合いになった。私はヨーロッパでボドーニに次ぐ二大印刷所のあるマドリッドやバーミンガム(21)にすでに行ったことがあったが、印刷所に足を踏み入れたのはこのときが初めてだった。だから、そののちそれらを使った印刷物で私が名声あるいは嘲笑を獲得することになる「a」やその他たくさんの文字の金属版もそれまで見たことがなかったのだ。ともあれ、確かにこれほど立派な作業場を目にしたのは初めてであり、この驚くべき技術を見せてくれる、ボドーニほど善良で熟練して創意工夫に富む者に会ったこともいまだかつてなかった。この技術によって、彼は名声を得て、事業を拡大したのである。

　こうして毎日少しずつ、長く深い冬眠から目を覚ましていき、次第にたくさんの物事を（遅まきながら）見たり学んだりするようになっていった。しかし私にとって一番重要だったことは、できれば後でジャンルの選択を誤らないように、わが知的文学的才能を知り、吟味し、評価するようになっていったことである。この自分自身の探求においては他の研究ほど私は未熟ではなかった。年齢に達するのを待たずにむしろ先んじて、もう何年も前から自分の実像を解明することを幾度か企てていたのだった。頭の中で考えることもあれば、ペンでしたためることもあった。当時何カ月間かつけていた一種の日記が、いまでも残っている(22)。その日記には、私が日々繰り返す愚行のみならず、自分の行動や言動を引き起こす思考や内的動因といった自分を見つめるためのすべてを忠実に列挙した。もしこのような曇った姿見でも、わが身を映すことで、のちに幾分なりとも成長できればと考えたのだ。この日記はフランス語で書き始め、続いてイタリア語で書いた。どちらの言語でもうまく著すことができなかった。書こうとしたことは、そもそも私の感覚と思考そのものだったのだ。私はすぐにうんざりしたが、それはそれで十分に役立った。というのも、時間とインクを費やした挙句、日々その前日より劣るわが身を見出すのである。つまり、この日記はあらゆる観点から、自分が文学に関してできることとできないことをかなり正確に知り、判断するための証拠としての役を果たしていたのだ。私は、自分に足りないものすべてと生来備えているわずかなものを見分けることはもう十分にできていると考えていたが、さらに、自分に足りないものについて、後に完全に獲得できるであろうものと、なかば獲得できるであろうものと、まったく獲得不可能なものを区別するために、この日記で詳細に検討したのだった。こうした自己評価には、（成功を、とは言わないまでも）自らを駆り立てる激しい衝動がわいてこないような創作には絶対に手を出すことさえしなかったことを、後に感謝することになろう。いかなる芸術であれ、このような自然な衝動の噴出は、それによってできた作品がたとえ不完全な出来映えであっても、恣意的な衝動の噴出とは、たとえそれによってどの部分も完璧な出来映えの作品を作ることができても、大いに違うのだ。ピサに着いて当地の名士と隈なく知合いになり、自分の芸術に役立ちうるものすべてを彼らから吸収しようと努めた。彼らとのつき合いで一番厄介だったことは、うかつに自らの無知をさらけ出さないように、しかるべき敬意と抜け目なさをもって彼らに質問しなければならなかったことだ。要するに、修道士の隠喩を用いて言うと、実は修練士でありながら、彼らの前では誓願修道士のふりをしていたのだ。偽って博学で通せるとも、通したいとも思っていなかったが、初めて接する人々に自分があまりにも物事を知らないことをさらけだすのが恥ずかしかったのである。しかもその無知の闇が次第に晴れるにしたがって、この救いようのない無知はむしろますます巨大な姿になって私の前に現れたのだ。しかし、それに劣らず巨大であり、またさらに巨大化していったのがわが勇気であった。私は一方で他人の知に対してそれ相応の敬意を払いながら、他方で己の無知を恐れることもなかったのである。というのは、悲劇を作るのに一番必要な知は「強く感じること」であり、それは学んで得られるものではないとよく理解していたからだった。学ぶべきこととして残っているのは(といっても確かに少なくはないが)、自分が感じているように思えることを他人に感じさせる術だった。

六、七週間のピサ滞在中に、悲劇『アンティゴネー』を構想し、ただちに満足のいくトスカーナ語散文で構想し起草、『ポリュネイケース』より少しはうまく詩文化した。するとすぐに大学のお偉方の前でその『ポリュネイケース』を『フィリッポ』を読めそうな気がしてきた。実際彼らはこの悲劇に大いに満足を示し、数箇所の表現を正したものの、けっしてこの悲劇に見合う厳しい批判にさらされることはなかった。この詩行については、諸処で巧みな言い回しが見受けられるが作品全体としてはやはりまだ弱々しく長く俗っぽい、というのが私の見解だった。一方お偉方の評価は、間違いが散見されるが滑らかで美しい響きを持つというものだった。われわれの見解はすれ違っていた。彼らが滑らかで響きがあると言うところを私は弱々しく俗っぽいと呼んでいたのだ。間違いに関しては、事実の問題であって好みの問題ではないからわれわれのあいだに対立はなかったのだが。しかし好みの問題についてもわれわれは対立に陥ることはなかった。というのも私は見事に弟子という自分の役を全うし、彼らは教授の役を全うしていたのだった。とはいえ私は自分自身の嗜好を断固として最優先させていた。それゆえこの教授たちからは否定的に学ぶ、つまりしてはならないことを学ぶことで満足し、しなければならないことは、時と修練と辛抱と自分自身によって学びたいと思っていたのだ。そしてちょうど彼らが当時私を肴に笑っていたであろうように、もしこの学者たちを笑いの種にしようと思えば、彼らのなかからもっとも勿体ぶった御仁の名を挙げることができるであろう。ある者は、悲劇詩作成の手本というよりは助けとして、ブオナローティの『タンチャ』[23]を持参し、それが言葉や書法の宝庫であると言って私に薦めた。それは歴史画家にジャック・カロ[24]を勉強せよと薦めるがごときものであろう。別の者はメタスタジオの文体を悲劇に最適であると推奨した。さらに別の者は別の作者を薦めるという具合だった。結局この物知りたちは誰一人として悲劇を知らないのだった。

やはりピサ滞在中の一七七六年、ホラーティウスの『詩論』を、真実を語り創意に富むその規則を吸収するために、明快で簡潔な散文に翻訳した。さらにセネカの悲劇も夢中で読んだ。その規則がホラーティウスのそれの正反対であることをよく察してはいたのだが、真実を見事に表現したいくつかのくだりに魅了されたのだ。そして私はそれをイタリア語の無韻詩に直すことを試みた。イタリア語とラテン語、さらに詩文化と壮大な表現という二重の訓練をするためだった。そしてこうした試みをするうちに、私はヤンブス格詩と叙事詩[25]の大きな違いを目の当たりにした。その韻律の違いが、台詞詩の組立をその他のあらゆる詩の組立と大いに違ったものにしているのだ。それと同時に明らかになったのは、われわれイタリア人は英雄物については十一音節詩しか持っていないので、無韻の悲劇詩を、他の無韻や有韻の叙事詩や叙情詩とはっきりと区別するために、語順、さまざまな音の切断[26]、強さや短さを際立たせる表現方法、といった工夫をしなければならなかったということである。セネカのヤンブス格詩のおかげで、私はこの事実を納得し、さらに悲劇詩の表現手段を部分的に見つけることができたように思う。つまり、この作家の作品の男性的で勇猛ないくつかのくだりは、その猛烈なエネルギーの半分を、音の少ない、切れ切れの韻律に負うている、ということを理解したのである。さて実際、以下の二つの詩の間に存在するはなはだしい相違に気づかぬほど、感覚、聴覚の欠如した者はいるだろうか。まずは、読者を楽しませ魅了せんとしたウェルギリウスの詩――

踏む四つ足の爪音は、原を砕いてふるわせる。

（『アエネーイス』第八巻第五百九十六行（泉井久之助訳 岩波文庫））

いまひとつは、聴衆を唖然とさせ、威嚇せんとしたセネカの詩。たった二つの言葉で二人の異なる登場人物を性格づけている――

死を与えよ（エレクトラの台詞）

拒絶せんとするなら与えん（アエギストゥスの台詞）

（セネカ『アガメムノーン』第九百九十四行）

こういうわけだから、イタリアの悲劇作家は、もっとも情熱的で激しいやりとりの場面で、登場人物にこのような響きを持つ詩行を言わせるべきではないのだ。たとえこの詩行がわが叙情詩人の書いた見事で荘重な詩行であっても。

無窮の闇の棲み人を呼ぶ
冥界の法螺の掠れた音が。

（タッソー『解放されたイェルサレム』第四歌第三行）

つまり、私はこうした二つの文体の間にはっきりとした違いがあるべきだということを心の底から納得したのだが、われわれイタリア人はどうしても同じ韻律という制限内でその違いを実現しなければならないため、それはひじょうに難しい。そこで、ピサの知ったかぶりたちが、劇作術の基礎やそこで採用されるべき文体に関して講釈しても、私はそれにはほとんど耳を傾けなかった。慎重に、忍耐強く聴いていたのは、彼らの純粋なトスカーナ風言い回しとその文法だった。もっとも彼ら現代トスカーナ人たちは、これについてもあまり手本にはならないのだが。

さてこの間、『クレオパトラ』の上演から一年足らずで、私はさらに三つの悲劇を書きためていた。ここで、これらの悲劇がいかなる原典を持つのかを明かそう。まず『フィリッポ』は、生まれも育ちもフランス語で、つまり構想も起草もフランス語によるものだったが、何年も前に読んだサン・レアルの『ドン・カルロス』[27]という物語の記憶から着想した。これまたフランス系の『ポリュネイケース』はラシーヌの『敵の兄弟』から採った。『アンティゴネー』は初めて外国生まれによって汚されていない作品で、すでにお話ししたベンティヴォリオ版のスタティウスを翻訳した際、その第十二巻を読むことによって生まれた。『ポリュネイケース』にはラシーヌから採ったいくつかの詩節を挿入したし、ブリュモア神父[28]のフランス語訳で読んだアイスキュロスの『テーバイ攻めの七将』からもまたいくつか挿入した。このことが、のちに他作品で扱われた主題を自分が扱うときに、盗作の汚名を着せられぬよう、出来不出来にかかわらずとにかく自作ができるまでは他の悲劇をけっして読まぬ、という誓いを立てるきっかけになった。創作する前に他人の作品を多読すると、無意識に盗み、たとえ独創性を持っていても失ってしまうものだ。こういう理由で私は一年前からシェイクスピアも（そのフランス語訳を必要上読む以外は）読まないことにしていた。しかしこの作家を気に入れば気に入るほど（その欠点のすべてもひじょうにはっきりとわかるようになり）、かえって読むのを控えたいと思うようになった。

『アンティゴネー』を散文で起草し直した後すぐに、セネカを読んで触発され、二つの悲劇『アガメムノーン』と『オレステース』の構想に励んだ。それにもかかわらず、私にはこれらの作品がセネカの剽窃から生まれたとは思えなかった。六月末にピサからフィレンツェに移り、九月いっぱいそこにとどまった。ここではもっぱら話言葉をものにすることに集中した。これは、日々フィレンツェ人と会話するうちにかなり会得することができた。そこでこの時以来、ほとんどいつもこのひじょうに豊かで優雅な言語で思考するようになった。まずはこの言語で巧みに著すために必要不可欠な第一歩をしるしたのだった。このフィレンツェ滞在中に再び『フィリッポ』全文の詩文化を試みた。前回の詩句にはまったく拘泥せず、散文から作り直したのだった。しかし進歩はひどく緩慢であるように思われ、良くなるどころかかえって悪くなるように感じられることもしばしばだった。八月のある朝、私は文学者仲間の集まりで、たまたま実父コジモ一世(29)の手で殺されたドン・グラツィーアの逸話を耳にした。この史実に衝撃を受けたが、これについて記した本は出版されてないのでフィレンツェの公立古文書館を回って写本を手に入れ、そのときからこの話を悲劇として構想しはじめた。一方で、相変わらず詩を書き綴っていたが、どれもこれも生憎の出来だった。そしてフィレンツェにはターナ伯やパチャウディ神父と同じような忠告役の友人はひとりもいなかったが、私もそれなりの思慮分別は持ち合わせていたので、その原稿を誰かに渡すようなことはしなかったし、節度もあったので、めったに人前で朗読することはなかった。とはいえ、詩の不出来で落胆することはなかった。むしろその出来を見て、詩の型を頭に叩き込むにはすぐにも詩の最上の作品を読んで暗記する必要がある、と痛感したのだった。こうしてその夏、ペトラルカやダンテやタッソーの詩句、果てはアリオストの最初の三歌すべての詩句が私の脳に洪水のように流れ込んだ。いつの日か必ずや、こうして呑み込んだすべての様式と句と語が私の脳細胞から滲みだし、私自身の思考や情念と混ざり同化し、私の血肉となるのだ、と固く信じていた。

第三章

研鑽を積むも、実らず

十月にトリノに戻った。それは、わが家を離れたままそれ以上長期滞在するような準備をしていなかったためであって、自分が十分にトスカーナ化されたとおこがましくも考えたわけではなかった。そのほか他愛ない理由もあった。トリノに置いてきた私の持ち馬すべては私の帰りを首を長くして待ち望んでいた。馬への情熱は、私のなかでミューズ、すなわち文学への情熱とこの一年間戦ってきたのだが、まだ負けてはいなかったのである。それに、気晴らしをしたいという気持が再び募り、勉強や栄光への熱はもはやそれほど私を駆り立ててはしなかった。この気晴らしは、立派な家、各種の知己、豊富な馬、あり余るほどの娯楽と友人たちの揃ったトリノでのほうが、トスカーナでよりずっと容易だったのだ。こういったすべての障害にもかかわらず、その冬、私は研究を寸分も遅らせぬどころか、果たすべき仕事量を増やした。ホラーティウス(30)を読破したのち、少しずつそのほかの作家も読み、研究していたが、そのなかにサルスティウスの作品があった。私はこの歴史家の簡潔で優雅な文に心を奪われており、熱心にその翻訳の準備をしていたのだが、とうとうこの冬に実現したのだった。私は多くの、というよりは限りない恩をこの仕事に負うている。何度も書き直し、変更し、推敲した結果、その作品がよくなったかどうかは別として、イタリア語の扱い方の熟達ばかりでなく、ラテン語の理解の点でも確かに得るところがあったと思う。

その間に無二の友トンマーゾ・ディ・カルーゾ神父がポルトガルより帰国していた。私が彼の期待に反して文学の世界にのめり込み、悲劇作家になるというやっかいな目論見に執着しているのを見て、彼は言い尽くせぬほどの深い情愛と思いやりをこめて、多くの言葉で私を励まし、助言し、助けてくれたのだった。この年に知り合ったきわめて博学なサン・ラッファエーレ伯(31)も同様だった。そのほか、私よりも年齢も学識も著作の経験も勝る教養豊かな人々が私に同情し、勇気を与えてくれたのだった。もっとも私の情熱的な性格を考えればその必要もなかったのだが。とはいえ、私はこれらの人々すべてに、なによりも感謝の意を、いまもそしてこれからもずっと表明していくことだろう。それは、彼らが私の許容しがたい傲慢さを温かく受け入れてくれたことへの感謝である。しかし実をいえば、この傲慢さも私が分別の光を取り戻すにつれて、日に日に減じていったのだった。

七六年の終わりには、待ち望んでいた大きな慰めが訪れた。ある朝、私はターナの許を訪れた。彼の家には、私はいつでもどきどきと胸をはずませながら出来立てほやほやの自作の詩を抱えていくのが常であったが、その日はついにソネット一首を携えていったのだった。彼はそれにほとんどけちをつけないどころか、私が初めてソネットの名に値する詩を書いたと、大いに褒めてくれたのだった。それまで一年以上のあいだ、私は自分の駄作の詩を彼に読み聴かせ、絶えず多くの苦悩と屈辱を経験していた。彼はそんな私の詩を、真の寛大な友としていかなる憐憫の情も交えずに酷評し、その理由を述べ、私は彼の論理にいつも納得したものだった。だからこそ想像してもみよ、その常ならぬ、心からの讃辞がなんという甘美なネクタルを私の魂に届けたことだろう。そのソネットはガニュメデス強奪を描写したもので、プロセルピーナの強奪を描いたカッシアーノ[32]のまねしがたい作品をまねて作った。このソネットは、私が出版した自分の詩の第一号となった。讃辞ですっかり気をよくした私は、即座に同じ神話から主題を引いてさらに二作品を、やはり最初の作品同様カッシアーノを模倣して作った。そしてこれらもまた最初の作品に続いて出版したいと考えた。この三作品はすべて模倣という卑しい素性を負ってはいるが、それでも(私の間違いでなければ)ある程度の明瞭さと、いままでついぞわが作品ではお目にかかれなかった十分な優雅さをもって書かれているという長所がある。それで、何年もたってから、変更は最小限にとどめてなるべくそのまま忠実に印刷したいと考えた。このはじめの三ソネットに続いて、あたかもわが身に新しい泉口が開いたかのように、その冬、他にも作品が続々湧き出してきた。もっとも多かったのが恋愛詩だが、愛を込めて記したわけではなかった。純粋に言語と詩の練習として、愛らしく優美な貴婦人[33]の美しさをひとつひとつ明瞭に記述していくのが狙いだった。私の心には、彼女に対する恋の火花が幽かに煌めくことさえなかった。そのことは、これらのソネットが愛を語るというよりは物語を記述するような詩であることに現れているのではないだろうか。しかしながら、詩の出来は悪くなかったから、私は自分の詩集にそれらをほとんどそのままの形で加えたいと考えた。詩術に通じた人々がそれらの詩を読めば、巧みに語るというきわめて難しい術において当時私が徐々に進歩を遂げつつあることを、おそらく見て取ることができよう。この巧みに語る術なしには、ソネットはいくら着想がよくて練られていても、生命を得ることはないのだ。

詩作において明らかに進歩したことと、サルスティウスをひじょうに短くてかなり明瞭な散文に直したこと（といっても、うまく構想された散文特有の、多様でありながら保たれる調和には欠けていたが）によって、わが心は再びあかあかと燃える希望で満たされた。しかし、私が為し、試みたほかのすべてのことと同様に、すべては悲劇に特有で最上の文体を自ら形成することが第一の、そして唯一の目的だった。だから時々、こういった二次的な作業から第一の目的に遡ることを試みるのだった。こうして七七年の春、私は『アンティゴネー』（すでにお話ししたように、約一年前のピサ滞在中に構想しトスカーナ語散文で作成していた）を詩文化した。三週間足らずで書き上げた。私は自分が簡単に詩文化できるようになったように感じ、素晴らしいことをやり遂げたような誇らしい気分になった。しかし、当時毎晩のように仲間で集まっていたある文学の会合[34]でこの作品を朗読するやいなや、私は大きな悲しみとともに自らの間違いを認めた。他の人々は褒めてくれたのだが、私は自分の頭の中で考え抜いていた表現法とあまりにもかけ離れていることに気づいたのだった。そしてその表現はほとんどただの一度も私の筆によって表されることはなかったのだ。教養ある友人たちの讃辞は、この悲劇がそこに描かれた情念と筋の運びに関しては悲劇たることを私に納得させたが、自分の耳と知性は、文体に関しては悲劇になっていないと私に告げていた。そしてこのことに関しては一読して私自身以上に有能な審判となりうる者はほかにいなかったのである。というのは初めて披露される悲劇が本来引き起こす不安、興奮、好奇心は、聴く者が、その者がたとえ高い鑑賞力の持ち主であっても、言い回しにばかり注目することができないように、したがらないように、またしてはならないように作用するからである。そういうわけで最悪の失敗でなければば、見逃がされ、不快に思われもしないのだ。しかし私は自分の作品を隅々まで知って朗読しているから、思考や情念が、真実の、熱い、短い、華やかな表現によって十分に表現しきれなかったり表現しそこなったりすることが多少なりともあれば必ず気づくのである。

そこで、自分がイタリア語による詩文化に関してまだ十分なレベルに達してないこと、そしてそれはトリノでは気が散ることが多く、ひとりきりで詩作と向き合うことが十分にできないためなのだと悟り、即座にトスカーナに、つまり私の考え方をもっとイタリア化できるであろうトスカーナに戻る決心をした。トリノで私はフランス語を話していたわけではないが、わがピエモンテ独特のお国言葉を日がな聞いたり話したりしていては、イタリア語で思考し書くのに望ましくないと思われたのだ。

第四章

二度目のトスカーナ文学旅行。影を落とす愚かで華やかな娘との恋。
ガンデッリーニとの親交。シエナでの創作と構想

五月初旬、いと幸いなる御領国を出立するために通常必要とされる許可を王より得たのち出発。私がこの許可を願い出ると、役人は私がその前年もトスカーナに滞在したことを指摘した。そこで私はこう言った。「それだからこそ、今年もトスカーナに戻るのです。」許可は下りた。しかしその

言葉によってある計画が心に浮かび、想像のなかで膨らんだ。その計画を私はこののち一年たたぬうちに完璧に実行し、そのおかげでそれ以来なんの許可を願う必要もなくなったのである。この二度目の旅行では、前回より長く滞在することにしていたうえに、真の栄光への情熱のなかに少なからず虚栄への妄執を混ぜ持っていたので、もっと多くの人馬を伴に連れていくことを望んだ。それによって詩人と殿様というほとんど相容れない二つの役柄を演じようとしたのだった。こうして馬八頭の行列にそれに必要なお伴を連れてジェノヴァに向けて旅立った。そこから私は手荷物ひとつと小さな荷車だけで乗船し、馬は陸路レリチとサルザーナ方面に送った。幸いこれらの馬は私より先に到着した。私のほうはフェラッカ船でレリチが視野に入る寸前に風に引き戻され、ジェノヴァからやっと二つ目の宿場ラパッロで下船せざるをえなかった。ここで船を降りたが、レリチに戻れるように風向きが変わるのを待つことにうんざりして、持ち物をフェラッカ船に残したまま、シャツ数枚と自分の原稿（これはどんなときも肌身離さず持っていた）とたったひとりの伴を連れてアペニンの山肌に沿う危険な道を宿場伝いに踏破してサルザーナへやって来た。そこで先に到着していた持ち馬を見つけたが、フェラッカ船到着までにはさらに八日間を要した。馬は気晴らしにはなったが、あいにくホラーティウスとペトラルカのどちらも小型本しか持ち合わせていなかったので、サルザーナ逗留には少なからず飽き飽きしていた。この宿場の主人の兄弟である司祭がティトゥス・リーウィウス[35]の本を一冊貸してくれた。この著者の作品は実に学校以来（といっても学校では理解することも味わうこともなかったが）手にとったこともなかった。私はサルスティウス風の簡潔さにすっかり夢中になっていたが、それでもリーウィウスの主題の崇高さ、堂々たる雄弁も十分私の心を打った。そのなかでウィルギニアの一件とイキリウスの燃えるような弁舌を読み、それらにすっかり魅せられて、すぐにその悲劇化を構想した。もしあの忌々しいフェラッカ船を引き続き待つことでいらいらしていなかったならば、一息に起草もできたであろう。そして当のフェラッカ船が到着して、創作は中断した。

ここで、私がとても頻繁に使用している、構想、起草、そして詩文化という三つの言葉を読者の理解のために説明しようと思う。私はいつもこの三つの創作段階を経て悲劇を作り上げるのだが、この三つの段階を経ることで、多くの場合時間の恵みを得ることができた。この恵みこそは大切な作品を熟考するのに必要不可欠なものである。というのも作品ははじめの出来が悪いと、直すのがひじょうにやっかいなのだ。まず私が呼ぶところの「構想」において、幕と場に内容を配分し、登場人物の数を定め、二枚の紙切れに各場ごとの台詞や動きのあらましを散文でメモ書きする。次に「起草」と呼ぶ段階で、その書付けを再び手に取り、そこに簡単に示された筋書に従って各幕を散文で綴り、悲劇の全体像を著す。このときは思いつくますべてを、表現の仕方には留意せず、衝動のありたけをこめて書き綴る。最後が「詩文化」と呼ぶ段階で、単に散文を詩に変えるのみならず、冷静な判断力をもって、一気に書き下ろした饒舌な文のなかから最良の考えを選び取り、それを読み応えのある詩にする。それに続いて、ほかのすべての著述と同様に、順次推敲し、取り除き、変更しなければならない。といっても、もし構想、起草の段階で悲劇たりえなければ、あとでいくら苦労したところで絶対に悲劇にはならない。私はこのメカニズムに従って、『フィリッポ』をはじめとするすべての劇作を行ってきた。その結果このメカニズムの三段階の初めのふたつ、すなわち構想と起草が創作の三分の二以上を占めるのだという確信を得た。実際、まず各場の配分をしてから、それを忘れるぐらい期間をおいたのち、その書付けを再び手にとる。そのときもし、私の心の内に嵐のように思考と感情がわき上がり、いわば力ずくで私を急き立てて書かせるならば、そのようにしてできた最初のスクリプトを主題の肝要な部分を掘り当てたものとして受容する。ところがもし、最初に構想したときと同じかそれ以上の感激が甦らなければ、スクリプトを変更するか燃やしてしまう。最初の構想を受容してしまえば、起草は速い。一日に一幕か時にはそれ以上進み、それより少ないことは稀であった。そしてほとんどいつも六日目に、悲劇は作られたというよりは誕生したのだった。このように自らの感覚のみを頼りにし、激情に駆られて縷々と綴ることができなかったものは、すべて完結しないか、たとえ完結してもけっして詩文化することはなかった。例えば『カルロ一世[36]（シャルル一世）』がそうだった。これは『フィリッポ』の直後にフランス語で起草しはじめたが、第三幕の途中を起草しているときに心も手もすっかり萎えてしまって、筆を続けることができなかった。『ロメオとジュリエッタ（ロミオとジュリエット）』も同様だった。このときは起草は完結したが、苦労して休み休み書いたのだった。それから数カ月してその不出来な草案を手にして読み返すと、心の底から悪寒が走り、すぐさま自らに対する怒りが燃え上がり、それ以上退屈な草案を読み続けるのはやめて炎に投じてしまった。ここで私が長々と披露したこの手順を踏むことによって、おそらくは次のような効果が生じた。つまり、私の悲劇は総じて、自分で気づいている少なからぬ短所やそうと気づかぬ多くの短所があるにしても、それ自体ひとまとまりのものとして一気に創作されている、少なくともそのように見えるという長所を持つのだ。それによって第五幕のいかなる言葉も思考も行動も第四幕のそれと一致し、さらに第一幕の冒頭の詩行まで遡って一致する。そしてこのことによって、なによりも必然的に聴衆の注意を惹きつけ、上演に熱がこもるのだ。こうして悲劇が起草されてしまえば、著者に残されているのは、冷静に玉石混淆のなかから玉を選びぬいて詩文化することによって、詩行を紡ぐ際に通常払われる配慮や洗練へのあくなき情熱が、激しい情念に満ちた事柄を構想し起草する段階で盲従せねばならなかった激情と興奮を少しも損なわないように配慮することだけなのだ。もし将来私のあとに続く人が、この方法によってもっとも効果的に自らの意図を達成することができたと私を評価するなら、ここで話が少し脇道に逸れたことも、ことによるといつの日か文学の道を志す誰かの役に立つかもしれない。たとえその方法で私が間違っていたとしても、ほかの人がもっと良い方法を編み出すのに役立つであろう。

話を元に戻そう。首を長くして待っていたフェラッカ船がようやくレリチに到着した。私は自分の持ち物を取ると即座にピサに向けてサルザーナを発った。例のウィルギニアは私の詩情をますます掻き立てていた。その題材がとても気に入っていたのだ。ピサには今回はあらかじめ二日以上はとどまらない心づもりだった。その理由のひとつは、シエナなら人々の言葉遣いもより正しく、外国人もより少ないから、私のイタリア語がもっと上達するであろうと淡い期待を抱いたことだった。いまひとつは前年のピサ滞在中に、ある美しい貴族の令嬢にほとんどのぼせあがっていたことである。彼女の家もまた裕福で、私が彼女を妻にと願えば彼女の両親も承諾したであろう。このときは、トリノで私の代わりに義兄がある娘を請うたが断られた数年前に比べて、私もずいぶん成長していた。ところが今度は私が求婚を望まなかった。相手も私を望んでいると思われたし、性格もその他の点でも私に合っていたし、ひじょうに気に入ってもいたのだ。しかしトリノの一件以降の八年あまりの年月、良かれ悪しかれヨーロッパ中をほぼすべて訪れて広めた見聞、私の背に取り憑いている栄光への野心、勉学への情熱、そして大胆で真実を語る著者となるために是が非でも自由でいたい、あるいはなりたいという希望、といった事柄すべてが私にさらに先に進むよう激しく急き立てていたのだ。そして心のなかでこういう声が響いた。専制政治の下では一人で生きるので十分かそれでも過ぎるほどなのだ、と。つまり、夫や父になるなど、できもしないししてはならない、と叫んでいたのだ。こういうわけで私はアルノ川を過ぎ、そのままシエナへ赴いた。選んだのがたまたまこの地だったことを私はいまでも感謝している。というのもこの町で私は六、七人のおしゃべり仲間に出会うことができたのだ。彼らはそれぞれ、これほどちっぽけな地方によくぞというほど思慮分別があり眼識を備え教養豊かだった。なかでもフランチェスコ・ゴーリ・ガンデッリーニ(37)がずばぬけていると思った。彼について、私はこれまでさまざまな書物のなかで幾度も書いてきたし、これからも、彼の大切な思い出は私の心を片時も去ることはないだろう。彼と私は、性格に似ているところがあり、同じ考え方と感じ方(といっても、彼を取りまく環境と私のそれとのひじょうに大きな違いを鑑みると、彼のほうが数倍貴重で、称讃されるべきなのだ)を持ち、同じ情熱に溢れる思いを互いに打ち明けたいと願っていたので、二人は急速に真の熱い友情で結びついた。この純粋な友情の神聖なる絆は、当時もそしていまも私の考え方、生き方において第一の必需品である。しかし自らの内気で狷介で厳格な性格のために、現在も、そして生きているかぎりこれからも、私が他の人の心に友情を呼び起こすことはめったになく、他人へ自分の友情を注ぐことにもとても慎重になってしまうのだ。これがわが生涯にひじょうにわずかの友しか持たなかった理由であろう。しかしその友人たちすべてが私よりはるかにすぐれ、尊敬に足る人物であったことを私は誇りに思っている。私は友情に、人間の弱点を互いに吐露すること以外いっさい求めなかった。それは、友の思慮と愛情が、私の内にある称讃すべきではない弱点を軽減し改善し、反対に称讃すべきわずかな弱点を強化し昇華するためであった。称讃すべき弱点とは、それによって人が他人のために役立つことができ、また自分は名誉を得ることができるような点のことである。作家になりたいという希望を持つことは、この称讃すべき弱点なのだった。そしてこの点に関してもっぱら、ガンデッリーニの寛大にして熱烈な助言が私に少なからぬ助けと刺激を与えてくれたのだった。この貴重な友の評価に値する人間になりたいというきわめて強い願望のおかげで、まもなく私は心の柔軟性と知性の機敏さを、ほとんど初めて獲得した。そしてこの願望ゆえに、私が彼に相応しい、あるいは相応しいと思えるような作品を何か書かずにはいられなくなった。自分の知力、創作力を心ゆくまで発揮することができるのは、彼のような好ましく尊敬に値する他人によって、私の心が満ち足り、私の魂がしかと支えられているときだけだった。反対に、この世でほとんど唯一のこうした支持を自分が受けていないとわかると、他の誰にも自分は無用で好かれないのだと思い、落胆し、幻滅し、この世のすべてが嫌になり、作品を燃やしてしまうのだった。そんなことが頻繁に起こったので、私は何日も、さらに何週間も、本もペンも手にしようとせず、また手にすることができなかった。

そこで、ゴーリ氏ほど尊敬に値すると思う人物の称讃を獲得し、それに応えるために、私はその夏、いままでよりはるかに熱心に勉学に取り組んだ。彼は私に、パッツィ家の陰謀(38)を悲劇化してはどうかと言ったが、私はその史実を知らなかった。そこで、彼は私に他のどの歴史家よりもマキアヴェッリの著作[39]で調べることを勧めた。こうして、不思議な縁で、まもなく私のもっとも熱愛する作家の一人となるこの神に均しい著者の作品が、私にとってやはりとても大切な友人であるダクーニャから以前にもたらされ、そして再び、そのダクーニャと多くの点で似ているが、さらに博学で教養の高いもうひとりの真の友からもたらされたのだった。そして実際、わが土壌はこの種を受け入れ結実させるのに十分な準備はできていなかったにせよ、その七月にはマキアヴェッリ作品のこの陰謀のくだりやその他の多くの節をあちらこちら読んだのだった。その結果、私は即座にこの陰謀を題材とする悲劇を構想したばかりか、マキアヴェッリの独創的で含蓄あるもの言いに取り憑かれ、ほんの数日後には、他のあらゆる勉学をうち捨てねばならぬという気になり、急かされるように、強いられるように一息で『専制論』二巻を書き上げた。これは後年[40]、ほとんどそのままの形で出版した。これは忌むべき世の抑圧の矢に、幼少よりさらされ傷つけられてきた魂の叫びの噴出であった。もし、もっと成熟した年齢になって再び同じ主題を扱わねばならなかったならば、おそらくもっと学識豊かに、私見を史実で補強しつつ著したであろう。しかし後年出版する段階で、この本のなかにある若さに満ちた、高貴で正当な怒りの炎が、年齢とともに獲得する冷静さや自分の狭い知恵へのこだわりによって弱められてしまうのを、私は望まなかった。この炎はその作品のどのページにも、つねにそこを統べるある確かで切実な分別を置き去りにすることなく、燃えさかっているように思われたのだ。もし誤りや誇張があっても、それが若さゆえの未熟さによるもので、悪意がなければそのままにしておきたかった。これを著したのは、下心のためでも、私怨をはらすためでもなかった。私の感じ方は間違いか偽りだったのかもしれないし、もしくは熱情に過度に駆られていたのかもしれない。しかし真実と正義に対する熱情に、過度ということがあろうか、とりわけ、ほかの人のそういった熱情に共感し一体化するようなときには。私はこの著書のなかで私の感じたままを語った。おそらく、感じたほどには語っていない。そしてその燃えたぎる青春時において、判断することと省察することは、おそらく、純粋にひたすら感じることにほかならないのだ。

第五章
相応しい愛が、ついにわが身を永遠に捕らえる

私は、専制政治に対して、生まれてこのかた長年にわたって激しい憎悪を抱いてきた。しかしこうして書くことによって、その深い憎悪から私の魂は脱出することができた。そしてすぐに、心は再び劇作品に向かった。この駄作、つまり『専制論』のほうは、わが友ゴーリ氏とその他ごくわずかの友に読んで聴かせたあと、封印し、しまいこんで、何年も忘れていた。私は悲劇のペンを再びとり、一気に『アガメムノーン』、『オレステース』、『ウィルギニア』を起草した。『オレステース』については、起草する前に躊躇が生じたが、そもそも小さな取るに足らないもので、友が悠々その躊躇を払ってくれた。この悲劇は前年にピサで構想していた。セネカによる最悪な『アガメムノーン』を読んで、同じ題材で自分も書きたくなったのだった。ところが、その後の冬のある日、トリ

ノにいた私はわが蔵書を次々ひもとくうち、たまたまヴォルテールの悲劇のひとつの巻を開いた。そして最初に目に飛び込んできたのが『オレステースの悲劇』という文字だった。私は即座に本を閉じた。近代作家のなかにかような競争相手を見出していら立ったのだ。ヴォルテールによるこの悲劇の存在を、私はそれまでまったく知らなかった。そこでこの作品について数人に尋ねてみたところ、この作家のすぐれた悲劇作品のひとつであるということだった。それを聞いて、この題材を作品化しようとする意欲はすっかり萎えてしまった。さて、上述のように私はシエナの地にあって、剽窃を恐れてセネカ作品はまったく開かずに『アガメムノーン』の起草を終え、そしてまさに『オレステース』の起草に取りかからんというところである。私は友に事情を話して、ヴォルテールの『オレステース』を貸してくれるよう頼んだ。さっと目を通して、自作品を創作すべきかいなかを決めようと考えたのだった。ゴーリ氏はそのフランス人による『オレステース』を貸すことを拒み、こう言った。「ヴォルテール作品を読まずに、自分の作品を書きなさい。そうしてできた作品は、ヴォルテール版『オレステース』より不出来かもしれないし、上出来かもしれないし、あるいは同じような出来かもしれない。しかし、それがどうであれ、もしあなたが悲劇作家になるために生まれたのなら、あなたの作品はあなた自身の作品であることに違いないのだから。」私はその言葉に従った。そしてこの価値あるすぐれた助言はこれ以後私の流儀となった。つまりすでに近代の作家が取り上げた題材を扱うときはいつも、自作の起草や詩文化を終えるまではけっして他の作家の作品を読まないことにしたのだった。そしてもし舞台で観た場合は、すべて忘れるようにした。あいにく覚えている場合には、できるかぎり覚えているのと正反対にするように心がけた。それによって、全体の表情も、悲劇の筋の運びも、たとえ出来は良くなくても、少なくとも完全に私自身のものだと感じられたのである。

この五カ月間のシエナ滞在は、こうして私の知性と魂にとってまさにひとときのバルサム剤となった。そしてすでに述べたいくつかのこうした創作に加えて、シエナでもラテン語の古典研究をたゆまず続け、成果をあげることができた。なかでもユウェナーリス[41]は私に大いに衝撃を与え、その後ホラーティウスに劣らず繰り返し読んだ。しかし冬が近づくと、シエナはまったく快適ではなくなった。私は相変わらず若者特有の場所替え癖が治っておらず、十月にフィレンツェに行くことにしたが、そこにとどまって冬を過ごすのか、それともトリノへ帰るのかは決めかねていた。さて、私が一カ月ほど苦労してなんとかフィレンツェに落ち着くことができた矢先、ある事件が起こった。そのために私はこの地にその後何年もとどまることになったのである。そしてその事件のために、私は幸いにも永久に故国を去って移住することに決め、新たに、自発的でかけがえのない人間関係を結び、それによって真の最終的な文学上の自由を獲得したのである。その自由がなかったならば、たとえ創作してもすぐれた作品はひとつとして生まれなかったであろう。

すでにお話ししたように、私は前年の夏もずっとフィレンツェに滞在していたのだが、その夏以来、私が意図したわけでもなくたまたま、あるひじょうに家柄の良い美しい貴婦人[42]を幾度か目にすることがあった。そのうえ彼女は外国人で目立っていたから、彼女を見逃したり見過ごしたりすることはありえなかった。それに、彼女を眺めたり目にした人は、必ずや彼女を気に入るのだった。しかしながら、フィレンツェの紳士諸君の大部分や外国生まれの紳士皆が彼女の家を訪れていたにもかかわらず、生来はにかみやで引込み思案の私は研究と寂寥感にうち沈み、女性のなかでも自分がもっとも好ましく美しいと思う女性を、ますます必死で避けるのだった。そういうわけで前年の夏には彼女の家に私が招待されることはまったくなかったが、劇場や散歩道で彼女を偶然目にすることはしょっちゅうだった。私の目と心に同時に焼きつけられた第一印象は実に心地良いものだった。甘美で燃えるような漆黒の瞳と、透き通るような白い肌や金髪との稀な取合せが彼女の美しさを際立たせていた。その美に心打たれ、虜にされずにいることは困難だった。年齢は二十五歳、美術や文学への強い嗜好と、気高い性質の持ち主だった。その一方、裕福ではあったが、苦悩に満ちた家庭状況のために彼女はしかるべき幸せも得られず、満たされないままだった。これらすべてが、立ち向かうにはあまりにも高い壁だった。

　その秋、私は幾度も知人に彼女の家を訪れるよう勧められて、なんとか勇気を奮って行くことにした。いつのまにか彼女の虜になっている自分を見出すのに、長くはかからなかった。しかしながらこの新しい恋の途を進むかいなか決めかねて、十二月には馬に乗り宿場町伝いにローマを訪れた。馬鹿げたひどく疲れる旅だった。この旅の唯一の成果はローマを歌ったソネット[43]で、私がどんちゃん騒ぎの安酒場で一睡もできずに一夜を明かしたときに作ったものだった。往復と滞在で十二日間ほど費やした。シエナには往きと帰りの二回立ち寄り、わが友ゴーリ氏に再会した。彼は、私の新たな恋を思いとどまらせようとはしなかった。すでにわが身の半分以上がそのなかに捕らえられているのだった。そしてフィレンツェに戻るとまもなく、その恋は私を永遠に捕らえた。しかしこの四度目にして最後の恋の病は、進むにつれて私にとって幸いなことにいままでの三つとはかなり違った症状を伴っていることが明らかになっていった。以前の恋では、知的情熱に駆られている自分を見出すことなどなかった。その知的情熱とは、心の情熱と均衡し混ざり合い、(詩人ダンテの表現を借りれば)「えも言われぬ未知の」[44]混合体を形成するのだが、けっして性急で衝動的なものではなく、むしろより深遠で誠実で長続きするような情熱なのである。そしてこの最後の恋の炎はそのようなものであったから、これ以降次第にわが情念と思考の極みに座を占めるようになり、いまや命とともにでなければ、燃え尽きることはないのである。二カ月がたち、私は彼女こそ私が仕えるべき真の女性であると見定めた。というのも、彼女のなかには、すべての俗な女たちの内に見出すような文学の栄光への障害、有用な仕事への邪魔立て、思考のいわば卑小化といったものの代わりに、あらゆる美しい作品への鼓舞と励ましと手本を見出したからだった。そして、これほど類稀な宝を知り、それをかけがえなく思った私は、身も世もなく彼女にのめり込んでいった。そして確かに私は間違っていなかった。というのはその十二年後、つまり私がこの雑文をしたためているいま、私はすでに苦い幻滅の季節にさしかかっているのだが、時のうつろいに彼女本来の美点ではない束の間の美貌が褪せていけばいくほど、彼女への愛の炎はいや増すばかりなのだ。それどころか彼女の許にあるわが魂は日に日に、高まり、和らぎ、善くなっていくのだ。そして信ずるところをあえて言うなら、彼女の魂もまたしかり。おそらく彼女も私の許でその魂を支え、強化しているのである。

第六章
全財産の姉への贈与。二度目の倹約

こうして私は幸せのうちに、つまり、ついに目的と支えを見出した人が持つような、安らかな落ち着いた心をもって仕事に取りかかった。心はすでに、少なくともわが貴婦人がその家にとどまるかぎりは、もうフィレンツェから動かぬことで固まっていた。そこで、いまこそ私が長いあいだ温めていた、つまり心のなかで素描していた設計図を実現する時がきたのだ。わが心がかけがえのない人の許に根をおろしたいま、それを是が非でも実現しなければならなくなったのである。

生まれながらの隷属的な身分の束縛は私にとってつねにひどく重く感じられたし、意にそまないものだった。とりわけ、王から封土を賜った貴族だけが、わずかな期間でさえ御領国を離れる際、必ず王に許可を願い出なければならないのは、羨望に値しない特権があっても我慢のならないことだった。(45) しかもこの許可を得るには、担当役人がなにかしら異議を唱えたり粗野な態度をとったりすることがあったし、許可に制限が加えられるのもいつものことだった。私はこれまで四、五回出国許可を願い出なければならなかったが、毎回許可は得られたものの、許可を必要とすることは不当に思われ(貴族の長男以外の息子も、いかなる階級の市民も、もし王に雇われていなければ許可を得る必要はなかった)、私が成長し顎鬚が立派になるにつれ、それに屈従することにますます嫌悪感を募らせていった。最後に願い出た許可については、前に触れたように不愉快な言葉をかけられつつ得られたもので、喉まで出かかった文句をなんとかこらえるので精いっぱいだった。それに加えて、私の著作は日に日に増加していた。『ウィルギニア』はその主題の要求するしかるべき自由と力を享受しつつ、起草を終えていた。『専制論』は、あたかも私が正当で真に自由な国に生まれ育った者であるかのように起草したのだった。さらに、タキトゥスやマキアヴェッリ、そしてその他の少数の、彼らに劣らず崇高で自由な著者の作品を、読み、味わい、生き生きと感じていた。そして、自らの境遇の実態と、トリノにとどまって出版すること、あるいは出版しつつトリノにとどまることの困難さとを知り、深く思いを巡らしたのだった。その結果残念ながら、われらが法制下（のちに引用する）[46]の臣民であるかぎり、私がどこにいようと領国外で出版するにも多くの災難と危険が伴いうるということを悟った。さらにこれらの軽微ならぬ明白な理由に加えて、新たな恋の情念が私を捕らえ、多くの幸福と有用性をもたらしたのだった。こうしたことから私は、できるかぎり脱ピエモンテ化するという大事業に、最大限の根気と熱意をこめて取り組むことと、いかなる犠牲を払っても天が誤って私に割り当てた郷里を永遠に捨てるということに、何の疑問も抱かなかったのである。

実現方法は一つならず心に浮かんだ。ひとつは、年ごとに許可を願い出て延長するという方法。これは穏当ではあるが不確かさを伴っていた。私は他人の恣意によるという点でとうていこの方法を頼みにできなかった。いまひとつは、本心を押し隠したまま、屁理屈を並べ策を弄し、裏取引やそれに類する代償の支払いをてこに、自らの企てを実行し貴族の監獄から逃げ出す方法。しかしこの方法は卑怯なうえ不確実であり、まったく私の気に入らなかった。気に入らないのは、おそらく、この方法が過激でないせいもあったろう。そのうえ、私は性格的に物事の最悪を想定するたちで、この件に関して明白な決定を早めに下すことを強く望んでいた。いずれにせよ早晩しなければならないことでもあり、さもなければ、私は真実を語る自立した著述家という名誉を放棄しなければならないのだった。そこで、国外で暮らし出版することによって自分の本分を全うすることができるのかどうか、事情を吟味し見定めることに決め、それに精力的に取り組んだ。私はまだ若かったし大いに血気盛んだったが、この件に関しては賢明だった。もし万が一（私が生まれついたのは専制的な政府の治下なので可能性がひじょうに低いのだ）、それでも万が一折良くそれももっとも穏当な著作を国外で出版することができたとしよう。するとそれによって事情は確実にかなり険しいものになる一方、相変わらずわが生活、わが栄光、わが自由はかの絶対的権力の御意のままなのだ。そしてその権力は、手に負えないほど並外れて自由なわが思想、著述、行動によって当然気分を害し、したがって私がその権力から独立しようとする企てがお気に召すはずは絶対になかろう。

当時、ピエモンテにはこのような法があった――「また、いかなる者も検閲者の許可なくわが領国外で本、その他の著作物を印刷することを禁ず。違反者は六十スクード(47)かそれ以上の罰金刑、さらに状況次第では見せしめとして体刑に処す。」さらにこの法に加えて、次のような法があった――「わが領国内の臣民は、書面による許可なくして当領国を離れることあたわず。」この二つの足枷の狭間で、私は同時に臣民であり著述家であることはできない、という結論を出すのは容易である。そこで私は著述家たることを選択した。策略と遅滞をとみに嫌う私は、わが非臣民化のためにもっとも短くてもっとも平坦な道をとることにした。すなわち、私の不動産はすべて、封土として与えられたものも、自由に所有するものも（これは全体の約三分の二以上にあたる）、私の血縁上の相続人で、以前述べたようにクミアーナ伯に嫁いでいる姉ジュリアに生前贈与するという方法である。そして、この決定的で撤回不可能な方法を実行に移した。ただし私の手許には、ピエモンテの一万四千リラ、すなわちフィレンツェの千四百ゼッキーニにあたる年金を確保しておいた。これは当時の私の総収入の半分をわずかに超えるほどの額であった。そして、私はその残り半分を失うことに、あるいはその半分で自らの見解の独立性と、自らの滞在地の選択と、書く自由を買うことに、大いに満足だった。とはいえ、こうした事項を確実に完全に果たすために私は多くの煩わしさや面倒を味わった。というのも煩雑な法的手続があり、遠隔地から手紙で処理することもあり、必然的にかなりの時間を要したのだった。これに加えて、慣習どおり王の許可も必要だった。このまったくもってありがたい国ではどんな個人的なことにも王が関与するのだ。そこで義兄は自分自身と私のために、私の贈与を受ける許可と、いかなる国に私が居合わせても私の許に年利を支給するお墨付とを、王から得た。私の贈与の主たる理由が、この国にもはや居住しないという決心であったことは、どんなうすぼんやりした人の目にも明らかだった。したがって国外に居住する許可を政府から得ることが肝要だったが、海外への年金支給という点で政府の胸三寸でいつでも反対される可能性があった。しかし、幸いなるかな、当時の王(48)は私の思想をよく知っていて（私は自分の思想を王に少なからず仄めかしていた）、彼は私をとどめるよりも行かせることのほうを格段好ましいと考えていた。そこで王は即座に私のこの自発的な権利放棄を承諾し、かくしてふたりながらすこぶる満足したのだった。すなわち王は私を失うことに、そして私は自らを取り戻すことに。

しかし私への敵意を和らげるために、あるいは自らを顧みて私ほど脆弱でも幼稚でもないと思われるすべての方に私を陰で笑っていただくために、私のかなり変わったところをここに付け加えておくのがよかろう。観察眼のある思慮深い人ならば、私の常なる直情径行ぶりと対になっているかなり変わった点を見出すことだろう。さらに、この変わったところというのは、人間が、あるいは少なくとも私が、自分のなかに巨人と小人を併せ持っているということだと、見破るだろう。だからこそ、私は『ウィルギニア』と『専制論』を同時に執筆していたのであり、あれほど激しく自らの素性の鎖を揺すり、解いておきながら、国外にあってもう四年も伺候していないサルデーニャ王の制服を着続けていたのである。それではもし私が制服を身につける理由を忌憚なく告白したら、賢い方々は何と言うであろう。それは実は、この服を着ていると身体がとてもきびきびと格好良く見えると、自分で思い込んでいたからなのだ。読者よ、笑わば笑え、それだけの理由があるのだから。さらに、その理由に付け加えていただこう——私は、幼稚にもさしたる理由もなく、自分の目よりも人の目に自分が美しく映るほうを好んでいて、このような行動に出ていたのだ、と。

結局、この件が決着するには延々と七八年の一月から十一月までかかった。というのは、次に第二の取決めとして十万ピエモンテ・リラの元手から五千リラの年利を姉が換金して私に送金する件を交渉のテーブルに載せ、決着したのだった。この件に関しても、第一の取決め以上に困難をきわめた。しかし最終的には、王はこの額を私に送金することを、またしても承諾した。その後、私はその額を他のいくつかとともにフランスの、あてにできない(49)終身年金のひとつに移した。それはなにも私がサルデーニャ王よりもキリスト教国王（フランス国王の尊称）のほうを信頼していたからではなくて、わが財産を二つの異なる専制君主国に分ければ幾分かは危険も分散するし、この方法によって財産自体でなくても少なくとも知的活動とペンを救うことができるかもしれないからだった。

　この贈与は私にとって決定的で重要な転機であり、それを考えついたこととその結果をその後つねに神に感謝していたのだが、その進行について件のわが貴婦人には、主たる手続が確定し完了するまで知らせなかった。私は彼女の繊細な魂を、私をそのことで責めて非難し私の利益に反してそれを阻もうとするのか、あるいはその逆にそれを称揚し受け入れるのか（それはある面でわれわれの相互の愛をますます確実に長続きさせる効果をもつのだが）、という瀬戸際に追いつめたくなかった。というのも、私のこの決断によってのみ、私は彼女を二度と手放さないですむのだから。彼女はこのことを知ったとき、彼女らしい無垢な無邪気さで私をなじった。しかしもはや阻止することはできず、彼女はやがて心を鎮め、私が黙っていたことを許した。そしておそらくは私を以前にもまして愛し、あらためて見直したのだった。

　この間、私は手紙を次々にしたためてはトリノへ送っていた。諸々の実務的、あるいは法的、あるいは親族間の、面倒や雑事を片づけるためだった。ピエモンテ脱出のためにはどんなことがあっても後戻りはしないと心に決めた私は、トリノに残してきたエリアにすべての家財と貴金属類を売り払うよう命じていたのだった。彼は二カ月間、自分の裁量でこの件に取り組み、私に合計六千ゼッキーニ余りの売上をもたらしたので、私はすぐに彼にその売上を手形でフィレンツェに送金するよう命じた。ところがどういうわけかわからぬが、この売上高を知らせる手紙から、私がその返信で彼に手形を送るようにと与えた任務の遂行までに三週間以上もかかり、その間彼からも誰からも音沙汰なく、銀行からの通知もなかった。私はそれほど疑り深いたちではないが、これほど差し迫った状況下で遅れるのはエリアほど仕事が迅速で正確な者にしては奇妙で、私がいくらか疑いを抱くのも無理なかった。こうして、心のなかに少なからぬ不信が芽生え、私の想像力は（いつも盛んに活動している）、起こりうるいくつかの事のうち、損害発生をあたかも本当に私の身に起こったかのように紡ぎ出したのだった。そこで二週間以上というもの、私は自分の六千ゼッキーニは、私が至極当然にそれまでずっと抱いてきたエリアへのきわめて高い評価もろとも、空中に霧散してしまったと固く信じていた。当時私には、この状況に加えてもうひとつの事情があった。姉との案件もまだ解決していなかったのだ。義兄が繰り返し繰り返し屁理屈を、それも個人的な異議申し立てを王の名と権威の下に私に書いてよこしていた。私はとうとう彼に怒りと軽蔑をこめてこう返信した。もしあなた方が「贈与された」のをお気に召さぬなら「取得した」となさるがいい、と。そして、私はいずれにせよもう二度と戻らぬつもりだから、あなた方のこともその金銭のことも王のことも私にはどうでもいいことで、あなた方がすべてを獲得して、それで事を終わらせるがいい、と。私の国外永住の決意は堅く、そのためには物乞いをしてもいいと思うほどであった。こうして、姉との一件ではすべてに信用がおけず、一方家財の売却益に関してもなんら確信が持てぬ状況で、私は最悪を夢想し目前にわびしい貧窮生活を見ながら日を送っていたのだった。やがてようやくエリアから手形が到着して私はわずかながら金銭の所有者となり、もはや日々の糧の心配をする必要がなくなった。そんな貧窮の妄想のなかで、私が口に糊する最上の職と思われたのが、馬の調教だった。私は調教が得意であった、少なくともそうだと自負していた。それにこの職は人に媚びへつらう必要があまりない。加えてこの仕事なら詩人としての仕事と両立しやすいはずだとも考えた。悲劇は宮廷でより厩でのほうが容易に書けるのだから。

しかし、こういった実際上というよりはたぶんに想像上の不如意に陥る前に、私はすでに、私付きの一人とコック一人以外の使用人すべてにいとまを取らせていた。そして、この二人もほどなく解雇した。すでに食費はかなり控えめであったが、これ以降さらに贅沢を慎み、ごく質素な生活を送ることとなった。ワインやコーヒーといったものは完全に断ち、米とゆで肉かロースト肉だけというひじょうにつましい食事にした。そしてこれを何年も続けたのだった。持ち馬については、そのうち四頭は出立時にトリノに残してきた馬と一緒に売るために送り返し、残り四頭はフィレンツェの紳士たちに一頭ずつ贈った。彼らは単なる知合いで友人ではなかったが、私よりだいぶ腰が低く謹んで受け取ってくれた。衣服も同様に皆、召使にやり、その後、例の制服もあげてしまった。それで晩には黒服を、昼間にはトルコブルーの服を身に纏うようになった。この二色はその後肌身から放すことなく、これから墓まで私の身を包んでいくことであろう。ほかのすべての面でも、ことほどさように次第に必要最小限にまで厳しく節約するようになり、気づいてみれば、私はすべてを与えていながら同時にけちであるという状態になっていたのだった。

起こりうる最悪の事態に備えて万端準備を整え、なけなしの六千ゼッキーニを即座にフランスの年金のひとつに入れた。節約も自立も、私の極端に走る性格ゆえに次第次第に突き進み、毎日新たに削る品を考え出して、ほとんど吝嗇という段階にまで陥った。私が「ほとんど」とつけたのは、そうはいっても相変わらずいつもシャツは取り替えていたし、ないがしろにしたのは人品ではなくて、胃袋だったからだ。もし胃袋が私の伝記を書いたなら、「ほとんど」はことごとく取り除いて、おそらく「彼ははなはだ吝嗇になった」とでも書くであろう。心も知性も堕落させるこのひどく忌々しく卑しい病の発作は、二度目のことであり、できればこれが最後であったと思いたい。しかし、確かに毎日何かしら自分に禁じたり減らしたりすることに異様にこだわってはいたものの、それでも本にはずいぶん注ぎ込んでいた。こうして当時われらが言語であるイタリア語のほとんどすべての蔵書と、ラテン古典のもっとも美しい版の写本を収集したのだった。そしてそれらを次々に、繰り返し手に取ったのだが、あまりにせっかちに欲張ったために、もし心静かに読んで、その注釈も読み通せばふんだんにもたらされたであろう果実も私には実らずじまいだった。私が注釈を読むようになったのはずいぶんあとになってからで、当時はそれを読んでじっくり考えるよりは、若気の至りでやっかいなものと推測して、わざと無視するのが常だった。

財産問題に忙殺されたこの一七七八年のあいだ、執筆活動は、放棄されていたとは言わないまでも、没入せざるをえない反文学的な多くの雑事に邪魔されていた。当時の主要課題、つまりトスカーナ語修得に関しても、私は新たな障害にぶつかっていた。というのはわが貴婦人は当時ほとんどイタリア語を解しなかったので、私は再びフランス語を使わざるをえず、彼女の家では絶えずフランス語を話したり聞いたりしていたのだ。だから一日のうち、彼女の家にいる時間以外には、聞いてきたフランス語をわれらがイタリア十四世紀の上質でたいくつな散文作家たちの作品で解毒するように努め、この目的に関して詩的でないまったくもって愚かしい努力をしていたのだった。それでも私はこの困難を少しずつ克服していった。愛しい彼女が、イタリア語を話すこと同様読むことも完璧に習い覚えたのだ。それもイタリア語に取り組むどんな外国の女性も達しないほどの上達ぶりだった。それどころか彼女は、トスカーナ以外の生まれのイタリア人女性より格段にいい発音で話したのだ。というのも彼女たちは皆、ロンバルディア生まれであれヴェネツィア生まれであれナポリ生まれであれローマ生まれであれ、甘美に震えるトスカーナのアクセントを聞き慣れた人の耳にはそれぞれに耳障りなイタリア語を話すのだから。しかし、こうしてわが貴婦人がすぐに私とはイタリア語以外では話さなくなったとはいえ、つねにアルプス以北の言葉で溢れる彼女の家はやはり私の貧しいトスカーナ語にとって相変わらず試練であった。そういうわけで他の幾多の苦難に加えて、フィレンツェに三年近くも滞在していながらトスカーナ語の響きよりもフランス語の響きにどっぷりと浸からざるをえないという不運に見舞われたのだ。そして来し方を振り返れば、私にはほとんどつねにフランス語風な非純正語法がついてまわる運命だった。だからもし私が正しく、混じり気なく、トスカーナ語風の香漂う文を（それでいて気取りも不躾さもなく）綴ることができたならば、障害の数々を考慮して二倍の称讃を得てしかるべきであろうし、反対にもし書き損なえば、そこにはそれ相当の斟酌すべき事情があるのだ。

第七章
フィレンツェでの猛勉強

七八年の四月、『ウィルギニア』の詩文化を終了し『アガメムノーン』もほぼ終了したのち、短期ながら強い炎症性の病に罹った。この病はアンギーナ(50)を伴い、そのために医者は瀉血せざるをえず、よって病後の回復がおくれ、その後も引き続き健康状態は思わしくなかった。騒動、やっかいごと、研究、狂おしい情熱といったことが私の病を引き起こしたのだった。この年の終わりには家の財産問題は完全に解決したが、増大する一途の研究と愛は、愚かにも十年間を享楽とほとんど絶え間ない旅行に費やして作り上げた頑強な身体を享受することを、もはや許さなかった。しかしながら夏がくると私は元気を取り戻し、仕事に精をだした。夏は私の好きな季節で、暑ければ暑いほど、私に似つかわしく、とりわけ創作に向いているのだった。この年の五月からロレンツィーノ・デイ・メディチ（小ロレンツォ）による公爵アレッサンドロの殺害について短い八行詩(51)を創作した。実は私はこの題材をひじょうに気に入っていたのだが、悲劇化するのは難しく、むしろ詩にするのに向いていたのだ。この詩は詩作の訓練のために、まったく下書を起草せずに一節一節書いていった。そしてその合間にはすでにたくさん書きためている悲劇の無韻詩のほうに取りかかるのだった。さらに、いくつかの愛の詩も書いていた。これはわが貴婦人を讃えるためであり、また、彼女の家庭環境を思い、私が何時間も悶々と過ごさねばならぬ苦悩を吐露するためであった。私が出版したソネットのなかで、次のソネットが彼女に捧げる詩の最初である――

　黒ぐろと、疾く、甘き炎のなかで、燃えさかる

それに続く愛の詩はすべて、彼女のための、彼女の、そして彼女だけを歌うもので、私はけっして他の女性を歌いはしない。実際、これらの詩（いずれにせよ軽やかで優雅な筆遣いで構想され、詩文化された）にはどれも、私に彼女を描かせ、そして日毎に増大してゆくのが感じられる、彼女に対する計り知れないほどの愛情が必ずや透けて見えるように思われるのだ。思うに、このことは私が後に彼女と長いあいだ離れていた頃に書いた詩にこそもっともはっきりと現れているのではなかろうか。

七八年の著作活動に話を戻そう。七月、自由への狂熱に駆られて悲劇『パッツィ家の陰謀』を、すぐそのあとに『ドン・ガルツィーア』を起草した。続いてただちに『君主と文学について』の三巻[52]を構想し章に配分し、そのうちの最初の三章を起草した。しかしその後、言葉が自らの思考をうまく表現しきれていないと感じたので、あとで見直して訂正するときに全部を書き直さなくてよいように、ひとまず執筆を延期した。同年八月、かの愛しい女性の進言に従って、『マリア・ストゥアルダ（メアリー・ステュワート）』を構想した。九月以降、『オレステース』を詩文化し、この完成とともにこの私にとってひどく苦悩に満ちた一年を終えた。

それから、日々はほぼ完全なる平穏のうちに過ぎていった。もし、わが貴婦人が悩む姿を見るという苦しみがなければ、その平穏さも完全だったのだが。というのは、彼女は、不平屋で理不尽で支離滅裂な初老の夫によって絶え間なく引き起こされる家庭内の問題に苦しんでいたのだ(53)。彼女の苦しみは私の苦しみだった。そのために、私は死ぬほどの苦痛をつねに味わっていたのだ。私は晩以外は彼女に会えなかった。時折、彼女の家で昼をご馳走になることもあったが。しかしいずれにせよ、彼女の夫がつねに同席しているか、よくても必ず隣室に陣取っているのだった。それは彼がほかの人に較べてとりわけ私につきまとっているからではなくて、それが彼の流儀だったのだ。そのうえ、九年以上この夫婦は連れ添っていて、妻をおいて夫が外出することも、夫をおいて妻が外出することも、一度たりともなかった。これほどずっと一緒にいれば、同年輩の恋人同士でも嫌気がさすであろう。そういうわけで私は、午前中は二時間ほどもっぱら健康のために賃借りした駄馬に跨り、あとの時間は家でじっと勉強していたのだった。そして晩に彼女を見ることが心の慰めだった。しかしその慰めも、すでに述べたように彼女がほとんどいつも悩み虐げられているのを見ることで、あいにく苦々しいものになってしまった。もし私が勉学に忙殺されていなかったら、これほどわずかに、しかもこのような状態でしか彼女に会えないことにとうてい我慢できなかったであろう。しかし、一方また、もし唯一の慰めである、彼女との甘美な邂逅がわが孤独の過酷さを和らげてくれなかったならば、これほど長く、そしていわばこれほど猛烈な勉学に耐えることなどとてもできなかったであろう。

七九年まる一年を費やして、『パッツィ家の陰謀』を詩文化し、『ロスムンダ』、『オクタヴィア』

および『ティモレオーン』を構想し、『ロスムンダ』と『マリア・ストゥアルダ』を起草し、さらに『ドン・ガルツィーア』を詩文化し、例の詩[54]の第一歌を終え、第二歌もかなり筆を進めた。

これほど熱く、骨のおれる知的活動のただなかで、愛情面では、いとしい貴婦人との関係にも、遠く離れた二人の友人との関係にも、私は満足を見出していた。この友人たちとは手紙で心のたけを語り合っていた。二人のうちひとりは、シエナのゴーリ氏で、私に会いにフィレンツェに二、三度足を運んでいた。もうひとりはカルーゾ神父で、七九年の半ば頃にフィレンツェにやって来た。それは、かの至福のトスカーナ語を一年間享受するという意図に惹かれてということもあるが、(自惚れながら)彼をかくも深く敬愛する私とともに過ごす喜びにも、惹かれていたのだ。さらに、静かで自由な研究に専心するためでもあった。そのような研究は、トリノでは彼には実現不可能だったのだ。というのも、かの地では彼は多くの兄弟、甥姪、従兄弟、その他の無遠慮な連中に囲まれており、穏和で人に合わせる性質のために彼の生活は彼自身のものというより他人のものと化していたのだ。というわけで彼はほぼまる一年フィレンツェに滞在した。私たちは毎日会って、昼食後、何時間もともに過ごしたものだった。そして私は彼の愉快で教養豊かな会話のなかで、知らず知らずのうちに、多くの書物から何年も苦労して得るよりずっと多くのことを学んだ。なかでも、ウェルギリウスの美しくも膨大な詩句の多様性を味わい、感じ、聴き分けることを教えてくれたことを、私は彼に永遠に感謝しつづけるであろう。そのときまで私は単に読んで解釈するだけだった。しかしウェルギリウスのようなタイプの詩人を読むには、そして読者がそこから少なからず学ぼうとするなら、そのような読み方は無に等しい。そののち私は(どれほどの喜びであろう)ウェルギリウスに倣って自分の無韻の対話詩のなかに、二つとして似通った詩句が続くことの稀な、調和を保ちつつ絶えず展開する多様性を移築することを試みた。つまり句切れの箇所の多様性や、詩句の置換といった、ウェルギリウスの詩作によって、ルーカーヌス(55)ともオウィディウス(56)とも他の誰とも異なるめざましい効果をあげた技法を(わがイタリア語の性質上可能なかぎりで)取り入れようとしたのだ。こうした試作上の微妙な違いの数々は言葉では言い表し難く、詩作術に通じた人でなければほとんど感知不可能である。さらに、型や語法を必要なときに役立てることができるようにウェルギリウスのそこここに注意を払っていく必要があった。そうすることで、わが悲劇詩のメカニズムが、構成力によって独自の様相のもとに再生することができるのだ。同時に一方で、悲劇という創作ジャンルでは、冗長な文、たくさんの表象、多すぎる置換、仰々しい言葉や奇抜な言葉、凝った形容語句などで詩句を飾ったり、膨らませたりすることはできない。簡素で品位のある言葉の並びこそが、対話にあるような自然さを毫も失うことなく、詩中にそのエッセンスを吹き込むことができるのだ。こうしたことすべては、ここではうまく説明しきれなかったが、そのとき以来、日々ますます私の心に深く刻まれていった。しかし、私が自分の筆でそれを曲がりなりにも表現できたとしても、それは何年も後になってからのことだった。それはおそらく後にパリで悲劇の再出版をした頃のことだった。確かにダンテやペトラルカの美と語法を、読み、研究し、味わい、見極め、解明することによって、私はある程度味わいのある詩を不自由なく創作する能力を得たが、悲劇の無韻詩の創作術については(後に自分がその術を身につけ、その術で表現できるようになったと気づいたときには)、ウェルギリウス、チェザロッティ、そして自分自身の術ばかりを繰り返し使っていることだろう。しかし、創造されるべきこの文体の本質が私の内でようやく明らかになるまでには、かなり長いあいだ暗中模索し、時には無味乾燥と陳腐を避けたいと思うあまりひどく苦労するという巡り合せになっていた。このことに関しては、自分の執筆理由を述べなければならなくなった折に別のところで、すでに十分に述べた[57]。

明くる年、すなわち一七八〇年に、『マリア・ストゥアルダ』を詩文化し、『オクタヴィア』、『ティモレオーン』を起草した。このうち後者、すなわち『ティモレオーン』はプルータルコスの再読から生まれたものであり、前者、すなわち『オクタヴィア』は夢中で幾度も読み返していたタキトゥスの嫡子そのものだった。さらに、『フィリッポ』全編については、相変わらず詩行を大幅に減らす方針で三度目の詩文化をした。しかしやはりこの作品は、その雑種の血筋を露呈し、相も変わらず異種混淆の不純な型に満ちているのだった。また、『ロスムンダ』を詩文化し、『オクタヴィア』の大部分の詩文化もしたが、この年の終わりにかけて私を突如襲った激しい心の擾乱によりその詩文化を中断せざるをえなかった。

第八章
事件、これにより再びナポリ、ローマへ、そしてローマに落ち着く

わが貴婦人は、すでに幾度も述べたように、ひじょうに辛い生活を送っていた。家庭内のいざこざは増え続ける一方だった。そして夫の絶え間ない虐待は、とうとう聖アンドレアの晩に、酔ってふるった暴力で幕を閉じたのだった。(58) いまや、彼女はひどく恐ろしい仕打ちからわが身を守るために、この暴政から逃れて健康と生命を救い出すなんらかの手段を探さざるをえなくなったのだ。そこでいよいよ、私は初めて（自らの本性に反して）当局の権力者たちに向けて策を弄さなければならなかった。野蛮で破廉恥極まる束縛からあの無垢な犠牲者を解放することを、彼らが支持するよう仕向けるためだった。私は、自分がこのようなことをするのは自分のためというよりは他人のためなのだと、はっきり意識していた。また、自分はわが貴婦人の身の危険が極限にまで達して初めて、彼女に思い切った助言をするのだとも意識していた。なぜならこれが、自分のことではなくて他人のことに関わる際の私の基本方針だったのだ。そして最後に、いまや他の手段を採ることはまったく不可能だと意識するに至って、私はもはや、この一件で私に向けられた愚かで邪悪な非難の数々に身を屈めて弁解したりはしなかったし、これからもけっしてしない。要するに、私は理不

尽で呑んだくれの暴君からわが貴婦人を救い出したのだ。そうすることで彼女の誠実さをいささかも汚すことはなく、また当事者すべての名誉を傷つけることもいっさいなかった。この救出は、彼女がそのなかで蛇の生殺しのように死に近づいていった牢獄の特異な状況をそばで見知っていた者なら誰でも、うまく実行し、成功するのは容易なことではないと思うであろう。しかしそれでも成功したのだ、首尾よく。

そういうわけでまず、彼女はフィレンツェのある修道院に入った[59]。実は彼女をこの場所に連れてきたのは、ほかならぬ夫だったのだが、その夫が大いに驚いたことに、その場で当時のフィレンツェの為政者の命により、彼女を修道院に残していかなければならなくなったのだ[60]。彼女は数日そこにいたのち、義兄[61]に呼ばれてローマへ移った。そこで再び別の修道院[62]にひき籠った。彼女とその夫のあいだに起こったこうした断絶の理由は数多く、また明らかであったから、離別は世間に認められた。

彼女がこうしてローマに出発したのはその年の十二月末で、私はまるで大切な人を亡くした者のようにフィレンツェに残った。そしてまさにそのとき、心の奥底で悟ったのだった。私は彼女なしではわが身を半分以上失ったも同然で、いかなる行動もできず、いかなる美しい作品も作れず、あれほどせつに望んでいた栄光も自分自身も、どうでもよくなってしまっていることを。この件に関して、私はひたすら彼女の益のため力を尽くしたのだった。しかしそれは反面、わが身を苦しめることでもあった。というのも、彼女に会えぬことほど大きな不幸は私にはありえなかったのだから。といっても、人の目につくのですぐに彼女の後を追ってローマに行くことはできなかった。その一方で、私はもはやこれ以上フィレンツェで暮らしていくことはできなかった。しかしながら八一年の一月いっぱいはフィレンツェにとどまった。その数週間は何年にも思われた。そのあいだ私はいかなる創作も読書もその他何も手につかなかった。そこでその埋合せに、私はナポリに行くことにした。誰の目にも明らかなように、ことさらナポリを選択したのだった。ナポリに行くには当然ローマを通るのだから。

この一年半のあいだに、例の二度目の倹約のどんよりした霧は次第に晴れてきていた。私は二度、フランスの終身年金に十六万フラン入金していた。おかげで故国ピエモンテに頼らず生計をたてることができるという確信をもつに至った。そういうわけで、私はそれなりの出費を許せる生活に戻っていたのだった。そして馬を買い戻した。といっても四頭だけだが、それでも詩人一人には十分すぎる。親愛なるカルーゾ神父がトリノに戻って、はや六カ月以上たち、心のたけを語る友人もなく、わが恋人もなく、もはや生きている甲斐もなく、とうとう二月のまさに一日、友人ゴーリ氏との旧交をあたため心を晴らすべく馬に乗りシエナへと向かった。続いてローマに歩を進めたが、近づくにつれ胸は高鳴った。恋をすると、物がまったく違って見えるものだ。三年前には虚ろで不健康なところにしか見えなかったあの街が、このたびの来訪ではまるで世界一心地良い滞在地のように思われたのだ。

到着した。彼女を見た（ああ、いまでも思い出すとわが胸は張り裂けんばかり）、見れば彼女は格子の後ろの囚われ人となっていたが、フィレンツェで見たときほど虐げられてはいなかった。しかし別の理由で彼女は相変わらずあまり幸福そうではなかった。つまり、われわれのあいだは隔てられていたのだ。それにどのくらいその状態が続くのか、誰にも検討がつかなかったのだ。とはいえ、彼女が少なくとも少しずつは健康を取り戻しつつあることに、満足し、涙した。そしてこうも思った。彼女はおそらく、より自由な空気を吸い、夜は安らかな夢を見て眠り、呑んだくれの夫の、目に見えぬ意地悪い亡霊に絶えず怯えることもなく、要するに、まともな生活ができるであろうと。するとすぐに、私が受け入れねばならない彼女と離ればなれの孤独な日々がそれほど辛いものにも、それほど長いものにも思われなくなった。

ローマには、ほんの数日滞在した。その数日間、世界の支配権をやると言われても示さぬほどの際限のない従順さと巧妙さを、ひとえに愛のために行使した。のちに私が悲劇作家としての栄光の神の神殿の敷居に立ったときには、従順さなどはねつけたのだが。つまり、その殿堂入りが難しいと思っても、そこの門番、あるいは中にすでに入っていると思われる人々にそのために媚びへつらおうとはしなかったのだ。しかしこのときばかりは、私たち二人がずっと夢見ていた、彼女の将来の完全な自由を左右する唯一の人物である彼女の義兄を、恭しくも訪問し、取り入ったのだった。この義兄とその弟についてあまり詳しく書くことはしない。なぜなら二人は当時、誰もが知っている著名人だったし、たとえ時の移ろいとともに忘却が彼らを葬り去ったとしても、そして実際忘れられているようだが、いまさら私がその忘却の彼方から二人を引きずりだそうとは思わないのだ。彼らを褒めることもできないし、責めたくもない。しかし、ともかくも私は彼らにわが自尊心を献上したのだった。それは彼女に対する私の愛の十分な証と言えよう。

ナポリへ出発。約束どおりであり、慎重に事を運ぶには必要でもあった。この二度目の別れはフィレンツェでの最初のそれよりずっと辛いものに思われた。最初の約四十日間の別離ですでに私は死ぬほどの苦しみを味わっていたのだが、このたび私を待ち受けていたのはもっと長くもっと不安な別離だった。

ナポリに到着したが、あの数々の美しい場所を眺めるのは初めてではなかったし、心にかくも深い傷を負っていたので、期待していたような慰めを得ることはできなかった。書物は私にほとんど何の意味もなさず、詩も悲劇も筆は思いどおりに運ばないか、まったく滞っていた。要するに、私は書き送り、そして受け取る手紙だけを頼りに暮らしていたのであり、ひたすら遠く離れたわが貴婦人のことばかり思い巡らしていたのだ。いつも独り、あの美しいポジリポやバイアの浜辺に、あるいはカプアかカゼルタかどこかへ向けて、たいてい泣きながら馬を走らせたものだった。あまりにもひどく落ち込んでいたので、心に溢れんばかりの想いがありながら、それを詩に託す気力もなかった。このような状態で二月の残りを過ごし、やがて三月の半ばになった。

それでも、少し苦しみが和らぐときには力を奮い立たせて、わずかながら仕事を続けていた。『オクタヴィア』の詩文化を終了し、『ポリュネイケース』(63)を半分以上詩文化し直した。この改作によりかなり上等の詩になったと私には思えた。例の小詩は、第二歌を前年に終えており、第三歌に取りかかりたいと考えたが、最初の節より先にはどうしても進むことができなかった。当時の自分の悲惨な精神状態に比して、主題があまりにも幸福すぎたのだ。こういうわけで、手紙を綴ることと、彼女から届いた手紙を百遍読み返すことが、その四カ月間の私の業務のほとんどすべてだった。とかくするうちに、わが恋人のおかれた状況はかなり好転しつつあった。五月末頃には教皇から、修道院を出ること、および義兄(64)が彼女のために空けてくれた市内の彼所有の住居内の一角に夫と別離した者らしくひっそりと住まうことを許可された。私はできることならローマに戻りたかったが、当座そうすべきではないこともよくわかっていた。優しくて高潔な心が愛と義務の狭間で体験する葛藤は、死ぬほど辛く耐え難い苦痛なのだ。こうして私は四月いっぱいとどまり、五月も末までなんとかナポリで生活を続けるつもりだったが、五月の十二日頃、気づいてみると私はローマにいた。到着するやいなや、必要と愛の神に教えられ導かれて、再びこの街に住んで憧れの貴婦人にまみえるために、従順と狡猾なる追従という既定路線を採り、その完遂を目指した。こうして、自分が自由に振舞えるようになるために幾多の焦燥と疲労と努力を重ねた末、私はまるでローマの列聖志願者のごとく恭しくて慇懃なごますりに変身していたのだった。手を尽くし、あらゆることに頭を下げ、お偉方には大目に見ていただき、わが貴婦人の件に影響力のある神父様方にも助けられ、私はローマに居続けた。彼女にとって幸いなことに、単に便宜上の事柄を除けば、彼女は経済的には義兄にもその哀れな弟にも依存していなかった。彼女は彼らとは別に、かなり当てになるしかも当座ひじょうに安全な財産を豊富に持っていたのだ。

第九章
ローマで猛勉強を再開、最初の悲劇十四作を完成

こうした人に頭を下げるという半隷属的な務めから脱し、愛しい人を毎夜訪ねることのできる真の自由を手にして、言い表せぬほどの幸せを感じたのも束の間、全勢力を再び勉強に注ぎ込んだ。『ポリュネイケース』を再度手に取り、詩の改作を終えた。一息つく間もなく、まず『アンティゴネー』、次に『ウィルギニア』、続いて『アガメムノーン』、『オレステース』、『パッツィ家の陰謀』、『ドン・ガルツィーア』に、そしてさらにまだ詩文化していない『ティモレオーン』に取り組み、最後に手に負えない『フィリッポ』の四度目に取りかかった。こうしてひたすら無韻詩を書き綴る合間に、ふと例の小詩[65]の第三歌を書き進めるのだった。そして同年十二月には一息に『自由の国アメリカ』という最初の四つのオードを書き上げた。この作詩はフィリカイア[66]のひじょうに美しく高貴なオードをいくつか読んだことに触発されてのことだった。これらのオードはまさに私の好みだった。四つのオードの起草に費やしたのはたった七日間、小詩の第三歌はたった一日だった。そしてこれらの作品はその後、最初の着想にほとんど変更を加えなかった。韻を踏んで叙情詩を詠むことと、無韻の台詞詩を創作することの違いは（少なくとも私の筆では）きわめて大きい。一八二年の初め、悲劇の諸作品がずいぶんはかどっている状態だったので、ひょっとすると同年中

に完成できるかもしれないという期待を抱いた。最初から生涯に書く悲劇は十二作までと決めていた。その十二作はすべて、すでに構想、起草、詩文化を終えて、さらにそのほとんどの再詩文化もできていた。そこで、残っているものの再詩文化、推敲を、つねに構想、起草をした順序に従って進めた。

そんな八二年二月のある日、久しぶりに私はマッフェイの『メロペー』を手にとった。単に文体に関して何か学ぶ点があるのではないかと思って見たのだが、あちこち節を拾い読みするうちに、私はこのような作品を、過去のみならず(私も、過去の作品のうちではこれが最良の作品だと認めるのだが)将来においても最良唯一の作品と人々が信じたり考えたりしてしまうようなイタリア演劇の貧弱で無知な状況に、突如怒りが沸騰した。そして即座に、これと同じ題名と筋立だが、もっとずっとシンプルで、もっと熱く、もっと切迫した別の劇が忽然と私の前に姿を現した。強いて言うなら、私に着想させることによって、そのような姿で私の前に現れたのだ。この劇が、本当に私が思い描いたような劇として成功するのかどうかは、われわれの後の世代が決めることだ。もしなんらかの原典をもとに、詩行を逬るように綴った者が「神はわれわれの内にあり」(67)と言えたのならば、自作版『メロペー』の構想、起草、詩文化について、私は確かにそう言うことができる。というのも、私はいつもは作品の構想、起草、詩文化という三つの異なる作業を長い間隔をおいてするのに、この作品だけは次々に間をおかずに行ったのだ。そして、『サウル』(68)についても、実は同様なのだと言わねばなるまい。同年三月から、聖書(69)を読みふけっていたが、それは順をおってきちんと読んだわけではなかった。しかしそれで十分だった。というのも、これを読んで当然引き起こされる詩情に、私はわが身を燃え立たせ、そこから得た興奮を聖書にまつわるなんらかの作品に吐露せずにはいられないほどだったのだ。かくして、『サウル』も構想、起草、詩文化を間をおかずに行い、これが第十四作目となり、当時の意向では私の全悲劇作品の最後となるはずだった。その年、私の創作力は空想のなかで燃えたぎっていたから、こうした意向で歯止めをかけなければ、聖書にまつわる悲劇が少なくともあと二作は傲然と私の前に現れ、私を引きずったであろう。しかし私は当初の意向に踏みとどまった。十四作は少ないというよりは、むしろ多すぎるように思われ、そこで終止符を打ったのだ。それでも（性格上、他のことではなんでも度を超すにもかかわらず、私はつねに過度を敵視している）、『メロペー』と『サウル』の起草中、設定した数を超えたことにひどく嫌悪感をもち、他のすべての作品を完全完璧に完成させるまではこの二作品の詩文化はしないと自分自身に誓った。さらに、もし起草中に感じられた効果とまったく同じかそれ以上の効果がこの二作品の詩文化から得られないならば、けっしてそれ以上詩文化を続けない、とも誓った。しかし、そんな歯止め、誓い、意向が何の役に立とう。私はこの最後の二作品を完成させるまで、他のことをすることも前の作品に戻ることもできなかったのだ。こうしてこの二作品は生まれた。他の作品より自然発生的であり、もし作品群全体が栄光を獲得し、またそれに値するなら、私はこの二作品とその栄光を分かち合うであろうし、もし非難を浴びるなら、その非難の大部分をこの二作品に帰するであろう。なぜなら、これら二作は無理やり生まれ出て、他の作品の仲間入りをしようとしたのだから。この二作ほど労力も時間もかからなかった作品はなかった。

こうして、同八二年の九月末頃、十四作すべての口述筆記、清書、訂正を終えた。推敲も終えるつもりだったが、ほんの数カ月後には、それにはまだほど遠いことに気づいて、納得した。しかしそのときには、推敲が終えられると信じていたし、自分が十カ月間で七つの悲劇を詩文化し、新たに二作を構想、起草、詩文化し、ついには十四作の筆記と訂正まで行ったことに鑑みて、自分が世界一の作家だという気になっていた。忘れがたいその十月は、これほど根をつめたあとなので、必要なばかりかとても心地良い休養月となった。数日かけて馬でテルニを訪れ、かの有名な滝を見た。私は虚栄心に膨れ上がっていたが、自分以外には誰にもこのことをべらべらと話したりせず、わが愛しい伴侶にもやんわりとベールをかけてほのめかしただけだったが、彼女もやはり（おそらくは私に対して抱いている愛情のせいで）私をたいした者だと考えるようになっている様子で、ほかならぬ彼女が、偉大な人物になるために私をあらゆることに挑戦するように仕向けたのだった。そこで私は、若者にありがちな自己陶酔から二カ月ぶりに自ら目覚め、再びわが悲劇十四作を検討しはじめた。とはいえ、待望の終点に到達するまでにはまだまだ遠い道のりがあった。しかし、まだ自分が三十四歳にもならぬ年で、文学界でもまだ八年の研鑽しか積んでいない若造なのだとわかっていたので、一度勝利を得たいという願望がますます強まった。こうした内なる願望は、口には出さなくとも、一筋の光となって私の顔に漏れ出すのを認めないわけにはいかなかった。

さまざまな機会に、いろいろな集まりで、私はこれらの全悲劇を少しずつ朗読していった。どの会合でも、男女が入り交じり、文人もいれば無知も、情の機微のわかる者もいれば田舎者もいるという具合だった。自作を読みながら、私は讃辞だけでなく（実を言えば）利益も求めていた。私は人間も上流社会もよく知っていたから、口先の讃辞をおろかにも信じ込むようなことはなかった。

書き手が何も求めず、ただ教養ある礼儀正しい人々の階級内で声を洩らしているかぎりは、その朗読に対してまず間違いなく讃辞が贈られるもので、私はそうした讃辞にはそれなりの評価しかしていなかったのだ。しかし、「口先の」に対置して、はしたない表現かもしれぬが「お尻の」とでも呼ぶような称讃と非難は気にかけ、重視していた。実際、こう表現するのがまさにぴったりだと私には思われる。ここで説明しよう。すでに述べたような雑多な人々が十数人集まれば必ず、その集まり固有の集団的心情が形成され、それは演劇の視聴者の総体にきわめてよく似てくる。もちろんこのわずかな人々はお金を払って会合に来るわけではないし、劇場でよりも礼儀作法にかなって丁重に振舞わざるをえないのだが、それでも聴いている人の退屈や冷淡は隠しようがないし、（ましてや）それらを、筋の結末がどうなるのか見ようとする本物の関心や熱い興味や生き生きした好奇心と取り違えようもない。つまり聴き手は自分の顔を制御することも、いうならばお尻を椅子に釘づけにすることもできないから、人間のこの二つの別々の部位が、朗読する著者にとって聴き手の感興、不感興を窺う絶好の覗き穴となるのだ。そしてこれが（そしてほとんどこれだけが）私が朗読中に観察していたことだった。その結果、私の見るところでは（見間違いでなければ）、どの悲劇でも一作全体の長さのうち三分の二以上の部分で、不動で根強い関心と幕切れの行方への熱い期待を獲得していた。このことは、とてもよく知られた悲劇の主題を扱っているが、最後まで結末が不確定なものについても同様であることが十分に証明された。しかしまた打ち明ければ、あちこちに散見される長ったらしさ、生彩のなさに関して、私自身が人々に読んでいてしばしばうんざりしたばかりでなく、心からの無言の非難を、それについて私に確証と警告を与えるありがたい大あくびや不本意な咳や落ち着かないお尻といったかたちで受けとったのだ。さらに、朗読を終えるたびに、なかなか良い助言を数多く、文人、世人、とりわけ情緒面についてはご婦人方から頂いたことも言っておかねばなるまい。文人たちは語り口や劇作術の規則について、世人たちは創案、筋の運び、役について論じた。田舎者たちでさえ、いびきをかいたり身体をよじったりすることで大いに役立っていた。要するに、私の見るところ、すべてが私に多くの利益をもたらしたのだった。そこで私はすべてに耳を傾け、すべてを記憶し、何も無視せず、誰も軽蔑せず（尊敬するのはごく少数だけだったにせよ）、おそらくそこから自分自身とその芸術のために最大限の利益を引き出したのだった。この告白の最後にこう付け加えよう。私のようなよそものが、必ずしも好意的でないこの半公衆を相手に朗読すれば、自分が物笑いの種になるかもしれず、またそうならざるをえない、ということを私は十分わかっていた。しかし、もしそこで笑われることが、のちに自分とその芸術に恵みをもたらしたのならば、朗読したことを後悔しない。もしそうでなかったならば、朗読の物笑いは、のちに上演され出版されてより多くの人々の物笑いの種になってしまうのだ。

第十章
ローマで『アンティゴネー』上演、最初の四悲劇出版。辛い別れ、ロンバルディア旅行

悲劇が得た好評を胸に抱きつつ、こうして半ば休息しながら、出版をすぐにするか後に延ばすか決めかねていた。ちょうどそんなとき、出版と沈黙の中間たる機会にたまたま恵まれたのだった。それは芸術愛好家の紳士たちの選抜きの一座が私の作品を上演するというものだった。この演劇一座はすでにしばらく前からスペイン大使（当時はグリマルディ公爵）の館で上演活動を行っていた。そのときまでにいくつかの喜劇、悲劇が上演されていたが、どれもフランス語からのまずい翻訳ものだった。私はそのなかの一つトマ・コルネイユの『エセックス伯爵』(70)の上演を手伝った。誰かがイタリア語の詩劇に仕立てたもので、エリザベッタの役はザガローロ公爵夫人が演じたが、出来はあまり芳しくなかった。にもかかわらず、この貴婦人がかなり美しくて、容姿に気品があり、台詞をひじょうによく理解しているのを見て、もう少しきちんと指導を受ければ、もっとずっと良くなるのではないかと思った。そこで次から次へと思い巡らすうちに、自作のひとつをこれらの俳優で試演するという考えが浮かんだ。私がなにより好ましいと考えていた劇作法、つまり、飾りのない単純な筋、わずかな登場人物、さまざまな箇所で句切れて、口ずさむことがほとんど不可能な詩句、

といった方法がうまくいくかどうか、自分自身で納得したかったのだ。このような効果を試すために、『アンティゴネー』を選んだ。というのは、この作品を自作のうちでももっとも地味な作品のひとつとみなし、もしこの作品がうまくいけば、はるかに多様で激しい感情が展開する他のすべての作品ではさらなる成功が期待できると内心思ったからだった。この『アンティゴネー』試演の申し出を、貴族の演劇一座は快く引き受けてくれた。一座のなかで悲劇の主要な役をつとめられそうな俳優は、前述のザガローロ公爵夫人の兄であるチェーリ公爵をおいて他には考えられなかったので、私自身はクレオンをやらざるをえず、チェーリ公爵にハイモン役を、彼の妻にアルゲイア役を振った。そしてアンティゴネーの大役は当然、気高きザガローロ公爵夫人に配した。このように四役を配して上演されたが、その結果についてはは他所ですでに長々と語ったので、ここではこれ以上述べない(71)。

この上演のなかなかの成功に少なからず気をよくして、続く一七八三年の初め頃に、私は初めて出版という暴挙を試みようという気持になった。この企てはひじょうにやっかいなものだと思ってはいたものの、実際にやってみるとそれに輪をかけて大変だった。文学界の反目や奸策の何たるかを身をもって知り、さらに出版界の敵意、新聞のご裁定、雑誌の喧しい批評、といった要するに印刷機のお世話になる人が通らざるをえない愚劣な事柄一式の何たるかを経験したのだった。それまで私は何も知らなかった。文学関係の新聞が新作の粗筋と書評を載せていることも知らないほど、私は出版に関して何も知らない初心者でずぶの素人だったのだ。

こうして出版を決定したが、ローマではなかなか適当な校閲者が見つからなかったので、シエナの友人(72)に手紙を書いて、この煩雑な作業を引き受けてくれるよう頼んだ。彼は率先してその他のわが友人知己とともにひじょうに熱心に自分の睡眠を削って取り組み、勤勉かつ迅速に印刷を進めた。まったく初めてのことなので悲劇を四つだけ印刷したいと思い(73)、それらの作品の原稿を友人ゴーリ氏に送った。この原稿は綺麗な文字で書かれ、きちんと修正されていたが、簡潔さ、明晰さ、文体の優雅さに関しては残念ながら欠点をもつということが自分でわかってきた。当時の私は無邪気に、原稿を印刷業者に送ってしまえば著者のすべての労苦が終了するのだと信じていた。しかしのちに、自身の痛い経験を通して、原稿送付からまた新たに労苦が始まるということを学んだ。

　これら四悲劇作品印刷中の二カ月あまり、私はローマにあって絶えず胸が動悸して頭に熱があるような心落ち着かぬ日々を送っていた。もし恥でなかったなら、印刷を撤回して原稿を書き直したいぐらいだと思うことも、一度や二度ではなかった。そしてとうとう、一回につき一作ずつ、総計四作品が、かの友人のおかげでひじょうに正確な版で、しかし印刷屋(74)のせいでひじょうに汚い印刷で、しかも著者のせいで純イタリア語風でない詩文で（後に自ら悟った）、ローマに届いた。この最初のわが労作を綺麗に装幀した初版本を、評価の点数稼ぎにローマのさまざまな家に配るのに何日も費やした。他人の目にも自分の目にも愚かしいことと知りつつ。当時の教皇ピオ六世（ジョヴァンニ・アンジェロ・ブラスキ）にも献上した。私がローマに居を定めてすぐ、つまりこの前年より私はこの教皇の拝顔の栄に浴するようになっていた。ここで、ひじょうに当惑を覚えつつも、そのいと幸いなる教皇謁見における、自身を汚すような恥について語ろう。私はこの教皇を教皇としてあまり評価していなかったし、このブラスキ(75)氏を文学者としても文学に功労ある者としてもまったく評価していなかった（実際、全然そうではなかった）。にもかかわらず、その私が自ら、恭しく自著を献じたのだ。教皇はそれを慇懃に受けとり、開き、小卓の上に置き、私を褒め讃え、私が進み出て彼の足に接吻をしないでは許さず、彼自ら、跪いている私を起こしたのだ。こうした腰の低い姿勢で、教皇聖下はわざわざ私の頬を父が子にするにように撫でられた。その私は、以前にローマを詠んだソネット(76)は胸にしまい込み、教皇が『アンティゴネー』の作品とその上演に与えた讃辞におもねりへつらって答えた。教皇は『アンティゴネー』の噂を聞き及んでいて、「素晴らしい」と言ったのだった。さらに、私の作劇術がひじょうに巧みでしかも品があると讃えて、他に悲劇を作る予定があるかどうかを私に尋ねた。その機を捉えて、私は彼に、すでに多くの他の作品ができており、そのなかに『サウル』という作品があり、これは聖書から題材を採ったものなので、もしお気に障らなければ、教皇聖下に献呈したい、と答えた。教皇は、演劇作品の類の献辞を受けることはできないと仰言って、拒絶なさった。私はそれ以上このことについて申し上げなかった。ここで私は告白せねばならない。私は二つの別個の、そして二つながら受けて当然の侮辱を味わったのだ。一つは、自分からお願いしたことを拒絶された侮辱、もう一つは、自分自身をこの教皇よりはるかに劣るとみなさざるをえないという侮辱であった。なぜなら、私は実のところ自分よりかなり価値が低いと考える人物に、服従と尊敬の徴として自作を捧げようとする、卑劣さ、あるいは弱さ、あるいは二枚舌を（この三つすべてではないにしても、確かにそのうちの一つは、当時の私の行動の原動力だった）を有していたのだから。しかしまた一方、（自己の正当化のためではなくて、自分の思考と、感情や行動のあいだのこういったはっきりとした現実の矛盾を単に説明するために）悲劇作家としての自分を教皇冠のために汚すようなまねをするに至った唯一本当の理由を素直に明かさなければならない。その理由とはこうだ。私はすでにしばらく前から、愛しい貴婦人の義兄の家から流れてくる聖職者連中の噂話を耳にしていたが、それによって、私が彼女の家をあまりにも頻繁に訪れることに義兄とその取巻きが不満を持っているのだとわかった。しかも、この不満は次第に高まっていった。そこで私はローマの最高権力に取り入ることによって、すでにその存在を感じていた、そしてその約半月後には実際に自分に向かって噴き出した非難に対して、自分の後盾になってもらおうとしたのだ。それに、この『アンティゴネー』上演で私が評判になりすぎたことが、わが敵を煽り、増やしたのだと思う。そこで私は当座、愛の力によって自分を偽り卑怯な身に甘んじたのだ。おそらく誰もが私をあざ笑うだろうが、同時に私のなかに自分の姿を見出すのでなかろうか。私はこの特殊事情を闇に葬り去ることもできたのだが、自分ともう一人のために、明かすことにしたのだ。それまではわが身を強く恥じて、誰にも声に出して言ったことはなかった。しばらくして、わが貴婦人にだけ話した。このことを書いたのは、やむにやまれぬ状況のために、恥ずかしくも嘘っぱちの献辞で自分の作品と自分自身に泥を塗らざるをえないような現在の他の作家たち、あるいはそうなるであろう、残念ながらもっと多くの未来の作家たちを慰めるためでもあった。そしてまた、私に悪意を持つ人々が歯に衣着せずこんなふうに言えるように、すなわち、もし私がこうした虚偽によってもけっして卑しくならないなら、それは運命の仕業以外の何ものでもない、運命は私を卑しめたり、そう見せたりしなかったのだから、と。

同一七八三年の四月、わが貴婦人のフィレンツェにいる配偶者が重態に陥った。その兄は死に目に会えるよう、急遽出発した。しかし病状の回復も同様に速く、着いてみれば健康を取り戻しつつあり、すでに危険な状態は脱していた。回復期の約二週間、彼の兄はフィレンツェにとどまり、一緒にローマからやって来た神父たちや、フィレンツェで病人の世話をしてきた神父たちとともに過ごしたのだが、そのあいだに病人は自分の兄に、夫の側として断固として、ローマの自宅での義妹(つまり自分の妻)の振舞いをもうこれ以上許容することもできないしすべきでもない、と説得し納得させようとした。ここで私は、ローマであれイタリアのどこであれ、夫のあるほとんどすべての夫人たちに普通に見られるようなその生活ぶりを弁護するつもりはまったくない。むしろこう言いたい。ローマでのかの夫人の生活は、私の見るところでは、ローマで通常許される常識の範囲を越えているというよりは、むしろその常識内に収まるとても穏当なものだ、と。付け加えるならば、夫の彼女に対する害、非人間的で凶暴な扱いは紛れもない真実で、誰もが知るところなのだ。だがそれにもかかわらず、真実と公正を愛するがゆえに、こう言って終わりにしよう。夫、義兄、そしてご立派な神父たちは、私が足繁く通うことを、たとえそれが常識を外れるほどではなかったにしても、是認できないそれ相当の理由があったのだ、と。ただ私が残念に思うのは、この神父たちについて(彼らは機械の動力因にすぎない)、彼らのこのことに関する熱意が福音書によるものでもなく、二心がまったくないわけでもないことだ。というのは、彼らのうち少なからぬ者たちが、情けないことに、同時に私を称讃し自分たち自身を皮肉っていたのだ。つまり、事は宗教や徳ではなくて、復讐と奸策の問題なのだった。そういうわけで、義兄はローマに戻るとすぐ、自分の聖職者の組織を通じて、私が彼女の許へ通うことを即刻止めることが必須であり、そのことは彼と弟のあいだで決定済みであること、そして今後いっさい許さないことを夫人に申し渡した。それから、いつも衝動的で無思慮なこの人物は、まるでこうした事項を品良く処理することに長けているといったふうで、この話を自分でべらべらと多くの人に話し、教皇にまで苦情を言い立てて、街じゅうを大騒ぎに巻き込んだ。そして、教皇が私にローマを出ていくよう説得なり命令なりをしたという噂が駆けめぐった。それは本当ではなかったが、イタリアの自由をもってすれば、容易にできることではあった。しかし、私は何年も前にアカデミーにいた頃のことを思い出した。すでに述べたように私は当時鬘をかぶっていたが、敵の機先を制して、彼らが私の鬘を力ずくで取り上げる前に、自分ではずしてしまったのだった。そしていまや退去させられるという侮辱に先んじて、自分から出ていくことに決めたのである。このために、私はわがサルデーニャ王国の公使の許を訪ね、私がこの噂の一部始終を知り、かの女性の品位と名誉と平安がひじょうに気がかりなので、いますぐローマを出て、噂が鎮まるまでしばらくのあいだ離れる決心をしたこと、出発は五月初めの予定であることを国務長官に伝えてもらうよう頼んだ。この申し出は公使の意に添い、国務長官と、教皇と、真実と私のこの自発的で悲壮な決意を知るすべての人によって是認された。そして私は残酷極まりない出立の準備をした。この一歩を踏み出したのは、このままではこの先悲しくも恐ろしい生活を送ることになるだろうと予想したからだった。つまり、たとえ私がローマに残っても、引き続き彼女の家で彼女に会うことは叶わず、他の場所で、あるいは取り澄まして公に、あるいは虚しく無様にこそこそと、なんとか彼女との出会いを画策したところで、彼女を人々の果てしない反感と困難にさらすばかり。かといって、二人がローマにいながらにしてまったく会えないのは、私にとってあまりに辛いことで、せめてその苦しみを和らげるために、彼女も同意のうえで、私は状況の好転を彼方より望むことを選択したのだ。

一七八三年五月四日、これまでも、そして今後もずっと私にとってもっとも悲痛な思い出であるこの日、私は私の半身以上の存在である彼女から遠ざかった。私の身に降りかかった四、五回の彼女との別れのうちで、これが一番私の身にこたえた。彼女に再会する望みがあまりにも儚く、あまりにも遙かだったのだ。

それから約二年間、この出来事は繰り返し甦っては頭の中を掻き乱し、私の邪魔をし、私の勉学をもあらゆる面で遅らせ、損なった。それまでローマで暮らした二年間は実に素晴らしかった。ディオクレティアヌスのテルメにあるストロッツィ家の別荘はとても居心地の良い隠れ家だった。長い午前中すべてを勉学に費やし、家から一歩も出ることはなかった。時折一、二時間ほど、ローマ郊外の人気のない広々とした大地に馬を駆り、もの思いに耽り涙を流し詩作する以外は。夕刻には人里に赴き、私がそのためにだけ存在し勉学をする女性の愛しい姿を目にして勉学の疲れを癒し、満ち足りた思いで再びわが隠れ家に戻り、ようやく晩の十一時頃に休むのだった。大都市の周りに、これほど楽しくて自由で鄙びた、そして、これほど私の気分と性質と仕事に合った住まいを見つけることはとうてい無理だった。この住まいのことは、生きているかぎり、私の思い出と望みであり続けることだろう。

　こうして私は、唯一無二の貴婦人と書物と別荘と平安と自分自身をローマに置き去りにして、腑抜けて呆然とした人のようにふらふらと旅立っていった。目指したのはシエナだった。そこで、例の友人ゴーリ氏の許で、せめて心おきなく数日間泣き暮らしたかったのだ。まだ、自分自身、これからどこへ行くのか、どこに滞在するのか、何をするのか、よくわからなかった。このかけがえのない友、優しくて愛情深く、勇猛で高貴な心根を持ち、人間味溢れるこの友を持っていたことは、とても大きな慰めになった。辛いとき、どれほど真の友が大切で役に立つかは、なかなか本当にはわからないものだ。私は、彼がいなかったら容易に気が狂っていただろうと思う。彼は私のなかに、惨めにも気落ちして自己を矮小化した英雄の姿を見出した。彼は経験によって剛毅と徳の名と実を知ってはいたのだが、それにもかかわらず、私の狂乱状態に、残酷にも、そして的外れにも、自分の厳格で氷結した理性をもって対処しようとはしなかった。むしろ、彼は私の悲しみを、私とそれを分かち合うことによって、和らげることを知っていたのだった。ああ、稀にして、神々しい素質の持ち主よ、同時に頭で理解し、心で感じることのできる人よ！

　しかし、そうしているあいだも、私の持つすべての知的能力は低下し眠っているような状態で、手紙[77]を書くこと以外、何の作業も思考もできなかった。この三度目の、もっとも長い別離のあいだに、実に膨大な手紙をしたためた。何を書いたのか、自分でもとうていわからないだろう。要は、悲しみと友情と愛情と怒り、つまり、燃えたぎる心と致命傷を受けた魂から溢れ出る、かくもおびただしい、かくも多様な、かくも抑え難い情念のすべてを、吐き出していたのだ。あらゆる文学関係の事項は、頭からも心からも次第に消えていった。そのあまり、ローマでのごたごたのあいだにトスカーナから受け取ったさまざまな手紙も、出版された悲劇に関して私を少なからず批判するものだったにもかかわらず、当時、ほんのわずかな印象さえ私に与えなかった。それはまるで、私には他人の悲劇に関する話のように感じられたのだった。こういった批評の手紙は、たまに機知と優美さを持つものもあったが、大概は愚かしく、粗野で、署名のあるのもあれば、ないのもあった。どれもおしなべて、ほとんどもっぱら私の文体を、「ひじょうに硬い」、「きわめて不明瞭」、「ひどく風変わり」であると決めつけて批判するのだが、どのように、どこが、どうしてそうなのかを率直に私に指摘しようとするもの、できるものは皆無なのだ。トスカーナに着いてから、わが友は私を唯一のもの思いから紛らそうとして、フィレンツェやピサの、「新聞」と呼ばれる刊行物のなかから、ローマの私の許に届いていた上述の手紙に類する論評を読んで聞かせた。いかなる言語であれ、いわゆる文学雑誌を見たのも聞いたのも、これが初めてだった。そのとき初めて、このような立派な術、ありとあらゆる本を、あらかじめそれぞれの著者から贈物をもらったか、あるいはお世辞を言われたか、あるいは無視されたかにしたがって、相応の判断力と公正さと論理をもって批判したり褒めたりするこの術の深奥に分け入ったのだった。実を言えば、私にとってはこのような金次第の批評など、取るに足らないことだった。私は当時、その魂ごと、まったく別の想いに奪われていたのだから。

シエナに三カ月滞在して、その間、私はわが友以外の誰ともつき合わず、会いもしなかったが、自分が自分自身にとってひじょうに煩わしい存在であったうえに、その友人にとってもそうなのではないかという恐れ、何にも集中できないこと、いつものことだが到着したそばからもうその場所が倦怠感と安逸を感じさせることに耐え切れなくなっていたこと、といった理由から、私は旅に出る決心をした。何年も前に一度見たことのある、ヴェネツィア恒例の昇天祭の近づく頃、私はヴェネツィアに向かった。フィレンツェは急ぎ足で通り過ぎた。というのも、かつて私を幸せにしてくれたその街のたたずまいは、いまはただ悩み苦しむ自分を見出させるばかりで、あまりにも辛かったのだ。全速力で馬を走らせることも、旅のもたらす疲労も気晴らしも、私にとって、少なくとも健康には、とても有効だった。三年このかた、魂と脳と心に受けた多くの苦痛によって、次第に健康を害していたのだった。ボローニャから、詩聖ダンテの墓を訪ねてラヴェンナに赴き、日がな想いを馳せ、祈り、涙を流しつつ過ごした。このシエナからヴェネツィアへの旅は私に愛の詩の新しい豊かな鉱脈を開き、ほとんど毎日、一つかそれ以上のソネットが、衝動的に自然発生的に私の活潑な想像力によって浮かび、形成されるのだった。続いてヴェネツィアでは、時あたかもアメリカ人民とイギリスのあいだの和平が締結、公表され、そこで彼らの完全独立が約定されたということを聞いた[78]。そこで『自由の国アメリカ』の第五のオードを書き、これをもってこの抒情的な小詩を完結した[79]。ヴェネツィアからパドヴァに至り、今回は、これまでの二回では行かなかったアルクァの愛の詩の巨匠[80]の家と墓を訪れた。ここでもまた、溢れる想いをただ吐露するがため、その日一日を涙と詩に捧げたのだった。パドヴァではさらに、著名なチェザロッティ氏と個人的に知己を得ることができたが、その快活で礼儀正しい物腰に、彼の『オシアン』のきわめて巧みな詩行を読んでいつも感じていたのに劣らぬ満足を覚えた。パドヴァからボローニャに戻る途中、私の詩人巡礼の四番目を果たすためにフェラーラに寄り、アリオストの墓と手稿にまみえた。タッソーの墓はローマですでに何度も訪れていたし、ソレントにある彼の揺籃の地も同様だったが、この揺籃の地は前回のナポリへの旅で[81]、ある目的でことさら足を運んでいた。このわれらがイタリアの四詩人こそ、そして、彼らだけがと言いたいのだが、私にとって当時も、いまも、そして将来もずっと、この美しいイタリア語の第一級の詩人なのだ。私には、この四詩人の作品中に人が詩に表現するすべてが存在していると思える一方で、無韻の台詞詩のメカニズムについては不十分で、この四つすべてをひとつにして、新しい方法で練り合わせたものから取り出す必要があると思われた。この四大詩人の作品は、座右においてはや十六年になるが、読むたびに日々新しく、その最良の作品はつねに新鮮ですぐれており、かつ、あえて言えば駄作はそれなりに役に立つのだ。というのも、私はこの四詩人の作品にはどこにも凡作、駄作が見当たらないなどと狂信的に主張したりせず、むしろ、彼らの駄作からも、十分に、それどころか十二分に、学ぶことができると言いたいのだ。もっとも、学ぶことができるのは、彼らの動機と意図に奥深く入り込むことができる者、すなわち、彼らの作品を十分に理解し味わうばかりでなく、それらを感じることができる者だけなのだ。

ボローニャから、道々涙を流し詩を作りつつ、ミラノへ赴いた。実は、わが親愛なるカルーゾ神父が、親族と一緒にヴェルチェッリにほど近いマジーノの彼らの瀟洒な城に滞在しており、ミラノにとても近かったので、私はそこに五、六日間逗留した。そんなある日、そこからはトリノもきわめて近いことがわかったので、姉に会いにトリノに寄らないわけにはいかないと考えた。そこで友と一緒に、一晩だけトリノに行き、翌日の晩にはマジーノに戻った。私は贈与と同時に、二度と住まぬつもりで祖国を捨てたので、これほど早く、とりわけトリノの宮廷の目にはつきたくない思っていた。だから、多くの人には奇妙に思えるほど慌ただしいこの訪問も、その理由がわかればそう不自然でもなかろう。私がトリノに住まなくなって、すでに六年以上がたっていた。トリノでは自分が安全で、静かで、自由でいられるような気がしなかったので、そこに長くとどまりたくもなく、とどまるべきでもなく、とどまることもできなかったのだ。

マジーノからすぐにミラノに戻り、そこにほとんど七月いっぱい滞在した。当地では『朝』[82]の独創性に富む著者にして、将来のイタリア風刺文学の真の先駆者[83]に頻繁に会った。この著名で教養ある著述家のおかげで、私は虚心坦懐に真摯な向学心に燃えて、自分の悲劇の文体の欠点が主にどこにあるのかを探求しようと努めたのだ。パリーニは優しく親切にさまざまなことを私に気づかせてくれたが、実を言えばそれらはあまり重要ではないことで、すべてを一緒にしても肝心の部分を形成することはできず、そのほんの一部をいくらか形作ることができるにすぎなかった。もっとも、わが文体の真の欠点を構成するはずの部分のほとんどあるいはすべてを、当時自分でもよく識別できなかったのだが、かといって、パリーニ、チェザロッティ、あるいはこのロンバルディア旅行で私が駆け出しの一途さと慎ましさをもって門をたたき、教えを請うた他のすぐれた人々も指摘することはできず、またそうしようともしなかった。そこで、自分で何年も手探りの努力を続けたのちに、ようやく次第に欠点のありかを見つけ、それを自ら修正するよう努めなければならなかった。全体的傾向として、私の悲劇はアペニン山脈のこちら側[84]でのほうがトスカーナでよりも好評で、文体への批判もそれほど根の深くない、若干の示唆を与えるにとどまった。ローマやナポリも同様だった。そこでは作品を読もうとする人がそもそもごくわずかだった。つまり、イタリアの作家たちが詩文を書き連ねるやいなや、あのようにして叱咤激励するというのは、ほかならぬトスカーナだけの古くからの特権なのだ。

第十一章
さらに悲劇六作品を出版。
最初に出版された四作品へのさまざまな批判。
カルツァビージ[85]の手紙への返答

八月初旬、トスカーナに戻りたくなって、ミラノを発った。モデナからピストイアへ至る風光明媚な新しい道を通って行った。その道すがら、自らの詩人としての至極もっともな憤りを、いくつかの風刺詩に多少なりとも吐露することを初めて試みた。心のなかでこう思っていたのだ。もしわれらがイタリア語に、皮肉で辛辣で痛烈な風刺詩がなかったとすれば、それはイタリア語のせいではない、なぜなら、イタリア語は他の言語が持っている、あるいは持っていたと同じかそれ以上に、牙も爪も矢も研ぎすまされた簡潔さも備えているのだから、と。ピストイアへ向かう道中、これからはるばる会いに行くフィレンツェの物知り連中が、この新しい術のちょっとした練習の恰好の題材になった。フィレンツェには数日間滞在して、忠告なり哄笑なり頂戴しようと、羊の皮をかぶってこの連中の何人かを訪ねた。はたして忠告のほうは皆目もらえず、哄笑のほうはたっぷり頂戴した。この物知りたちは私にそれとなく告げるようにして、実ははっきりと私にこう思い知らせたのだ。つまり、もし私が出版する前に彼らに私の原稿を直してもらっていたら、うまく書けたのに、と。彼らは他にも同じように糖衣でくるみきれない暴言を私に吐いた。私は、語句の純粋さや連関についてならば、そして神聖不可侵な文法についてならば、本当に、規則破りだった、あるいは純国語風でなかった、あるいは「韻律破り」だったのかもしれない、とかろうじて観念した。しかし、これらの点について彼ら自身、書く術を熟知してはおらず、私の出版物に関するこの三つの汚点のどれひとつとして、その箇所を私に具体的に示して指摘することができなかった。確かに文法的誤りがいくつかあるにはあるのだが、彼らはそれに気づいていなかった。そこで、彼らは、彼らによれば「古くさい」言葉について、また、耳にひどく短く、不明瞭で、ごつごつ響く奇妙な語法について、私を批判することで満足したのだった。こうして、私はいとも貴重な知識をふんだんに取り入れ、いとも著名な先生方から悲劇の術に関して教えを受け啓発され、シエナへ戻った。そのとき、無理矢理なにかに没頭して、自分の辛い思いから気を逸らすために、当地で自分の監督で悲劇の印刷を続けることにした。私はわが友にイタリアのさまざまなお歴々、とりわけフィレンツェやピサの先生方から拝聴してきた知識や忠告の数々を報告した。それは、自分たちの次の悲劇作品の出版で彼らを再び笑わせる準備をする前の、ひとときの愉しみだった。私は熱心に、だが性急に印刷に邁進し、九月いっぱいで、つまり二カ月足らずで、六つの悲劇作品(86)を二分冊の本に仕上げ、初めの四作品と合わせて初版がすべて完成した。そしてそのとき、新しいことを厳しい試練を通して学ばなければならなかった。そのほんの数カ月前に私は雑誌と記者がいることを知ったばかりだったが、今度は原稿の検閲官、印刷の校閲者、植字工、印刷工、印刷所職長を知らねばならなかった。幸い、後三者はお金で手なずけて意のままに動かすことが可能だが、校閲者や検閲官は教会関係者や役人で、訪問したりお金を払ったり取り入ったりなだめすかしたりしなければならず、並大抵の負担ではなかった。第一巻の出版時には、わが友ゴーリ氏がシエナでこれらの煩わしい雑事を私に代わって引き受けてくれていた。だから、残る二冊についても、おそらく彼が引き続き手がけてくれたと思う。しかし、私はかねがね一度は広い世の中のほんの片隅でも見てみたいと思っていたので、やはりこの機会にも検閲官のにらみや校閲者の威厳と傲慢を見ておきたかったのである。もし当時の心理状態が、実際そうであったよりずっと幸福な状態だったならば、この経験からいくつもの笑い話を引き出すこともできたことだろう。

そして、これもまた初めて、校正刷りの訂正を自分自身で行った。しかしあまりにも精神的に打ちのめされていて、集中にはほど遠い状態だったので、本来すべきで、またすることが可能なはずの修正、後年パリで再版するときにこれらの悲劇の表現に加えたような修正ができなかった。修正をするには印刷屋による校正刷りがとても役に立つ。というのは、作品全体から切れ切れにきり離された一節一節として読むので、あまりうまく表現されていないところがすぐに目に飛び込んでくるからだ。例えば、不明瞭なところ、練れていない表現といった小さな欠点だが、たびたび繰り返されることによって結局、作品を損なってしまうような、そんな事項が目につきやすくなるのである。それでも、全体として、この二回目に印刷された六悲劇は、先に印刷された四悲劇に比べると、うるさがたの意見でも、かなり読みやすいとの評価を受けた。当座は、手許にまだ残っている四作品をすでに印刷された十作品にさらに加えて印刷するつもりはまったくなかった。そのなかの『パッツィ家の陰謀』にしろ、『マリア・ストゥアルダ』にしろ、状況からして、私自身や、私が自分以上に大切に思っている人に面倒をもたらすかもしれないと考えたのだ。[87] しかし一方、校正刷りのこの厄介な見直し作業は、ひじょうに短時間にたて込んでいたこともあり、たいがい昼食直後にしていたのだが、それが原因でひどい痛風の発作を起こし、ベッドで寝ているわけにもいかない私は、二週間痛む片足を引きずって暮らした。発作はこれが二度目だった。一度目はローマで一年以上前に起こったのだが、ごく軽かった。しかし今回の発作で、これ以後生涯、たびたび痛風の発作に見舞われることになるだろうとはっきり予想できた。私の心の痛みと頭の使いすぎが、この病気の原因だった。しかし、食事を徹底的に節制することによって、次第にこの病気を押さえこむことができるようになり、いまでは栄養不良のわが痛風の襲撃は弱くなり、回数も減った。さて、この印刷作業をほとんど終えようとする頃、私はナポリのカルツァビージから手紙を受け取った。[88] それはあらゆる言語での引用だらけのひじょうに長いものだったが、私の最初の四つの悲劇作品について十分に納得のいく論理が展開されていた。私は受け取ってすぐに、その返事を書き始めた。ひとつには、この書面がそれまでで唯一、公平で理性に裏打ちされた真の批判精神からでたものだと思われたからだ。もうひとつには、この機会に私は自分の論理を発展させて、自分自身、どのようにしてなぜ誤ったのかを探りつつ、同時に、他のすべての無能な批評家たちに実りと良識ある批判をするか、さもなくば黙ることを教えることができるからだった。この返事を書くことは、当時この主題、すなわち悲劇論で頭がいっぱいだったので、私にほとんど疲れを感じさせなかったし、時がたってのち、すべての悲劇を印刷するときに、各々の序文として役立った。しかし、当座はこの書面は手許に置いておき、シエナ版に載せるつもりはなかった。シエナ版は私にとって、単なる試み以上の何ものでもなく、私はむしろまったくの丸腰で、あらゆる方面からあらゆる矢を受けたいと思ったのだ。たぶん、そうすることによってそこから死よりも生を受けられるだろうと期待していたのだ。的外れな批判ほど著者を元気づけるものはないのだから。もし私が本編の初めに、自分のことを包み隠さず語るとか、自分の振舞いに事実を裏切るような理由づけはしないとか決めて、約束していなかったなら、私のこのちょっとした思い上がりを暴露することはきっとなかっただろう。印刷が終わり、十月初めに第二巻を出版した。第三巻は、第二巻が世にその姿を現すやいなや勃発するであろう新たな戦いにもちこたえるために、とっておいた。

そのあいだもずっと、なによりも願っていたのはわが貴婦人との再会だったが、その冬に実現することは絶対に不可能で、そのことにすっかり気落ちした私は、心の平安もくつろげる場所も見出せず、フランスとイギリスへの長旅に出ることを思い立った。どちらももう二度目の旅で堪能し尽くしていたから、憧れも興味もなかったのだが、それでも行くのは、他に悲しみを癒す、あるいは和らげる術を見出せなかったからだ。さらに、このたびの旅行では、イギリス産の馬をなるべく多く手に入れようという心づもりだった。この馬というのが、当時の、そしていまだにそうなのだが、私の第三の情熱なのだ。この情熱はひどく厚かましく図々しく、しかもたびたびわき起こるもので、見事な駿馬が書物や詩に対して、たびたび戦いを挑み、時には勝利も収めてしまう。そして、心の満たされぬまさにこの時期には、詩の女神たちはわが心の支配権をほとんど握っていなかったのだ。そこで、私は詩人から馬丁になり代わり、ロンドンに向けて旅立った。私の頭は、美しい頭、美しい胸、堂々とした首、広い臀部への夢想で満たされ、燃え上がっていて、もはや過去や現在の悲劇のことはまったく、あるいは少ししか考えなかった。そして、こうしたつまらぬことにゆうに八カ月あまりを費やし、何もせず、何も学ばず、長い長い旅の行程でいつも必ず携えているわが四詩人の詩を切れ切れに、ある時はこれ、またある時は別の、という具合にかわるがわる手に取る以外、何も読まなかった。はるかなるわが貴婦人のことばかり想っていた。時々、彼女への悲痛な想いを詩句にまとめるのがせいぜいだった。

第十二章
イギリスへの三度目の旅、唯一の目的は馬を買うこと

こうして十月の半ば、私はシエナを発ち、ピサやレリチを経てジェノヴァへ向かった。わが友ゴーリ氏がジェノヴァまで同行してくれた。そこで二、三日過ごしたのち、われわれは別れ、彼はトスカーナへの帰路につき、私はアンティーブに向けて乗船した。この船旅は、いくらか危険を伴っていたが、超高速で、十八時間あまりで敢行したのだった。その晩は、多少の恐怖心を抱かずにはいられなかった。フェラッカ船は小さくて、船に乗せた私の馬車はがたがた揺れた。風も海も大荒れで、私はすっかり気分が悪くなった。下船してエクスを指して出発し、そこにはとどまらず、そこからアヴィニョンまでの行程も一気に進んだ。アヴィニョンでは、心躍らせて、人里離れた魅惑の地ヴォクリューズ(89)を訪ねた。そしてソルガ(90)は心の底からわき出すような、熱い涙をさそった。

その日、アヴィニョンとヴォクリューズを往復するあいだに、私は四つのソネットを作った。この日は、私にとって、私が過ごしたうちでもっとも幸福で、同時にもっとも悲しい日々のひとつとなった。アヴィニョンを発つと、有名なグルノーブル修道院を訪ねてみたいと思った。行く道々、涙を流しつつ、少なからぬ詩を詠みつつ、とうとう三度目のパリに辿り着いた。この町の巨大さは私に、いつもとまったく同じ効果、すなわち怒りと悲しみを引き起こした。そこに一カ月ほど、それはまるで一世紀のように思われたが、滞在して、あらゆるジャンルの多くの文学者にさまざまな手紙を書き送りながらも、十二月のイギリス行に向けて準備した。フランスの文学者たちはほとんど皆、わがイタリア文学にひじょうに疎く、知っていてもせいぜいメタスタジオどまりである。一方、私も彼らの文学を理解もせず、知りたいとも思わなかったから、われわれのあいだでは議論が成り立たなかった。そのうえ、トスカーナ語とまったく相容れない鼻にかかった語をまたもや聞いたり話したりせざるをえない状況に再びわが身をおいたことに、煮えくり返る思いだったので、パリを去る時期をできるだけ早めた。このごく短い滞在のあいだ、しばし私の心を熱狂させたのは、気球だった。その最初の二つを、しかも二種類のそれぞれもっともうまくいった実験を見たのだ。ひとつは熱気球、もうひとつは水素ガスを充填したもので、どちらも人間を二人ずつ空へと運んだ。壮大で感嘆すべき見世物だった。歴史的題材というよりは、詩の題材であり、最高という称号を頂くのに不足しているのは、これまでのところ、なんらかの有用性に結びつく可能性、あるいは確証だけだった。ロンドンに着いて一週間とたたぬうちに、私は馬を買い集め始めた。最初は競走馬を一頭、それから、乗用馬を二頭、さらにもう一頭、そして引き馬を六頭手に入れ、続いて、子馬が何頭も具合が悪くなったり、死んだりしたので、一頭死ねば二頭買い直すという具合で、八四年の三月には私の持ち馬は合計十四頭となった。このめくるめく情熱は、六年間ほど灰の下に埋まっていたのだが、長いこと馬を一頭もあるいは数頭しか持たない状態が続いたために、やっかいなことにわが心と空想力に火を点けてしまった。そのため私は障害をものともせず、それに十頭購入したうち短期間に五頭も減ってしまったのを見て、十四頭に行き着いてしまったのだ。ちょうど、初めは十二作だけでいいと思っていた悲劇を十四作まで増やしてしまったのと同じように。悲劇のほうは私の心をへこませ、馬のほうは私の財布をへこませた。しかし、多くの馬で気晴らしをしたおかげで、私は健康とすぐさま他の悲劇やその他の作品を書こうという意欲を取り戻した。したがってこの多額の出費も、とぼとぼと憔悴して歩いていた私に元気と陽気を買い戻させたのだから、結構至極だったというわけだ。そのうえ、ちょうどお金がだぶつき気味だったので、この出費はなおさらよかった。例の贈与のあと、初めの約三年は倹約生活をし、後半の三年は品位を保つ程度に適度な出費をして暮らしていたので、当時手許にかなり多額の蓄え、まったく手をつけていないフランスの終身年金の利子すべてがあったのだ。その資金の大部分を、私はこの十四頭の友の購入代とイタリアへの輸送代に使い、その残りはその後五年間彼らを飼育するのに費やした。というのも、この馬たちはいったん自分たちの島を出てからは一頭も死にたがらず、私も彼らに愛着を抱いて、売りたいとは思わなかったのだ。威風堂々馬に跨りながらも、心はあらゆる賢明で高尚な行いの唯一の原動力から遠く離れていることを悲しみ、誰ともつき合わず、誰も求めず、ある時は自分の馬たちとともに過ごし、またある時は次から次へと手紙を書き綴るのだった。こうして四カ月ほどロンドンで過ごし、そのあいだ悲劇のことは構想済みのもの以外まったく考えなかった。私の心にしばしば浮かんだのは、自分の悲劇と馬のあいだの数の奇妙な比率で、それを思うと可笑しくなって独り言するのだった――「おまえは悲劇ひとつにつき馬の鞭打ちを一つずつくらったわけだ」と。[91]というのは、私たちが学校でひどい作文を書くと、わがオルビリウス先生たちが鞭の音とともにわれわれに与えた馬の鞭打ちの罰を思い出したのである。[92]

こうして私は恥ずかしくも、愚かしい怠惰に身を任せて何カ月も過ごしたのだった。お馴染みの詩人を毎日読むことすらやめて、詩の鉱脈は実際まったく涸れたような状態だった。結局ロンドン滞在中を通してたった一つのソネットと、出発時に二つのソネットを作っただけだった。四月に例の長い隊列を引きつれて発ち、カレーに至り、次いで再度パリへ、そしてリヨンとトリノを経てシエナに戻った。しかし多くの馬を連れてのこのような旅は、書面で言うは易く、行うは難し、だ。私は一日ごとに、一歩ごとに、厄介と困難を味わい、それはわが騎兵隊について私が感じるはずの幸福を損なうほどだった。こちらの馬が咳をしたかと思うと、あちらは食欲不振、一頭が足を引きずれば、別の一頭の足が膨れ、また別の一頭はひづめが壊れ、云々。まさに怒濤のごとく災難が押し寄せてきた。そして私がその第一の犠牲者だった。ドーバー海峡を渡る船旅では、馬たちは羊の群よろしく船底に積まれ、すっかり元気を失い埃まみれで、その人目を惹く栗色の外套の見事な輝く毛並をもはや見分けるべくもない。そのうえ馬たちの屋根になっていた板が何枚か取り払われて、カレーに着いて上陸する前に、馬の背中を板代わりにして、その上を粗野な水夫たちが、馬を生き物とも思わず、でこぼこの床ででもあるかのように歩いたのだった。それから、ロープで吊るされて四肢をぶらぶらさせながら外に引っぱり出され、海に降ろされたのだが、引潮で翌朝まで船が着岸できなかった。こうしてその晩は上陸しなかったので、馬は一晩中ひどく具合の悪い姿勢のまま船積みされることとなった。それは馬にとって死ぬほどの苦痛だった。しかし私が大いに心配し、よく予見し、深く配慮し、つねにねばり強く注意したおかげで、馬たちはひどい病気に罹ることもなく、皆を無事に連れていくことができた。

実を言えば、このことでますます馬に愛情を注ぐようになった私は、馬バカとも言えるほど馬を自慢に思っていたので、アミアン、パリ、リヨン、トリノ、あるいはその他の場所で、目利きがわが馬を見事だと褒めると、得意になってまるで私が馬を産んだかのような気になるのだった。しかし、この馬の隊列にとってもっとも危険で雄々しい企ては、ランスルブールとノヴァレーザ間のアルプス越えだった。あれほど大きくてかなり重い動物が、道のひどく狭くて険しいあの難所をそつなく通るためには、彼らの進行を上手に整え導く長い労苦が必要だった。そしてその導きぶりに自分ながらかなり満足していたので、読者には、私がそのことを満足げに書き綴ることを許していただきたい。ご希望でない方は、読み飛ばして結構。お読みになりたい方は、私が悲劇を五幕に配分するよりも、テレモピレー(93)に十四頭を配列するほうが上手かどうか、ご注目いただきたい。

わが馬たちは、その若さと、私の親身の世話と、適度の運動のおかげで、途方もなく元気で活潑だった。そのためいっそう、あの坂道を無傷で導いていくのは容易ではなかった。そこで私は、ランスルブールで馬一頭につき一人の人夫を雇い、ひじょうに短い手綱を持たせ、馬を引いて歩かせることにした。三頭ずつ数珠繋ぎになって、馬を引く人夫とともにあの美しい山を登っていくのだが、その三頭ごとにラバに乗った私の馬丁が一人ずつ付いて、自分の先を進む三頭を担当して目を配るようにした。こうして三頭ずつ順々に進んでいった。道中、ランスルブールの蹄鉄工を帯同して、釘と金槌で外れそうになっている蹄鉄の修理をしてもらうことにした。あれほどの岩山を蹄鉄なしに歩くのはひじょうに危険だった。私はこの隊列の長として、持ち馬のなかでももっとも小さくてもっとも軽いフロンティーノに乗って最後尾を進んだ。私の許には、二人の助手を置いた。この二人は道案内でもあり、私のいる最後尾から私の命令を帯びて隊列の途中や先頭に走る、敏捷な歩兵兼伝達役でもあった。このようにして、きわめて幸運なことにモンセニージの頂上に着くと、そこからはイタリア側への下りにはいるのだが、下りというのは馬がとかく浮かれて、足を速めて、軽率に跳ねたりもするものなので、私は位置を変えて先頭に立ち、馬を降りて徒歩でゆっくりと下山することにした。さらに下りの速度を大幅に落とすため、大きくて重い馬を列の先頭に置いた。助手たちはずっと駆け足で登ったり降りたりしながら馬同士が必要な間隔以上に開かないように目を配った。こうした行き届いた配慮にもかかわらず、やはり三頭の足の蹄鉄が外れてしまったが、処置がひじょうに的確で、蹄鉄工がすぐに直してくれたので、結局すべての馬が健康に恙なく、足も最高の状態で引きずることもなく、ノバレーザに到着した。私のこのおしゃべりは、ひょっとして、たくさんの馬を連れてアルプスなどの山越えをしなければならない人の手本となるかもしれない。私は、自らこの難路を首尾よく指揮しおおせたことで、奴隷や象を引きつれてアルプスの南側へ越えたハンニバルに劣らぬほど、誇らしい気持だった。しかし、ハンニバルがたくさんの酢を費やしたとすれば(94)、私は少なからぬワインを費やした。彼ら、つまり道案内、蹄鉄工、馬丁、助手たちの飲んだこと、飲んだこと。
私の頭は、このくだらぬ馬ごときで溢れんばかり、すべての役に立つ立派な思考は空っぽの状態のまま、五月末にトリノに到着した。当地に三週間ほど滞在したが、それは住居を捨てて以来七余年ぶりのことだった。しかし馬をいくら好きだと言っても、こう続いては私も少々うんざりし始めて、一週間ほど休息させた後、私の次の逗留予定地であるトスカーナへ、先に出発させた。そしてそのあいだに、実のところ三十五歳にもなる悲劇作家にはあまり相応しくは思われないような煩わしさ、労苦、幼稚さからしばし逃れて、一息つきたかったのだ。とはいえ実は、この気分転換、この運動、そしてこの勉強の完全なる中断は、私の健康に著しく寄与したのだった。気づいてみれば、私の身体は元気を取り戻し、若返っていた。ちょうど、私の知性や思慮分別までもが、馬たちが私を子供の頃のような馬鹿状態に引き戻したおかげで、若返りすぎたように。こうしてまたもや私の知性はすっかり錆びついてしまったので、私は自分に、もはやなんの構想も起草もできないとの評価を下した。

第十三章
トリノに短期滞在。当地上演の『ウィルギニア』を観る

トリノではいくらかの嬉しいことと、それ以上に不愉快なことがあった。思春期の友人、自分に

とって最初の場所、そして草の一本や石ころ一つ、要するに、幼い日の思考や情熱の対象であったものすべてとの再会は、実に懐かしいことだった。一方、青年期の仲間とも少なからず再会したが、彼らは私が道をやって来るのを見ると、なるべく離れて私を避けるようにして行ってしまう。さもなくば、やむにやまれず、かろうじて冷淡な挨拶をするか、顔をそむける。それが皆、私がほかならぬ友情と誠意を示してきた相手なのだ。これはかなり私にはこたえた。もし、わずかながら親切な別の仲間が、彼らの私へのあのような態度は、私が悲劇を書いたからだとか、旅ばかりしているからだとか、あまりにも多くの馬を連れて国へ戻ってきたからだとか言ってくれなかったならば、もっと辛い思いをしたであろう。要するに、些細なことばかりで、自分自身を省みることによって人間というものを知っている人にとっては、無理もない、当然といってもいいことばかりだった。しかし、私のような人間にとっては、自国に住まないことによって、これら些細な事項をできるかぎり避けるべきだったのだ。というのも、私は同国人がすることにもしないことにも合わせたくないし、国は小さくて人々は怠惰だし、果ては、この国ではどんなジャンルでも、そしてどんな方法でも、人々より秀でようと試みただけで、心ならずも人々の気分を害してしまうことになるのだから。

トリノで私が耐え忍ばなければならなかったもう一つの不快事は、王の御前に出向かなければならないことだった。私が国外永住によって無言のうちに王を裏切ったことで、王が私に立腹しているのは確かだった。それでも、国の習慣や自らの状況を鑑みると、私が王に恭順なる臣従の礼を尽くさなければ、変人、傲慢、無礼といった当然の悪評が立つのは必定だった。私がトリノに着くやいなや、いまや王に伺候する筆頭貴族たるわが善良なる義兄が気遣わしげにまず探りを入れたのが、私が宮廷に参上するつもりかいなか、ということだった。あにはからんや、私は即座にはっきりと肯定的返答をして、彼を鎮め、安堵させた。彼は次にその日取りについて云々したが、私は先延ばしにしたくなかった。そしてその翌日、私は大臣の許に出向いた。義兄は私より先回りして、私が着いたときちょうど当政府の私への応対が最高になるようはからった。そのおかげで私は大歓迎を受けるはずになっていたし、そのうえ、私を雇いたいという意向まで伝えられた。私はこの勿体なくも予期せぬ好意に驚き震えたが、この知らせは役に立った。つまりその知らせのおかげで、私は自分が受け入れられたり誘われたりしないような言動を採り続けることができたのだ。そこで、私は大臣に、トリノに寄ったのは当大臣を訪問する義務があると思ったからで、大臣を介して単にご挨拶のために王へのお目通りを願いたいのだと伝えた。大臣は私を優しく迎え入れ、いわば歓待といってもいいいほどだった。最初からその一言一言で、私は何となく感づいていたのだが、そのうち彼ははっきりと、私が故国に落ち着けば王のお気に召すだろうとか、私を喜んで雇うだろうとか、私はそこで頭角を現すだろう、といった類のことを私に言った。私は単刀直入に、いささかも躊躇うことなくこう答えた。私はトスカーナに戻り、そこで出版と勉学を続ける、齢三十五歳にして、もはやその志を変えるべきではない、文学の道に入ったからには、善かれ悪しかれ残りの生涯、その道に励むつもりだ、と。それに対して彼はさらにこう言った。文学は美しく素晴らしいが、もっと偉大でもっと重要な仕事もある、そしてその仕事をする能力が私には実際にあるし、そう思って当然なのだ、と。私は丁重に礼を述べつつも、頑として拒み続けた。それに私は、彼のような善良なる紳士に無駄な骨折りをさせない（それが彼には当然の報いだとしても）節度と寛容さ、そして、彼らの公文書だの外交使節だのといったものが、私にとっては、そして事実として確かに、私やその他の人の悲劇作品ほど重要でも価値あることでもない、ということを彼が徐々に理解するに任せる節度と寛容さを持っていた。しかしこの種の人々が、たやすく考えを翻すことはないし、そんなはずもない。一方、私はその性格から、基本的合意がある人としか、それも稀にしか争わない。そのような人以外が相手の場合は、私はどんなことでも最初言いなりになるのだ。だから、私はこの不承諾に満足だった。私のこの頑固な拒否については、おそらくこの大臣ルートで王まで伝わったようで、その翌日、私が王の許へご挨拶に伺った折には、彼はそのことについてはまったく触れず、むしろ彼特有の気さくさと温かさを最大限にこめて、私を迎えてくれた。この君主は、現君主でもあるヴィットリオ・アメデーオ二世(95)で、私が生まれた当時の王カルロ・エマヌエーレの息子だった。私は概して王という輩が一向に好きではないし、専制君主はなおさらだ。それでも、われらが王のこの一族はとてもすぐれており、とりわけヨーロッパの他の現王室のほとんどすべてと比べてすぐれていると、素直に言わねばならない。そして私は、心の内奥で彼らに対して敵意よりもむしろ愛情さえ感じているのだ。というのも、現王にしても先王にしても、最良の意志ときわめて模範的な性質の持ち主であり、国に罪よりも功をもたらしたのだから。それにもかかわらず、益をなすか害をなすかすべてが彼らの絶対的意志にかかっていると考えたり、強く感じたりすると、震えおののき、逃げ出さずにはいられなくなるのである。そして数日後、私は実際そうした。その数日間で、トリノの親戚、知人に再会することもできたし、そのわずかな日々のうちもっとも長い時間を割いて、心楽しく、しかも有意義に無二の友、カルーゾ神父とともに過ごすことができた。そしてほんのひとときのこの再会によって、私の頭は整理しなおされ、馬に忙殺されるうちに陥り、どっぷりと浸かりかけていた冬眠から目を覚ますことができた。

トリノ滞在中、私は（それほど気がすすまなかったのだが）自作『ウィルギニア』の公演の手伝いをしなければならなかった。場所はその九年前に『クレオパトラ』を上演した劇場で、俳優の技量も当時とほぼ同じだった。アカデミー時代の友人が、私がトリノに到着する前に、私がたまたまやって来るということを知らずに、この上演の準備をしていた。彼は私に、俳優たちをいくらか訓練することに力を貸して欲しいと頼んだ。しかし私は、以前よりお財布がいくらか、そして自尊心についてはもっとずっと膨れ上がっていたから、わが俳優陣やわが平土間席の観衆の程度を嫌というほどわかっていて、尽力したいとは思わなかった。彼らが口を開くのを待たずとも私には自明なことである彼らの無能さの共犯者に、私は断じてなりたくなかったのだ。ゼロから始めなければならないことがわかっていた。つまり、まずヴェネツィア語ではなくてイタリア語を話すこと、発音することから教えなければならない。それから、それをプロンプターではなくて彼らが朗誦し、せめて聴衆にわかって欲しいことを自分たち自身がわかる（感じとる、と言うのは無理な要求だろう）ように、仕込まなくてはならない。というわけで、私の拒否もそれほど理不尽ではなく、私の自尊心もそれほど出過ぎたものではなかったのだ。したがって、心配りはすべてその友人に任せて、私は手伝うだけという約束で不承不承、応じた。だから私は実際そこにいたのだが、生きているあいだに自分が受けるべき称讃も非難もイタリアのどの劇場にも存在しないのだと、確信していたのだった。『ウィルギニア』は以前の『クレオパトラ』とまったく同程度に注目され、まったく同程度の出来映えだった。次の晩も、その前の晩よりも良くも悪くもない評判を得た。そして私は、ご想像どおり、もう劇場には出向かなかった。しかし、その日を境に、私は栄光に幻滅を感じ始めた。そしてそれは日に日に強まっていくばかりだ。それでも、私はいったん志した道を捨てず、あと十数年は、つまり六十歳頃までは頑張ってみるつもりだ。すなわち、できるだけ正確にできるだけうまく、二、三の別のジャンルでの創作にも挑戦してみるつもりだ。それは、死ぬとき、あるいは年老いてから、自分自身と自分が身につけた術に満足して、心に慰めを得るためなのだ。現存の人々の批評に関しては、またもや残念ながら、イタリアにおける批評術の現状を鑑みると、いまのところいかなる称讃や批判を期待することも得ることもできない、といわざるをえない。私は、きちんと識別することもなく、称讃の理由を明らかにして著者を勇気づけることもないようなものを称讃とはみなさないし、より良くするよう教え導かないようなものを批判とは呼ばないのだから。

私は『ウィルギニア』の上演で、『クレオパトラ』の上演よりもさらに辛い死ぬほどの苦しみを味わった。しかしその理由は前とはまったく違った。ここでいまその理由をつまびらかにするつもりはない。悲劇の術に関して、眼識も誇りも持つ人にとってはわかりきったことだし、そうでない人にとっては役に立たず不可解なことなのだから。

トリノを発って、アスティで最良の尊敬すべきわが母の許に三日間滞在した。二人とも再び会うことがないような予感がして、涙ながらに別れた。私は、持ちうる、そして持つべきありったけの愛を母に対して抱いていたというつもりはない。というのも、九歳のとき以降、慌ただしく数時間立ち寄る以外、母とともに過ごすことはなかったのだ。それでも、母への尊敬、感謝、崇拝の念はいつも最高だったし、生涯ずっとそうあり続けるだろう。天は母に長寿をお授けになった。それを、彼女がその街全体の教化と利益のために十二分に活用できるように。それに、母の私に対する愛は言葉に尽くせぬほど熱く、私には勿体ないほどなのだ。だから、私たちが別れるときの、母の心からの深い悲しみは、私にはとても辛かったし、いまもって辛い。

サルデーニャ王の領国から出るやいなや、ほっと息をついたような気がした。私は自らの生まれによる軛を壊してしまっていたのだが、その残滓が私の頸を静かに、だがきつく締めつけていたのだ。だから、私があそこに滞在したほんのわずかのあいだにも、この国の政府のお偉方の誰彼と一緒にいなければならないときは必ず、自由人というよりもむしろ解放奴隷のような顔をしていた。そしてそのたびに、エジプトでフォティーノなる者の支配下に下ったポンペイウスのあのとても美しい言葉(96)を思い出すのだった――「専制君主の家に入る者は、奴隷でなくとも、奴隷となる。」こうして、つい気楽な思いつきで、捨てたはずの牢獄に舞い戻った者は、看守がそこにとどまるかぎりは、外に出られぬ自分の姿を再び見出すのが関の山なのだ。

モデナに向かって歩を進めるあいだ、わが貴婦人から受け取った便りは、私を時に悲しみで、時に希望で、そしていつも大いなる不安で満たすのだった。しかしピアチェンツァで受け取った最後の便りは、ついに彼女のローマからの解放を知らせ、私を歓喜で満たした(97)。というのも、当時ローマだけが彼女に会うことのできない唯一の場所だったのだ。しかし一方、鉛の鎖に縛られて私はこのときも彼女を追うことは絶対に禁じられていた。彼女は幾多の困難を経て、夫にかなりの金銭的な犠牲も払って、ようやく義兄と教皇からスイスのバーデン湖に赴くことを許されたのだ。それは、多くの不快な出来事によって彼女が著しく健康を損ねてしまったことを慮ってのことだった。その六月、つまり一七八四年の六月、彼女はローマを発ち、はるばるアドリア海沿いにボローニャ、マントヴァ、トレントを経てチロルに向かった。同じ頃、私はトリノを発ち、ピアチェンツァ、モデナ、ピストイアを経て、再びシエナに戻った。彼女にかくも近くにいるという思い、そしてそのあとすぐに再びかくも遠く隔てられているという思いに、私は同時に喜びと悲しみを味わった。もちろん、トスカーナに自分の馬車や人を直接送り、自分は独り、馬に乗って宿場沿いに斜めに横切れば、すぐに彼女に追いついて、せめて一目その姿を見ることもできただろう。欲望と恐れと希望を抱き、望んだり、望まなかったり。すべては、数少ない真の恋をする者たちが必ず味わうことだった。しかし最後に、義務と、自分自身よりもむしろ彼女や彼女の名誉への愛が勝った。そういうわけで、私は罵りつつ涙を流しつつ、わが道をいささかもはずれることはなかった。こうして、このわが悲しき勝利の重みを背負って、およそ十カ月ぶりにシエナに到着した。そしてわが友ゴーリ氏のうちに、再びなくてはならない慰めを見出した。そのおかげで、もはや希望を失いつつも、なんとか日々を過ごしていたのだった。

第十四章

アルザスへの旅。わが貴婦人との再会。悲劇三作品を新たに構想。シエナのゴーリ氏の予期せぬ死

私に遅れること数日でシエナに十四頭の馬が到着した。十五頭目はわが友に預けてあった。それは美しい栗毛で名はフィード[98]だった。これこそ、ローマで幾度もわが貴婦人の切ない重みを背に運んだ馬で、それだけに新たに獲得した一団にもましてとりわけ愛着があった。この馬たちのおかげで、仕事ができない一方で、気晴らしができた。しかしやがて心が満たされなくなって、再び文学関係の仕事を始めるべく虚しい努力を続けていた。こうして、六月の残りと七月すべてをシエナにじっとしていたが、数首の詩を作る以外、無為に過ごした。他には、例の小詩[99]を数連作って第三歌を作り終え、さらに最終歌である第四歌に入った。この作品は、幾度も中断しながら長い期間をかけてつねに断片的に作成し、しかも書いた作品プランもなかったのだが、それにもかかわらず私の頭にとても強く刻み込まれていた。作成にあたって最大の注意を払ったのは、冗長にならないようにすることだった。さまざまな挿話や装飾を心に浮かぶままに書くとするなら、そのほうがむしろ数段易しかっただろう。しかし、独創的で、ほろ苦さが鋭く効いた作品にしたいからには、一番必要な価値は短さだった。そこで最初は、三歌までしか構想していなかったのだが、さまざまな助言

を取り入れるうち、ほとんど一歌の長さになり、結局合わせて四歌となった。しかし、この度重なる中断が詩全体になんら影響を及ぼしていないと、私自身確信はできない。ある種のとりとめなさをこの詩に与えているかもしれない。

こうしてこの第四歌を書く試みを続ける一方で、私は相変わらずおびただしい手紙を受け取り、かつ書き送っていた。便りを重ねるうち、心は再び徐々に希望で満たされるようになり、すぐに彼女に会いたいという欲望がますます燃えさかった。その期待がどんどん膨らんで、とうとうある日、矢も盾もたまらず、ゴーリ氏にだけは、ヴェネツィアに寄るふりをして実はどこに行くつもりなのかを話して、八月四日、ドイツに向けて旅立った。ああ、その日こそ、私にとって苦い思い出の日。自らの半身へと赴く喜びで有頂天になっていた私は、この愛しくも無二の友を、ほんの六週間の別れと信じて抱きつつ、実は永遠の別れになろうとは知る由もなかった。このことは、何年もたったいまでも、涙なしに話すことも、考えることもできない。しかし、その悲しみをここでは綴らない。他所で存分にその思いの丈を記したのだから(100)。

さて、話を旅に戻そう。ピストイアからモデナに至る、いつものお気に入りの詩的な道を辿って、私はマントヴァ、トレント、インスブルックへと急ぎ、さらにシュヴァーベンスを通ってライン川の左岸の上アルザスの都市、コルマールに至った。その近くで、とうとう私がいつも呼び求めていた彼女にゆうに十六カ月ぶりに再会した。私はこの旅程を十二日間でこなしたのだが、走っていても、遅々として進まぬように感じていた。この旅のあいだに、詩の鉱脈がかつてないほど豊かに開かれ、私のなかに存在する、私より力ある者によって私は毎日のように三つ以上ものソネットを作れるようになった。道すがら、彼女が二カ月ほど前にそこを通ったのだと想っては、彼女の足跡を辿る喜びにわれを忘れるほどだった。そして心の弾むときには、愉快な歌を作ったりもした。こうして歩きながら作ったのがゴーリ氏宛のカピートロで、これは私の第三の情熱にほかならない愛しい馬の管理に必要な指示を、彼に与えるためだった。ここで第三のと言ったが、とてもじゃないが恥ずかしくて第二のとは言えない。当然、詩の女神であるミューズたちが、ペガサスより先でなければならないのだから(101)。

この長々しいカピートロは、後に詩集に入れたのだが、最初の、そしてほとんど唯一の風刺的ジャンルの作品だった。私の資質がこのジャンルにもっとも合っているわけではないが、それでもその優雅な魅力のすべてとその機知は私にも感じられる。とはいえ、つねにその優雅さを表現するに足るほど感じるわけでもない。自分のできる範囲内で作ったまでだ。八月十六日にわが貴婦人の許に着いてから、約二カ月が電光石火のごとく走り去った。彼女に会って生き返ったその日から二週間とたたぬうちに、魂も気力も知力もすっかり完全に回復して、二年このかた、もう悲劇を書くことなど夢にも思わなかった当の私が、『サウル』で悲劇の筆を執ったものの、その後もう悲劇は紡ぐまいと固く心に決めていた当の私が、われ知らず何かに背中を押されるように、三つの悲劇作品『アーギス』、『ソフォニスバ』、『ミルラ』を構想したのだった。初めの二作品はこれまでも幾度か心に浮かんだことはあったのだが、いつも捉え損ねていた。しかし今回はかくも想像力が横溢していたので、それを草稿に書きつけずにはいられなかったのだ。あとで起草することなどできるとは思わずに、願わずに。ミルラ(102)のことは、それまで考えもしなかった。ビビュブリス(103)はもちろん、ミルラにしてもその他のあらゆる近親愛にしても、これまで悲劇の題材と考えたことはなかった。しかし、オウィディウスの『変身物語』のなかで、ミルラが乳母に語るあの熱く真に神々しい話をたまたま手にしたのだった。読むうちに涙が迸り、突如稲妻のごとくそれを悲劇化することを思い立った。もしミルラが自分自身にも、そして他の誰にもその不埒な愛を告げず、その不義というよりは不幸な彼女の燃えるような、そして同時に澄みきった心に吹き荒れる嵐のすべてを、観客自身が少しずつ見つけだすように著者が描くことができるならば、それは心の琴線に触れるきわめて独創的な悲劇になるだろうと思われた。要するに私はまず初めに、彼女がオウィディウスにおいて語ったのと同じ行動を、私の悲劇でもするように、ただし口を閉じてするように構想したのだった。その当初から、他からなんの事件も挿入することなく、ミルラの心のうねりだけで全五幕をもたせることに並々ならぬ困難を感じていた。そしてその困難さがなおさら私を焚きつけ、後に起草、詩文化、印刷へと進むにしたがって、ますますその困難にうち勝とうという意欲に拍車をかけたのだった。しかしながら、創作を終えて、私はその困難がどれほどのものかを知り、恐れている。これを私が完全に乗り越えることができたか、それとも部分的にか、それともまったくできなかったのかの判断は他の人々にお任せする。

この三つの新しい悲劇の労作は、私の栄光への愛を再び燃え上がらせた。ただしその栄光を、その栄光以上に私にとって大切な人と分かちあう、という目的以外には望まなかった。この一カ月というもの、限りなく幸せで充実した日々を過ごしていた。なんの苦痛にも脅かされることのない日々だった。ただし、せいぜい長くてもほんの一カ月後には否応なく再び別れが訪れるという恐ろしい予測以外には。しかし、束の間のささやかな幸せを味わっている私に、限りない悲痛を注ぎ込むには、この差し迫った恐れだけでは不十分とでもいうように、意地の悪い運命は私にこのひとときの慰めの高い代償を払わせるために、悲しみの量を増やそうとしたのだった。シエナから便りが届き、まずわがゴーリ氏の弟の死とゴーリ氏の重病という知らせを私にもたらした。八日あけて届いた次の便りは、ゴーリ氏もたった六日間の闘病の後に亡くなったという知らせだった。これほど突然で予期せぬ打撃を受けたとき、もし私がわが貴婦人と一緒でなかったならば、私が味わうはずの悲しみはもっとはるかに荒々しく恐ろしいものになっただろう。しかしともに泣いてくれる人といることで、悲しみも幾分和らいだ。わが貴婦人もわがフランチェスコ・ゴーリを知っており、深く敬愛していた。すでに述べたように、彼は前年私とジェノヴァに同行した後、トスカーナに戻り、それからローマにやって来た。それはほとんどわが貴婦人と知己を得るという目的のためだった。実際、数カ月滞在して交流を続け、連日彼女を連れて、彼が愛してやまずそしてきわめて造詣の深い美術作品の多くを訪ね歩いたのだった。だから彼女が私とともに泣くのは、私のためばかりでなく、自分のためでもあった。彼女はこのときの経験を通じて彼の素晴らしさを知っていたのだ。この不幸な出来事は、私たちがともに過ごす残りわずかの時間をひどく掻き乱した。そしてその終わりが近づくにつれて、この第二の別れがいっそう辛く恐ろしいものになっていった。いよいよその日が来て、私は運命に従い、再び闇の中へ入っていかなければならなかった。しかし今度の闇はいままでとはまったく違う。わが貴婦人とこの先いつ会えるとも知れずに離ればなれになるうえに、悲報によってわが友を永遠に失ってしまったのだから。来るときは私の悲痛と憂鬱を一足ごとに晴らしていったその同じ道が、戻るいまは一足ごとに倍加させるのだった。悲しみにうちひしがれ、シエナまで、詩作もあまりせずに泣き通した。当地に十一月上旬までとどまった。シエナに着いた当初、わが友ゴーリ氏の友人で、友の友として彼らも私も互いに好意を持っていた数人が、友の命を奪った出来事の詳細を知りたいという私の願いにあまりにも忠実に答えてくれたために、悲しみはいっそう募った。私はいつも震えながら、その詳細を聞くまいとしつつも、なお尋ね続けるのだった。もはや、(さもありなん)悲嘆に沈む彼の家には泊まらなかった。それどころか、あれから再び目にすることもない。前年に私がミラノから戻って以来、わが友の深い心遣いにより、私はその家の中に、楽しくも閑かな部屋をもらい、彼と私はまるで兄弟のように暮らしていたのだ。

しかしわがゴーリ氏のいないシエナに滞在することは、早晩耐えられなくなった。いささかもその記憶を褪せさせることのないまま、場所や事物を変えることによって悲しみをいくらか和らげたいと思った。こうして十一月にピサに移り、その冬をそこで過ごすことに決めた。もっとよい運命が私を生き返らせてくれることを願いつつ。私はあらゆる心のよりどころを失い、自分が生きているような気が本当にしなかったのだ。

第十五章
ピサ滞在。当地で『トラヤヌス帝讃辞』他を執筆

一方わが貴婦人も、アルプスのサヴォワ地方を経てイタリアに再入国した。トリノ経由で、ジェノヴァへ、それからボローニャに入り、この街で冬を過ごすことにした。こうして結局、彼女は教皇領に滞在することになった。それでもローマの住み慣れた牢獄のような住居にはやはり帰らなかった。というのは、ボローニャに着いたのが十二月で、あまりにも季節的に押し詰まっているという口実で、そこからそれ以上進まなかったのだ。こうして、私はピサに、彼女はボローニャに、間にアペニン山脈を挟んだだけで約五カ月間、再度隔てられたとはいえ、きわめて近くにいたのだった。これは私にとって、同時に慰めでもあり苦痛でもあった。というのも、三、四日ごとに彼女の最新の便りを受け取ることができる一方、彼女に会うことなど、イタリアの小さな街の噂話を考えると、絶対にできず、すべきでもなかったのだ。こうした街では、何人たりともけっして人々の目から逃れることはできず、つねに意地悪な暇人に注意深く見張られているのだ。こうして私はそのひどく長い冬を、彼女から繁く送られる手紙だけを慰めに過ごした。多くの持ち馬のあいだで時間を潰すことが多く、数冊のわが愛読書を手にとることもほとんどなかった。それでも、手持ち無沙汰で、馬に乗ることもできないような時間には、手当たり次第拾い読みをしていた。たいてい

は朝、起きがけにベッドの中でだった。こうして書物を囓るうちに、たまたま小プリーニウス(104)の書簡集を通読した。それらは、優雅さで私を大いに楽しませ、そこから窺われる当時のローマの事物、風習などの情報で楽しませ、加えて、著者がそのなかで逐次明らかにするその澄みきった魂と美しく愛すべき性格もまた然り。書簡集を読み終えると、『トラヤヌス帝讃辞』に取りかかった。その名声は聞き及んでいたが、それまで一字として読んだことはなかった。数ページ読んでみたが、書簡集と同一の著者とは思われず、まして彼自身が明らかにしているようなタキトゥスの友人とも思えず、心の奥になにやら憤りがわくのを感じた。途端に本を放り出し、それまでそこに横たわって読んでいたベッドにさっと腰かけ、怒りに駆られてペンを握り、独り大声で怒鳴った。「わがプリーニウスよ、おまえが真にタキトゥスの友でライバルで崇拝者なのなら、これが本当のトラヤヌスへの話し方だ」と。そして間髪を入れず、何も考えず、気が狂ったように、一気に書いた。あたかも、四ページもの文書が瞬時にペンから迸るようだった。やがて言葉を注ぎ出すことに疲れ、われに返り、ペンをおいた。その日はもうそのことは考えなかった。翌朝、わがプリーニウス、というよりはその前日私がすっかり愛想をつかしてしまった例のプリーニウス、を再び手に取った。彼の『讃辞』の続きを読もうと思ったのだ。ほんの数ページをひどく苦労して読んだ。だがそのあとは続けることができなかった。今度は自作の『讃辞』の一節、前日の朝、熱にうかされたように書いたその一節を少し読み返したくなった。読んでみると気に入って、前よりいっそう熱意に燃えて、ほんの冗談から真剣な作品創作になった。あるいはそんなつもりになった。自分のテーマを大雑把に分けて配列すると、あとは息もつかずに、毎朝なんとか目の持ちこたえられるかぎり書いた。私の目は数時間ほどこうして一心に執筆すると、もう見えなくなってしまうのだ。そして、そのあとの時間はずっと考え、思い巡らして過ごした。私はいつもこうだ。なにかに憑かれるように着想し、書き綴るのだ。こうして、気づいてみれば五日目の朝、すなわち五月十三日に始めて十七日に、全文起草し終えた。この文は、推敲作業を除くと、出回っている印刷版とほとんど違いがない。

この創作はわが知性に再び灯をともし、多くの悲しみにいくらかの安らぎを与えてもくれた。そしてそのとき、自らの魂の窮状に耐え、屈服することなくその窮状の終わりを待とうとするならば、元気を奮い起こして精神をなんらかの仕事に向けることがなにより必要なのだと、体験から納得したのだった。しかし、私の精神は私から自由で自律的だったから、私に従う気は全然なかった。だから、私がもし例のプリーニウスを読む前にトラヤヌス帝への讃辞を創作することに決めていたなら、私の精神は二つの考え、すなわち、その創作によって同時に悲しみと自分自身を紛らせるという考えを、実現しようとはしなかっただろう。私はその目論見を実現するために、代わりに、なにか忍耐を要する作業、いうなれば荷の重い作業で、自分を痛めつけることにした。そこで、五年ほど前にトリノで単に勉強のために訳したサルスティウスを再び手にして、本を脇に置いて写しなおし、真剣に訂正に取りかかった。それなりの出来映えにしようという意図と希望を抱いてのことだった。だがやはり私の魂はこの平和的な仕事に続けて静かに専念することはできなかったので、訳を飛躍的に良くすることもなかった。むしろ、心が不安で不満足で狂おしく燃え立つような状態では、すでにできた作品を冷静に推敲するよりも、短くて激情的な作品を着想し作ることのほうが可能なのだと気づいた。推敲は退屈だから、それをしていても、容易に他のことを考えてしまう。

一方、創作は炎熱だから、いったん火がつくと他のことは考えられなくなる。そこでサルスティウスはもっと心安らかなときのためにおいておくことにして、幾年か前にフィレンツェで構想し巻に配分した散文『君主と文学について』の続きをすることにした。(105) こうして、一巻全部と、第二巻の二、三章を執筆したのだった。

その前の夏以降、(106) イギリスからシエナに戻るまでのあいだに(107)悲劇の第三巻を出版し、(108) それを多くの他のイタリアのすぐれた人々同様、卓越せるチェザロッティ氏にも送り、わが文体、構成、展開についていくらか教示を願っていた。そしてこの四月に第三巻の三つの悲劇について批評した手紙を受け取った。(109) 私はすぐにお礼の手紙を書き、そのなかで反論する余地があるように思える点を書き出し、さらに悲劇詩のなんらかの手本を呈示するなりしてくれるよう願った。この点に関し注目すべきは、『オシアン』の崇高なる詩行の構想、執筆においてその練達ぶりを遺憾なく発揮したチェザロッティ氏本人が、二年近く前に(110)私に無韻の台詞詩の手本を示すよう頼まれて、恥じることもなく、何年も前に出版されたヴォルテールの『セミラーミデ』や『マホメット』のフランス語からの自身によるいくつかの訳について語り、暗黙のうちに私にそれを手本とするよう勧めたことだ。チェザロッティのこれらの翻訳は誰でも読みたい人の手に入るから、これについて特段私が省察を加える必要もない。各自、それらの悲劇詩と私のそれを比較し判断を下すことができるし、それらをチェザロッティ自身の『オシアン』における叙事詩と比較して果たして同一人物の作品のように見えるかどうか検討することもできるのだ。しかし、こうすることはわれわれ人間、とりわけわれわれ作家がどれほど哀れなものかを示すのに役立つことになろう。すなわち、われわれは他人を描くためにいつも両手にパレットと絵筆を持っているのに、われわれ自身をよく映し、知るための鏡はまったく持ってないのだ。

ピサの記者[111]は、自分の新聞に私の悲劇第三巻の批評を載せるにあたって、このチェザロッティ氏の手紙をそっくりそのまま、私が返事を書くためにつけたメモと一緒に転写するのが、手っ取り早く一番簡単だと考え、実際そうしたのだった。ピサにこの一七八五年の八月末まで滞在したが、『君主と文学について』の散文以降はなにも作らなかった。ただ、印刷済みの十悲劇作品を書き写して、余白に多くの変更を書き加えただけだった。これらの変更は当時過分にも思えたが、後にパリで再出版することになったときには[112]、不十分どころか、少なくともその四倍は必要になった。この年の五月には、ピサで橋上戦[113]という古代風と英雄風が混ざったようなとても美しい見世物を楽しんだ。そこに、別種のやはりとても美しい祭が加わった。二年ごとに行われるサン・ラニエーリの祭で、ピサの街中が灯火で飾られる慣わしだ[114]。この二つの祭は、当時ナポリの王と王妃が王の義兄であるレオポルド大公を訪ねてトスカーナ入りしていたので、一緒にとりおこなわれたのだった。両祭礼の際、私は自分のイギリス産の美しい馬のために注目を浴び、大いに溜飲を下げた。私の馬はこの機会に来合わせた他のどんな馬よりも、大きく、美しく、元気だった。しかし、そんな上っ面で幼稚な悦びのさなかに、無上の悲しみとともに悟ったのだ。腐って死にかけたイタリアでは、悲劇によってよりも馬によって注目を浴びるほうがずっと易しいことだ、と。

第十六章

アルザスへの二度目の旅。当地に腰を据える。二つの『ブルータス』と『アベル』を構想し起草。猛勉強の再開

このあいだに、わが恋人は再びボローニャから旅立ち、四月にパリへ赴いた。彼女はパリに戻りたいわけではなかったが、親類縁者がいて収入も得られるフランスほど適当な落ち着き場所はなかった。パリに八月末までとどまって、その前年に私たちが再会したアルザスの別荘(115)に戻った。そこで九月初旬、私は喜び勇んでいそいそとアルプスのチロルの勝手知ったる道を辿り当地へ向かった。私もまた、シエナの友人を失ったことや、わが恋人もすでにイタリアの外に居を移してしまったことで、イタリアには住む気はなくなっていた。そこで、当座彼女のいるところに落ち着くことは望めず、またそうもいかないとはいえ、それでも私はなるべく彼女から遠からず、せめて間をアルプスで隔てられぬよう努めた。こうして持ち馬もすべて移動させ、その一隊は私より一カ月あとに恙なくアルザスに到着した。そのときにはすでに本以外のすべての持ち物を当地に運び込んでいた。本はほとんどローマに残したままだった。だが、この二度目の再会の喜びは約二カ月以上は続かなかったし、続くはずもなかった。わが恋人は冬にはパリに戻らねばならなかった。十二月、私はストラスブールまで彼女に同道し、離れる定めの大きな悲しみを胸に、三たび彼女と別れた。彼

女はパリへの道をそのまま進み、私は二人の別荘に引き返した。心は満たされていなかったが、それでも私の悲嘆は前よりよほど小さかった。私たちは前よりずっと近くにいて、何の障害もなく、彼女を損なう危険もなく、彼女に会いに駆けつけることができるし、つまるところ来夏には再会するという確信を二人とも持っていたのだから。こうした希望のすべてが身体にバルサムのように効き、知性を研ぎすましてくれたおかげで、私は再びミューズの腕にすっぽりと抱かれた。別荘の静寂と自由のなかで、この冬だけでこれほどの短期間にはしたことがないほどの仕事量をこなした。ひとつのことをずっと考え続けること、いかなる気散じも心痛もないことが、時間を短縮し、それによって同じ時間を何倍にもしたのだ。隠れ家に戻るやいなや、『アーギス』の起草を終えた。これは昨十二月にピサで始めていたが、その後うんざりして（などということは創作活動では起こったためしはなかったのだが）それ以上続けることができなかったのだ。めでたくこれを終えて、一息つく間もなく、同十二月に『ソフォニスバ』と『ミルラ』も起草した。続いて一月には『君主と文学について』の第二、第三巻の起草を完遂し、対話『知られざる徳』を起草した。これは敬愛してやまぬわが友ゴーリ氏の大切な思い出に捧げるものだった。ゴーリ氏追悼については、永らく何もしていないという呵責の念を抱いていたのだが、ようやく義務を果たすことができた。そのうえ音楽悲劇《トラメロジエディア》[116]『アベル』のすべてを起草し、その歌の部分の詩文化を行った。この音楽悲劇というジャンルについては、もし自分が実行しようと思うことを具体化するだけの時間と知能と手段を持っていれば、後にお話しすることになろう。この詩文化を進める一方、その第四歌がまだ完結していなかった例の小詩[117]を再び手に取り、書き取らせ、訂正を重ね、前の三歌に繋げた。これは十年の歳月をかけて断片的に創作してきたために、どこかしらまとまりのなさを持っていた（いまだに持っている）が、このことは私の他の作品では、多くの欠点のうちでも、あまり見当たらないことだ。この詩を終えてすぐ、いつも心待ちにしているわが恋人が手紙で、ヴォルテールの『ブルータス』の上演を劇場で観て、その悲劇を彼女がとても気に入った旨、たまたま知らせてきた。私は、おそらく十年前にその上演を観たのだが、全然憶えておらず、たちどころに心も頭も怒り狂ったような傲慢な競争心でいっぱいになって独りつぶやいた。「どんなブルータスなんだ、ヴォルテールってやつのブルータスは？　私もブルータスぐらい作ってみせる。ブルータスを二つ作ってみせる。悲劇のこういう題材が、私と、七十年以上ものあいだ『王の侍臣たる、ヴォルテール』などと署名している平民出のフランス人のどちらに向いているかは、時が示してくれよう。」つぶやいたのはこれだけで、わが貴婦人への返事にはそれをおくびにも出さなかったが、電光石火、二つの『ブルータス』の構想が生まれ、それに取りかかった。[118]こうして、これ以上悲劇は書かないという意志から三度はずれて、当初十二作のはずが、十九作になってしまった。後のほうの『ブルータス』を終えると、あらためて、いまだかつてしたことのないほど厳粛な誓いをアポロンに立てた。すなわち、これ以上はけっして悲劇を作らない、と。そして今度は絶対に破らないとほぼ確信している。私の背に積み上げられていく歳月が私のその誓いの証人となる。一方、まだやらねばならぬ他のジャンルの他の多くのことが残っているのだ。もしもそれらをすることを時間と能力が許すのならば。

こうして五カ月以上ものあいだ、こんをつめて頭を使い続けた。朝早く目覚めるとすぐに貴婦人に五、六ページの手紙を綴り、それから午後の二時か三時まで仕事、次に馬か馬車で二時間ほど出かける。これは気晴らしや休息をとるというより、時にはあの詩行、あるいはあの登場人物、あるいはまた別の、といった具合に思考をさらに続けるためで、なおさらいままで以上に頭が疲れ切ってしまうのだった。とうとう四月には再びひどい痛風に襲われ、そのために私は初めて床に釘づけになった。少なくとも二週間、激痛で動けぬまま、あれほど意欲的に取り組んでいた研究を心ならずも中断した。しかし私にはわかりすぎるほどわかっていた。たった独り仕事にいそしむ日々、無理にでも私を外に連れだし、運動させる馬がいなかったらとてもこれに耐えられなかっただろうと。しかしまた馬のせいで、私は脳細胞の長く途切れることのない緊張に、耐えきれなかったのだ。もし私より賢い痛風が私に休戦を与えなければ、私は食事をとることもできず、眠ることもできず、知能の錯乱か体力の消耗によって駄目になっていただろう。しかしながら五月には、きちんとした食生活と休息のおかげで、十分力を取り戻した。ところが、いくつかの特段の事情により、わが恋人が当分別荘に来られなくなり、彼女に会うという唯一の慰めを延期せざるをえなかった。その精神的苦痛が頭を三カ月以上曇らせ、仕事は質量ともはかばかしくなかったが、ようやく八月末に待望の貴婦人に再会すると、火がつきながら満たされないこの私の不幸はすべて解消した。

心身ともに回復すると、彼女と離ればなれの辛さは忘却の彼方に追いやり、といっても幸いこれが最後となったのだが、すぐに猛然と仕事を再開した。そんな具合で、気がつけば十二月半ばに彼女とパリに発つ頃には、『アーギス』と『ソフォニスバ』と『ミルラ』の詩文化を終え、二つの『ブルータス』の起草を終え、最初の風刺詩の執筆を終えていた。この新たなジャンルは、フィレンツェにいた九年前以来、すでに構想し、内容の配分をし、当時作品化も試みていたが、その頃はあまりにも語彙が少なくて韻文にも未熟だったので、あえなく失敗に終わっていたのだ。そういうわけで文体や詩文化に自信が持てず、ほとんどうち捨てたままにしていたのだった。しかし、わが恋人の生気を甦らせるような眼差しに、私はこの企てに必要な勇気と大胆さを取り戻し、たとえやりおおせなくとも、せめて戦いに臨んでみることにした。なんとかできそうな気がしてきたのだ。こうして、パリに発つ前に、書きためた詩文をまとめ、その大部分の筆記と推敲をしたのだが、われながら量がずいぶん多い、多すぎるのではないかと思った。

第十七章

パリ旅行。パリでディドとともに十九悲劇すべての出版の手筈を整え、アルザスへ帰る。アルザスで重病になる。当地に友人カルーゾ神父が来て夏をわれわれとともに過ごす

十四カ月あまり続いたアルザス滞在の後、わが恋人とともにパリへ向かった。パリと私の相性はもともと悪くて、大嫌いな場所なのだが、そのときはわが恋人が住んでいるので天国のようだった。しかし長期滞在になるかどうかはっきりしなかったので、アルザスの別荘に愛馬すべてをおいて、数冊の書物と自作品すべてを携えただけのパリ行だった。当初、この雑然とした街の喧噪と臭いが、長い田園生活のあとだけに、かなり身にこたえた。しかもこうしたバビロンのごとき混乱した都の

あれこれの状態に加えて、わが恋人からずいぶん離れて投宿することもとても不愉快で、もしただこの身ひとつで暮らしていたならば、すぐにも再びパリを発っていたところだ。しかし永年このかたそうではないので、憂鬱ながらも必要に殉じ、当地で何かを学ぶことによってそこからせめて何か役立つことを吸収しようとした。しかし詩作術に関しては、パリにはわがイタリア語を並以上に理解する文学者がひとりもいなかったので、私にとって学ぶべきことは何もなかった。劇作術全般については、フランス人が自らをもっぱらその第一人者とみなしているにもかかわらず、私の原則がフランス人劇作家の実践するそれとは異なるので、彼らが見事な見解を滔々と教示するのを聴くのは、とてつもなく忍耐の要ることだった。見解は正しくても、彼らの実行方法がかなりまずかった。といっても、あまり反論しない、まったく言い争わない、すべてによく耳を傾ける、それでいてまったく誰の言葉も信じない、という方式で、私は次第にこのおしゃべりたちから無言という最高の術を学んでいったのだった。

六カ月あまりのこの最初のパリ滞在は、健康にだけはすこぶる役立った。六月半ばを前に、再びアルザスの別荘に向けて旅立った。それでもパリ滞在中に、『第一ブルータス』を詩文化し、さらに、かなり滑稽ないきさつから『ソフォニスバ』を全編慌てて作り直す羽目になった。そのいきさつとはこうである。私は、トリノ以来のフランス人の知人に、この『ソフォニスバ』を読み聴かせたいと考えた。この知人はトリノに数年間滞在していたことがあり、演劇に明るかった。私が何年も前に彼に『フィリッポ』をフランス語散文で読んだときには、会議の場面をもとあった第四幕からいまある第三幕へ移すよう適切に助言してくれた。第三幕にあるほうが、第四幕にあったときより劇の展開を損なわないからだった。だから、この有能なる審査員に『ソフォニスバ』を読み聴かせているあいだ、私はできるかぎり彼と一体化して、彼の率直な意見がいかなるものかを、その言葉からではなく、態度から推し量ろうとつとめた。彼は瞬きもせず聴いていたが、こうして自分の耳と彼の耳のふたりぶん聴いている私は、第二幕の半ばからある種の冷淡さにさらされているような気がしはじめ、いよいよ第三幕ではその感が募り、終わりまで続けられなかった。そして抗し難い衝動に駆られて作品を火に投じた。私たちは二人きりでちょうど暖炉の前にいたのだ。そして私にはその火があたかもあの厳格で即座の裁きへの無言のいざないのように思われた。友は、この予期せぬ奇矯な振舞いに驚いて（私はそのときまで一言もしゃべらず、そぶりにも見せなかったのだ）、火から取り出そうと両手をその原稿に伸ばしたが、私はさっと火箸をとるが早いか、原稿がうまく燃えるように、すでに火のついている紙片の間にくべた。そして、手慣れた死刑執行人よろしく、原稿があかあかと燃え上がり、暖炉口の方へ次第に粉々になって立ち上っていくのを見届けるまで、火箸を放さなかった。この狂ったような行動は、マドリッドで哀れなエリアに対してとった行動と同類だったが、私はそれほど恥ずかしく思わず、むしろいくらか役にも立った。このとき、私は悲劇のこの題材について何度となく抱いた見解、すなわち、この題材は不愉快な裏切り者で、悲劇の仮面をかぶって登場するが、それを貫き通すことができないのだという見解に確信を持った。そしてこの見解を曲げまいと決意したのだった。しかし、作者の決意などというものは母親の怒りのようなものだ。二カ月後には、こうして処刑された不運な『ソフォニスバ』の散文を再び手に取り、そこにいくらか長所を発見して再び詩文化に着手した。今度はかなり短くして、この題材に内在する欠点を補い隠すような文体で試みた。もちろんこれが第一級の悲劇ではないと知っていたし、いまも知っているのだが、それにもかかわらずこれを脇に片づけてしまう勇気はなかった。というのは、至高のカルタゴとローマについて別の意味づけを披露するのに適した唯一の題材だったからだ。そういうわけでこの欠点のある悲劇のさまざまなシーンを少なからず誇りに思っている。

さて、私の悲劇作品は全体としてこの時期にはすでに印刷にまわしていいほどの完成度に達していたので、これ以降自分が拠点とするつもりのパリでの滞在を活用して、費用も労も厭わずじっくりと美しくて行き届いた版にしたいと考えた。まず、どの出版者にするか決めるにあたって、パリで外国語を扱う際の活字、植字工、印刷の工程を試そうと思った。ちょうど一年前から『トラヤヌス帝讃辞』を筆記、訂正していたので、それを試しに印刷した。短い作品なので、一カ月足らずで終わった。次に印刷者を変えて同じことを試したところ、うまくしたもので、どの詩行の印刷もずっと良くなった。そこでその大ディド[119]という物わかりがよく、自分の技術に情熱を持ち、しかもとても気配りができて、イタリア語も十分知っている印刷者と契約して、同一七八七年五月に悲劇の第一巻を印刷しはじめた。しかし、こうして始めたのは、なによりも私と彼をこの仕事に縛りつけるためだった。私は六月にはパリを発って冬までアルザスにとどまらなければならないので、その間は、たとえ毎週校正刷りをアルザスで訂正してパリに送り返す手筈を整えたにせよ、あまり仕事は進まないであろうことは承知していた。このようにして、私は二重に冬にはパリに戻らなければならない状態に自分をおいたのだが、そのことに少なからず自己嫌悪を抱いた。つまり、私は栄光と愛の両方が自分をパリに縛りつけて欲しいと願ったのだ。私はディドに、まず散文の原稿と、悲劇の最初の三作品の原稿とを、可能なかぎり減らし、推敲し、訂正したと愚かにも信じて委ねた。

しかし後に印刷に着手する段になって、どんなに自分が間違っていたのか思い知った。

静かなのが好きなことや別荘の快適さに加えて、いままでより長くそこでわが恋人と一つ屋根の下で過ごすこと、そこには自分の本や大切な馬もあること、これらすべてに駆り立てられて私はアルザスに喜び勇んで帰還した。そればかりかこのたびは、私の喜びを必ずや二倍にするもう一つの理由が加わった。私に希望を抱かせる友人、カルーゾ氏がその夏を私たちとともにアルザスで過ごすことになったのだ。彼こそ私たちの知人のうち最良の人物で、ゴーリ氏亡き後私に残された最後の友だった。私たちがアルザスに到着して数週間後の七月末頃、わが恋人と私はその友に会いに行くため、わざわざジュネーヴまで出かけた。そして、そこから彼と一緒に、スイスを巡ってコルマール近くの私たちの別荘まで戻った。まさにそのときそこで、自分のもっとも大切なものがすべて一堂に会したのだった。最初に友と交わした話は、意外にも家族関連だった。彼は、私の年齢、職業、考え方から見るとかなり変な任務をわが最良の母から仰せつかっていた。縁談を持ってきたのである。彼はこれで私を笑わせ、私はなお笑いながらこれを断った。そして最愛の母に、彼と私二人とも許してくれるよう返事をとりまとめた。ともあれ、この敬うべき母の愛情と素朴な人となりを示す見本として、この件に関する彼女の手紙をページ末に載せておく。

縁談の処理が終わると、友と私は愛してやまない文学について、心ゆくまで語り合った。私は、芸術について語り、イタリア語を話し、イタリアのことについて話す必要性を痛感していた。この二年間というもの、これらすべてに飢えていた。そして、これらが欠けていることは、特に詩作術に多大な不利益を及ぼしていた。もしヴォルテールやルソーといったフランスの昨今の有名人たちが、人生の大部分、自分の母国語が知られていないか顧みられない国々を転々と流浪しなければならず、母国語を話す人を見つけることもできなかったとしたら、芸術への純粋な愛を吐露するためだけに、落ち着いてねばり強く執筆を続けることは、きっとなかったと思う。しかし私はそうしていたし、その後引き続き何年ものあいだ、つねに外国人と暮らし、話さなければならない状況でそうしてきたのだ。そう、私たちイタリア人はヨーロッパ中の人間をイタリア文学について知らないに、「外国人」とはっきり呼ぶことができるのだ。といっても、残念ながら、それもかなり残念なことに、イタリア自体もその大部分が自分では気づいていないにしろ、やはり同じ状況なのだ。もし、イタリア人が優雅に文章を書くことを望んだり、ペトラルカやダンテの香の漂う詩行を試みようとしたところで、いまいったいイタリアの誰が、ダンテやペトラルカを真に読み、理解し、味わい、活き活きと感じることができようか。千人にせいぜい一人だ。それでもなお私は、イタリア語の真と美を頑として確信し、味も素っ気もないフランス語や英語のごとき言語で書くより、死に体の言語で死人のために書いて死ぬ前から自分も葬られるほうを、はるかに優先させ、機会を捉えてはそう主張するのである。たとえ英仏語が彼らの大砲や軍隊によって流行るようになってもだ。たとえフランス語詩や英語詩、あるいはそれと同じくらい横暴な他の通語の詩が皆によってすぐにも読まれ、喝采を受け、称讃されようとも、それよりむしろイタリア語の詩(もしよく練られているならばだが)のほうがいいのだ。たとえイタリア語詩が目下のところ知られず、理解されず、あるいは嘲られるままであっても。誰も聴く者がなくとも高貴で甘美なハープを自らの耳に奏でることは、たとえ耳の大きい庶民すべてがあなたに割れるような拍手をおくっても安物の風琴を奏でることとは、まったく違うのだ。

ともあれ、この友とこうして何度も語り合うことは、とても慰めになった。しかし、これほど愛しくすぐれた人々とともに幸せな日々を送るという、いまだかつてない完全な幸福は永くは続かなかった。友に起こったひとつの事件が私たちの平穏を掻き乱した。彼は私と乗馬中に落馬して、手を脱臼した。最初、私は腕を骨折したか、もっとひどいことになったと思った。これで私はすっかり気が動顛してしまった。そしてすぐに私自身の病、それもはるかに重い病が追い討ちをかけた。二日後、私をひどい赤痢が襲ったのだ。それは執拗に昂進を続け、二週間目には私の胃には冷たい水以外入らなくなり、下痢は二十四時間に八十回を越え、終いには身体が冷たくなってしまった。身体の熱不足が高じたので、家人たちは衰弱した胃や腹にいくらか活力を与えるために香料を加えたワインの湿布をしてくれた。この湿布薬は沸騰していて、それを扱う家人たちの手にも、それを貼る私の身体にも、焼けつくような熱さのはずだった。にもかかわらず、私はほとんどその熱さを感じないで、むしろその冷たさばかりが苦痛だった。私という人間は、もはや頭しか生存していなかった。その頭は、確かに弱っていたが、まだきわめて明晰だった。二週間後、病は足を緩め、ゆっくりと退却を始めたが、それでも三十日目頃になってもまだ下痢が二十四時間につき二十回以上あった。六カ月後、私はようやく病から解放されたが、骨と皮に痩せて衰弱していたから、さらに約四週間は、ベッドを整えるときには、自分のベッドに戻るまで家人たちが私を別のベッドに運んでいくような状態だった。自分でも回復できるとはとても思えなかった。わが恋人や友を後に残して、そして十年以上ものあいだそのために腐心し汗を流してきた栄光のいわばデッサンができたばかりのところで死ぬのは、とても心残りだった。というのも、この時点で残すことになるすべての著作は、もしそれだけの時間があれば成し遂げるであろうような出来映えにはまだどれも到達していないと、私は強く感じていたのだ。一方で、どうせ死ななければならない以上、せめて自由の身で、自分が愛と尊敬を持ち、またそれに値すると思う最愛の二人のあいだで、しかも老いればやってくる身体や心の多くの病を経験しないうちに死ぬ、ということに大いに慰められていた。私は友に、すでに動き出している悲劇の印刷に関して私の意図をすべて伝え、私の代わりに彼にその続きをやってもらうことにしていた。しかしその後、三年ほど続いた出版作業に自分で携わってよくわかった。実際に校正刷りに施さなければならなかった面倒で長大で退屈な作業を考えると、わずかしか終えていない時点で私がいなくなっていたら、残されたものはまったくの無に帰し、印刷に先立つ労苦、つまり創作の労苦も、もしそれを有効化する最後の労苦が払われなかったならば、ことごとく無駄になってしまっただろう、と。それほどまでに仕上げと推敲は、いかなる詩においても必要不可欠な部分をなしているのだ。

運命の意に叶い、私はとりあえず助かり、自分の悲劇作品に自分で仕上げをすることができた。おそらく作品たちは（もし感謝していれば）そのお礼に、時が経過しても私の名を完全には消滅させないかもしれない。

すでに述べたように治るには治ったが、かろうじてという状態だった。知力もすっかり弱ってしまって、最初の三悲劇の校正刷り全部が、続く四カ月ほどのあいだ私の目の下を通過したのだが、そこに加えるべきだった修正の十分の一も私から受けることはなかった。それが主な理由で、二年後にすべての印刷が終了してから、この最初の三悲劇を、芸術と自分を、おそらくは自分だけを、ひたすら満足させるためにもう一度印刷し直したのだった。確かに、文体に施されたこの変更に、注目する、あるいは気づく人はごくわずかだろう。しかし、変更のひとつひとつはそれ自体些細だが、すべて一緒にすると数が多く、当座はいざ知らず、長い目で見れば重要なのだ。

第十八章

三年以上にわたってパリに滞在。全悲劇作品を印刷。
同時に他の多くの作品をケールで印刷

私がいくらか健康を取り戻しはじめるとすぐ、友は（彼の手の脱臼もとっくに治っていた）、自分が科学アカデミーの書記官をつとめるトリノでいくつか文筆の仕事を抱えていたのだが、イタリアに戻る前にストラスブールに寄りたいと言い出した。私はまだ衰弱していたが、彼ともっと長く一緒にいるために同行することにした。そしてやはりわが恋人も来た。十月のことだった。目的はなによりも、ボーマルシェ氏[120]がケールの地に設立した有名な大印刷所を見ることだった。そこにはバスカーヴィル[121]の活字があり、それらはすべてヴォルテールの全集のさまざまな版のためにボーマルシェ氏が購入したものだった。その活字が美しく、職人たちは勤勉で、そしてたまたま私がパリ在住のこのボーマルシェ氏をよく知っていることから、私はこの機を逃さず悲劇作品以外の自分の全作品をそこで印刷したいという気持になった。それに、これらの作品には、その頃フランスにも存在するようになった検閲官のお決まりの、それもかなりの細かさが障害になることが予想されたのだ。出版するために検閲を受けなければならないのは、私の性質からしてうんざりだった。何でもかんでも出版されなければならないと、信じていたのでも望んでいたのでもない。ただ、私が自分で全面的に英国法を採用して、それを遵守していたのだ。つまり、幸いなる唯一真に自由なイギリスで、著者へのいかなる咎めもなく自由に出版することができないようなものは、私はけっして書かないのだ。イギリスでは、意見は出したいだけ出し、個人はまったく攻撃せず、慣習はつねに尊重する。これが、私の唯一の法であったし、これからもずっとそうなのだ。それ以外の法を認めたり、尊重することは当然できない。

そういうわけで、この素晴らしい印刷所を利用する許可をパリでボーマルシェ氏から直接もらって、私自身がケールに行く機会に、彼の部下に私の五つのオード、『自由の国アメリカ』を託した。この小品を見本として使うためだった。そして実際、印刷の出来映えは、とても美しく正確だったので、私は続く二年あまりのあいだ、他のすべての、すでに紹介したものやこれから紹介する作品をずっとそこで印刷しつづけた。校正刷りが見直しのためにパリに毎週送られてきたのだが、私はいつもすでに出来上がった詩行全体を繰り返し、繰り返し書き変えるのだった。このような行動に私を駆り立てたのは、より良い作品にしたいという強い希望に加えて、ケールの職長たちの並外れた親切さと従順さだった。私は彼らをどんなに褒めても十分ではないだろう。この点に関して、パリのディド氏の印刷所職長や植字工や印刷工とは大いに違っていた。彼らは、私が変更するたびにそれを横暴にも高い値段でまた買い取らせることで、ずいぶん長いこと私に不快な思いをさせ、私の財布の中身を搾り取った。かくして、人生において人は時にやり直しに報われるものなのだが、私は逆に、自分の大失敗を修正したり取り替えるためにお金を払わなければならなかったのだ。

アルゲンティーナ（ストラスブールのラテン名）からコルマールの別荘に戻った。その数日後、十月の末頃、友はトリノに向けて発ち、残された私は自分と教養ある魅力的な連れをますます大切に思うようになった。彼女はさらに十一月いっぱいと十二月の途中まで別荘にとどまり、私はそのあいだに赤痢で腸に受けた大きな痛手からゆっくりと回復していった。そんな半病人のような状態で、私はせいぜい、あるいは曲がりなりにも、『第二ブルータス』の詩文化に精を出した。これが私の最後の悲劇となるはずで、したがって印刷も最後になるはずだったから、私はそれを推敲したりうまく減らしたりするのに十分な時間をかけることができた。

私たちはパリに到着した。そこでは印刷業務が待っており、落ち着いて住むことが不可欠であったから、家を探した。運良く、サンジェルマン近郊の新しい土塁の上にぽつんと立つ、とても快適で静かな家を見つけた。モンパルナスと呼ばれる道の突き当たりにあり、眺めも空気もよく、人里離れていて別荘のようだった。[122] 二年間住んだローマのテルメ川沿いの別荘によく似ていた。馬も全部パリに一緒に連れてこさせたが、そのおよそ半数をわが恋人に譲った。それは、彼女の役に立てるためでもあり、私の多額の出費や気散じを減らすためでもあった。こうして居を定め、私は印刷という難しくて煩わしい仕事に心ゆくまで専念することができた。そして続く約三年のあいだ、私はこの仕事にどっぷりと浸かった。

そんな一七八八年二月、わが恋人はローマで彼女の夫が死んだという知らせを受け取った。彼はフィレンツェを去り、ローマに二年以上のあいだひき籠っていたのだ。その死は、何カ月も彼を繰り返し襲った発作から考えて、すでにかなり前から予測されていたし、残された未亡人は完全に自由の身になったのだし、彼女は夫を愛していたわけではなかった。それにもかかわらず驚いたことに、私は彼女が良心の呵責に少なからず苦しむ姿、その偽りでも誇張でもない悲しみをこの目で見たのだ。彼女のその澄みきった純粋な心に何の作為も入る余地はなかった。そして確かに、彼女の夫は、大きな歳の差にもかかわらず、もし過酷で乱暴で粗野な仕方で彼女を苦しめ続けることさえしなかったならば、彼女のなかに、恋人ではなくとも最良の伴侶あるいは親しい友を見出しえたであろう。私のこの証言は偽りのない真実に由るものだ。

八八年いっぱい印刷を続けて、四巻の終わりまできたところで、私はすべての悲劇作品についての見解を書いた。後で版の最後に挿入するためだった。同年、ケールではオード、対話[123]、『エトルリア』、『有韻詩集』の印刷を終えた。こうしてますます仕事に精を出し、この仕事から解放される日を夢見て次の年もひじょうに熱心に続けて、八月頃、パリの悲劇六巻とケールのふたつの散文、『君主と文学について』と『専制論』をすべて終えた。『専制論』がケールでの印刷の最後となった。さらに、八七年に印刷した『トラヤヌス帝讃辞』に再び目を通して、そこにできれば修正を加えたい細かい点を数多く発見し、再出版したいと考えた。全作品を同じように良い印刷で出版したくもあった。そこでこの作品も、ディドに同じ活字と同じ作業行程で印刷させた。そこに、例の擾乱の端緒を目撃した証人たらんとして、オード『バスティーユ抜きのパリ』を加え、全巻を起こりゆく急変にぴったりの小話(124)で締めくくった。こうして、袋を空っぽにしてしまうと、私は沈黙した。印刷しそこなっている自作品は、音楽悲劇の『アベル』とサルスティウスの翻訳だけとなった。音楽悲劇は、まださまざまなやり方を試している最中の新ジャンルだったし、翻訳のほうは、私が翻訳者の絶望的で出口のない迷路に入ろうとは思わなかったからだ。

第十九章

フランスでの暴動の始まり。

さまざまな仕方でこの暴動に悩まされた私は、作家から冗舌家となる。

この王国の現在と未来の事柄についての私見

一七八九年の四月以後、私は精神的にとても不安な日々を送っていた。三部会召集以来パリで連日勃発する暴動のどれかによって、完了間近の全巻出版が妨げられるのではないか、さんざんお金と労力を費やした挙句港を前にして沈没するのではないか、と恐れたのだ。私はできるかぎり急いだが、ディドの印刷所の職人たちはそうではなかった。彼らは皆、政治家や自由主義者に変身してしまい、請け負った印刷物の組版、訂正、印刷をする代わりに、終日新聞を読んだり法律を作ったりして過ごしていたのだ。私まで間接的におかしくなりそうだった。だから手塩にかけた悲劇が完成し、荷造りされ、イタリアやその他の場所に発送される日が来たときには、その喜びはひとしおだった。しかしその満足は長続きしなかった。状況はどんどん悪化し、このバビロンのごときパリの安全と静穏は日毎に失われ、未来に対する疑念と不吉な予言が日々膨れ上がっていき、この浅知恵の持ち主たちに関わりのある者は、わが恋人にせよ私にせよ不運なことにそうだったのだが、つねに果てしなく恐れを抱かずにはいられなかった。

そこで、私は一年あまりものあいだ、この国の底の浅い学識の痛ましい効果のすべての進行を、黙ってじっと見守っていた。すべてについていくらでもおしゃべりすることはできるが、それが良い結果に結びつくことはけっしてないのだ。なぜなら、われらが政治の予言者、マキアヴェッリがすでに看破し、言ったように、人間の管理術、すなわち政治は理解不能なのだから。それゆえ私は、崇高で聖なる自由の理想がこの似而非哲学者たちによってこうして裏切られすり替えられ失墜させられるのを深く悲しみ続け、毎日多くの中途半端な光明や悪事をたくさん見ていながら、完遂されているものは何ひとつなく、とどのつまりあらゆるところで未熟さばかりが目につくことに吐き気を催した。そして最終的に軍人の横暴と、愚かにも自由を根拠にした弁士の放縦と尊大を見るに至って恐怖を覚えた。私はもはや、不治の病人と狂人を集めたこの悪臭放つ病院を抜け出したいと願うばかりだった。わが最良の伴侶が、不運にも諸般の事情によりそこに足止めをくうようなことがなかったならば、とっくに国外へ出ていただろう。(125) こうして悲劇作品の印刷終了から一年近く、果てしない不安や恐れに苛まれつつ、生きているというよりはむしろ暗澹たる日々を呆然と送っている。そのうえ、約三年間の訂正と印刷業務で脳がかなり干上がってしまって、称讃に値する仕事に向かう能力も可能性もない。一方、私の悲劇の新版が到着した各地から、便りを受け取ったし、いまも受け取り続けている。よく売れているようだし、評判も悪くはないようだ。といっても、便りは友人や私に好意的な人からもたらされたのだから、あまり自惚れてもいない。そしてとうとう、称讃にせよ批判にせよ、その理由を私に示さないものは受け入れないと、心に決めた。理由のなかでも、自分の芸術や自分の肥やしになるような啓蒙的な「理由」が欲しいのだ。しかし、こういった「理由」は残念ながらほんの少数しか見つからないもので、しかもいままでのところひとつも私のところには届いてない。だから、残りすべてを、私はなかったものとみなしている。こうしたことを私は以前からよく知っていたのだが、それでもやはり、自分の持っているものを最良のものとするために、労力と時間をかけてしまったのだった。時がたてば、私の遺骨がおそらくもっと多くの称讃を受け取ることになることだろう。というのは、フランスのこの悲しい過ちを目にして、私はなおさら、真実以外には節を屈しておもねることはせず、あくまで速くするより良くすることにこだわったのだから。

さて、ケールで印刷した六つの別々の作品については、当座初めの二つ、すなわち『自由の国アメリカ』と『知られざる徳』のみを出版したいと思う。残りの作品は、もっと世の中がおさまって、悪党たちが口にしながら実行せず実行する能力も可能性もないことを私も口にして、その悪党たちに同調した、といった不適切で卑怯な悪評が私に投げつけられることがないような時がくるまで、とっておきたいと思ったのだ。それにもかかわらず、私はそれらの作品を印刷した。なぜなら、すでにお話ししたようにたまたまそういう機会に恵まれたうえに、原稿を残しても本を残したことにはならないこと、いかなる本も、入念に印刷し、そのあいだにもできれば著者本人が見直しや推敲を重ねなければ、作ったことにも完成したことにもならないことを理解していたからだ。そして、こうした努力をしても、本ができず、完成しないことだってあるのだ。残念ながらそれが現実だ。しかし、こうした努力がなければ完成しえないのは確かだ。

こうして当面他に何もすることがないこと、いろいろ悪い予感がすること、(正直に白状すれば)この十四年間にそれなりのことを成し遂げたと自分で信じていること、これらが私にこの自伝を綴る決心をさせたのだった。その筆を、パリでひとまずおくことにする。このパリで、四十一歳と数カ月の私は自伝を起草したのだ。そして一七九〇年五月二十七日におそらく最長のこの第四期を終わらせることにする。私は六十歳ぐらいになるまで、もしそこまで生き長らえばの話だが、自分のこのおしゃべりを読み直すことも目を通すこともしないつもりだ。その頃には私はすでに文学活動を終えていることだろう。そして年齢を重ねることで身につく、あのきわめて冷静な判断力でこの原稿を見直し、そこに、この後に続くおよそ十年から十五年間の、おそらくはやはり文筆業に費やしたはずの歳月の話を加えるだろう。もし私が二、三の新しいジャンルで自分の最後の力を試すことになれば、それに費やすはずのこの歳月を、この第四期壮年期に加えることになるだろう。さもなければ、この告白録を再び始めるにあたって、老年と耄碌の第五期をその不毛の歳月から始めるだろう。この期はどう見ても無用の長物なので、老いた私にわずかでも思慮分別が残っていれば、手短に書くことになるだろう。

しかしもしこのあいだに私が死ぬようなことになれば、それはいかにもありそうなことだが、私は、この原稿を手に入れることになる人に、その人にとってより良いと思われるように原稿を活用して欲しいと、いまからお願いしておきたい。もし彼がこれをこのまま印刷すれば、たぶん、願わくば、そこに正直かつ性急な衝動が見られるだろう。そしてこの衝動は、文体の単純さと素朴さを伴うのだ。原稿を手に入れたその友人は、私の自伝を結ぶにあたって、私が死ぬ時と場所と様子以外のことを書き加えてはならない。そして、その瞬間の私の心の状態については、友は私の代わりに読者に大胆に言い切ることができるだろう。この世の偽りと虚しさをよく識っている私は、世を去るにあたってわが恋人を残していく苦しみ以外に何の苦しみも味わうことはなかった、と。というのも、現に私が生きているかぎり、やはり彼女においてだけ、彼女のためにだけ生きていて、彼女を失う恐れ以外にいかなる考えも私を真に動揺させ恐怖心を抱かせることはなく、したがってこの世の諸々の苦悩から彼女より私を先に脱出させること以外、何も天に願っていないのだから。

しかし、もし誰であれこの原稿を手に入れた友が、これを燃やすのがよいと思うなら、そうするがよかろう。もし彼が私が書いたのと違う形でこれを公にしたいと思うなら、短くするなり品格や文体の点で彼の気に入るように変更するなりしてよいが、せめて、事実については何も付け加えず、私が描写したことをけっして変えないで欲しいと願うばかりだ。私は、実はこの自伝を起草するにあたって、自分のことを自分で語るとか、自分が概ねどういう人間かを鏡に映すとか、私を真に識りたがっているか識りたがるようになるであろう少数の者に自分を半ばさらけだすといった、あまり一般向けではない企てを第一の目的にしていた。そうでなかったならば、おそらく私もこの四十一年の生涯のエッセンスを、それがあればの話だが、計算された短さと自分への誇らしげで見せかけの軽蔑をもって物静かに、せいぜい二、三ページに絞り込むことができただろう。そして、そのなかで自分の心や振舞いを明らかにするよりも、むしろ自分の才能をひけらかしたいと考えただろう。しかし実際は、私の才能については（それが真のものであれ仮想上のものであれ）すでに多くの他の自作品に十分にはけ口を見出しているので、この自伝では、私の心に、もっと素朴だが劣らず重要なはけ口を与えたかったのだ。私自身について、そして私の個人としての生活のなかに登場する人々について間接的に、老人のように冗舌に語ることによって。

第二部

第二部小序

第一部を書き終えて約十三年後、フィレンツェにすっかり落ち着いた私は、(1) 四十一歳までの自分の人生についてパリで執筆したもの全部を読み返して、その文体が明晰で平易なものになるよう、細かな加筆訂正を施しては、少しずつ書き写していった。書き写すのが終わると、自分を語ることに取り憑かれてしまった私は、この十三年間についても引き続き語ることにした。この間に私がしたことも、読者に知っていただきたいと思うのだ。年月を経るとともに、肉体的、精神的な力は衰えていくものだから、おそらく私はこの先さらにいろいろな行動を起こすことはないだろう。それゆえこの第二部は第一部よりずっと短いものとなり、作品もここで終わりになるだろうと思っている。老境に入り、五十五歳近いという高齢ゆえに私も限界に達し、肉体的にも精神的にもすっかりすり減ってしまったので、いくら過去の自分に生きているとはいえ、もはや何もせずにいるのだから、多くを語るべきではないのである。

第二十章
第一稿の印刷がようやく完了。ウェルギリウスとテレンティウスの翻訳に没頭。その翻訳の目的

さて第四章の続きを書いていくが、前述のように私は再びパリにやって来ながら、何もしないいま不安に苛まれ、何一つ創作できずに過ごしていた。してみたいと心に描いていたことは数多くあったのだが。一七九〇年の六月頃、『アエネーイス』のなかでもっとも私が心を奪われた節をあちこち、ちょっとした遊び心から訳しはじめた。そのうちこの勉強がひじょうに有益でしかも楽しいとわかると、無韻詩句の書き方を忘れないためにも、冒頭から訳しはじめた。だが毎日同じ事をするのに飽きてしまい、変化をつけて現状を打破し、さらによくラテン語を習得するために、今度はテレンティウス(2)も併行して冒頭から訳しはじめた。そのためこの完璧な手本をもとに、韻文で喜劇を作り出してみるという目標を得ることができた。それは後に（ずいぶん前から計画していたのだが）自作の喜劇を書くための訓練としてであり、悲劇においてと同様、喜劇においても自分独自の誰にもまねできない文体で登場するためであった。そこでこの九〇年から九一年の四月のパリ出

発まで、一日『アエネーイス』をやると、次の日にはテレンティウスに替えるというふうに、翻訳を続けたのであった。こうして私は、『アエネーイス』の最初の四巻と、テレンティウスの『アンドロス島の女』、『宦官』、『自虐者』を訳した。そのうえ、周囲の状況によって引き起こされた不幸な鬱屈から自分を解放するために、私は創作したり印刷したりしているあいだ使わなかったために錆びついてしまった記憶を新たにしようとした。そのためホラーティウスやウェルギリウス、ユウェナーリス、それに再びダンテ、ペトラルカ、タッソー、アリオストの文を片っ端から読んだ。こうして、何万もの他人の詩句を、頭の中に収めた。他者に侵された私の脳は枯渇してしまい、自分の作品などもはやいっさい書けなくなった。例の音楽悲劇は少なくとも六つは書くはずだったのだが、第一作の『アベル』以降は一つもできなかった。この作品を書いた後、いろいろなことにかまけて、時間と若さを失ってしまった。こうした劇の創作に必要な情熱も失われ、戻ってくることはなかったのである。このパリにいた最後の年とその後移り住んだ土地での二年余の年月に、私は何点かの諷刺詩とソネットを、主人面した奴隷たち（フランスの革命家たち）へ至極当然の怒りをぶつけ、憂鬱を軽くするために書いた以外は、自分の作品はいっさい書かなかった。混合劇『ウゴリーノ伯爵』執筆の計画も企て、完成すれば音楽悲劇に加えようと思っていた。だが構想だけで放り出してしまい、それ以上考えることも書き始めることもなかった。一方『アベル』は書き上げたが、推敲がまだだった。同じ九〇年の十月、私はわが貴婦人とともにノルマンディーをカーン、ル・アーブル、ルーアンと回る十五日間の小旅行をした。ひじょうに美しく豊かな地方で、私は初めてそこに行ったのだが、たいへん満足させられ、少し元気も取り戻した。印刷やら絶え間ない厄介事やらで三年間がんじがらめになって、体も頭もすっかり干からびてしまっていたのである。明くる年の四月、フランスの状況が刻一刻と悪化していくのを見て、もしここより平和で安全な地が他にあれば移りたいと考えた。それにわが貴婦人が、少々の自由が許されている唯一の国、他のどんな所とも異なるあのイギリスを一目見たいと望んだので、そこに行くことにした。

第二十一章
イギリスとオランダへの四度目の旅。パリに戻り、窮状から、やむをえずそこに本格的に落ち着く

こうして九一年の四月末に、しばらくイギリスにとどまるつもりで馬も連れて、われわれはパリの家を出発した。イギリスには数日で到着したが、わが貴婦人はこの国がある面では気に入り、ある面では気に入らなかった。私はここに滞在した初めの二回に比べると、少なからず年を取ってしまっていたが、相変わらず政府の持つ精神的な影響力に関するかぎり、(以前ほどではないにせよ)この国を敬愛していた。だが三回目の旅行に比べてもひじょうに気に入らなかったのは、気候と退廃した生活習慣だった。ずっとテーブルについたまま、朝の二時か三時まで起きているといった生活。そうした生活は文学や才知、健康といったものに真っ向から対立するものだった。わが貴婦人にとっては物珍しいものはなかったし、私もこの幸福の島に蔓延している痛風にとりつかれて、ほ

どなくここにいることにうんざりしてしまった。この年の六月、かの有名なフランス王の逃亡事件が起こったが、ご存知のように、王はヴァレンヌで捕らえられ、パリで以前よりもいっそう厳重に幽閉された。こうした事件はフランスの状況をますます暗いものにした。そしてわれわれは財政面での難局に直面した。というのも、二人とも財産の三分の二はフランスでの収入だったが、フランスでは通貨がなくなり、理想紙幣(3)に代えられて、その紙幣の価値が日々下がってきていたのである。毎週手の中の財産の、最初は三分の一、次は二分の一、続いて三分の二が消えていき、すべてを失うのは時間の問題であった。われわれは二人して悩み、このように取返しのつかない状況に迫られて、仕方なくフランスに戻ることにした。唯一そこでは紙切れ同然の紙幣でも当面しのぐことができるだろうと思ったからだ。そこで八月にイギリスを去る前に、われわれはバース、ブリストル、オックスフォードと、島を一巡してからロンドンに戻ると、その数日後ドーバーで船に乗り込んだ。

ここでさながら小説のような出来事が私の身に起こった。この出来事を手短にお話ししよう。八三年から八四年にかけての三度目のイギリス旅行の際、私は二度目の旅行のときに自分に多くの面で危険を冒させたあの有名な貴婦人(4)について、その消息を聞いたり、本人を探そうとしたりはしなかった。ただ彼女はもうロンドンには住んでおらず、離婚した夫も死んで、彼女は誰だか正体不明の別の男と結婚したと考えられているということを聞いた。この四度目の旅で、ロンドンに滞在した四カ月あまりのあいだ、私は彼女について何か聞いたり、情報を探したりもせず、彼女がまだ生きているのかどうかさえ知らずにいたのだ。ドーバーで乗船する際、私は万事整っているかどうかを確認するために、わが貴婦人より十五分ほど早く船に乗り込んだのであったが、そのまさに埠頭から船に乗り込んでいるときのことであった。私は浜辺にいる何人かの人に目を向けたのであるが、私の目が最初にとまり、ほぼ本人に間違いないと見分けた人物こそ、かの人であった。相変わらずひじょうに美しく、そう、二十年前の一七七一年に別れたときと何も変わっていなかった。最初は夢かと思ったが、目を凝らして見て、彼女が私を見ながら微笑みをこちらに返しているのがわかって、まさにそうだと確認したのである。彼女を見たことで、私の心のなかには、ありとあらゆる動きやさまざまに相反する感情がわき起こったのだが、それをここに書き表すことはとてもできない。そうした感情とは裏腹に、私は彼女に一言も言わぬまま船の中に入り、それ以降そこから出ようとしなかった。船の中で私はわが貴婦人を待った。十五分後にわが貴婦人は到着し、船は出航した。彼女は私に、船まで送ってくれた紳士たちが、例の婦人を指さしてみせたと語った。そして彼らは彼女にその婦人の名を告げると、その現在と過去の人生を語って聞かせたということだった。私は船に乗るときその婦人がどのように目に入ったのか、どのような経緯があったかを彼女に話して聞かせた。私とわが貴婦人のあいだに、偽りや不信、軽蔑や喧嘩などがあったことは一度としてなかったのだ。カレーに到着したが、思わぬ再会にショックを受けた私は、心のもやもやを吹き飛ばすために、彼女に手紙を出したいと思った。書いた手紙をドーバーの銀行家に送ると、手紙を彼女の許に届けるよう、そしてその返事を二、三日後に到着予定のブリュッセルまで送るよう頼んだ。私の手紙は、残念ながら写しを取らなかったのだが、無論さまざまな感情に満ち溢れたものであった。それはもはや恋愛感情ではなかったが、彼女がいまだに放浪の、しかもその生まれや身分にまるで似つかわしくない生活を送っていることへのしみじみとした感慨と、悪意はなかったとはいえ、私自身がその原因あるいはきっかけであったことを思い、なおさら強く感じられる苦しみであった。私が原因で起きたスキャンダルさえなければ、たぶんその放埒な生活のすべて、またはほとんどすべてを隠して、徐々に変わることもできただろう。私は彼女の返事を約四週間後にブリュッセルで受け取った。彼女が頑固で変わり者のあまりよくない性格であったということを示すために、その返事をこのページの最後にそのまま書き写す。これほどの性格は、特に女性にはひじょうに珍しいものである。しかしこれも人間という奇妙な種族の研究には役立つのである。

さて一方、フランスに向かう船に乗ったわれわれは、カレーで下船したのだが、いやいやながら再びパリに行く前に、オランダを一周しようと考えた。わが恋人があの産業の稀なる発展ぶりを見られるようにである。彼女がこんな機会を得ることは、おそらくこれ以後ないだろうと思われたからだ。そこで海岸づたいにブルージュ、そしてオステンドまで行き、そこからアントワープ、ロッテルダム、アムステルダム、ハーグ、そして北ホラント州と、約三週間かけて回り、九月の終わりにわが貴婦人の母上と姉妹のおられるブリュッセルに戻った。そこで何週間か過ごした後、十月の末頃やっと、巨大な下水道とも言うべき汚れたパリの町に再び戻ったのだった。戻りたくはなかったのだが、窮迫の身のためやむをえなかったのであり、そこにそのまま長くとどまることも真剣に考えざるをえなかった。

第二十二章

パリ脱出、そこからフランドルとドイツ全土を通ってイタリアに戻り、フィレンツェに落ち着く

われわれは新しい家探しと、家具を備え付けるのに二ヵ月ほどを費やしたが、九二年の始めに新居での生活を開始した。家はひじょうに美しく快適であった。いま自分たちがおかれているような危機的な状況も、いつか終わる日が来るのだろうと日々願っていたが、もはやそんな日は来ないのだろうと、絶望することのほうが多かった。こうした先の読めない状況のなかで——当時パリやフランスにいた人々、あるいは自分たちの収入面でフランスと関わりを持っていた人々と同様に——私とわが貴婦人は、ずるずると時を過ごしていた。私は八三年にローマに残してきた書物を、二年以上前にこちらに送らせたのだが、そういう書物がその後パリでも大幅に増え、今回のイギリスとオランダへの旅でさらに増えたのだった。私が文学で扱う範囲は限られていたので、そのために必要になったり役に立ったりするような本を満遍なく所有するという点では、足りないものはそれでほぼなくなった。私は本と愛しい伴侶とに囲まれて、家の中での楽しみには少しも不足はなかった。ただ、生き生きとした希望と平和な状態の続く可能性だけが、十分ではなかったのである。それを考えると、創作にはまったく手が着かなかったので、ウェルギリウスとテレンティウスの翻訳を進

めるばかりで、他には何もできなかった。その間、今回も、先のパリ滞在でも、自由の闘士と称する者とは、一人としてつき合おうとも、知り合おうともしなかった。彼らに対して抑え難い嫌悪感と、このうえない軽蔑の念を抱いていたからである。したがってこの悲劇的な茶番劇が始まってからいまこの私がこの自伝を書いているときまで十四年以上たっているというのに、私はいまでも自分の舌も耳も、そして目さえ汚されていないことを誇りとしているのである。私は、自分が奴隷であることを知らずに君主を気取っているフランス人や、彼らに仕えるこれも奴隷の人々と話したことも、また彼らを見たことも聞いたこともないからである。

この年の三月に母から手紙を受けとったが、それが母からの最後の手紙となった。母はそのなかでキリスト教徒の温かい愛をこめて、とても私に会いたいと述べたあと、こう言っていた。「国では多くの暴動が起き、もはやカトリックのお勤めをすることも自由ではありません。誰もが絶えず脅えており、次々と起こる混乱と不幸を待つばかりなのです。」残念ながら母の予言は当たり、これはほどなく現実となった。だが私が再びイタリアへ足を向けたときには、この見事な尊敬すべきあの気丈な女性はもうこの世にいなかった。母は一七九二年四月二十三日に、満七十歳でこの世を去ったのだった。

この間、オーストリア皇帝[5]とフランスのあいだに戦争が勃発したが、それは次第に拡大し、致命的なものになった。六月には人々は、残すは王という名を完全に打倒するのみというところまできていた。あの六月二十日の王の策謀（国王の逃亡事件）は失敗に終わり、皆さんもご存知のあの有名な八月十日[6]まで、事態はずるずるとさらに悪い方向へと運んでいった。

この事件が起こってからというもの、私はもはや一日もぐずぐずせず、もっぱらわが貴婦人を危険から遠ざけることだけを考えて、十二日から急ぎに急いで出発のすべての手筈を整え始めた。パリの外へ、そして王国の外へ出る旅券取得だけが最大の難問として残っていた。二、三日間奮闘した結果、十五日か十六日にはもう、まず私がヴェネツィア公使から、続いてわが貴婦人がデンマーク公使から、外国人扱いで旅券を取得できたのだった。もはや虚像にすぎない王の下に残っている外国の公使は、彼らぐらいしかいなかったのである。続いてそれよりもさらに苦労して、「デュ・モンブラン」と呼ばれる市当局から、別の旅券を取得した。旅券はわれわれ二人についても召使や女中についても、一人につき一冊で、それぞれ各人の肖像と、身長、髪の色、年齢、性別などが記されていた。こうしてまるで奴隷に与えられるようなこれらの許可証全部を用意し、出発を八月二十日月曜日に定めた。だが、何やら胸騒ぎがしたのと――この予感は後に的中するが――もう準備も整っていたのとで、私は出発を早め、十八日の土曜日の昼食後に出発した。われわれはこの不幸な国を一刻も早く抜けだそうと、カレーを目指した。カレーへとつながるサン・ドニ街道に抜けるため、家から一番近い「白の障壁」という城門にやっとのことで到着した。そこには国の警備兵三、四人とひとりの将校しかいなかった。将校はわれわれの旅券を検査すると、そのパリという巨大な牢獄の門を開けて、われわれを外に出そうとした。が、この門の脇には安酒場があって、そこから三十人ほどの下層民のならず者が突然わいて出てきた。彼らは汚いなりをして酔っぱらっており、狂暴で手がつけられない状態だった。たくさんのトランクを積んだ二台の馬車と、二人の女中と三人の下男を含めた一行を見ると、金持ちは皆パリから自分らの宝を抱えて逃亡してしまい、俺たちを危険と貧困のうちに残していってしまいやがる、と叫びだした。そこでこのわずかな兵士の一軍はわれわれを外に出そうとし、大勢のたちの悪いごろつきどもはわれわれを引きとめようとして、両者のあいだに口論が始まった。私は旅の一行全員分の旅券七つを集め、馬車からこの群衆のなかに飛び降りると、彼らに負けずに叫び、口論し、騒ぎ立てた。例のフランス人のやり方に従ったというわけだ。ごろつきどもはその旅券一つ一つに記載されたわれわれの身体的特徴を読み、読めない者は読める者に読ませた。すっかり頭に血が上っていた私は自分がどういう状況にいるのかわかっていなかったか、あるいは情熱が身に迫る大きな危険を上回ってしまったためか、三回までも自分の旅券を手でふりかざし、大声で繰り返したのだった。「これをご覧なさい。アルフィエーリというのは私の名前。フランス人ではなくてイタリア人。背が高く痩せて色白、赤茶色の髪というのは、ここにいる私のことだ、見てくれ、私は旅券を持っている。これは正規の法に従って手に入れたものだ。だからここを通ろうとすれば、何がなんでも通れるはずなのだ。」この騒ぎは半刻以上続いたが、私は落ち着いて丁寧に振舞ったので、その場は救われた。こうしているあいだ、われわれの二台の馬車の周りにはどんどん人が集まってきた。その多くが「馬車に火をつけちまえ」と叫んだ。他には「こいつら石で殴っちまえ」と叫ぶ者、「こいつら逃げる気だ。金持ち貴族の野郎。市庁舎の裏に引っぱっていって裁判にかけてやる」と叫ぶ者もいた。しかし結局、この獅子をまねる猿どもは、四人の警備兵がわれわれを弁護してなんとか守ってくれたのと、私が大騒ぎして布告役人並の大声を挙げて何度も旅券を見せて回ったため、いやそれ以上に半刻以上も行く手を遮って疲れてしまったために、阻止する力を弱めていった。警備兵たちは私に馬車に乗るように合図をしてくれた。私が恋人のいる馬車に戻り、御者たちが馬に再び跨り、門の錠前が開き、ならず者連中の口笛と侮辱と罵声のなかを馬車が走り抜けていったそのさまは、信じられぬほどだった。われわれが市庁舎まで連行されなかったことは幸運というほかない。積荷で満載の二台の馬車で、逃亡者の汚名のもとに、あの下衆どもの本拠地に降りたったとしたら、それ以上の危険はなかっただろう。そして市当局のならず者どもの前に呼び出されたなら、もう出発できなかったことは確実で、それどころか投獄されていただろう。そして九月二日に、つまりわれわれの出発から十五日後にもし牢獄にいたとしたら、そこでその日に酷たらしく殺された他の多くの紳士たちとともに、血祭にあげられたことだろう。われわれはそんな地獄を逃れ、二日半でカレーに到着したが、この間おそらく四十回以上は旅券を見せた。後にわれわれは、八月十日の大惨事以降にパリからも、王国そのものからも脱出した最初の外国人は、自分たちだったことを知った。途中どの町でも役場に旅券を見せに行かなくてはならなかったのだが、旅券を見た役場の者たちは、皆それを見るなり、すっかり驚いて茫然とした。印刷された王の名前が、旅券からかき消されていたためだ。彼らはパリで起こった出来事について、ほとんど何もよくは聞いておらず、皆脅えていた。こうして幸運の星のもと、希望ともう二度とこの土を踏むまいという決意を胸に、われわれはついにフランスを脱出した。カレーに着いたが、グラヴェリーヌを通ればフランドルとの国境まで行くのはそれほど困難ではなかったので、船には乗らずに、むしろすぐに陸路ブリュッセルに向かうことにした。カレーに向かったのは、イギリス人とのあいだにまだ戦争が始まっていなかったので、戦火の激しいフランドルへ向かうよりは、イギリスに向かうほうが簡単だと考えたためだったのである。ブリュッセルに着くと、恐怖に苦しんだ後だったためか、わが貴婦人は一カ月ほど妹とその素晴らしい夫の別荘に身を寄せて、しばらく落ち着くことを望んだ。その別荘でわれわれはパリに残してきた使用人からの手紙を受け取った。それによると、われわれが出発を予定していたまさにあの月曜日、八月二十日に――幸運なことに私はそれより二日早く出発していたのだが――われわれに旅券を与えた市当局が（なんと愚かで気違いじみているかおわかりだろう）わが貴婦人を捕らえて牢獄へ連行するために大挙して乗り込んできたとのことであった。それはもちろん、彼女が貴族で金持ちで清廉潔白であるということを知ってのことである。彼女ほどの価値があったためしのない私には、そのような栄誉はもたらされなかった。だがともかく、彼らはわれわれを発見できなかったが、馬、家具、本など一切合切を押収していったということだった。それからわれわれの収入も没収して、われわれ二人が亡命者であるとの声明を発した。このような次第ではあったが、その後には九月二日にパリで起きた大惨事と恐怖等々について書かれていたので、われわれは自分たちを救ってくれた神の摂理に感謝し、神を称えたのであった。

その後、この国の空はますます暗雲たちこめ、恐怖と流血のなかに「自称」共和国が生まれるのを目にしたわれわれは、賢明にも他の安全な地に移せるかぎりの財産を移し、十月一日、イタリアへの途についたのであった。アーヘン、フランクフルト、アウグスブルク、インスブルックを通ってアルプスまでやって来たわれわれは、喜び勇んで山越えをし、「はい」の返事を「シ」と発音する「ここ」(7)、この美しい国に再び足を踏み入れた。その日はこの世に甦ったような気持を味わったのだった。牢獄の外に出た喜び、わが恋人に会うために何度も通ったこの同じ道を、今度は彼女と一緒に辿る喜び。そしてこれからは好きなだけ自由に彼女と一緒にいられ、彼女のそばで大切な勉強に再び取りかかれるということからくる満足感。これらが私の心を鎮め、穏やかにしてくれたのだった。そのためアウグスブルクからトスカーナまでの間に、詩興が甦ってきて、そこに種を蒔いて豊かな収穫ができたほどであった。十一月三日についにフィレンツェに到着し、われわれはそれ以後そこから動くことはなかった。そこでは言葉が生きる宝として存在しているのが認められ、このことがフランスで耐え忍ばねばならなかったあらゆる損失を埋め合わせてくれた。

第二十三章
徐々に勉強を再開する。翻訳を終える。いくつかの自作の執筆を再開し、ひじょうに快適な家をフィレンツェで見つける。そして演技にのめりこむ

フィレンツェでは、ほぼ一年にわたって思うような家が見つからなかったにもかかわらず、到着してすぐ、ひじょうに美しい、私にとってたいへん貴重な言語が話されているのを聞き、またあちこちで私の悲劇を話題にしてくれる人に出会い、（たとえ下手であっても）あちこちでそれら悲劇が頻繁に上演されているのを見たために、ここ二年というものほとんど消えかかっていた文学への志といったものが私の心に甦った。（いくつかの詩以外はほとんど何も書かなかった三年ほどのブランクの後）最初に構想して創作したのは、『王ルイ十六世の弁明』(8)で、この年の十二月に執筆し

た。続いて相変わらず未完成のままだった二つの翻訳、テレンティウスと『アエネーイス』に再び熱心に取りかかり、翌九三年には、推敲はせず不完全ではあったが一応終了した。イギリスとオランダへの旅で（繰り返し熱心に読んだキケロー[9]の全作品を除いては）唯一専念らしきことをしたサルスティウスの作品を翻訳し、何度も修正し推敲していたのだが、この九三年に、その全部を清書しようと思い、最終推敲も終えたものにした。フランスで起こったことについて概史のようなもの――諷刺散文――も書いた[10]が、後になって滑稽で苦々しいこの出来事について、数多くの詩、ソネットや諷刺詩を書いていたものを見つけて、散逸していたそれらを一つの作品にして『フランス嫌い』[11]という題にしようかと思ったとき、この散文を序に使おうと思った。作品の説明をするものになるのだろうと考えたからだ。

わが恋人も私も財産のかなりの部分を没収されたが、それでもこうして少しずつ勉強をやり直し、なんとか慎ましく暮らしていけるほどには残っていたのである。私は彼女をますます愛するようになっていった。運命が私に厳しく集中砲火を浴びせれば浴びせるほど、私にとって彼女はいっそうかけがえのない聖なる存在となったので、私の心は鎮まり、向学心はかつてないほど熱く心のなかでわき立ったのだった。だが自分が取りかかろうとしていた本当の勉強をするには本が不足していた。というのも、私は自分の本をパリですっかり失くしてしまい、古典の小型本約百五十冊だけは自ら持ち出して無事だったものの、その後誰かに失くした本の所在を尋ねることをしなかったためである。創作に関して言えば、私は『アベル』の姉妹篇となる少なくともあと五つの音楽悲劇を計画していたのだが、それ以上創作をする気力がなかった。過去そして現在の心の不安のために、創造への若々しい情熱は消え、想像力も弱まり、貴重な青春時代の最後の年月も、いわば本の印刷作業のために創作もせず虚しく過ごしてしまい、さらに五年以上も危険が続いたことで、私の魂はすっかり眠ってしまっていたのである。それに実際こういう正気の沙汰と言えないジャンルに取り組むのに必須の強い情熱を見出せなくなったので、そんなジャンルに挑戦しようなどという考えは放棄せざるをえなかったのだ。それゆえ、自分にとっては重要だったものの、そのようなジャンルでの創作は断念し、私は諷刺詩の創作に取りかかろうとした。その後書いた一連の諷刺詩の前置きとなるような、最初の一篇を作っただけであったが、『フランス嫌い』のさまざまな箇所で諷刺詩の技法は十分訓練することができたので、うまくいくのではないかと思っていた。そして続く第二篇を書き、第三篇の一部を書いた。だが私はまだ自分自身に十分集中できていなかった。まだ住居も定まっておらず、本もなかったので、ほとんど何も心にわき上がってこなかったからだ。

このことは私を新たな遊び、すなわち演技へと向かわせたのであった。フィレンツェで、演技の才能と能力のある何人かの若者と一人の婦人を見つけた私は、『サウル』を練習し、九三年の春に舞台もなく観客も限られていたが、ある個人の邸宅で上演、大成功を収めた。その年の終わりには、サンタ・トリニタ橋の近く、アルノ河沿いの南側に、(12)小さいながらもひじょうに優雅な家、ジャンフィリアッツィの館に居を定めた。この十一月に戻ってきて以来、私はいまもそこにいる。運命が私を他の土地に移さなければ、おそらくここで死ぬこととなろう。この家の空気、眺め、快適さが、私に知的、創造的能力を大いに取り戻させてくれた。音楽悲劇は例外で、私にはああしたものが作れるほど高揚することは、もはやなかったのである。だが前年に、演技の楽しさに目覚めた私は、同九四年の春にも貴重な三カ月間を創作もせずに無駄に過ごすことにしてしまった。こうして私の家で『サウル』が再演され、私自身も出演した。続いて『第一ブルータス』を上演したが、これにも私は出演した。演技とはたいへん難しい技術であったが、私がこの演技術において少なからぬ進歩をしたと皆が言ってくれ、私自身もそう感じていた。もし私がもっと若く、他に考えることが何もなかったなら、と思う。演じるたびに、声に抑揚をつけるのが大胆でうまくなり、抑揚のことをよく考え、抑揚の幅が増すのを感じた。そしてつねに速くなったり遅くなったり、弱くなったり強くなったり、穏やかになったり激しくなったりする、演技にとって重要な声の種類が増えていくことを感じていた。こうした声の抑揚や種類は、台詞に応じて変化させられるが、台詞を彩ったり、言ってみれば人物を浮彫にしたり、人物の台詞を強く心に刻みこんだりするのである。私のやり方を飲み込んだ団員たちも、日に日に上達していった。そして、もし私に無駄遣いできる時間や金や体力があったなら、三、四年のうちには、最高のものではないにせよ、イタリアで劇団という名で呼ばれているものなどとは、少なくともかなり違った、いやまったく違った悲劇役者の劇団を作り、本物で最良の道に導けたのは間違いないと思った。

この遊びはこの一年と続く九五年の一年間ほぼ全部にわたり、いっそう私の仕事を遅らせた。九五年に、私は自宅で『フィリッポ』を上演、最後の大根役者ぶりを披露したのだった。この劇で私はフィリッポとカルロという二つの大きく異なる役を代わる代わるに演じた。それから『サウル』を再演した。サウルは私にとって一番重要な登場人物だった。彼のなかにはすべてが、まったくすべてがあるのだ。ピサの、貴族たちが集まるある邸宅に、アマチュア劇団が滞在しており、彼らもやはり『サウル』を上演していたのだが、私は照明祭の折に彼らに招かれてそこに行った。私は招きを受けたことに無邪気な自惚れを覚えた。そしてそこで私は、それが最初で最後だったのだが、お気に入りのサウル役を演じ、役者として死に、同時に役柄上王として死んだのだった。

一方、このトスカーナ滞在の二年あまりのあいだに、私は再び熱心に少しずつ本を買い集め、トスカーナ語で書かれた本のうち、以前持っていた本はほぼすべて再び手に入れた。また、ラテン語の古典全部も再び入手して大量に増やした。そこになぜかわからぬが、手許に置いて、少なくとも名前くらいは知っておくために、ギリシャ語・ラテン語対訳の最良の版のギリシャ古典全巻も買い足したのだった。

第二十四章
好奇心と羞恥心からホメーロスやギリシャの悲劇作家たちを逐語訳で読む。あまり気が乗らぬまま諷刺詩その他を書き続ける

遅くてもやらないよりはましだ。さて私は四十六歳に達していた。良くも悪くも二十歳のときから詩や悲劇という芸術を嗜んで、生業《なりわい》としてきたのではあるが、ギリシャの悲劇作家もホメーロス(13)もピンダロス(14)も、要するに誰も読んだことがなかった。私はある種の羞恥心に襲われると同時に、これら芸術の父たちが何を言ったのか少し見てみたいという天晴れな好奇心にとらわれたのである。

こうした好奇心と羞恥心に自らすすんで従えば従うほど、何年もの旅や馬や本の印刷や推敲や気苦労や翻訳を通じて、自分の頭がどんなに鈍ってしまっているかに気づいた。私の頭は教養人になりたいと望める程度にはなっていた。というのは教養人とはとりもなおさず自分の作品や他人の作品をよく覚えている人のことだからである。ところがその記憶力も、かつては抜群だったのだが、かなり衰えてしまっていた。しかし無為を避け、大根役者をやめ、少しでも愚者の状態から抜け出そうとして、私はある企てに乗り出す準備をした。そしてホメーロス、ヘーシオドス[15]、三大悲劇作家[16]、アリストパネース[17]、アナクレオーン[18]を、ギリシャ語の原文と見開きで対訳してあるラテン語の逐語訳を使って少しずつ順々に読んだのだった。ピンダロスに関していえば、そんなことをするのは時間の無駄だと思った。逐語訳の叙情詩が、あまりにひどいものだったからだ。だが原文は読めなかったので、そのまま放りだしてしまった。もはや自分にとってはあまり役立たぬきわめて難しい勉強に打ち込むことで私は消耗してしまい、ほとんど何も書けずに、ほぼ一年半をこうして勉強に費やしたのだった。

　一方でいくつかの詩を書くことはしていて、諷刺詩は九六年を通して七篇書いた。三年前からフランス人が試みていた侵略がとうとう遂行されて、イタリアにとって致命的だったこの九六年、頭上で貧窮と隷属がうなり声をたてているのを見て、私の知性はますます鈍らされた。ピエモンテはずたずたにされ、私は自分の最後に残された存在理由がむなしく消え去ってしまうのを目の当たりにした。だがあらゆる事態に対処する用意ができていたし、けっして請い求めたり服従したりはしないと強く決心していたので、フランス軍の侵入とピエモンテの崩壊という二つのことのどちらも気丈に耐え忍んで、こうした忌々しい不快事を避けるための唯一価値あることとして、ますます勉強に精をだすようになった。『フランス嫌い』のなかで――このフランス嫌いの気持はますます膨らんでいっていたのだが――私は散文にくるんで自分自身とイタリアのために隠れた復讐をした。私はいまだに、自分のこの拙い書が徐々にイタリアの役に立ち、フランスに少なからぬ打撃を与えたいという強い期待を抱き続けている。効果が現れないかぎり、それは作者の夢、馬鹿馬鹿しい空想にすぎないが、もし後になって効果が現れれば、霊感を受けた予言者の予言として受けとめられるであろう。

第二十五章
どんな理由で、どのようにして、どういった目的で、私がギリシャ語を基礎から真面目に独学するに至ったか

一七七八年以降、大の親友カルーゾとフィレンツェで会うたびに、暇つぶしのため、またはいささかの好奇心から、私は彼にギリシャ語の簡単なアルファベットの大文字や小文字を紙に書かせた。どうにか文字とその呼び名は覚えることができたが、それ以上は何も覚えられなかった。その後はギリシャ語に気をとめることなど何年もなかった。さていまから二年前、前述したようにギリシャ語からの逐語訳を読み始めたとき、書類のなかにこのアルファベットの書かれた紙を発見して、そ

の文字をまねて書き、読んでみた。逐語訳を見ながら時折ギリシャ語原文の部分に目を落として、なにか一つの言葉の音がわかったかどうか見てみたいと初めは思っていただけだったのだが、それらの単語が不思議に組み合わされているのを見て、私には原文に対する興味がわき起こってきた。私は実際対訳の原文部分に並んでいるこれらの文字を、ちょうど寓話の狐が、叶えられぬ禁断の葡萄の房をむなしく見つめるように、時々目の端で追っていたのだった。そのうえ私の体はギリシャ語に強い拒否反応を起こしてしまった。私の目は、この忌々しいギリシャ文字を理解しようとしなかったのである。大きかろうが小さかろうが、活字体であろうが筆記体であろうが、ひとたび文字を見つめるなり、目の中でぐらぐら揺れだすのだった。そこで私はたいへんな苦労をしてつっかえつっかえ読んでは、原文の単語のうちもっとも短いものを一つ一つ抜き出して書き写したのだった。だが一つの文全体は、読むことも見据えることも発音することもできず、ましてやリズムを物理的に記憶することなどとてもできなかった。

そのうえ、生まれつきいかなる語学の才にも恵まれておらず（二、三回英語に挑戦したが、まるで頭に入らなかった。最近では九〇年にイギリスに行く前にパリで四度目の挑戦をした。そのときはポープ(19)の『ウィンザー・フォレスト』を翻訳し、『人間論』も訳しはじめた）、語学に親しんでもいなかったので、目と頭でひたすら受動的に文法を学ぶことなどもはや無理であった。私はどんな言語の文法も、イタリア語文法さえ知らぬまま、この歳まで来てしまったのである。イタリア語の文法で間違いを犯すことは、おそらくなかったのだが、それは本を読む習慣のおかげであって、文法上の規則や用法の名称などを知っていたわけではなかった。こうした一連の身体的かつ心理的障害と、翻訳で読むのに飽き飽きしていたために、私は自力でそれらの障害を越えてみせることを心のなかで誓ったのである。だが私はこのことは誰にも、いつもは何でも話すわが恋人にさえ打ち明けようとしなかった。私はギリシャ語を学ぶか学ばないかの境目のところで、興味はあるものの本格的に学び始めることのないままですでに二年を費やしてしまい、じりじりしていた。そしてそのギリシャ語を克服することにしたのである。

そこで文法書を山と買い込んだのだが、一度に二つの勉強を併行してできるように、初めはギリシャ語とラテン語で書かれたもの、後にはギリシャ語だけで書かれたものを買った。そして理解できようができまいが、毎日「トゥプト」[20]や縮約動詞、「ミ（mi）動詞」（まもなく私はこの謎をわが婦人に打ち明けることとなった。彼女は私がいつも唇の間で小さな音を立てているのを見て、とうとうそれが何であるか知りたくなり、それを知ったのだった）を繰り返していた。私はさらに辛抱強く勉強を続け、目や頭や舌を酷使して、一七九七年の終わりには、ギリシャ語のどのページも、散文や韻文のどの文字も、視線をぐらつかせずに、じっと見据えられるようになっていた。そしてテキストをいっそうよく理解するために、ギリシャ語原典を丁寧に読むとすぐに、ラテン語対訳にさっと目を通した。つまり、いままで見たことがなかったり、忘れてしまったギリシャ語の単語があると、それに対応するラテン語の単語にぱっと目を通したのだった。そして最終的には、大きな声ですらすらと読みこなし、大真面目にきちんと発音し、アクセントも二重母音も書かれたとおりに読んだが、それは現代のギリシャ人たちの馬鹿げた発音とは異なっていた。彼らはいつのまにか、五つのイオタ[21]が入ったアルファベットを使うようになっており、彼らの話すギリシャ語にはひっきりなしにこのイオタが登場するので、かつてのように、もっとも調和のとれた言葉を話す民族が話しているというよりも、馬がいなないているように聞こえたのだった。私は日々の古典の学習時間以外にも二時間にわたり、ただし響き渡る大声で早口に朗読したせいで内容は理解せぬまま、ヘーロドトス[22]全作を読み、トゥーキュディデース[23]は二度繰り返して注釈まで読み、クセノポーン[24]を読み、小粒の雄弁家全員を読み、プラトーン[25]の『ティモレオーン』についてのプロクロス[26]の注釈も二度繰り返して読んだ。こうした作品を選んだのは、もっぱらこれらが読むにはもっとも簡単な省略だらけの縮約版で出ていたためである。こうしてまず喉の奥の方で小さな声で読んでみてから、吠えるような大声で読んでみることで、読むことと発音することの困難を私は克服した。

　このような努力は、恐れていたほどには、私の知力を消耗しなかった。むしろ、それまでの長い年月にわたるいわば冬眠から、私を蘇らせてくれたのだった。この九七年に、諷刺詩は現在のような十七篇となった。ありあまるほど大量の詩を再度集めて清書させ、推敲した。一方ギリシャ語のほうはわかり始めるにつれ、私は夢中になってしまい、とうとう翻訳まで始めてしまった。最初はエウリーピデース[27]の『アルケースティス』、続いてソポクレース[28]の『ピロクテーテス』、アイスキュロス[29]の『ペルシャ人』、そして最後にすべての翻訳の成果を試すため、アリストパネースの『蛙』を訳した。ラテン語のほうも、ギリシャ語に取り組んでいたからといってなおざりにするようなことはなく、九七年にはルクレーティウス[30]とプラウトゥス[31]を読んで勉強し、テレンティウスを読んだ。このテレンティウスは、妙な巡り合せで、その喜劇六作全部をばらばらに訳していたことがわかった。訳してはいたが、作品全体を通して読んだことがなかったのである。だからもしこの先その翻訳が実現するようなことになれば、次のように本当のことを言ってふざけることができるだろう。私はそれを読む前に、あるいは読まずに翻訳したんだぞ、と。

その他にもホラーティウスのさまざまな韻律を習得した。それまでも読んだり勉強したりして、空で言えるほどよく知っていたのだが、韻律については何も知らないことを、恥ずかしく思ってのことだった。同様にして、コロス(32)のギリシャ語やピンダロス、アナクレオーンの韻律も十分に習得した。つまりはこの九七年に、私は両の「耳」をそれぞれ掌尺ぶんほど短くしたのである（馬鹿者、すなわちロバの耳が長いことからくる喩え）。無用な好奇心を失くし、馬鹿であることをやめ、ゴール人（フランス人）について考えることからくる不快感を取り除くため、すべてはつまり脱ケルト化（ケルト人とはここではフランス人のことを指す）のためだけに、私は多くの辛酸をなめたのだった。

第二十六章

遅ればせのギリシャ語の勉強から得られた思いがけぬ収穫。すなわち（これを最後にアポロンへの誓いを破って）『第二アルチェステ』を執筆する

そのようなわけで、期待をしていたわけでもなく、またいま述べたこと以外には何も望んでいなかったのだが、これからお話しするように、優しい父アポロンは、私が思うにそれほど小さくもない成果を、自らすすんで私に得させて下さった。前述したように、九六年以降、私は逐語訳の翻訳

本を読み進めていて、ホメーロス全作、アイスキュロスにソポクレース、エウリーピデースの悲劇五つと読み、とうとう『アルケースティス』までたどり着いた。この作品についてはそれまで何の知識もなかったが、私はその崇高な主題に溢れているさまざまな感情に、たいへん心を打たれ、感動し、興奮してしまった。そのためじっくり読んだ後、紙片に以下のような言葉——これはいままも手許にとってある——を書き記した。「フィレンツェ、一七九六年一月十八日。もし私がもう二度と悲劇を作らないと自分自身に誓いを立てていなかったなら、このエウリーピデースの『アルケースティス』を読んで心を打たれ興奮したことで、新しい『アルチェステ（アルケースティスのイタリア語名）』の脚本執筆の準備に熱い気持で即座に取りかかってしまうだろうに。そしてそこにギリシャ語原典の良い部分すべてを盛り込み、できればその良い部分を増やして、原典に少なくはないおかしな部分をすべて削ってしまうだろう。それから登場人物の数を減らし、それらを初めから作りあげていくだろう。」そして後に私が自作に登場させた人物の名前をそこに並べた。その後その紙片のことはすっかり忘れていた。以後エウリーピデースの他の作品をすべて読み進んでいったのだが、それらは『アルケースティス』以前に読んだ作品同様、私にはほとんど何の感銘も引き起こさなかった。その後エウリーピデースを読み直してみたが、というのも私は各作品を最低二回は読むことにしていたからなのだが、『アルケースティス』に行き当たって、以前と同じような感動を覚え、同じように無我夢中になり、同じような欲望が生まれた。そして九六年の九月には、『アルケースティス』をもとに起草したが、上演する気はなかった。一方で私はエウリーピデースの第一作の翻訳に取りかかっており、九七年一年間で終わらせた。だが前にも述べたように、当時はまったくギリシャ語を知らなかったので、ラテン語から訳したのであった。こうして翻訳しつつ『アルケースティス』と深く関わっているうちに、同じものを自分でも書きたいという思いが、ますます新たに燃え上がった。九八年五月、とうとうその日がやって来た。その日私はこの主題についての想像力を強く掻き立てられたので、散歩から家に戻るや、執筆に取りかかり、第一幕を一気呵成に書き上げた。そして余白にこう記した。「取り憑かれたように激しく、多くの涙を流しながら書き上げた。」その後ずっと同じ勢いで残りの四幕とコロスの草案およびト書を書いて、五月二十六日に擱筆した。長くて辛い生みの苦しみからようやく解放され、私はほっとした。こうして稿はできたものの、これをさらに韻文にして整えたり推敲したりして、仕上げるつもりはなかった。

だが前にも述べたように私は本格的なギリシャ語の勉強を熱心に続けていたのだが、九八年の九月に自分の『アルケースティス』の翻訳を原典と照らし合わせてみようと思い立った。それは訳文を修正し、ギリシャ語についてさらに何がしかを学ぶためだったのだが、原典の一語一句、イメージ、形を完璧に解しようとする、少なくとも解しようと努力する者にとって、翻訳以上にためになるものはないからだった。こうして『アルケースティス』にのめり込み、夢中でそれを手にし、読み返し、泣き濡れ、惚れ惚れして、是非自作を仕上げたいという四度目の情熱がわき上がってきた。そこで九八年九月三十日に韻文に直しはじめ、十月二十一日頃にはコロスまで書き終えた。かくして私は十年間の空白の後に自分の誓いを破ったのだった。だが私は恩知らずの盗作者にはなりたくなかった。やはりこの悲劇は完全にエウリーピデースの作品であって、自分のものではないということを認識していたためだ。そこで私はこの悲劇を自作ではなく、翻訳の一つとした。それは『第二アルチェステ』という題で、生みの母である『第一アルケースティス』の翻訳と並んで、翻訳作品のなかに入れるべきものだと考えた。一方誓いを破ったことを、私は誰にも、自分の半身である恋人にさえ話さなかった。そこで私はちょっとした遊び心から、十二月に何人かを自宅に招くと、この自作の悲劇をエウリーピデースの悲劇の翻訳だといって読んで聞かせた。エウリーピデースの悲劇をよく知らない者は、第三幕の終わりまで冗談だということに気づかず、まんまとだまされていた。だがその後、エウリーピデースの悲劇をよく覚えている者が、これが冗談であることを暴いたので、私は自作を読むのはやめて、エウリーピデースの作品を読み始めたのであった。私の悲劇は好評だった。まだいろいろ削除したり修正したりしなくてはならないにせよ、自分の遺作にするのも悪くないという気がした。『アルチェステ』の来歴を長々と話してきたが、それはもしこれが時を経るにつれ良い作品だと認められようになるならば、いまの話から詩人たちの自然の衝動というものがわかり、どうして詩人たちが書こうとすることはしばしばうまく書けず、書こうとしないことが自ずとうまく書けてしまうのかがわかるだろうと思ったからである。アポロンの自然な衝動（自ずとわいてくる詩的感興）を大切にして、それに従うべきなのだ。だがもしこの『アルチェステ』が良い作品ではないならば、読者は『自伝』と『アルチェステ』における私の徒労を、二重に笑うであろう。そしてこの章を、「壮年期」ではなく「老年期」に含まれるべき第五期の序章と考えるであろう。

この二つの『アルチェステ』を、フィレンツェの何人かの者が知った結果、皆に——友人カルーゾにまで——ずっと秘密にしていた私のギリシャ語の勉強もばれてしまった。カルーゾが私の秘密を知ったのは、次のような経緯からだった。この年の五月頃、私は自分の肖像画を贈物として姉に送った。この肖像画はモンペリエ生まれだがフランス人らしいところのまったくない画家、グザヴィエ・ファーブル(33)の手になるもので、ひじょうに良くできた美しい絵だった。この肖像画の裏に、私はピンダロスのちょっとした二つの文章を書き込んだ。姉は肖像画を受け取った後、たいへん気に入ってあれこれ眺めているうちに、その二つのギリシャ語の走書を発見し、それを解読してもらおうと、私だけではなく彼女の友人でもあるカルーゾ神父を呼びにやったのであった。神父はこの走書から、私が少なくともギリシャ語の文字を書くことは習得したということを知った。また彼は私が自分では理解できないのに、引用句《エピグラフ》を説教くさく自慢げに書くようなまねをするはずがないと見破ったのである。そこですぐに、私が隠していたこと、この新しい勉強について何も話さなかったことを非難する手紙をよこした。私はこれにギリシャ語の手紙で返答したのだが、私はそれを自分一人でできるかぎりうまく単語をかき集めて書いたのだった。以下にその原文と翻訳とを掲げておくが、それはカルーゾ神父の目にも、一年半ばかり文法を学んだ五十歳の生徒の作品にしては、出来が悪くないと映った。私はそれまで行った勉強の成果を彼に見せるために、もう一通のギリシャ語の手紙と、自分が手がけた四つの翻訳からそれぞれ一部を抜き書きしたものも付録としてつけた。この結果彼から多少の讃辞をもらい、そのためますます熱心に続けていく勇気がでた。そこでラテン語やイタリア語の勉強をするなかで学んだように、できるかぎり多くの作家たちの文を暗唱するという、最良の練習に取りかかった。

だが私は同九八年に、カルーゾとはまったく違った類の人物と、数通の手紙をやりとりする運命になった。すでに私が話したことから皆さんもご存知のように、九六年以降、ロンバルディアはフランス人に侵略され、ピエモンテも崩壊寸前で、オーストリア皇帝はカンポフォルミオでフランスの暴君（ナポレオン）と平和の名のもとに惨めな休戦を取り決めていた。法王も危機に瀕しており、彼のお膝元のローマも占領され、隷属下の民主化がなされたのだった。人々の貧窮と、憤りと、恐怖がそこかしこに溢れていた。当時トリノには、パリの高名な文学者で上流階級出身のジャングネ(34)という人物が、フランス大使として駐在しており、敗北して武器を奪われたサルデーニャ王(35)を失脚させようという崇高な企てを持ち、ひそかに働いていたのだった。私は思いがけなく彼から一通の手紙を受け取ったのだが、その内容に憤然とさせられ、またひじょうに不快にさせられた。彼の提案とそれに対する返答、また返答とさらにそれに対する返答を、ここに注として挿入しておく。これをよく見れば、たとえ懐疑的な人でも、このような奴隷の手になる革命に対して、私の意志と行動が、どんなに純粋で正直なものであったかがわかるだろう。

　このジャングネとの二通の手紙のやりとりにより、彼がその暴君から、ピエモンテをフランスの意のままにおくようにとの命令を受けており、そうした不正のために、フランス支配下のピエモンテで、卑劣千万にも大臣になりたいという者を探していることがわかった。そして彼は、彼らフランス人が私の財産を奪ったのと同様に、今度は大臣にすることで、私に不名誉を負わすことができるものかと探りを入れたものと思われた。だが世俗の財産は専制政府の自由になるかもしれぬが、名誉はその所有者である各個人の自由なのだ。そこで二度目の返事を出した後は、私はもはや彼の言うことにはいっさい耳を貸さなかったのである。だが彼は、私の未出版の著作の山がパリに残されているとの情報を、カルーゾ神父から聞きつけると、自分のために役立てたようだった。つまりこの情報をもとに、後にお話しするが、彼は私の著作の山を探し出し、それで一儲けすることになるのである。ここで彼が私に返還したいと言ってきた本のリストを公表したとしても、それらはもうすべて彼の持ち物になってしまっているだろうから、馬鹿馬鹿しいだけだろう。そのリストには、最近のイタリア語で書かれた駄作百冊が挙げられていた。そしてそれが六年前私がパリに残してきた、厳選されたイタリア語の古典とラテン語作品ばかり、少なくとも約千六百冊はあるコレクションのリストだというのであった。これがフランス式の返還法だと知れば、誰もこのようなリストに驚かないだろう。

第二十七章

『フランス嫌い』脱稿。『テレウトディア』をもって有韻詩執筆を終わりとする。『アベル』を書き縮める。二つの『アルチェステ』、『イタリアの諸国家への警告』も同様に書き縮める。週一回の勉強。墓碑も準備して備えを万全にし、続く九九年三月のフランスの侵入を待つ

フランス人たちが友好関係を守ると公言していたにもかかわらず、その間トスカーナでは、日に日に危険が増していった。九八年十二月には彼らはすでにルッカをはなばなしく征服し、そこにとどまってフィレンツェを絶えず威嚇していた。そのため九九年初めには、フィレンツェ占領はもう

すぐそこに来ているように思われた。そこで私は、起こると予想されるあらゆる事態に備えて、全部の荷物をまとめることにした。『フランス嫌い』については、すでに前年にうんざりしてしまって、ローマ占領のエピソードで終わっていたのだが、このローマ占領は奴隷根性の持ち主ども（フランス軍）の果たした「もっとも輝かしい偉業」であるように思われた。そこで私は、自分にとって重要で大切なこの作品を救うため、十部もその写しを作らせた。そして消滅したり紛失したりしないよう、あちこちに分けて預けた。来るべきときに世に出せるようにするためである。それゆえ、こうした忌々しい奴隷どもに対する憎悪と軽蔑の念を、それまで包み隠さずにきた私は、彼らからどのような暴力や侮辱を受けることも予測していたので、もっぱらそれを受けずにすむように備えることにした。もし彼らが挑発してこなかったなら、私は黙っていただろう。もし彼らがあらゆる手段を使って私を探したなら、私は自由人として出頭しただろう。汚れなく、自由に、尊厳を持って生きるために、あるいは、もし必要ならば、復讐を果たしてから死ねるように、私はすべてを整えた。私が自伝を書き始めた理由は、他人によって自分で書く以上に自分を悪く書かれないためだったが、私は同じ理由から、自分とわが恋人の墓碑銘も自らの手で作成した。この墓碑銘を注に掲載する（作者注）が——というのも墓碑銘はこれ以外のものは望まないからで——このなかで言っていることは、私についても彼女についても、あらゆるきらびやかな粉飾をとり除いた純然たる真実である。

　こうして死後の名誉もしくは名誉とまではいかないまでも不名誉ではないものに備えたので、私は自分のしてきた仕事も一度整理することにした。推敲し、清書し、完成したものとそうでないものを分け、自分の年齢と意志を熟慮した末、未完成の仕事に完成の期限を設けたのだった。それゆえ、五十歳になったら、うんざりするほどある書き散らした大量の詩をそれ以上清書するのはやめて、そのうちの磨きあげたいくつかを凝縮した一冊にまとめることにした。それは七十篇のソネット、一篇のカピートロ、そして三十九篇のエピグラム（寸鉄詩）からなっていて、すでにケールで印刷した詩集に付け加えるためのものだった。私はピンダロス風のオードをもって詩を奏でる竪琴《リラ》に封印をし、これを持ち主である詩神アポロンに返して、詩を書くことをやめた。このオードには、やはり少しギリシャ人を気取るために、『テレウトディア』という題がつけられていた。この作品を最後に私は詩作活動に幕を下ろしたのだった。この後何かちょっとしたソネットや諷刺詩を作ったとしても、それを書きとめることはなかった。書いたとしても保管しなかったし、だからそれがどこにあるのかもわからないし、見つかったとしても自分の作品かどうかもはや見分けがつかないだろう。私の詩作は一度は終わりにしなければならないものだったし、それもちょうど良いときに、無理矢理ではなくごく自然に終わりにする必要があった。満五十歳になったことと、詩を理解しない野蛮人どもが私を監視していたことが、またとない機会となったのである。私はこの機会を生かし、それ以後詩については何も考えなくなった。

翻訳に関して言えば、ウェルギリウスはそれまでの二年間に全部を清書し修正したものを、完成品としてではないが、残しておいた。サルスティウスは残しておいてもよさそうだったので、残した。テレンティウスは残すもののなかに入れなかった。というのも、彼の作品の翻訳をしたのは一回だけで、それ以後見直しも清書もしなかったからである。ギリシャ語からの翻訳四作品は、火にくべてしまいたいほど不満足な出来で、実際未完成でもあり、完成品としてそのままにしておくことはできなかった。そこで自分に時間が残されているかどうかわからないという危険な状況ではあったが、とにかく原文と翻訳の清書を始めた。まず最初に『アルケースティス』を再び訳しはじめた。私は翻訳からの翻訳というのが好きではなかったので、直接ギリシャ語から翻訳しようとしたのだ。他の三つは出来は良いにせよ悪いにせよ、原文から直接翻訳したものだったので、『アルケースティス』と比べると、修正に手間も時間もかからなかった。『アベル』は、それに続く音楽悲劇が構想されず起草もされなかったので、(唯一とは言わぬが)一つだけ独立した作品となってしまったが、他の者に清書させ、推敲した結果、残しておいてもよいように思えた。この数年のあいだに私の作品群のなかには『イタリアの諸国家への警告』という題の短い政治的な文章も加えられていたのだが、これも推敲して清書させ、残しておいた。私に政治家になりたいという馬鹿げた虚栄心があったわけではない。私は政治に関しては門外漢なのである。だがこの文章は、私自身が考えているものよりもさらに愚かな政治に対して、私のなかにわいてきた義憤によって書かれたものなのである。この二年のあいだ、無能な皇帝と無能なイタリアが、愚かな政治を行うのを見てきたのだ。さて最後に、少しずつ書きためては修正して練り上げた諷刺詩を清書させ、いまなお保存しているが、写しを十七部作らせた。私は、この十七という数を超えないようにすると決めて、心のなかで誓った。

こうして自分の第二の詩的財産を点検整理し、澄みきった心で起きるべきことを待った。今後生きていくためには——もしまだ人生が続くならば——これから迎える年齢を考え、ずいぶん前から考えていた計画を実行するためには、もっとそれに適したやり方をする必要があったので、私は九九年の初めから、毎週規則正しく、体系的な方法を取り入れた勉強を実践するようになった。いまでもこの方法をとり続けているが、続けるための健康と命があるかぎり、やり続けようと思う。月曜日と火曜日の、起きてすぐの朝の三時間は、聖書を読むことと研究することにあてられた。私は聖書をよくは知らないこと、それどころか一度も読み通したことがないということを、恥ずかしく思っていたのだった。水曜日と木曜日は、すべての文学の第二の源（第一の源は聖書）であるホメーロスを読むことにあてられた。最初の一年とその後何年かにわたって、金曜、土曜、日曜は、ピンダロスに捧げられた。彼はギリシャのすべての作家のなかでも、またヨブや預言者たち[36]を含めて、あらゆる言語のすべての抒情詩人のなかでも、もっとも簡潔かつ難解であった。この金土日の三日間はその後、ギリシャ三大悲劇作家およびアリストパネース、テオクリトス[37]などの詩人や散文家のために捧げることにし、実際そうしたのだった。それはこのギリシャ語という言語に少しでも近づくことができるかどうか、「できる」とまではいかなくても（そんなことは夢だ）、少なくともラテン語と同じくらいは理解できるかどうかを見るためだった。私が徐々に作り上げていった方法は有効なものに思われた。そこでこの方法をここで詳しく述べたいと思う。このままでも、また改良された形でも、私の後でこの学問に取り組む者に役立つことがあるかもしれないと思うからだ。聖書は、初めヴァチカン版の七十人訳ギリシャ語旧約聖書を読み、次にこれをそのアレクサンドリア版と対照させた[38]。つまり私は朝に二章あるいは多くとも三章を、まずヘブライ語原典に忠実な、ディオダーティ[39]訳のイタリア語で読み、次に一般に普及しているウルガタ版のラテン語で読み、そして最後にヘブライ語原典の文の行間に記された、原典に忠実なラテン語訳で読んだのだった。私はこのヘブライ語原典とはこうして何年もつき合い、ヘブライ文字を覚えたので、ヘブライ語の言葉をただ読むことであればできるようになり、その音を出せるようにはなったが、概ねひじょうに汚い音だった。また、われわれには変わったものに思えるその表現も、なんとかわかるようにはなったが、そこでは崇高なものと野卑なものがごっちゃになっていた。

ホメーロスに関して言えば、じかにギリシャ語の原文を大声で朗読した。ラテン語に逐語訳をしつつ、いくつ間違って読んでしまおうが、途中で止めることなく、その朝に勉強する予定の六十行から八十行、多くて百行を読んだ。多くの詩句を間違って発音しつつも、ともかくギリシャ語で、韻律を保ちながら大声で読んだ。その後ギリシャ人の古典詩注釈者による注釈を読み、次にバーンズ、クラーク、エルネスティ[40]によるラテン語注釈を読んだ。それから印刷されたラテン語逐語訳を最後に取り上げて、それをギリシャ語版のうえで対訳を見ながら読み返し、最初どこでどうやって、どうして訳し間違ってしまったのか確認した。次にギリシャ語原典だけ使って読み、古典注釈者が説明し忘れたことが何かあったら、私がその説明を他のギリシャ語の同義語で言い換えるかたちで、テキストの余白に記したのだが、それにはエジキオやエティモロジコやファヴォリーノ[41]といった辞典がたいへん役立った。それから言葉や表現や文飾で素晴らしいものがあると、それらに対する注を紙の余白部分に、他とは分けてギリシャ語で書きとめた。その後私はエウスタツィオ[42]がこれらの詩句について書いた注釈を読んだので、その結果私は同じ詩句やその解説、また同じ詩句の文飾を五十回も目にすることになったのである。このようなやり方は退屈でねばり強さがいるように見えるかもしれない。だが私自身もなかなかねばり強い男で、それに五十歳の頭脳に何か刻み込むためには、二十歳の頭脳に刻むのとは違い、まったく別の彫刻刀で刻むことが必要なのである。

ピンダロスについて言えば、私はそれまですでに何年か、これまで述べてきたものよりもさらに困難な勉強を実行していた。私はピンダロスの小型本を持っていたが、その永遠の迷路のような文章のなかで、各語が占める位置を確認するために、一や二や三や、時には四十やそれ以上の算用数字を私がつけなかった単語はなかった。だが私にとってはこれで十分ということはなかったので、ピンダロスにあてた三日間のうち、ギリシャ語だけで書かれた、ピンダロスの別版に取り組んだ。それは誤字だらけで句読点の打ち方もまずい、ローマのカリエルジ(43)出版の古い版だったのだが、注釈がつけられた最初のものだった。私はホメーロスと同様、最初にまずギリシャ語をラテン語に逐語訳しながら読み、その後もホメーロスと同様の方法を採った。そのうえ最後には作家の意図についての自分の解釈を余白に書き込んだ。余計なイメージをはぎ取った作家の純粋な思考を、書き出したのである。こうしてピンダロスの次には、アイスキュロス、ソポクレースについても同様の勉強をした。何年か前から記憶力が衰えてきていたので、このように汗を流し、狂ったように執拗に勉強したものの、いまだにこういった作家たちについてよくわかっていないし、最初の読みでは相変わらず大きな間違いをしてしまうことを私は告白する。ともあれ勉強は私にとってひじょうに大切な、なくてはならぬものとなったので、九六年以降、私は朝起きぬけの三時間の勉強を中断することも、すっかりやめてしまうこともなかった。『アルチェステ』や諷刺詩、リーメ、翻訳など、何か自分の作品を仕上げるときも、それには二次的な時間をあてた。一日の初めに持っているエネルギーではなく、残りのエネルギーをあてたのである。私がもし自分の仕事と勉強と、どちらかを放棄しなければならないとしたら、自分の仕事を放棄することは間違いなかった。

このようにして自分の生活を整え、本は必要なもの以外をすべて箱に収めて、今度こそは失くさずにすむだろうかと思いながら、フィレンツェ郊外の別荘に送った。早くから予測されていたフランス人による憎むべきフィレンツェ侵略は、九九年三月二十五日に行われた。その詳細は、皆が知っているものも知らないものもすべて、どいつもこいつも奴隷に等しい者どもの仕業であるから、知られる価値のないものだ。この同じ日、彼らが侵入してくる数時間前に、私とわが恋人は、モントゥーギ近くのポルタ・サン・ガッロの郊外にある別荘に逃げた。フィレンツェの住居は、暴虐な軍隊の宿舎にされることを予想して、事前にすっかり空にしておいた。

第二十八章

別荘占拠。フランス人たちが町を去る。われわれはフィレンツェに帰る。コッリの手紙。ケールにある一度も出版されていないはずの自分の作品が、パリで再出版の準備中であると聞いた私の苦悩

こうして専制共和国の圧政を受けた私は、しかしながら屈服することなく、少数の召使たちと、私の愛しい半身とともに、別荘に滞在していた。二人とも不断に文学にいそしんだ。というのは、彼女もまた英語とドイツ語には十分精通しており、同時にイタリア語とフランス語も自在に使えた

ので、この四つの国の文学についてはすっかり通じていたし、古典もこの四言語に翻訳されたものによって、その精髄を知らないわけではなかったからだ。そのため彼女とはあらゆる事柄を話すことができたので、心も頭も満ち足りて、人間が引き起こす多くの不幸から遠く離れて、彼女と二人きりで生活することになったら、どんなに幸せだろうと思った。こうしてわれわれは別荘にいたのだが、ほんの数人稀にフィレンツェの知人が訪ねてきた。稀だったのは、われわれに新しい法律を強制してくる、軍の支配する専制政府に疑われないためだったが、その政府ときたら、もっとも残酷で、滑稽で、哀れで、耐え難い政治家たちの寄せ集めなのであった。この政府は私には完全にウサギに先導された虎を表しているように思えた。つまり弱い頭脳に率いられた、強い軍事力を持つ政府ということだ。

　別荘に着くとすぐ、二つの『アルチェステ』の清書と推敲に取りかかるために机に向かったが、朝の勉強の時間を侵すようなことはしなかった。その仕事にすっかり没頭してしまったので、自分たちの苦境や危険について考える暇はほとんどなかった。とはいえ危険は多く、われわれには危険がないなどと真実が隠されたり、儚い期待を抱かせるようなことはなかった。日々私は危険に注意していた。こうしてつねに心配事を抱え、しかも一人で二人ぶんの心配をしながらも、勇気を奮って仕事を続けた。こうした悪政の常ではあるが、人々は恣に逮捕された。それも決まって夜中にである。町の上流階級の若者の多くが、人質として捕らえられた。彼らは夜、妻の横で寝ているところを起こされ、まるで奴隷のようにリヴォルノに送られ、そこから過酷な状態で、サンタ・マルガリータ諸島行の船に乗せられたのである。私は異国人（フィレンツェ人ではないということ）ではあったが、このような逮捕を彼ら以上に恐れなければならなかった。私が革命政府の冒瀆者であり敵対者であることは、知れ渡っているに違いなかったからだ。どんな夜に捕らえに来られても不思議はなかった。私は不意をつかれたり酷い目にあわされたりしないように、できるかぎりの備えをした。そうしているあいだに、フィレンツェではフランス国内と同じ自由が宣言され、もっとも卑しく邪悪な奴隷どもが勝利した。私が自作を韻文に整え、ギリシャ語で文を綴り、恋人を勇気づけているあいだに。こうした不幸な状態は、彼らがフィレンツェに入った三月二十五日から七月五日、すなわち彼らがロンバルディア全土で打ち負かされて四散し、早朝にフィレンツェからいわば逃走する日まで続いたのであった。(44) おわかりかと思うが、その逃走は、あらゆる種類の品々を、できるかぎり略奪した後ではあったが。私も恋人も、その間じゅうフィレンツェには一歩も足を踏み入れなかった。そして、たった一人といえども、フランス人の姿を見ることで、この目を汚されることはなかった。それにしてもフランス人が一掃された朝のフィレンツェの喜びに満ちた光景と、二百人のオーストリア騎兵が入城した後の日々の素晴らしさは、とても言葉では表せないほどである。

別荘の静寂に慣れたわれわれは、家具や書物を運び出してフィレンツェに戻る前に、そこにもう一カ月間滞在することにした。町に帰って、場所の移動をしても、私がすでに導入した勉強方式を変えることはなかった。それどころか、ますます面白くなって、いっそうの希望を胸に抱いて続けた。というのも、フランス人がすっかり壊滅させられたので、ひょっとするとイタリアが蘇るかもしれないという希望がこの九九年の残りの日々には甦りつつあったのだ。そして私自身の内にも、個人的な希望が甦りつつあった。まだその半ばにも至っていない自作全部を終了するのに、まだ間に合うかもしれないという希望である。この年ノヴィで戦争があった後に(45)、私は自分の義理の甥すなわち私の姉の娘の夫であるコッリ侯爵から一通の手紙を受け取った。直接彼に会ったことは一度もなかったのだが、優秀な将校であるという名声は耳にしていた。彼はこのところ五年以上続いた戦争で、アレッサンドリア出身の自分にとって生まれたときからの君主であるサルデーニャ王の下で勲功をあげたのだった。ところが彼はその後、深い傷を負い、囚人として捕らえられ、その年九九年の一月に行われたサルデーニャ王(46)の国外追放の後は、フランス人たちに仕えるようになったと手紙で書いてきたのだった。彼の手紙とそれに対する私の返事を、注に掲げておく。ちなみに、以前言い忘れたことをここで言っておくと、フランス人の侵入前に、フィレンツェでサルデーニャ王に拝謁した際、私は臣下の礼を表したのだった。彼は私の国の王で、そのうえ当時たいへん不幸な目にあっていたという二つの理由から、そうせざるをえなかったのである。王は私をかなりよく遇してくれた。王を見て、私は少なからず心を揺さぶられた。そしてその日、王がこれほどまでに見捨てられ、周りに少数の無能な輩しか残っていないのを見て、それまで感じたことのなかった、王に仕えたいという一種の欲望を感じたのだった。そしてもし自分が王の役に立てるという確信があったら、王にそう申し出たであろう。だが王に仕えるというようなことにおいては私はまったく無能だったし、いずれにせよもう遅すぎた。王はサルデーニャに行き、その後事態は変転して、王は再びサルデーニャから戻り、何カ月もフィレンツェのポッジョ・インペリアーレに滞在した。当時はオーストリア人がトスカーナ大公の名の下にトスカーナを支配していたのである。だが王はそのときもよい助言を得ることがなかったので、自身やピエモンテのためになること、すべきこと、あるいはできることを何もしなかった。そこで事態は再び悪化し、王はとうとう何もできない状態になってしまった。王がサルデーニャから戻ってきたとき、私は再び礼を表したのだが、王は素晴らしい希望に満ち溢れているように見受けられたので、王のために何の役にも立てず悔しいと以前ほどは思わなかった。

　こうして「秩序と財産の守護者」たち（オーストリア軍）が勝利したことで、私は少々慰められた。だがすぐに今度はたいへんな苦しみを味わうことになった。それは予期されないことではなかった。パリのイタリア人書店主モリーニの広告がたまたま私の手に入ったのだが、そこには私の全作品を出版しようとしていること（広告によれば、韻文また散文による哲学的作品を出版するということだった）、さらに作品の詳細が記されていた。それらはすべて前述したように、ケールで印刷された私の作品だったのだが、私自身の許可を得て出版されたものではなかったのである。だが広告にはその私の未出版のはずの作品すべてが含まれており、それぞれについて詳細な説明が加えられていたのだった。私はまるで雷に打たれたかのように、このことに何日間も打ちのめされていた。本その他私がパリに置いてきたものすべてを盗んだ者たちが、『有韻詩集』、『復讐されたエトルリア』、『専制論』、『君主と文学について』などの四つの作品の印刷版すべての包みに気づいていないだろうと、私が幻想を抱いていたわけではない。ただ何年もの年月が流れたことを考え、それでも出版されなかったのだと期待していたのだ。九三年にフィレンツェで、自分の書物が完全に失くなってしまったことがわかったとき、私はイタリア中の新聞に、自分の本と原稿が没収され売られてしまったことを記した広告を出させた。そして、自分で出版したかくしかじかのもの以外は、自分の作品とは認めない旨をそのときから公言するようになった。その他のもの、偽造されたものや、まだ完成していないもの——それらは私が盗まれたものであることは明白であったが——は自分の作品とは認めなかったのである。さて九九年に、このモリーニの広告を読んだのだが、そこでは翌年一八〇〇年に上記の作品を再版することを約束していた。善良で尊敬すべき人々に対して自分の汚名を濯ぐのにもっとも効果的な方法は、モリーニの広告への反対広告を出して、それらの本が自分の作品であることを告げ、それらがどうやって私の手から盗まれたかを語り、自分の感じ方や考え方を弁護するために『フランス嫌い』を出版することだったろう。『フランス嫌い』はそうした目的を果たすには打ってつけだったからだ。だが私は、いまでもそうだが、自由な身の上ではなかった。いまでもそう、というのは自分はイタリアに住んでいて、自分のためというより愛するわが貴婦人の身を案ずるからなのである。そのため他の状況なら当然したはずのこうした方法を採らなかったのだ。自分が潔白にはなれないので、お互いに信用して仲間に入れるようなふりをしながら他人を汚すことを喜びあう、現在の奴隷という不名誉な身分をこれを限りに抜け出すための方法を。自由について話をしたということからすれば、私は、彼らすすんで徒党を組もうとする奴隷のフランス人どもの一員だ。だが、『フランス嫌い』は私を彼らの一員ではないということを、悪者や馬鹿者の目にも明らかにしてくれるだろう。私を奴隷たちの仲間だと勘違いするのはこうした悪者や馬鹿者ぐらいなのだが、残念なことに世界の半分から三分の二はこの二種類の人間である。したがって私はできたかもしれないし、すべきだったかもしれないが、『フランス嫌い』を出版することはなかった。ただそのとき自分にできることだけをした。それはイタリア中の新聞に、私が九三年に出した広告に後記を加えたものを掲載することだった。後記には、パリで散文や韻文の作品が自分の名の下に出版されたと聞いたため、六年前に出した抗議文を修正して載せるのだという旨を記した。

だが事実はこうだった。かの誠実極まる文人ジャングネ大使が、前出のような手紙（本の返却についての手紙）を書いてよこした後、カルーゾ神父が何としてでも私のために役立ちたいということだったので、私は神父から自分の要求を伝えてもらった。私が要求したのは私の蔵書でも他の何かでもなく、印刷済みで世に出ていない作品を包みにしたもの六個を、一つたりとも流布してしまわないように取り返したいということだけだった。だが事実を（私が心のなかで考えていることだが）言うと、その後パリに帰ったジャングネは、再び私の本の入った荷をかき回したのであろう、件の四作品が四部ずつだけ入っている包みを見つけると、自分のものにしてしまった。おそらくモリーニにそのうちの一部ずつを再出版できるように売り渡し、他は手許に残して、一財産作るために散文をフランス語に訳すと、原稿はもともと自分のものではないので、国立図書館に寄贈してしまった。そして……（この箇所は原稿で欠落している）……モリーニによって再版された第四巻の序文には、前回の版は四部以外発見不可能であると、私が述べたとおりのことが示唆されているのだが、その四冊は私が残してきた他の本が入った小さな包みと一緒に戻ってくることになっている。

それから、各作品ごとに五百部以上が入った六個の包みについては、私には何が起こったか推測することはできない。もし発見されて開封されたのならば、世間に出回っただろうし、再版されるのではなく、売りに出されていたろう。というのも、紙も文字もひじょうに美しい版で、誤字脱字もないものだったからである。世に出なかったので、私はその六つの包みがどこか私の蔵書の山の中に墓に埋もれるように埋もれてしまって、私がパリに残して失ったものの多くが荷を解かれずに朽ちていくままになっているように、それらも開かれないままになっているのだろうと考えたのだった。というのも、私は包みの外側に「イタリア悲劇」と書かせておいたからである。なにはともあれ、私は自分の手になる印刷では、出費と苦労を被り、さらに他人の印刷ではこれらの本を出版したということで（汚名とは言わぬが）モリーニらペテン師たちに指図したという悪評と非難を被るという、二重の損害を受けたのであった。

第二十九章

二回目のフランス軍侵入。[47] 文学好きな将軍のやっかいな執心。
その執心から解放され苦痛がかなり和らぐ。六つの喜劇を一気に構想

イタリアが数カ月間、支配の軛と泥棒フランス人たちから解放されたのも束の間、一八〇〇年六月、信じがたいマレンゴの戦いでイタリア全土はまたたくうちに彼らに分捕られ、その支配は何年続くとも知れなかった。そのことを私は誰よりよくわかっていた。それでも頭を垂れ、運命に従い、いままでもこれからも（不安定で酷い政治状況からして）縁が切れそうもない危険を少しも気にかけず、黙々と自分の仕事を完成させることに精を出していた。そういうわけで、私は自分の四つの

ギリシャ語からの翻訳を削ったり推敲したりすることに縷々励み、遅まきながら企てたギリシャ語の勉強に熱心に取り組むこと以外何もせず、なんとか暮らしていた。十月になり、その十五日には、予想外に早く新たに皇帝(48)との停戦が成立し、フランス軍が再びトスカーナに侵入する。彼らは交戦相手ではなかったトスカーナ大公のために停戦を遵守することを約束していた。今回私は第一回目の侵入のときとは違って別荘に行く時間がなかったので、フランス軍の様子は当然目や耳に入ってきたが、それは道端で見聞きするだけだった。しかし、家に軍を泊めるのはひじょうにやっかいできわめて耐え難いことだったので、フィレンツェ市に出頭し、自分が外国人で家も狭く不自由である、という理由でそれを免除してもらった。恐怖感はきわめて強く、ひどく切実で心に重くのしかかってきたが、それでもなるようになると諦観した。私はほとんど家に閉じこもり、日課としている二時間の散歩を毎朝人気のない場所で一人きりでする以外、外に姿を現すこともなく、うち続く疲労からの気晴らしもしなかった。

しかしたとえ私がフランス軍を避けようとしても、彼らが私を逃がそうとはしなかった。不運にもフランス軍のフィレンツェ司令官(49)は文学愛好家で、私と知合いになりたいと考え、私人としてわが家に一、二度足を運んだが、いつも私は不在だった。私があらかじめ見つからないようにしていたのだ。それにそのご好意に答えるべく面会券を持ってこちらから訪問したいとも思わなかった。数日後、いつ私が在宅かを知るために、彼は使いをよこした。私は彼が次第にしつこくなってきているのを感じ、返事の内容を取り違えたり変えたりする恐れから、使走りに口頭で返事を託したくなかったので紙片に書いた。すなわち、「ヴィットリオ・アルフィエーリは、お使いから将軍殿に渡されるべき返事に間違いが生じないよう、書面にて以下のようにご返事いたします。もし将軍がフィレンツェ司令官として、将軍の許に来るよう私アルフィエーリに命令すれば、いかなる支配権力にも逆らうことなく、ただちに出頭致します。しかしもし私に会いたいというのが、単なる個人的な興味からでたことなら、ヴィットリオ・アルフィエーリは、その非社交的な性格ゆえ、もはやどなたとも新たに知己を得ることはしておりません。したがってこの件もご断念下さいますようお願い致します。」将軍はすぐに短い返事を私によこした。そこには、私の作品から私と知合いになりたい気持になったが、いまは私の内気な性格がわかったので、これ以上追わない、とあった。そして彼はその約束を守った。こうして私は、自分に与えられうるいかなる責苦より鬱陶しい厄介事から解放されたのだった。

　このあいだに、私の古巣ピエモンテもまたフランス化され、卑しい主人をなんでも猿まねして、以前「王立」と言っていた科学アカデミーを、パリのそれに倣って「国立」研究所に変えた。以前そこは美しい文学と芸術家を輩出していた。彼ら、それが誰かは知らないが（わが友カルーゾ神父はすでにアカデミーの書記官の職を辞していた）、ともかくその彼らは、この「研究所」に私を選出し、直接手紙で私に役を割り当てようとした。神父であるかの友から前もってこのことを聞いていた私は、その手紙を開封せずに送り返し、神父を通じて以下のように伝えてもらった。すなわち、私がそこに参与する意志のないこと、私はどこにも所属したくないこと、とりわけ近頃三人の立派な人物、すなわちジェルディル枢機卿[50]、バルボ伯[51]、モロッゾ騎士[52]を大胆にして無礼にも締め出したようなところには所属したくないことを。ここに添付したわが友カルーゾ神父の手紙からわかるように、その理由は彼らが筋金入りの王党派であること以外、考えられない。私はかつてもいまも王党派ではないが、だからといってあの連中の仲間になるはずがない。わが共和国は彼らのものではなく、私はいまも断じて彼らとは違うし、これからもずっとそうだと宣言するつもりだ。受けた侮辱への怒り心頭に発して、私はこのことに関して十四行詩を作り一人声高に朗誦し、それらをわが友に送った。しかしその写しはとっておかなかった。これらにせよ他にせよ、怒りやその他の感情が私に強引にペンをとらせたような作品は、すでに豊富なわが詩作品のなかに書きとめることはもはやない。

この年の九月、創作への強烈な本能的衝動を新たに、(というよりはむしろ)再び感じたが、それに抵抗する力はあまり強くなかったので、この衝動が何日も続いた挙句、とうとう追い出せずに屈服した。そして六つの喜劇の構想を書きとめた。一挙に、と言ってもいいほどだった。この最後の戦い、つまり喜劇、にあえて挑むことはつねに念頭にあったし、その数は十二とも決めていたのだが、いくつかの悪条件や、精神的苦痛、そしてとりわけ、とてつもなく広大な言語、すなわちギリシャ語の綿々と続く勉強が、私の脳を惑わせ、消耗させてしまっていたので、自分が何かを着想したり、それについて考えたりすることはもはや不可能だと思いこんでいた。しかし、なぜかわからぬが、このもっとも辛い隷属の時期に、しかもその隷属から抜け出る見込みも希望もほとんどないなかで、この企てを実行する時間も手段も私にはもはやないにもかかわらず、突如気力がみなぎり、私の想像力に火がついた。最初の四喜劇(53)は、一つの共通の意図を別々の方法で表したもので、四つの部分に別れた一作品とみなしうるのだが、ある散歩の折に四つ一緒に構想が浮かび、帰宅後いつものようにそれを下書きした。その次の日、それについて考えるうち、さらに別のジャンルでも、せめて試しに一つでも、創作できるかどうかやってみたくなり、二作品構想した。そのうち最初のほう[54]は、イタリアでも初めてのジャンルに属し、先の四つと異なる。第六作のほう[55]は、いまのイタリアの風俗を描く生粋のイタリア喜劇で、そういった風俗を描くことができないという悪評封じのために書いたのだった。しかしまさに風俗が変化するからこそ、喜劇が残ることを望む者は人間そのものを愚弄し矯めようとすべきなのだ。つまり、その対象となる人間は、特定の国の、例えばフランスやペルシャの人間でもなければイタリアの人間でもなく、特定の時代の、例えば一五〇〇年や二〇〇〇年の人間でもなければ一八〇〇年の人間でもないのだ。さもなければ、そういった人間たちとその風俗とともにその喜劇と作者の機知は消滅してしまうからだ。そういうわけで、私はこのように六喜劇のなかに喜劇の異なる三つのジャンルを配することを意図し、試みた。最初の四作品は、いかなる時、場所、風俗にも適合可能だ。第五作は空想的で詩的で、これまたスケールが大きい。第六作は現在作られているすべての喜劇同様、現代風の展開をするものだ。そんなものは、日々目にする汚物で筆をよごしつつ、楽々一ダースでも作ることができるが、その下品さたるやひどいもので、私の意見では、面白くもなく、まったく役にも立たない。わが今世紀は、どちらかと言えば創作力がないとは言わないまでも乏しく、喜劇から悲劇を釣り上げ、町の市民劇[56]を実践しようとしたが、それはいうなれば蛙の武勲詩のようなもので、器と中身が不釣合いなのだ。真実以外に服従しない私は、反対に、悲劇から喜劇を掘り出したい（私はこちらのほうがよほど真実味があると思う）と思った。そのほうが私には、より役に立ち、より面白く、より道理に適っていると思える。というのは、われわれを笑わせるような偉大な人物や権力のある人物がまま見受けられる一方、称讃されるような中流階級の人間、つまり銀行家や弁護士といった連中は、とんと見ない。すなわち、悲劇俳優の高靴は泥まみれの足には実に不似合いなのだ。ともあれ、私はそんな喜劇を試みた。時と、そして私自身が、それらを再び見て、残すべきか燃やすべきかを判断することになろう。

第三十章

構想の一年後に六喜劇を散文で起草。さらにその一年後に詩文化。この二つの労苦により健康状態がひどく悪化。フィレンツェでカルーゾ神父と再会

一八〇〇年というこの長い一年もまた過ぎ去った。その後半はすべての紳士たちにとって不吉で恐ろしいものだった。そして続く一八〇一年の初めの数カ月間というもの、同盟国はいずれも愚行を重ね、とうとうあのおそろしくいんちきな和平へと行き着いた[57]。そのいんちき和平はいまだに続き、全ヨーロッパを闘争と恐怖と隷属状態に陥れている。それを始めたのはほかならぬフランスだった。そのフランスは他のすべての国に法を押しつけたが、フランス自身も、その終身統領[58]たる人物から、他国に押しつけている以上に過酷で不名誉な法を受け入れるのだ。

しかし私は、実を言えばこういったイタリアの公の不幸の数々を耳にしすぎて、ほとんど何も感

じなくなってしまった。そして私個人の、あまりにも長く多産な文学活動を終わらせることばかり考えるようになっていた。それで私はこの年の七月頃、全六喜劇の起草で自分の最後の力を鋭意ためすことにした。こうして構想と同様、起草にも一気に休みなく取り組んだ。一作につき長くて六日ぐらいだった。しかし頭の興奮と緊張が高じて、第五作を終えることができなかった。すっかり身体をこわしてしまったのだ。頭が熱くなり胸には痛風がとりつき、しまいには血を吐いた。この大切な仕事をやめて、治療に専念せざるをえなかった。病は重かったが、長くはなかった。長かったのはそのあとの回復期の虚弱な状態だった。それで、第五作の残りと第六作全部の起草という仕事の再開は、ようやく九月末になってのことだった。しかし十月の初旬にはすべての起草を終えた。そのとき、長いあいだ私の頭をたたいていたそれらの喜劇の鎚から解放されたような気がした。

この年の末、トリノから悪い知らせが届いた。実姉の子で唯一血のつながった甥、クミアーナ伯が、三日間の病の後、妻も子もないまま、わずか三十歳で亡くなったという。このことは私を少なからず悲しませた。彼を見たのはほんの子供のときだけだったが、彼の母（彼の父も二年前に亡くなっていた）の悲しみを慮り、また白状すれば、その姉に贈与した私の財産がすべてよそ者の手に渡るのを見るのも辛かったのだ。というのは、姉と義兄の相続人になるのは三人の娘で、皆嫁いでいたからだ。ひとりはすでに述べたようにアレッサンドリアのコッリと、もうひとりはジェノヴァのフェッレーリという者と、あとひとりはアオスタのシャラン伯と結婚していた。名前の存続、あるいはせめて血統の存続を願う虚栄心は、口に出さずにはいられても、家柄に生まれた者の心から根こそぎ取り去ることはできないものだ。この私もやはりそれを捨て去ることはできず、自分が考えていた以上に残念だった。実のところ、自分でよくわかるためには実際に体験してみなければならないし、状況を話すにはその場に身をおかなければならないものだ。こうして甥を亡くしたために、私は姉と心を合わせてピエモンテにある私の年金を保証する他の手だてを整えようという気になった。万が一（そんなことはないと信じているが）姉に先立たれた場合、私が姪たちや私の知らないその夫たちの思うままにされないようにするためだった。

しかし一方、あの最悪ではあるが一応の和平は、それでもイタリアに半ば平穏をもたらしていた。そして、フランスの専制体制によってピエモンテでもローマでも紙幣は紙屑になっていたから、わが恋人にしろ私にしろ、彼女はローマから、私はピエモンテから、紙幣から金貨に変えて年金を受け取ることにしたところ、私たちは五年間以上、利子として受けとる紙幣が毎日額面より目減りするために味わっていた困窮から、突然ほぼ解放された。そこで、この一八〇一年の終わりに、馬を再び買った。といってもたった四頭で、そのうち一頭だけが私の乗馬用だった。パリ以来私は馬を所有していなかったし、馬車も賃貸の粗悪品しかなかったのだ。しかし、ご時世や公の不幸や私たちより運の悪い数々の例が、私たちを慎ましく控えめにした。こうして、長年十頭や十一頭でも満足しかねた者にとって、もはや四頭でも過ぎるほどになったのだ。

それでもやはり、世の実状に満足して幻想を抱かず、食糧はつましく、衣服はつねに黒で、本以外にお金を費やさないので、私は金銭的にずいぶん豊かだ。それに、私は自分の生まれにより得ていた収入の半分以下の収入になって死ぬことをとても誇りに思っている。だから、義理の甥のコッリ氏が姉の差し金で私によこした申し出、つまり彼が落ち着き先のパリの友人たちの許で鋭意財産返還の努力をするという申し出を、私は意に介さなかった。その友人たちというのは、私がやはり書き写した彼の二番目の手紙のなかで、臆面もなく私にその名を挙げて示した者たちだが、[60] つまりその彼らの許で、私がフランスで剝奪されたもの、すなわち収入や本やその他のものを私に取り戻させるべく努力するというのだ。私は泥棒に返還を請求しないし、正義を獲得することが恩恵であるような笑止千万な専制体制からは、何一つ望まない。そこでこの財産の返還問題についてはコッリ氏に何の返答もしなかった。彼は二番目の手紙のなかで、自分の一番目の手紙への私の返事を受け取っていないかのように装っていたが、[61] それと同じように私も彼の二番目の手紙にまったく返事をしなかったのだ。実際、彼はフランス将校に居座るのに、第一の手紙への私の返事を受け取ったことを包み隠さねばならなかったのだ。[62] 一方私は自由で純粋なイタリア人であり続けるために、どうにかして彼から私に届けられるであろう後続の手紙と申し出を、すべて見て見ぬふりをしなければならなかった。

一八〇二年の夏が来るやいなや（その夏、私は蟬のように歌うのだ）、すぐに例の喜劇作品の詩文化を始めた。その情熱、集中ぶりは、それらを構想、起草したときと同様だった。そしてまたもやこの年も、しかし別のやり方で、この過労のひどいしっぺ返しを受けたのだ。というのは、すでに述べたように、この作業は、週日に続ける早朝の三時間の勉強時間にくい込ませたくなかったので、すべて散歩やその他の時間に行ったのだ。この年は、こうして二作品と半分を詩文化したところで、八月の炎熱のさなか、いつもの頭の熱と、さらに身体中そここに噴出した癪症とに襲われた。もしそのなかの一番の大物が、私の左足の踝と腱のあいだにとりつかなければ、それらを笑い飛ばしたかもしれない。しかしこのせいで私は二週間以上も床につき、激痛と、その煽りで丹毒に、もだえなければならなかった。これほどの痛みは生まれて初めてだった。したがってこの年も喜劇の筆をおいて、床で苦しまなければならなかった。そしてその苦しみは倍加した。というのは、その九月に、長年トスカーナを訪れると約束していた親友カルーゾが、やっとその約束を果たすには果たしたのだが、一カ月足らずしか滞在できなかったのだ。彼は二年ほど前からピサにひき籠っていた長兄を引き取りに来たのだった。その兄がピサにいたのはフランス化したトリノの隷属状態から逃がれるためだった[63]。しかしその年、あの例の「自由」の法律[64]により、すべてのピエモンテ人が九月の決められた日までに籠の中に戻らなければならないことになったのだ。法に違反すれば没収と、あのフランスという信じがたい共和国のいと幸いなる諸州からの追放が課せられた。そういうわけで、あの善き神父はフィレンツェにやって来て病床に私を見出した。それは十五年前に彼が私をアルザスに残していったときと同様で、それ以来私たちは会っていなかったから、彼との再会は懐かしかったが、不自由で起きることも動くこともできず、何の活動もできないのがとても辛かった。それでも私は彼にギリシャ語の翻訳や論文、テレンティウスやウェルギリウス、要するに喜劇作品以外のすべてを渡して読んでもらった。喜劇作品は、きちんと出来上がるのを見るまでは、誰にも読まず、話しもしていないのだ。わが友は私の作品に全体として満足した様子で、口頭で、あるいは書いて、ギリシャ語の翻訳について心のこもった示唆に富む忠告をしてくれた。そういう忠告はいままでも私のためになったし、これから仕上げをするにあたってますます役立つことだろう。しかしそうこうするうち、たった二十七日の滞在ののち、電光石火わが友は私の目の前から姿を消し、私は悲しみにうち沈み、もしかけがえのない伴侶が私のあらゆる寂しさを慰めてくれなかったならば、とても耐えきれなかったことだろう。十月に病気が治り、すぐに喜劇の詩文化を再開し、十二月……日までに終了し、残るは寝かせておいて推敲するだけとなった。[65]

第三十一章

これら第二の未編集作品群に関する私の意図。

疲労し消耗し、いかなる新しい企てもここで打止め。

作るより壊すほうが相応しい歳となり、自ら第四期壮年期を去る。

そして二十八年間ほとんど間断なく続けた創作と詩作と翻訳と勉学ののち、
五十四歳半で自らの老いを認める——それからギリシャ語の困難を克服したと子供のように自惚れて、ホメーロス騎士団を作り上げ、自らをその騎士とする

さあ、私の間違いでなければ、この長く煩わしいおしゃべりもここでいよいよ終わりだ。ともかく、出来不出来はさておきこれまですべてのことを述べたのだから、やはりそう言っても間違いではない。これほど私のおしゃべりが「くどかった」のは、私があまりにもたくさんのことをしてきたからだ。さてお話ししたようにこの二度の夏に二度病気に罹って、私は作るも語るも終える時が来たのだと悟った。だからここで第四期を終える。いまはもうこれ以上創作する意欲がないのは確

かで、おそらくこれからもそうだろう。もしも神が私に六十歳まで生きることをお望みなら、六十歳までに私に残されたこれからの五年間は、作品や翻訳の推敲をずっと続けていくつもりだ。その後は、もしそこまで生きるなら、手をそめた勉学を続ける（これは生きているかぎりするつもりだ）以外、何もしないことに決め、自らそう命じる。そして自分の作品について再び検討することはないとしても、壊すか直す（表現については）ことはあるかもしれない。しかし何かを加えるためではけっしてない。ただ、キケローのすぐれた論考『老年論』(66)だけは、六十歳を過ぎたら翻訳しようと思う。その年齢に相応しい作品だ。そしてそれを、この人生の幸と不幸のすべてをこの二十五年間あまり分かちあってきた、そしてこれからもずっと分かちあうであろうかけがえのないわが伴侶に、捧げよう。

それから、いますでに出来上がっている作品と六十歳になって出来上がっているであろう作品すべての出版についてだが、もはやそれをする意志はない。というのは、その労苦が大きすぎるからであり、また、このような自由のない政府の下では、いくつかの修正が必要でも到底できそうにないからである。だから、日の目を見る価値があると思う作品は体力知力のかぎり清書して訂正した原稿を残していき、その他の作品は燃やしてしまう。それからいま書いているこの自伝についても、同様に磨きをかけるなり、燃やすなりするつもりだ。さて、いまこの一連の戯言を幸いにも終え、私がいかに耄碌の第五期にすでに足を踏み入れているのかを示すために、現一八〇三年の近頃の弱りようを隠さずお見せして、読者に笑っていただこう。私は喜劇の詩文化を終え、われながら恙なく完成したと考え、次第に自分が後世に残る一角の人物なのだと思いこむようになった。また、ギリシャ語の勉強を粘り強く続けた結果、一渡り隈なく、ピンダロスでも悲劇でも、とりわけ神なるホメーロスを、ラテン語の逐語訳でもイタリア語の意訳でもそれなりにこなせるようになったと自認して、あるいはそう信じて、四十七歳から五十四歳までのあいだに自分がこのような勝利を獲得したことを誇らしく思うようになった。そこで考えたのは、いかなる労苦も褒美に値し、私はそれを自分で自分に与えなければならない、そしてそれは金銭ではなくて品格と名誉なのだ、ということだった。それで私はある首飾りを考えついた。それには古代から現代までの偉大なる二十三「詩人」(67)の名を彫り、ホメーロスを象ったカメオをぶら下げる。そしてそのカメオの裏には（読者よ笑え）私の作ったギリシャ語の二行詩を刻むのだ。この二行詩は注の最後に、そのイタリア語訳とともに載せておく。この二行詩を、ギリシャ語もイタリア語訳も両方、まずわが友カルーゾに見せた。ギリシャ語のほうは不純語法や文法違反や韻律の間違いがないかどうか見てもらうためで、イタリア語のほうは、ギリシャ語のおそらく不躾すぎる表現が俗語で和らげられているかどうか見てもらうためだった。よく知られているように、あまり習熟していない言語では、著者は俗語のときよりも自分を厚顔無恥に表現しがちなのだ。こうして両者ともわが友からお墨付きを得たので、忘れないようにここに記録する。首飾りの実物については、できるだけ早く手配し、できるだけ豪華に、宝石なり金なり硬石なりで飾ろうと思う。こうして新しい騎士団の首飾りを私の首に掛けるのだ。私がこの騎士団の首飾りに相応しいにせよそうでないにせよ、ともかくこれは私の思いつきなのである。もし、私がこの首飾りを持つべきでなければ、公平な後世の人が私よりも相応しい別の人に託すであろう。読者よ、再びお目にかかろう。もしその機会があるならば。そのときには、老いぼれの私は、消えゆく壮年を書いたこの最終章よりも、戯言にさらに磨きがかかっていることだろう。

一八〇三年五月十四日、フィレンツェにて

ヴィットリオ・アルフィエーリ

著者の死について語り、この作品を終結させるべくここに加えられたカルーゾ神父の手紙

卓越せるオルバニー伯爵夫人へ

いと高貴なる伯爵夫人

私たちのかけがえない友が自らの人生を綴るために取り組んでいた原稿を、私が読むべくお送り下さいましたご好意にお応えして、私はあなた様に自分の意見をお伝えすべきだと思います。それを私は筆で致します。口頭ではとかく言葉の多さのわりに意を尽くせぬ恐れがあるからです。唯一無二のかの人物の才能と心を知る私は、うんざりするような些末的な事項や嘘偽を交えずに自分の人生を長々と語る、というひじょうに大きな困難に彼が何らかの方法でうち勝ったであろうとの期待は抱いていました。しかし彼は、その好ましい明快さやこのうえない簡潔さによって、私の期待をはるかに越えました。この作品のとても素晴らしいところは、ほとんど気取りのないその自然さです。そして、彼が語りながら自分をそこに刻み色づけするに任せたその姿は、驚くほど実像を忠実に映しています。そこには、彼の生来の気質を通して、また、彼が自分の寛い愛情を注ぐだけの価値があると思った事柄すべてへの仕事ぶりを通して、彼がいかに非凡で、かつ並外れていて極端

だったのかが、浮彫にされています。つまり、彼はしばしば度を超しがちでしたが、つねになんらかの称讃すべき感情がその極端さを引き起こしていたのだということが、容易に見て取れます。例えば彼が私を讃えるときの行過ぎは、彼の私への友情から生じたものなのです。

それにしても私たちはたくさんの理由で、死が彼をあまりにも早く私たちから奪ったことを悲しんでいます。その理由のひとつは、彼自身による推敲が多かれ少なかれ必要なまま残された多くの作品のなかに、この『自伝』が含まれていることです。もし彼が六十歳まで生きていたら、その歳には彼は『自伝』を再び手にして「磨きをかけるなり、燃やすなり」[1]するつもりだったのですから、きっと彼は推敲したことでしょう。燃やしたりはしなかったはずです。ちょうど、私たちがいま、燃やすことなどとてもできないように。なぜなら、この自伝のなかには、彼がひじょうに生き生きと描かれており、また彼にまつわる多くの出来事やその細部の、正確で唯一の記録があるのですから。

ですから、伯爵夫人、あなた様がこの『自伝』の原稿を大切に保管され、この偉大な人物の伝記を綴るために必要な情報をそこから引き出すためにやってくる、彼とひじょうに親しく慎重で少数の人間にしか見せないようになさっていることに、頭が下がります。彼の伝記に着手する勇気は、私にはありません。それはとても残念なことですが。しかし、私たちは誰もが何でもできるわけではありません。私はともかくここで、友が未完結のまま残した記述を終わらせ、その理由を述べなければならないと感じていることをせめてお伝えしなければなりません。一八〇三年五月十四日の最後の数行がそれです。伯爵夫人、私はあなた様が彼について私に書き送って下さったことをもとに、以下の文章を紡ごうと思います。あなた様は、いつも目や耳のみならず頭と心も凝らして彼のすべてを見守っていらっしゃいました。だからこそ、あなた様の彼に関する追憶は悲しいまでに生々しいのです。

さて、当時アルフィエーリ伯は、自分の喜劇作品群を首尾良く終えることに専心していたが、その気晴らしと遊び心から「ホメーロス騎士」の首飾りを作ろうと考え、そのデザインや銘、そしてその実現について時折考えをめぐらせていた。しかし、季節の変わり目にいつもそうだったように、やはりその四月も痛風を患い、しかもそれはいつもよりやっかいだった。なぜなら、たゆまぬ勉学のせいで、痛風を撃退してどこか外部に追いやるのに必要な精力や体力を使い果たしていたからだった。そこで痛風を抑えるか、少なくとも軽くするために、もともとひどく食が細かったにもかかわらず、何年か前から食べ物がこなれる頃に胃がもたれて痛くなることから、最良の選択は食べ物を減らすことだと彼は思い込んでしまった。こうすれば痛風は養分を摂れずに屈服し、一方けっして満杯にならない胃のおかげで、彼の頭はつねに自由で明晰になり、粘り強く仕事に励むことができる、と考えたのだ。伯爵夫人が彼にもっと食べるようにと優しく諭しても頼んでも無駄だった。そのあいだに彼は目に見えてやせ細っていき、栄養をもっと摂らなければならないのは明らかだった。意志堅固な彼は、その夏じゅう過度の節食を続け、毎日相当の時間を費やして苦労しながら喜劇作品に取り組み続けた。それらの作品が完成しないうちに命が尽きてしまうことを恐れていたのだ。しかしだからといって、より博い学識を得るために少なからぬ時間を他の作家の書物を読むことにあてるのをやめようとは、まったく思わなかった。自分の衰えを感じれば感じるほど果断に努力をしたので、身体は次第に蝕まれていった。いまや辛く苦しい人生の唯一の悦びである勉学以外、何も望んでいなかった。こうして十月三日が来た。その日、彼は起床すると、久々に身体の調子も気分も良いように思われたので、早朝のいつもの勉強をすませると馬車で散歩に出かけた。しかしいくらも行かぬうちに酷い寒気に襲われた。彼は歩くことでその寒気を払いのけ、身体を温めようとしたが、内蔵が痛んで歩けなかった。そこで熱のあるまま帰宅した。その熱は数時間猛威を振るったが、夕刻には下がった。初めこそ吐き気に悩まされたが、その晩は大きな苦痛もなく過ぎた。そしてその次の日には、自分で服を着たばかりか、自分の部屋から正餐用に使っていた広間に出てきた。しかしその日は食べることはできず、大半を眠って過ごした。そして静かにその晩も過ぎた。それでも五日の朝になると、彼は髭を剃り、戸外に出たがった。しかし雨のために叶わなかった。その夕方、彼はいつものようにココアを美味しそうに飲んだ。しかしその晩、日付が六日に変わる頃、内蔵の激痛が彼を襲い、医者の指示に従って、彼は両足に辛子泥の湿布をされた。しかしこの湿布が効き始めるとすぐ、彼は湿布で足を傷めては何日も歩けなくなると考え、引き剝がしてしまった。にもかかわらず、その晩は具合が少しよくなったようだった。しかし床にはつかなかった。とても寝ていられそうには思えなかったのだ。このような彼の様子を見て、七日の朝、かかりつけの医者は相談のためもう一人医者を呼ぶことを望んだ。その医者は、両足を水に浸すことと発泡剤[2]をつけることを命じた。しかし病人は、歩く力を損ないたくなかったので、その処置を望まなかった。そこで彼に麻酔剤が投与され、痛みは和らぎ、おかげで彼は一晩かなり穏やかに過ごすことができた。しかしそれでも彼は床につかなかったし、その麻酔剤が彼に与えた鎮静は、重苦しい頭に次々に幻影が掻き立てられるという不快さを伴っていた。眠れずに覚めている頭に、まるで夢のなかのように、生き生きと心に刻みつけられた過去の出来事の記憶が浮かんでくるのだった。こうして、彼の頭に三十年間の勉学と作品が甦ってきた。しかも驚いたことに、たった一度しか読んだことのないヘーシオドスのギリシャ語詩の冒頭が、かなりの行数、一続きに何度も記憶に甦ってきたのだった。そして彼は、そのことを傍らに座っていた伯爵夫人に話していたのだ。このようなことがあったにもかかわらず、彼は長いことつねに自分の間近にあるものとして思い描いてきた死が、そのときいよいよ自分に迫っているのだとは、考えていなかったようだ。夫人は朝になるまでずっと彼に付き添っていたが、少なくともその夫人に彼が死について一言も口にしなかったことは確かだ。そしてその朝の六時に、彼は医者たちの判断も仰がずに、オイルと苦土を飲んだ。それは彼の腸を塞いで、彼をむしろ傷めつけることになった。そして八時頃に、もはや差し迫った状態にあることに気づいて、伯爵夫人を再び呼んだ。夫人が戻ってみると、彼は呼吸困難で喘いでいた。それでも彼は椅子から立ち上がり、なお動いて寝台に近づき、そこにもたれかかった。まもなく彼には日の光が見えなくなり、視覚を失い、息を引き取った。弔いの務めと慰めは遺漏なく執り行われた。しかし、病がこれほど早く悪化し、急を要するものとは考えられていなかったので、聴罪司祭を呼んだが間に合わなかった。だからといって、私たちはアルフィエーリ伯がその死に備えていなかったと思うべきではない。彼はあれほど頻繁に死について考え、またそれと同じくらいしばしば死について口にしていたのだから。こうして、一八〇三年十月八日土曜日の朝、私たちはこの偉大な人物を、五十五歳の半ばを過ぎたばかりで失った。
彼は、多くの著名人たちの眠るサンタ・クローチェ内の聖霊の祭壇のそばの、質素な墓石の下に埋葬された。オルバニー伯爵夫人が彼のために見事な霊廟を、ミケランジェロの霊廟からほど遠からぬところに作らせているところだ。手がけているのはカノヴァ氏で(3)、この卓越せる彫刻家の手になる作品は、必ずや見事な出来映えとなるだろう。私がアルフィエーリの墓前でいかなる想いを抱いたかを、以下のソネットに記した。

ソネットI

心よ、おまえはその悲しみに喘ぐ、そして焦がれる目よ、
おまえたちはもはや、涙に霞む、
さあ、探し求めていた墓石だ、そして慎ましい
碑文、むしろそれを何より誇りに思う。

「ここにアルフィエーリ眠る」哀しいかな！……あれほどの人が！
どれほどの愛と信頼を私は彼から受け、そして彼に向けたことか！
それゆえ私は彼に弔いの歌を願ったのだ、
私が世を去るときのために！

私は老い、疲れはて、もはや
ピンドス(4)にて詩を詠むこともなく、人知れず祈禱席に身を屈め
すぐにも、天に召されることを願っていた。

それも虚しく、大いなる苦悩のなかに私は生き残った。
ああ、残酷な死の神よ、おまえは私を取り残した
死ぬ前に傷つけるために、苦悩ばかりのこの世に！

ソネットⅡ

平らかな地表に慎ましく、いまやその亡骸を覆うのは
粗末な墓石、その上には偉大な名が刻まれている
しかし、貴女は虚しくも他所から石を求めた、
やがてテブロスより大理石がここに運ばれ

大霊廟が建つ、そしてどこからも
そこに詣でるために人が馳せ参ずること、
彼方、ナイルの岸辺の
エジプト王の威風堂々たる墓所に勝る。

すでに偉大なカノヴァの鑿の音が、芸術と
貴女を寿ぐのが聞こえる、王の血筋の貴婦人よ、貴女は
この造作のために、これほど見事な鑿の使い手を選んだのだ、

貴女へのしかるべき敬意をもって、
価値ある書物のなかで貴女を讃えた者が、覆われるように。
それでも貴女は、その労が虚しいもののように、涙する。

ソネットⅢ

未来、ここに巡り訪れることだろう
もっとも愛情深き恋人たちが、恭しく
なぜなら　時がたてども、アルフィエーリの悲劇はおろか
短い詩歌も忘れられはしないのだから

その詩歌から、恋人たちは、貴女の持つ、
気高い愛の稀なる才と、その巡り合せを知るだろう、貴婦人よ、
かつて貴女は、その愛ゆえ二つの命の内に生きていたが、いまはひとり苦悩のうち、
生きるにあらず、涙ばかりを永らえる。

そして誰かがこう言うだろう――多くの著名な
女性たちのなかで、誰がこの女性ほど、
すぐれた情熱的な恋人にして、非凡な大予言者を誇ることができようか？

あるいは、愛神に仕える男性の誰が、かつて、またこの先
美しさによってのみならず、輝かしい心からの称讃で
この女性ほど飾られた恋人を持つだろうか？　と

彼がどういう友だったのか、そして、われわれとイタリアが彼の死によって何を失ったのかを示すために、さらに言葉を続けたいとも思う。しかし、哀惜の念は、これ以上辛い涙を誘わぬために、むしろ彼の書き残したもののなかに彼の才能とあの偉大な魂の生き姿が永遠に残されていることを思い出して、心を慰め、涙を抑えることを望んでいる。実際、あの偉大な魂は彼自身によって出版された書物のなかに実に鮮やかに生き続けているのだ。だから、彼がこの自伝を推敲できなかったからといってそれほど嘆く必要はないし、その第二部が最初の走書にすぎず、メモや但書が書き込まれていて、順番どおりに正しく読むのが困難な状態であるのもまた、嘆く必要はない。

だからといって、誰かがアルフィエーリ伯の文才を過小評価する恐れはないのだ。だから私は今度は、すでに述べたように、ここに事実に関する、つまり記述に関するのではない、説明をいくら

か付け加えたい。アルフィエーリはこの原稿のなかでありのままを描いた。だから、彼に歪んだ感情を抱いていなければ、人はこれを読んでそこから真実以外なにも引き出さないだろう。しかし実際は、彼の筆致の辛辣さは、あちらこちらで多くの人々の気分を害する恐れがある。そのような辛辣さは、すでに述べたように、彼のいくつかの他の作品で気づかれるだけでもう十分なのだ。そういうわけで伯爵夫人は、これらの原稿を信頼のおける友人数名以外には見せないのだ。しかし、多くの人が彼に反感を抱くようなさまざまな原因が、すでに彼の他の書物のなかで公にされており、また、彼の栄光の輝きは、すでに彼に対する妬みそねみへと向かう感情を掻き立てるに十分であり、それにまた、この原稿が、大切に保管されていてもやはりそれほど好意的でない人々の手に渡る可能性はあるわけで、したがって彼を弁護する幾ばくかの解毒剤をここに添えるのがよかろう。

さて私の考えでは、称讃の理由は二つに区別されるべきだ。つまり、崇高さのそれと、非の打ち所のなさのそれに。そのうち後者は、この惨めな世の中ではきわめて稀で、月並なレベルと同様、最高レベルでも、求められないものだ。この点、アルフィエーリはつねに崇高さに向かってわが身を高めていった。そして、あの偉大な心のなかで栄光への愛が焚きつけていたとても高貴な情熱のなかで、二つの事柄への愛、つまり祖国と市民の自由への愛が、その二つを彼は区別できなかったのだが、崇高なのだった。実際には、君主国にいて君主に雇われていない哲学者は君主よりずいぶんと自由で、私はそれ以上の自由を自分に欲したことはないし、忠実なる臣民の義務を蔑ろにしたこともない。しかし、君主たちがすべての臣下に自分をご主人様と呼んでもらいたがるような場合には、望む権利が唯一人つまり君主にしかないようなところには市民的自由はありえないと、ある者が強く信じて逃げ出すのも、残念だがいかにもありそうなことだ。こう思い込んだアルフィエーリは、自由な祖国への愛に燃え、その愛は一部への愛から全体への愛に拡大し、イタリアの自由という燃えるような熱い望みにまで拡がっていった。そしてその自由なイタリアが、いつかは、栄光に包まれ再興されるという望みを、彼は捨てようとはしなかった。当時、フランスの力以上にその再興を阻害しうるものはないと思われ、彼はフランス人に対する政治的な憎悪に身を任せた。彼はその憎悪が人々のあいだに拡がれば拡がるほど、イタリアのためになると信じていた。さらに、彼は悪名高き輩と、つまり、彼と同じように自由を熱烈に希求しながらも、ひじょうに憎むべき悪辣な行為に訴えることによってその一党に対する皆の憎悪を掻き立てるような輩とは、一線を画したいと思っていた。彼ほど熱くなっていない人には、彼が善人悪人の区別なく一般化して話すべきではなかったことは明らかだし、ある国全体への憎悪というのは、冷静な哲学者の判断としては、ひどく道理を欠いているのも明らかである。しかしアルフィエーリは、自分が情熱的な恋人のようだと、つまり自分の崇拝するものへの敵対者に与することを潔しとしないような情熱家なのだと、思われたかったのだ。ちょうど、マケドニアの圧倒的な力に抗して激烈な言葉を吐いたデーモステネースのようなイタリア人でありたいと思ったのだ。だからといって私は、いま彼の弁明をしない。彼に相応しい崇高さの称讃を維持するのに、私がそんなことをする必要はなかったのだ。私には、彼の祖国への愛のような、称讃に値する情熱の行過ぎから生じた誤りに対して、適度な寛大さが否定されなければ十分だ。

私のこの文章の使い途は、伯爵夫人の御意に従います。あなた様の変わらぬ御厚情をもって、せめて私の好意と敬意をお受け下さい。

心からあなたの忠僕たる
トンマーゾ・ヴァルペルガ・カルーゾ

一八〇四年七月二十一日、フィレンツェ

作者注

アルフィエーリの墓碑銘

アスティの人、ヴィットリオ・アルフィエーリ
遂にここに眠る。
詩の女神の熱烈なる信奉者にして
真実にのみ従い
故に、権力《ちから》ある者にも、
また権力《ちから》に隷属する人々にも等しく
仇《あだ》となる。
かつて如何なる公職にも
就かざりしが故に、
公衆には知らるることなく、
ただ数少なき選ばれし人々にのみ
迎えられたるのみ。
されど己自身を除きては
おそらく何人に対しても俯仰天地に愧《は》ずることなき者。

□年□月□日の生涯を生き、
一八□□年□月□日に身罷《みまか》りぬ。

オルバニー伯爵夫人の墓碑銘

ここにオルバニー伯爵夫人
アロイジア・E・シュトルベルグ、横たわる。
ここに埋葬されり。
その家門、その姿、その人となり
その心の類なき輝きにおいて
この上なく誉れ高し。
柩《ひつぎ》を並べ、一つの奥津城に葬《ほうむ》られたる
ヴィットリオ・アルフィエーリによりて
□年にもわたりて
こよなく愛され
かつ同人により
生ける女神の如くに傅《かしず》かれ
崇《あが》められたり。
□日は
エノーのモンスに生を享く
一八□□年□月□日没。

訳注

序

（1）十八世紀には自伝文学が大流行した。

第一部

第一期　幼年期

（1）イタリア北部、フランスと隣接した地方。
（2）十一世紀に現在のフランスのサヴォワ地方を支配していたサヴォイア家は、十五世紀にはピエモンテ地方を含むイタリア北西部をサヴォイア公国に統一、十六世紀に公国はトリノを首都とするイタリア国家の性格を強めた。公国はスペイン継承戦争参加により、一七一三年にシチリア島を獲得して王国となるが、一七二〇年のハーグの和約でシチリア島をサルデーニャ島と交換し、サルデーニャ王国となった。
（3）イタリア北部、ピエモンテ地方の都市。詳しくは「訳者あとがき」参照。
（4）一月十七日は、洗礼を受けた日で、実際は一月十六日に生まれている。
（5）「トゥルノン（Tournon）」はフランス的な姓であるが、サヴォイア公国はもともとフランスのブルゴーニュ地方の封建君主であったウンベルト一世を始祖とするフランス系のサヴォイア家によって支配されていたことから、フランス的要素の濃い土地柄であった。

(6) 貴族のすぐ下の階級の称号。

(7) 実際には、娘は一人だったと言われている。

(8) このことから『自伝』第一部は、一七九〇年に起草または清書されたと推測される。

(9) アリフィエーリの母と三番目の夫とのあいだには、実際には二人の女児と三人の男児が生まれた。

(10) アルフィエーリはフィレンツェ滞在中の一七七八年に、故国ピエモンテを捨て、フィレンツェに移住した。第四期第六章参照。

(11) コルネーリウス・ネポース(Cornēlius Nepos 前一〇九〜二七年以降)、古代ローマの作家。『著名な人物について』、通称『英雄伝』などの著書がある。

(12) パエドロス(Phaedrus)、一世紀頃の古代ローマの詩人。全五巻の寓話集を残しているが、その文章は平易なため、教科書としてよく用いられた。

(13) イタリア北部、ピエモンテ地方の都市。

第二期 少年期

(1) イタリア半島は、一八六一年にイタリア王国に統一されるまで、小国分立の状態にあった。

(2) 当時の学校は五年生から一年生へと、現在とは逆に学年が上がっていく仕組になっており、五年生で簡単な文法、四年生で正式な文法、三年生で詩の韻律学と上級文法、二年生で人文学、一年生で修辞学を学んだ。

(3) プブリウス・ウェルギリウス・マロー(Publius Vergilius Maro 前七〇〜一九)、ローマ時代の詩人。『牧歌』は文学史上重要な作品であり、学校の教科書としてもよく用いられた。

(4) ルドヴィーコ・アリオスト（Ludovico Ariosto 一四七四～一五三三）、ルネサンスを代表する作家。『狂乱のオルランド』で名高い。

(5) 『狂乱のオルランド』第七歌。

(6) 「トゥルノン」のイタリア語形。

(7) ベネデット・アルフィエーリ（Benedetto Alfieri 一七〇〇～一七六七）、王カルロ・エマヌエーレ三世お抱えの筆頭建築家。その作品は十八世紀のピエモンテ建築を代表するものである。

(8) ミケランジェロ・ブオナローティ（Michelangelo Buonarroti 一四七五～一五六四）、かの有名なトスカーナの芸術家。ここで述べられているように、十八世紀半ばにその作品はたいへんな脚光を浴びる。

(9) 当時はロココ様式が主流だった。

(10) ダンテ（Dante Alighieri 一二六五～一三二一）、ペトラルカ（Francesco Petrarca 一三〇四～一三七四）といった文学の巨匠たちがトスカーナ語で書いたため、トスカーナ語は、一国に統一されていなかったイタリア半島の標準語としての地位を占め、美しいイタリア語の規範とされていた。

(11) トルクワート・タッソー（Torquato Tasso 一五四四～一五九五）、ソレント出身の作家。代表作に『解放されたイェルサレム』、『アミンタ』など。

(12) アンニーバレ・カーロ（Annibale Caro 一五〇七～一五六六）、マルケ州出身の文学者。ウェルギリウス作『アエネーイス』の翻訳で有名。

(13) メタスタジオ、本名ピエトロ・トラパッシ（Metastasio 本名 Pietro Trapassi 一六九八～一七八二）、ローマ出身の詩人・劇作家。一七三〇年以降、ウィーンの宮廷詩人としてヨーロッパ中で名声を博す。メロドラマで名高いが、ここに挙げられている三作はその代表作である。

(14) カルロ・ゴルドーニ（Carlo Goldoni 一七〇七～一七九三）、ヴェネツィア出身、イタリア十八世紀最大の喜劇作家。アルフィエーリが彼の作品を初めて読んだ一七六〇年頃は、彼の活動の最盛期にあたり、『ルステギ』などの傑作が書かれた。

(15) 文法上の誤りで、「私はできた（poteram＝過去完了形）」を間違えたもの。

(16) この劇場も王立劇場同様、叔父ベネデット・アルフィエーリによって設計された。

(17) ゴルドーニ台本、ドメニコ・フィスキエッティ（Domenico Fischietti）音楽の、一七五八年のオペラ。

(18) ジャンバッティスタ・ベッカリーア（Giambattista Beccaria 一七一六～一七八一）。一七四八年以降、トリノ大学にて物理学の教鞭を執る。イタリア十八世紀におけるもっとも重要な学者の一人。

(19) イタリア北部、アルプスの南、フランス、スイスと隣接した山間地方。

(20) フランスの作家、アラン・ルネ・ルサージュ（Alain René Lesage 一六六八～一七四七）作の『サンティラーヌのジル・ブラースの物語』という当時大流行した小説を指す。

(21) ゴーティエ・ド・ラ・カルプルネード（Gauthier de La Calprenède 一六一四～一六六三）の小説。

(22) マドレーヌ・ドゥ・スキュデリー（Madeleine de Scudéry 一六〇七～一七〇一）の小説『アルマイードあるいは奴隷の女王』。

(23) フランスの小説家、アントワーヌ＝フランソワ・プレヴォー（Antoine-François Prévost 一六九七～一七六三）、通称アベ・プレヴォーの小説『隠遁した一貴族の回想と冒険』を指す。初版は全七巻からなっていたが、有名な『マノン・レスコー』はこの最終第七巻に本篇とは独立した物語として収められたものである。

(24) ルイ十五世の娘、ルイーズ・エリザベト（Louise Elisabeth）。

(25) 七年戦争（一七五六～一七六三）のこと。

(26) オーストリア継承戦争中の一七四六年五月七日、フランス駐屯隊は、オーストリア＝ピエモンテ縦隊に戦わずして降伏した。

(27) プルータルコス(Plūtarchos 四六〜一二〇)、古代ローマで活躍したギリシャ人の文学者・哲学者。その『対比列伝』(『英雄伝』)は十八世紀にたいへんよく読まれた。

(28) クロード・フルーリー(Claude Fleury 一六四〇〜一七二三)、フランスの歴史作家。『教会史』は一六九一年にパリで出版された。

(29) アラビア語文学の傑作と言われる『千一夜物語』は、十八世紀初頭にガランによってフランス語に翻訳され、一七〇四年から一七一七年にかけてパリで出版された。

(30) トリノの公園・庭園。

(31) フランチェスコ・ペトラルカ(Francesco Petrarca 一三〇四〜一三七四)、イタリア、そしてヨーロッパ十四世紀最大の作家の一人。その傑作詩集『カンツォニエーレ』は、十七世紀の終わりまでつねに、心の動きと感情の表現の手本とされた。

(32) フランソワ=マリ・アルエ・ド・ヴォルテール(François-Marie Arouet de Voltaire 一六九四〜一七七八)、フランス啓蒙主義の代表的思想家。著書に『哲学書簡』など。

(33) ジョン・テューバーヴィル・ニーダム(John Tuberville Needham)、司祭・科学者。

第三期 青年期

(1) ペトラルカが恋人ラウラの死に際してウェルギリウス写本に注釈を書き入れたもの。

(2) サヴォワおよびドーフィネに住んでいた古代ガリア人を指す言葉。イタリアの文学者パリーニは、オード『捧げもの(il dono)』のなかで、アルフィエーリをこの名で呼んだ。

(3) この本が何であるかについてはさまざまな仮説がある。ド・ブロッスやラランドの本ではないかという意見や、マッソンかグロズリーの作品、あるいは作者不詳の『スイスとイタリアとドイツの歴史・政治の旅』だとする意見もある。いずれにせよ当時、「イタリア紀行」の類は多くの旅行家によって著された。

(4) カルロ・エマヌエーレ三世（Carlo Emanuele III 一七〇五～一七七三）。

(5) エステ家のフランチェスコ三世（Francesco III d'Este 一六九八～一七八〇）。

(6) レオポルド・ディ・ロレーナ（Leopold di Lorena 一七四七～一七九二）。フランツ一世とマリア・テレジアの息子で一七九〇年以降神聖ローマ帝国皇帝となる。啓蒙君主として有名。

(7) 復活祭から四十日後の木曜日。この日ヴェネツィア総督は船に乗り、金の指輪を海に投げ入れて「海との婚礼」を行い、ヴェネツィアによる海の永遠の支配と都市の繁栄を祈った。

(8) 『アエネーイス』第六巻第八百五十五行。

(9) カルロ・レッツォーニコ（Carlo Rezzonico 一六九三～一七六九）。

(10) 現在のクィリナーレ宮。

(11) 現在のポンテラーゴスクーロ。ポー川沿いに位置する。

(12) 第一の巨匠はダンテ。

(13) 小型で敏速な船。

(14) フランスの古典詩、特に悲劇で多く用いられた、アレクサンドランという一つの詩句が十二音節からなる詩法を指す。

(15) 『フェードル』はラシーヌ（Jean Baptiste Racine 一六三九～一六九九）作、あとの二つはヴォルテール（Voltaire 本名 François Marie Arouet 一六九四～一七七八）作。

(16) ペトラルカの有名な恋人。

(17) かつての王宮。現在は美術館に使用されている。

(18) パリの北東。夏の王宮がある。

(19) パリの南東。有名な王宮がある。

(20) パリ市長であった天文学者バイー（Bailly）は、バスティーユ襲撃の三日後に、ヴェルサイユから強制連行されたルイ十六世を迎えた。

(21) パリの西にある宮殿。通常王はここに住んでいた。

(22) サン・マルティーノ・ダリエのリヴァローロ（Rivarolo）侯爵。

(23) クリスティナ・エマレンシア・フォン・アドゥアード（Cristina Emerentia van Aduard）。

(24) ニッコロ・マキアヴェッリ（Niccolò Machiavelli 一四六九〜一五二七）、フィレンツェの政治学者・歴史家・作家。著書に『君主論』、『ローマ史論』、『マンドラーゴラ』など。この後アルフィエーリにひじょうに重要な知的影響を与えることになる。

(25) ベルギーの小都市。この時代ヨーロッパで人気があった保養地の一つ。

(26) さまざまな病気で採られた、当時の過激な治療法。

(27) 革新的文化の代表的担い手たち。ジャン＝ジャック・ルソー（Jean-Jacques Rousseau 一七一二〜一七七八）はジュネーヴ出身の啓蒙思想家。著書に『人間不平等起源論』、『社会契約論』、『エミール』など。クロード＝アドリアン・エルヴェシウス（Claude-Adrien Helvétius 一七一五〜一七七一）はフランスの哲学者。著書に『精神論』など。モンテスキュー（Charles-Louis de Secondat, Baron de La Brède et de Montesquieu 一六八九〜一七五五）はフランスの法律家・啓蒙思想家。著書に『ペルシャ人の手紙』、『法の精神』など。

(28) 当時、ヨーロッパ知識人のあいだで天文学は大流行した。トリノの貴族のあいだでも例外ではなかった。

(29) フランスの思想家、モンテーニュ（Michel Eyquem de Montaigne 一五三三〜一五九二）の著書。特にこの啓蒙主義の時代にたいへんよく読まれた。
(30) ホラーティウス『諷刺詩』第一巻第二歌第三十一〜三十五行。
(31) ウィーンの町はずれにあるこの宮殿は、マリア＝テレジアが一七四四年から一七四九年にかけて完成させたもの。夏の王宮として使われた。
(32) ピエトロ・アレティーノ（Pietro Aretino 一四九二〜一五五六）、イタリアの作家。著書に『好色浮世噺《ラジョナメンティ》』など。
(33) スウェーデン南部地方。
(34) メルキオール・チェザロッティ（Melchior Cesarotti 一七三〇〜一八〇九）、パドヴァの作家。多数の韻文詩や散文詩を書いた。特に、スコットランド人マクファーソンのゲール語からの翻訳により世に広まった『オシアン』（『古ケルトの詩人オシアンの詩』）の、イタリア語への翻訳で名高い。この翻訳は一七六三年に出版された。
(35) フリードリヒ・アドルフ王の時代（一七五一〜一七七一）、スウェーデンではイギリス同様に議会王国制が採られていた。
(36) スウェーデン中央部、ストックホルムの北七十キロほどの所にある小都市。現在に至るまで高名なその大学の歴史は、十五世紀後半まで遡る。
(37) ダンテ『神曲』地獄篇第三十二歌第三十行。
(38) ヴォルテール『ピョートル大帝治下のロシア帝国の歴史（Histoire de l'Empire de Russie sous Pierre le Grand）』。
(39) ピョートル三世は妻エカテリーナ二世の陰謀により暗殺された。

(40) アガメムノーン王の妻クリュタイメストラーのように夫殺しを犯したという点で。また、女哲学者というのは、教養高く、ヨーロッパ中の哲学者たちと交流があったという点で。
(41) 現在のカリーニングラード。
(42) ゾーレンドルフでは七年戦争下の一七五八年八月二十五日、ロシア―プロイセン軍のあいだで十一時間にも及ぶ激しい戦闘が行われた。
(43) リエージュは九八〇年以来一七九五年まで、司教領という形態をとっていた。
(44) リエージュの南東約五十キロに位置する小都市。
(45) ペネロプ・ピット (Penelope Pitt)。
(46) コッブム (Cobham)。
(47) 彼女の父は、実際一七六一年から一七六八年までイギリス王の特使としてトリノに滞在していた。
(48) アルフィエーリの名は実際、『ザ・パブリック・アドバタイザー』一七七一年五月十一日号に掲載されている。馬丁についての詳細は『ザ・ガゼッティアー』の五月十五日号に初出。
(49) バルトロメオ・コルシーニ (Bartolomeo Corsini) 作『悲嘆にくれたトッラッキオーネ (Torracchione desolato)』、ルイジ・プルチ (Luigi Pulci) 作『モルガンテ (Morgante)』、ニッコロ・フォルテグエッリ (Niccolò Forteguerri) 作『リッチャルデット (Ricciardetto)』、テオフィロ・フォレンゴ (Teofilo Folengo) 作『オルランディーノ (Orlandino)』、ロレンツォ・リッピ (Lorenzo Lippi) 作『取り戻されたマルマンティレ (Malmantile racquistatol)』。
(50) スペインの作家ミゲル・デ・セルバンテス・サーベドラ (Miguel de Cervantes Saavedra 一五四七～一六一六) の代表作で、一六〇五年から一六一五年にかけてマドリッドで出版された。
(51) ブルボン家のカルロス三世 (Carlos III)。

(52) 一七五五年十一月のリスボン大地震。
(53) 「ユーノー（光と結婚の女神）と等しく尊大な女」という一節で始まるオードで、アレッサンドロ・グイーディ（Alessandro Guidi 一六五〇〜一七一二）の作品。グイーディはイタリアの詩人で、代表作に牧歌劇『エンデミオーネ』などがある。
(54) ホラーティウス（Quintus Horātius Flaccus 前六五〜八）、古代ローマの詩人。叙情詩や諷刺詩の他『書簡集』、『詩論』など。
(55) 原文では «lubricus adspici»。ホラーティウスの『カルミナ』第一巻第十九歌に、「そして見つめるには危険すぎる顔《かんばせ》（et voltus lubricus aspici）」として、女性の顔の危険な魅力を歌った箇所がある。
(56) 一ドブロンは二ゼッキーノにあたる。
(57) ヴィッラ・ディ・ヴィッラステッローネ（Villa di Villastellone）伯爵家の建物。現在のアルフィエーリ通りとの角にある。
(58) アルフィエーリの死後出版された『世界の審判の草案（Esquisse du jugement universel）』を指す。
(59) ガブリエッラ・ファッレッティ・ディ・ヴィッラファッレット（Gabriella Falletti di Villafalletto）。ジョヴァンニ・アントニオ・トゥリネッティ（Giovanni Antonio Turinetti）侯爵の妻。
(60) 十八世紀には、貴婦人が夫以外の男性を従者として付き従える「チチズベイズモ」という風俗が流行した。
(61) 古代ローマの運命の三女神、クロトーン、ラケシス、アトローポスを指す。
(62) 古代ギリシャ＝ローマ世界の有名な女性たち。
(63) パオロ・マリア・パチャウディ（Paolo Maria Paciaudi 一七一〇〜一七八五）、トリノ出身、図書館司書。同時に学問の改革者として長くパルマに滞在した。

(64) 作者による注は、墓碑銘以外すべて省略した。

(65) ジョヴァンニ・ドルフィン (Giovanni Dolfin 一六一七〜一六九九)。ヴェネツィア出身、四つの悲劇を残した。この『クレオパトラ』は、ヴェローナの教養人シピオーネ・マッフェイによって、彼の死後出版された。

(66) この形容詞の男性形「エミネンティッシモ」は、通常枢機卿の敬称に用いられるため、ここでは「素晴らしい」と二つの意味をかけた呼び方となっている。

(67) 昔の弦楽器。ここではギターを指していると考えてよい。

(68) 中世のリュート (楽器の一種) は二弦からなり「コラショーネ」と呼ばれたが、その音楽もまた「コラショーネ」と呼ばれた。それは卑しい身分の歌手のためのものだったので、「コラショーネ」は軽蔑的な意味で用いられる。

(69) アゴスティーノ・アメデオ・ターナ (Agostino Amedeo Tana 一七四五〜一七九一)。数作の悲劇と詩集を残している。

第四期 壮年期

(1) リーウィウス『ローマ建国以来の歴史』第七巻第六章。

(2) ブランカ (Branca) によれば主人の馬車の前後を走る従者。

(3) シエナ版第一巻は『フィリッポ (Filippo)』、『ポリュネイケース (Polinice)』、『アンティゴネー (Antigone)』、『ウィルギニア (Virginia)』を収める。これに対する讃辞のなかにはカルツァビージのアルフィエーリ評がある。

(4) 『トリオンフィ (勝利)』。愛の勝利など六つの勝利からなる。

(5) フリーメーソンは原文では«liberi muratori»。つまり、自由な左官の意味。普通はメーソンと同系の«masson»を使用。どちらにせよ、家造りに携わる職人。ここで出てくる会合はもちろんフリーメーソン団員の会合だが、アルフィエーリは原義を利用して「家造りの技術」という表現を使っている。

(6) イタリア語名はチェザーナ・トリネーゼ。

(7) アルフィエーリは悲劇の言葉には、調和よりも、たとえ不調和でも強さを求めた。

(8) ダンテ『神曲』地獄篇第二十五歌第六十五～六十六行。物我の欲にとらわれたチャンファ・ドナーティが蛇体となって自分と同類のアニョロ・ブルネレスキにまとわりつく際の密着ぶりを表す喩え。

(9) ダンテ『神曲』地獄篇第六歌第三十六行。ただし、冒頭の前置詞はここでは«con»だが元のダンテでは«sopra»。前後に続く言葉に合わせて、アルフィエーリが変更したと思われる。

(10) さまざまな研究にもかかわらず出典は明らかになっていない。

(11) コルネリオ・ベンティヴォリオ（Cornelio Bentivoglio 一六六八～一七三二）による『テーバイ』の翻訳。一七二九年に出版。

(12) イタリア語無韻詩によるフランス悲劇の翻訳が一七六四年に出版された。

(13) シピオーネ・マッフェイ（Shipione Maffei 一六七五～一七五五）、イタリアの知識人・文学者。『メロペー』は彼の一七一三年作の悲劇。

(14) カルロ・イノチェンツォ・フルゴーニ（Carlo Innocenzo Frugoni 一六九二～一七六八）、詩人。

(15) プロスペル・ジョリヨ・ドゥ・クレビヨン（Prosper Jolyot de Crébillon 一六七四～一七六二）、フランスの劇作家。

(16) ジョヴァンニ・デッラ・カーサ（Giovanni Della Casa 一五〇三～一五五六）。

(17) ルキウス・アンナエウス・セネカ（Lucius Annaeus Seneca 前四もしくは五～六五）、皇帝ネロの師・作家。

(18) ポリツィアーノ、本名アニョロ・アムブロジーニ（Poliziano 本名 Agnolo Ambrogini 一四五四～一四九四）、詩人。

(19) 原文の«me n'andava a passo tardo e lento»はペトラルカの『カンツォニエーレ』第三十五歌第二行の«vo mesurando a passi tardi e lenti»を踏まえている。

(20) ジャンバティスタ・ボドーニ（Giambattista Bodoni 一七四〇～一八一三）。

(21) それぞれホアキン・イバーラ（Joaquin Ibarra）、ジョン・バスカーヴィルの印刷所。

(22)『日記（I Giornali）』。一七七四年から一七七七年にかけて中断を挟んで執筆された。

(23) ミケランジェロ・ブオナローティ・イル・ジョーヴァネ（Michelangelo Buonarroti, il Giovane 一五六八～一六四六）、有名なミケランジェロの甥・作家。『タンチャ』は素朴な生活をおもしろ可笑しく描いた喜劇。

(24) ジャック・カロ（Jacques Callot 一五九三～一六三五）、フランスの版画家・デザイナー。

(25) ヤンブス格詩は叙情詩や劇詩に使われることが多かった。一方叙事詩はダクテュルス格詩行とスポンデウス格詩行で構成される六脚詩。

(26) 詩行中で、十一音節に収めるために語の音を削除したり切ったりすること。

(27) サン・レアル（César Vichard de Saiut-Réal 一六三九～一六九二）、フランスの作家。歴史上の題材からとった作品の一つが『ドン・カルロスの歴史（Histoire de Don Carlos）』。

(28) ピエール・ブリュモア（Pierre Brumoy 一六八八～一七四二）、文学者・翻訳家。ギリシャ悲劇の翻訳が一七三〇年に出版された。

(29) コジモ一世（Cosimo I 一五一九～一五七四）、トスカーナ大公。この逸話は最近では事実ではないとされている。
(30)ガーイウス・サルスティウス・リリスプス（Gāius Sallustius Crispus 前八六〜三四頃）、ローマの歴史家。
(31)ベンヴェヌートロッビオ・ディ・サン・ラッファエーレ（Benvenuto Robbio di San Raffaele 一七三三〜一七九四）、作家。
(32)ジュリアーノ・カッシアーニ（Giuliano Cassiani 一七一二〜一七七八）、詩人。絵画的手法で有名。その代表作が『プロセルピーナ強奪』。
(33)カルロッタ・アジナーリ（Carlotta Asinari）侯爵夫人。アルフィエーリは九つのソネットを捧げた。
(34)アカデーミア・ディ・サンパオリーナ。カルーゾ神父、ターナ伯爵、サン・ラッファエーレ伯爵もメンバー。
(35)ティトゥス・リーウィウス（Titus Līvius 前五九〜後一七）、ローマの歴史家。
(36)内容は後に『アーギス』に受け継がれる。
(37)フランチェスコ・ゴーリ・ガンデッリーニ（Francesco Gori Gandellini 一七三八〜一七八四）、シエナの商人・文学愛好家。
(38)グエルフィ党。反メディチ家。パッツィ家のヤコポとフランチェスコなどが一四七八年に起こした乱。メディチ家のジュリアーノが殺され、ロレンツォ・イル・マニフィコが怪我。しかし民衆の支持がなく失敗。
(39)『フィレンツェ史』第八巻。
(40)一七八九年。
(41)ユウェナーリス（Decimus Iūnius Iuvenālis 五〇頃〜一二七以降）、痛烈な風刺詩人。
(42)ルイーゼ・フォン・シュトルベルグ＝ゲデルン（Luise von Stolberg-Gedern）。オルバニー（Albany）伯爵夫人。
(43)『有韻詩集』第十六歌。
(44)ダンテ『神曲』煉獄篇第七歌第八十一行の «uno incognito e indistinto»。アルフィエーリ原文は «un misto incognito indistinto»。
(45)アルフィエーリはコルテミリア伯。
(46)コルネーリウス・タキトゥス (Cornēlius Tacitus 五五頃～一一五以降)、偉大な史家。著作に『歴史』、『編年記』など。
(47)一スクードは五リラ。
(48)ヴィットリオ・アメデーオ三世 (Vittorio Amedeo III 一七二六～一七九六)。
(49)革命により安全ではなくなることを示唆。
(50)扁桃周囲炎。
(51)『復讐されたエトルリア』、一七七八年から一七八六年にかけて四歌を創作。
(52)一七七八～一七八六年に執筆。
(53)オルバニー伯爵夫人の夫はチャールス・エドワード・ステュワート (Charles Edward Stuart)。イギリス王位復権を求める一七四五年の企てに失敗。
(54)『復讐されたエトルリア』。
(55)マルクス・アンナエウス・ルーカーヌス (Marcus Annaeus Lūcānus 三九～六五)、詩人。叙事詩『ファルサリア』など。
(56)プブリウス・オウィディウス・ナーソ (Publius Ovidius Nāso 前四三～後一八頃)。作品に『恋の歌』、『恋の技』、『恋の治療』、『祭歴』、『転身譜』など。博識にして絶妙の詩人。

(57) 例えばカルツァビージへの返答。
(58) 一七八〇年十一月三十日、オルバニー伯爵は妻を絞め殺そうとした。
(59) マンドルロ通り、現ジュスティ通りのビアンケッテ修道院。
(60) オルバニー伯爵夫人は友人とともに素早く修道院の門に入り、後を追ってきた夫は門に向かって虚しく抗議したという。
(61) 枢機卿ヘンリー・ベネディクト・ステュワート (Henry Benedict Stuart)、ヨーク公爵、夫の兄。彼女の夫つまり弟と利害対立があった。
(62) ヴィットーリア通りのオルソリーネ修道院。
(63) 『復讐されたエトルリア』。
(64) アルバーノ司教でもあり、郊外のアルバーノに居住していた。
(65) 『復讐されたエトルリア』。
(66) ヴィンチェンツォ・ダ・フィリカイア (Vincenzo da Filicaia 一六四二～一七〇七)、詩人。ローマで初期のアルカディア会に参加。詩に明快さ (chiarezza) と合理性 (razionalita) が肝要であるとし、愛国心を鼓舞するような壮大で雄弁な詩を書いた。
(67) オウィディウスの霊感についての言葉。
(68) イスラエル初代の王。
(69) 十八世紀後半によく読まれた。翻訳が多数出たが、なかにカルーゾ神父のものもある。
(70) トマ・コルネイユ (Thomas Corneille 一六二五～一七〇九)、フランスの劇作家。大悲劇作家ピエールの弟。『エセックス伯爵』は一六七九年作の悲劇。
(71) 『アンティゴネーについての見解 (Parere sull'Antigone)』、『ポリュネイケースについての見解 (Parere

sul Polinice)』で述べている。
(72) ゴーリ氏。
(73) 『フィリッポ』、『ポリュネイケース』、『アンティゴネー』、『ウィルギニア』の四作品。
(74) ヴィンチェンツォ・パッツィーニ・カルリ(Vincenzo Pazzini Carli)とその息子たち。
(75) ジョヴァンニ・アンジェロ・ブラスキ(Giovanni Angelo Braschi)。
(76) 以前ローマへの旅で読んだソネット『有韻詩集』第十六歌。
(77) アルフィエーリの死後、オルバニー伯爵夫人により破棄された。
(78) 一七八三年のパリ条約。
(79) 第四期第九章冒頭によれば、一七八一年十二月に初めの四つのオードを執筆している。
(80) フランチェスコ・ペトラルカ。
(81) 前回のナポリ旅行の名目はタッソー揺籃の地を訪ねることであった。
(82) 『一日(Il Giorno)』の第一作。ミラノの若い貴族の一日を風刺的に描いた作品。続篇は『午後』、『夕方』、『夜』で、うち後二篇は死後出版。
(83) ジュゼッペ・パリーニ(Giuseppe Parini 一七二九～一七九九)。この機会にパリーニはアルフィエーリとその悲劇作品の読み合せをした。そのときの書込みが残っており全集に載っている。
(84) ロンバルディア。
(85) 著者はカルサビージと綴っているが、慣用に従って以後もカルツァビージと表記する。
(86) 『アガメムノーン』、『オレステース』、『ロスムンダ』、『オクタヴィア』、『ティモレオーン』、『メロペー』。
(87) 『パッツィ家の陰謀』の内容は公式の歴史を覆すようなものだった。『マリア・ストゥアルダ』はイギリスのステュワート家を題材にしているためオルバニー伯爵に迷惑がかかる恐れがあった。
(88) ラニエーリ・デ・カルツァビージ（Ranieri de'Calzabigi 一七一四〜一七九五）、劇作家。グリュックの音楽劇の台本も書いている。この手紙は、アルフィエーリによって、彼自身の返答とともに、一七八三年に出版された。
(89) イタリア語ではヴァルキウーザ。
(90) ペトラルカのラウラへの愛で有名な地。
(91) 鞭打ちが好きなホラーティウスの先生。ホラーティウスがその『書簡集』のなかで思い出を書いている。
(92) 馬（cavallo）は懲罰のひとつ。先生がひとりの生徒を別の生徒の上に馬乗りにさせ、鞭で打つ。
(93) 古来ギリシャとテッサーリアを結ぶ難所。紀元前四八〇年のギリシャとペルシャの対決の舞台。
(94) 岩を砕きやすくするために酢を撒いた。
(95) 事実はヴィットリオ・アメデーオ三世。
(96) プルータルコス『ポンペイウス伝』のなかで、ポンペイウスがエジプトに上陸するときに口にするソポクレースの詩行第七十八。
(97) 一七八四年四月三日、別居が認められた。
(98) 形容詞「忠実な」に由来する。
(99) 『復讐されたエトルリア』。
(100) 対話『知られざる徳（Virtù Sconosciuta）』、六つのソネット、および手紙に書かれている。
(101) ペガサスは馬への愛、ミューズは詩への愛を示す。ちなみにミューズはペガサスを乗用した。
(102) オウィディウスの『変身物語』第十巻の主人公。父親への悲恋の末ミルラの木となる。

(103) オウィディウスの『変身物語』第九巻の主人公。兄への悲恋の末、泉となる。
(104) 小プリーニウス（Plinius Junior 六一～一一三）、百科事典の編纂者として有名なプリーニウスの甥。
(105) 一七七八年七月執筆、そして中断。
(106) 一七八三年夏。
(107) 一七八四年六月。
(108) 第四期第十一章冒頭によれば、一七八三年夏すなわち八、九月に第二、三巻を印刷。十月に第二巻のみ出版。十月半ばにシエナを発ち、イギリスへ。一七八四年六月にシエナへ帰還。第三巻の出版は作者自身の『日記』によれば一七八四年五月。
(109) チェザロッティ神父の『オクタヴィア』、『ティモレオーン』、『メロペー』に関する一七八五年三月二十五日の手紙。
(110) 一七八三年にパドヴァで会っている。
(111) 『文学者新聞（Giornale dei letterati）』のアンジョロ・ファブローニ氏。
(112) 一七八七年。
(113) ジョーコ・デル・ポンテ（Giuoco del Ponte）。メッソ橋の上で古代兵士の扮装をした四百人ほどの人々が戦いを見せる。
(114) ピサの守護聖人の祭。六月十七日に行われる。
(115) コルマール近くのマルティンスブルグ城。
(116) «tramelogedia» は «tragedia» と «melodia» を組み合わせたアルフィエーリの造語。彼は既存の音楽劇のジャンルを否定し、悲劇とオペラの利点を併せ持ち、宗教的感動もあり、しかもわかりやすくて品格もあるような新しいジャンルを作り出そうと模索した。

(117)『復讐されたエトルリア』。

(118) ローマ共和制を創始したルキウス・ユーニウス・ブルータス（Lucius Jūnius Brūtus）とカエサルを殺したマルクス・ユーニウス・ブルータス（Marcus Jūnius Brūtus）のこと。双方とも出典はプルータルコス。この『第一ブルータス』と『第二ブルータス』は『見解（Parere）』によれば「一緒に思いつき、一緒に産み出された。同じ名前を持ち、共通の基礎として自由への同様の情熱を持ち、出来事や扮装や手段はかなり違っても、どちらにせよローマ人で、女性抜きで、ひとりはローマの誕生を、もうひとりはその死に関わる。こうして当然二人は似ている……」。どちらにも支配的なのは、祖国への愛、反乱の試みへの英雄的決断、市民としての義務と父子間（ブルータスがカエサルの私生児であるというプルータルコスに基づいて）のそれとの葛藤である。

(119) フランソワ＝アンブロワーズ・ディド（François-Ambroise Didot 一七三〇～一八〇四）、ディド家の長。

(120) ピエール・オーギュスタン・カロン・ドゥ・ボーマルシェ（Pierre-Augustin Caron de Beaumarchais 一七三二～一七九九）、フランスの喜劇作家。

(121) ジョン・バスカーヴィル（John Baskerville 一七〇六～一七七五）、イギリスの印刷業者。十八世紀の有力印刷業者の一人で、自分の名を冠した活字をデザインし広めた。

(122) フォーブール、サンジェルマンにある。住所はモンパルナス通り一。

(123)『知られざる徳』。

(124)『蠅とミツバチ（Le mosche e l'api）』。

(125) フランス政府に預けた年金が、革命で危険になった。

第二部

第四期の続き

（1）アルフィエーリは一八〇三年五月四日に第四期の続きを書き始めた。
（2）プブリウス・テレンティウス・アーフェル（Publius Terentius Afer 前一八五～一五九頃）、古代ローマの喜劇作家。六つの喜劇を残しており、それらは以後アルフィエーリによって挙げられる三作の他、『義母』、『ポルミオー』、『兄弟』である。
（3）国の財産となった聖職者の財産を担保にして、一七八九年に発行された短期国債アシニアが、次第に不換紙幣と化したもの。過剰発行のために価値が下落、インフレを招く。
（4）ペネロプ・ピットのこと。
（5）フランツ二世（Franz II）。
（6）八月十日、民衆が蜂起して、議会が王の権利停止を決定した事件。
（7）ダンテ『神曲』地獄篇第三十三歌からの引用。
（8）『フランス嫌い』所収。
（9）マルクス・トゥッリウス・キケロー（Marcus Tullius Cicerō 前一〇三～四三）、弁論家・政治家・作家。セネカ、プルータルコス、ホラーティウスとともに、十八世紀にもっともよく読まれた古典作家の一人。
（10）『フランス嫌い』所収。
（11）原題《Misogallo》はアルフィエーリの造語。
（12）現在のルンガルノ・コルシーニ（Lungarno Corsini）という通り。
（13）ホメーロス（Homēros 生没年不詳）、古代ギリシャの詩人。二大叙事詩『イーリアス』、『オデュッセイア』の作者とされている。

(14) ピンダロス（Pindaros 前五二〇頃～四三八頃）、古代ギリシャの合唱隊歌詩人。著作に『競技祝勝歌集』など。

(15) ヘーシオドス（Hēsiodos 生没年不詳）、前七〇〇年頃の古代ギリシャの叙事詩人。著作に『神統記』、『労働と日々』など。

(16) アイスキュロス、ソポクレース、エウリーピデースのギリシャ三大悲劇作家。

(17) アリストパネース（Aristophanēs 前四五〇頃～三八四頃）、古代ギリシャの喜劇作家。著作に『女の平和』、『蛙』など。

(18) アナクレオーン（Anakreōn 前六世紀後半～前五世紀前半）、古代ギリシャの詩人。

(19) アレグザンダー・ポープ（Alexander Pope 一六八八～一七四四）、十八世紀イギリス最大の詩人の一人。著作に『批評論』、『愚人列伝』。またホメーロスの『イーリアス』、『オデュッセイア』の翻訳などを残す。

(20) «tupto»。ティプト（typto）という動詞の一形態。ギリシャ語文法で動詞変化の例として用いられる。

(21) 「イ（i）」の音。

(22) ヘーロドトス（Hērodotos 前四八五頃～四二五頃）、古代ギリシャの歴史家。『歴史』でペルシャ戦争史を著す。「歴史の父」と呼ばれる。

(23) トゥーキュディデース（Thūkydidēs 前四六〇頃～四〇〇頃）、古代ギリシャの歴史家。『歴史』でペロポンネソス戦争史を著す。

(24) クセノポーン（Xenophōn 前四二六頃～三五五頃）、古代ギリシャの軍人・歴史家。著作に『アナバシス』、『ソクラテスの思い出』など。

(25) プラトーン (Platōn 前四二七〜三四七)、古代ギリシャの哲学者。哲学者ソクラテスの弟子。著作に『国家』、『法律』など。

(26) プロクロス (Proklos 四一〇頃〜四八五)、ギリシャの新プラトーン派哲学者・詩人。中世やルネサンス期のプラトーン主義復興運動に強い影響を与えた。著作に『プラトーン神学』など。

(27) エウリーピデース (Eurīpidēs 前四八五頃〜四〇六頃)、ギリシャ三大悲劇作家の一人。著作に『メデイア』、『トロイアの女』など。

(28) ソポクレース (Sophoklēs 前四九六頃〜四〇六)、ギリシャ三大悲劇作家の一人。著作に『オイディプス王』など。

(29) アイスキュロス (Aischylos 前五二五〜四五六)、ギリシャ三大悲劇作家の一人。著作に『オレステイア』など。

(30) テトゥス・ルクレーティウス・カールス (Titus Lucrētius Cārus 前九四頃〜五五頃)、古代ローマの詩人。著作に『事物の本性について』など。

(31) ティトゥス・マッキウス・プラウトゥス (Titus Macchius Plautus 前二五四〜一八四)、古代ローマの喜劇作家。著作に『黄金の壺』、『メナエクムス兄弟』など。

(32) ギリシャ悲劇の構成要素で、合唱詩の部分を指す。

(33) フランソワ・グザヴィエ・ファーブル (François Xavier Fabre 一七六六〜一八三七)。

(34) ルイ・ジャングネ (Louis Ginguené 一七四八〜一八一六)、フランスの文人・政治家。イタリア文化に関する著作を多く残す。なかでも一八一一年と一八一九年に出版された『イタリア文学史』は有名である。

(35) カルロ・エマヌエーレ四世 (Carlo Emanuele IV)。

(36) 十八世紀終わりによく読まれた聖書のテキスト。

(37) テオクリトス (Theokritos 前三〇〇頃～二六〇頃)、古代ギリシャの詩人。『牧歌詩集』など。
(38) 「七十人訳ギリシャ語旧約聖書」は、旧約聖書のまとまった形での最初の版。千五百以上の写本によって伝えられているが、そのうちアレクサンドリア版、ヴァチカン版などは、聖書のすべてのテキストが含まれていることで有名。
(39) ジョヴァンニ・ディオダーティ (Giovanni Diodati 一五七六～一六四九)、神学教授。ルッカ出身の家族のもとにジュネーヴで生まれる。イタリア語版、フランス語版の聖書を作ったことで有名。
(40) 順にジョシュア・バーンズ (Joshua Barnes 一六五四～一七一二)、イギリスの文人・ギリシャ学者。サミュエル・クラーク (Samuel Clarke 一六七五～一七二九)、イギリスの哲学者。ヨハン・アウグスト・エルネスティ (Johann August Ernesti 一七〇七～一七八一)、チューリンゲンの神学者・哲学者。
(41) アレッサンドリアのエジキオ (Esichio 生没年不詳。五世紀頃)、ギリシャ語辞典の編纂者。『エティモロギクム・マグヌム』は中世の辞書。ファヴォリーノ (Favorino 一世紀～二世紀) は詭弁学者、『さまざまな教養』という題の百科事典を編纂。
(42) エウスタツィオ (Eustazio)、ビザンティンの文献学者・作家。テッサロニケの司教で、ホメーロスの語彙辞典を作った。
(43) ザッカリア・カリエルジ (Zaccaria Calliergi 十五世紀後半～十六世紀初頭)、印刷業者。ひじょうに美しい書物を作った。
(44) オーストリア＝ロシア連合軍にトレビアで敗戦。
(45) 一七九九年八月十五日、オーストリア＝ロシア連合軍がフランス軍に勝利する。
(46) カルロ・エマヌエーレ四世。
(47) 一八〇〇年四月ナポレオン軍第二次イタリア遠征。

(48) 神聖ローマ皇帝。実質的にはオーストリア皇帝。

(49) セザール・ミヨリ・ドゥ・エックス（Cesare Miollis de Aix 一七五九～一八二八）、フランス軍の高名な将軍。教養も豊かだった。チェザロッティは彼にユウェナーリスの訳を献じた。

(50) ジャチント・ジェルディル（Giacinto Gerdil 一七一八～一八〇二）、バルナバ修道会の哲学者。

(51) プロスペロ・バルボ（Prospero Balbo 一七六二～一八三七）、法・経済学の専門家。

(52) カルロ・ルドヴィーコ・モロッゾ（Carlo Ludovico Morozzo 一七四六～一八三七）、数学者・化学者。

(53) 『一者（L'uno）』、『多数者（I troppi）』、『少数者（I pochi）』、『解毒剤（L'antidoto）』。

(54) 『小窓（La finestrina）』。

(55) 『離婚（Il divorzio）』。

(56) 現代的な有産市民の劇（dramma borghese moderno）。

(57) フランスは一八〇一年二月にリュネヴィルの和約をオーストリアと結び、ライン川左岸がすべてフランス領になった。同年三月にはフィレンツェの和約をナポリと結び、さらにアミアンの和約で、イギリス、フランス、イスパニア、バタヴィア間に一時的な和平が成立した。

(58) ナポレオン・ボナパルト（Napoléon Bonaparte 一七六九～一八二一）。一八〇二年八月就任。新憲法制定。

(59) 内容は、コッリ氏が怪我をし、フランス政府に仕えるようになった経緯と、アルフィエーリの財産への配慮について述べ、アルフィエーリの理解を求めるもの。

(60) ボナパルトなどフランス政府の人物たち。

(61) 第二の手紙の冒頭で、自分の第一の手紙を受け取ったかどうか尋ねる文がある。

(62) アルフィエーリは返事で、コッリ氏がフランスの将校となることをあくまで戒めている。

(63) リュネヴィルの和約以来、ピエモンテは事実上フランスに併合されていた。

(64) フランス憲法。
(65) 原稿で欠字となっている。ブランカによれば八日。
(66) キケローが死の前に六十二歳で書いた論考。
(67) ヘーシオドス、アイスキュロス、ソポクレース、エウリーピデース、ピンダロス、アリストパネース、ウェルギリウス、ホラーティウス、プラウトゥス、オウィディウス、ユウェナーリス、テレンティウス、ダンテ、ペトラルカ、アリオスト、タッソー、モリエール、ラシーヌ、ヴォルテール、コルネイユ、ミルトン、シェイクスピア、カモンイス。

カルーゾ神父の手紙

(1) 第四期第三十一章のアルフィエーリ自身の表現を引用している。
(2) 水膨れを誘発する薬剤。
(3) アントニオ・カノヴァ（Antonio Canova 一七五七～一八二二）、十八世紀末から十九世紀にかけて一世を風靡した彫刻家。
(4) ピンドスは詩の術。ミューズのいる場とされる。

解　題

西本晃二

「エゴティスト」という言葉がある。「エゴイスト」と発音が似ているし、意味も重なっている点があるが、また違っているところもある。共通なのは「エゴ」つまりラテン語の「自己」ないし「自我」が共通していることで、両方の核に「自分」があるのが判る。しかしその「自己」の在り方が違っている。好く知られている「エゴイスト」の方からみて行くと、エゴイストは「利己主義者」と訳されるように、自分の（利益の）ためには他を利用し、場合によっては犠牲にして顧みない体《てい》の人物を指す。他人を旨く利用するのであるから、先ず他人を好く観察し、理解しなければならない。その上でこれを自分の打算のために最大限かつ冷酷に利用し尽くしてしまうのである。

いっぽう「エゴティスト」の方は、こちらは十九世紀フランス・レアリスムの巨匠スタンダールが自分を定義するのに好んで用いた言葉なのだが、「自己中心主義者」とでも訳すことができようか。何をするにも「自分」がなくならない。決して他を見ない（気を遣わない）わけではないのだが、ともかく先ず「自分」が来る。したがって相手ないしは周囲の状況を見るのに「自分」が邪魔になって、とてもエゴイストのように、目的のためなら自己を殺して猫を被り、綿密な計算に基づいて行動するというようなことには向いていない。むしろ単純かつ正直で、世間的にいえば自分に損になるようなことばかり仕出かしてしまう。子供っぽいというか「肚に一物」風の寝技は得意でなく、「わがまま」といえば「わがまま」、まったくやり切れないところもあるが、といってまた憎めないタイプの人間を指す。

本書の主人公ヴィットリオ・アルフィエーリ（一七四九〜一八〇三）も、さしずめこのエゴティストの典型といえようか。アルフィエーリは北イタリアはピエモンテ州の小都市アスティに生まれている。アスティは、今でこそすっかり落ち着いた静かな町になってしまっているが、その昔、中世・ルネサンス期を通じて、海港都市ジェノヴァ、産業都市トリノと商業都市ミラノ、三者の中間に位する地理的条件のおかげで、つねに活潑な商業活動を営んで来た都市共和国であった。ヴィットリオはその有力な家柄に生まれている。したがって金に困るようなことはなかった。『自伝』にも、父方のみならず再婚した母方の血筋でもただ一人の男子となり、大きな財産を相続して、生活に追われることは生涯なかったと記しているし、事実ナポレオン戦争の余波を受けて財産を失った晩年の一時期を除いては、まさにその通りであった。だがそれと同時に、資産を獲得したアルフィエーリ一族には侯爵になった者もおり、ヴィットリオ自身も伯爵のタイトルを持つ貴族階級に属していたとはいえ、封建土地貴族にありがちの階級差別的な考えに染まるよりは、むしろ共和主義的な理想を掲げて、人をその生まれよりも、個人としての才幹や人格の高潔さによって重んずる、いわゆる精神貴族の傾向が強い。このことはアルフィエーリが、旅行気違いといっても好いほど一カ所に落着くことができず、ヨーロッパ中を歩き廻ったあげくが、いちばん気に入ったのがイギリスで、これに次ぐのがオランダやデンマーク、いっぽうどうしても我慢ならなかったのがフリードリヒ大王のもと、国力が大いに伸張しつつあった軍国主義のプロイセン、ピョートル大帝の後を承けてエカテリーナ女帝の治下、西欧化を専制的に押し進めるロシアという具合。それも別に喰うに困らないとはいえ、人生何かせねばいられぬというので、最初についた職業がなんと、イタリア半島北西部に拡がるピエモンテ地方を本拠とするサヴォイア（もとのフランス語でなら「サヴォワ」、フランス南東部アルプスの山麓に位置する地方で、中心はシャンベリとアヌシー）公家が統治するサルデーニャ王国の軍隊の士官というのにも拘らずである。フランスについても、啓蒙哲学の理想主義的な考え方には共鳴しても、旧体制下《アンシャン・レジーム》ルイ十五世のヴェルサイユ宮廷には反潑するし、一七八四年からパリに居を定め、フランス大革命（一七八九）に遭遇して、初めは王制を打倒する民衆の力に感激してオード『バスティーユ抜きのフランス』を書いたものの、恐怖政治が始まり、民衆派の行き過ぎが目立つようになると、たちまち『フランス嫌い』（発表は一八九四）を書いて、革命政府の自由の理想に対する裏切を弾劾、九二年八月慌ただしくフィレンツェに退去するといった具合である。

このアルフィエーリとフランスの二律背反的な関係には、ピエモンテ州という土地柄も深く関わっている。すでに述べたように、イタリア半島北西の付け根に当たるこの地方は、もともとフランスの大領主サヴォイア公爵家の支配するところであったので、トリノの宮廷もフランス語を話していた。（ついでにいえば、サヴォイア公家がスペイン王位継承戦争の結果、一七二〇年ハーグ条約でサルデーニャ王の称号を獲得したのでサルデーニャ王国の名前が出来た。さらにその後一八六〇年、同王家がイタリア半島を統一する際に、フランスの好意的中立の代償として、時の皇帝ナポレオン三世にニースと共にサヴォワ地方を譲り、公家本貫の地は失われた。またこの近代最初の統一イタリア王国を実現するに力あった宰相、カミルロ・カヴールが、統一当時フランス語しか話せなかったのは有名な話である。）アルフィエーリもまた少年時代はフランス語が母語であったようで、いくぶん割り引いて受け取らないといけないにもせよ、イタリア語はほとんど出来なかったと『自伝』の中で語っている。

その奔放不羈かつ狷介な性格の故に、アルフィエーリは当時の上流階級の習慣として子供の頃から寄宿学校に入れられても、規則立った勉学には一向に身を入れず、サルデーニャ王国以外のイタリア半島旅行（ミラノ、フィレンツェ、ローマ、ナポリ、ヴェネツィア等）を行ったり、また学業を終えて軍籍に身を置いても、軍隊の規律を嫌って特別許可を手に入れ、七年余りの勤務期間中なんと五年間も、アルプスの北へ二度にわたって旅行を試み、まるで何かに憑かれたように、ロシアからポルトガルまで、ほとんど全ヨーロッパ諸国を、それも一カ所に長く留まることなく、せわしなく動き廻っている。この間ウィーンの宮廷では、宮廷詩人として令名高かったメタスタジオと識り合う機会があったにも拘らず、シェーンブルン宮の庭を散策中のマリア・テレジア女帝に、恭々しく膝まづいて敬礼する詩人の「卑屈な」――とアルフィエーリには思えた――態度に愛想を尽かして、去ってしまう。また行く先々で恋愛事件を起こす（オランダのハーグで一七六八年、六九年ロンドンでは恋愛相手の夫と決闘沙汰にまで発展しているし、また一七七二年トリノに戻ってはガブリエッラ・トゥリネッティ侯爵夫人と大恋愛をやらかしている）など、波瀾万丈の生活を送っているが、その間の愛読書はモンテスキューやモンテーニュの『随想録《エッセー》』であり、プルータコスの『英雄伝』であった。

そんなアルフィエーリが、アリオストやペトラルカの影響もあって、少しずつイタリア語の美しさに開眼し、初めてイタリア語で悲劇『クレオパトラ』を書いたのは一七七四年、トリノでトゥリネッティ侯爵夫人の病気を看病しながらであった、と語っている。作者自身はこの作品にあまり満足ではなかったらしいが、翌一七七五年に上演されてかなりの好評を博した。そしてこの成功に刺激されて、しかし自分のイタリア語の洗練度に飽き足らなかったアルフィエーリは、純正なイタリア語を学ぶために、後年A・マンゾーニもやったように、一七七六年から四年間、二度にわたるトスカーナ滞在（ピサとシエナ、そしてとくにフィレンツェ）を行う。ここで一生の想い女《ひと》となるルイーゼ・シュトルベルグと運命の出会いが起こる。当時ステュワート家のチャールス・エドワードと結婚してオルバニー伯爵夫人であったルイーゼは、英国の王位を狙ったが不成功に終わった、かのジャコバイトの乱（一七四五）の後、ステュワート家がカトリックだったこともあってイタリアに引退した、年長で病気がちな夫との恵まれない結婚に諦念を抱いていたところへ、例によって情熱的なヴィットリオが現れ、二人は愛し合うようになる。とはいえこの恋愛は平坦な道を辿らず、年老いた夫の嫉妬に邪魔されたり、夫婦の別居が認められ（一七八〇）ても、教皇庁の介入などもあって、二人が一緒に生活できるようになるのはやっと十年後の一七八六年、二人がアルザスで落ち合いパリに入って以後（オルバニー伯爵はその翌年八七年一月に死亡）のことである。

この間、一七八二年までに十四の悲劇を完成、八三年にはシエナで最初の悲劇四作の出版が行われ、アルフィエーリの劇作家としての名声が次第に確立して行く。ダンテ、ペトラルカ、アリオスト、タッソーの四人を範とし、これにマキアヴェッリ、シェイクスピア、セルバンテスなどを読み、さらには自分の人生経験と旅行を通して得た人間観察を加えて、史実に余りこだわらず、もっぱら力強いリズムの韻文で、朗誦に向いた劇的な効果を狙った悲劇を書いた。中でも聖書に題材を取った『サウル』と、ギリシャ神話に拠った『ミルラ』は傑作と目されている。いっぽう一七八五年にはヴォルテールの悲劇『ブルータス』のパリでの上演を賞讃した恋人の手紙を読んで、作者ヴォルテールに対する対抗心を燃やし、ブルータスを主人公とした悲劇を、それも二作『第一ブルータス』と『第二ブルータス』を構想する。『第一ブルータス』は、エトルスキ人の暴君で、美女ルクレツィアを凌辱したタルクイヌスの支配からローマを解放すべく立ち上がらんとしているブルータスが、反乱計画の失敗と父の生命への危険を怖れて秘密を漏らした二人の息子に対し、肉親の情を殺して、その処刑を命じるという筋で、初代アメリカ大統領ワシントンに捧げられている。『第二ブルータス』の方は、独裁者たらんとするカエサルの野望に対して、共和主義の理想を貫こうとする暗殺者ブルータスを描いたもので、芸術的な完成度はともかく、小国に分裂して外国支配のもとにあったイタリアの国民的統一の理想を歌い上げた政治ドラマとしての観点が興味深い。

こうした作品を通観して浮かんでくるのは、アメリカの独立戦争（一七八五年には『自由の国アメリカ』という、独立戦争を称えるオードを作っている）やフランス大革命（『バスティーユ抜きのフランス』）など、十八世紀の百科全書派哲学が生み出した啓蒙思潮に棹差し、非政治的ながら社会改革の理想とも無縁ではなく、ルソーやオシアン（マクファーソン）に見られるロマンティックな個人主義の芽生えにも敏感で、しかし後続のレオパルディや、さらにはフランス絵画のダヴィッドやアングルにも見られるネオ・クラシックな感性を土台として、それに犀利な心理劇や叙事的な芝居というよりは、むしろオペラと朗誦の中間的な形の「トラメロジェディア」（トラジェディア〈悲劇〉とメロドラマ〈音楽劇〉とを溶接したアルフィエーリの造語）を夢見るなど、イタリア的かつ好い意味での「羽根飾り《パナッシュ》」も欠けていない作者の姿である。

前述のごとくフランス大革命の恐怖政治に遭遇して、ほうほうの体でパリを脱出（一八九二）したアルフィエーリとオルバニー伯爵夫人は、同年十月にはフィレンツェに到着、一先ず落ち着く。しかしナポレオン軍はイタリアにも侵入（一七九六）、ピエモンテ王国もフィレンツェも一時は占領される。ただこの時はナポレオンが革命政府に呼び返されてイタリアを去るので、小康状態が戻るが、一八〇〇年のマレンゴの戦いでオーストリア＝イタリア連合軍が大敗すると、後は一八一四年のワーテルローの戦いまで、イタリア半島はナポレオンの影響下に置かれる。ただトスカーナ公国は、二度目のナポレオン南下の際には中立を守ったので占領はされず、比較的静穏であった。この頃になってアルフィエーリには、それまでの悲劇と違って、喜劇を書こうという気持が生まれる。じじつ六篇の作品（四篇が政治的、二篇が社会諷刺的な主題を扱っている）が生まれる。ただしそれは晴れやかな笑いの作品ではなくて、老年に入り、世の中の動きに理想を裏切られた作家の苦い想いを込めた辛辣な喜劇である。

そして作者の死の五カ月前、一八〇三年五月十四日までアルフィエーリは『自伝』を書き続ける。むろん第一部は、作者四十一歳の一七九〇年に書かれたもので、こちらの方が量的にも内容的にも充実している。しかしこの第二部まで含めて、「エゴティスト」としての自己の生涯を描き切ったアルフィエーリの『自伝』は、十八世紀後半から十九世紀初にかけての、動乱期の西ヨーロッパ社会の有様を伝える好個の記録であると共に、伝記文学の佳作であることを失わない。

（政策研究大学院大学副学長・イタリア文学）

訳者あとがき——アスティのアルフィエーリ

今度の週末にアスティで大市場がたつから行ってみない？　とアスティ生まれの友人に声をかけられたのは、トリノに留学して一年ほどがすぎた初夏のことだった。アスティの名はその友人の生まれ故郷だという話で耳にはしていたが、それ以外はワインで有名な町として知っているにすぎなかった。だがともかく、こんな機会でもなければアスティの町を見ることはないだろうと、わたしはありがたくお誘いを受け、トリノ―アスティ間約六十キロの道を、友人とその飼い犬ともども、フィアット・プントで一路南東に向かった。わたしはこうして初めてアスティの町を訪れたのだった。

アスティは町の中心のアルフィエーリ広場と、そこからのびるアルフィエーリ通り（この通りの外れにはアルフィエーリの生家があり、現在では「アルフィエーリ博物館」、「国立アルフィエーリ研究所」として使われている）に沿って、いわゆる繁華街が広がっているが、しばらく歩くとたちまち町外れに出てしまうような小さな町である。友人の言う「大市場」はこのアルフィエーリ広場の周辺で開かれていたが、この広場では毎年九月の第三日曜日に「パリオ」と呼ばれる伝統的な競馬レースが行われる。町並は古く、中世に建てられたという教会がいくつか残っている。かつては「百塔の町」とも呼ばれていたということで、やはり中世に建てられた塔が町中に溢れていたそうだが、今では数塔を残すのみとなっている。

アスティはラテン名を「アスタ・マーニャ」といい、ローマ時代には帝国のコムーネの一つであった。ピエモンテの丘陵に囲まれた、ターナ川にいくつかの支流が流れ込む小さな平野部に位置するアスティは、肥沃な土壌を有し、昔からブドウの産地として有名で、「バルベーラ」、「モスカート」、「スプマンテ」といったワインは今では世界中に輸出されている。また交通の要衝としてははやくから商業が栄え、町にたつ市で知られていた。

アスティの町は中世を通じて栄えたが、アルフィエーリの生きた時代、十八世紀にはしかし、アスティの町は経済的にも政治的にもその重要性を失い、町の有力貴族の大半はトリノに移り住んだ。

アスティの「パリオ」

さてここで十八世紀ヨーロッパの情勢を概観しておくと、アルフィエーリの生まれる前年、すなわち一七四八年のアーヘンの和約によって、ヨーロッパ中を巻き込んで行われたオーストリア継承戦争にピリオドが打たれた。何年かの平和の後、今度はプロイセンのフリードリヒ二世によって七年戦争が開始される。海の向こうのアメリカでは、イギリスからの独立戦争が始まる。
当時のヨーロッパ諸国の勢力関係をみると、台頭してきていたのはプロイセンとイギリス、そしてロシアであった。フランスは先の戦争を通じて国力を弱めていた。スペインにももはやかつての栄華はなかった。オーストリアもアーヘンの和約以降その勢力を弱めていたが、まだイタリア半島の一部を支配下に治めているということで救われていた。さてそのイタリア半島の諸国家はというと、他のヨーロッパ諸国に巻き込まれて数々の戦争をし、数々の和約を結んだ。その結果、イタリア半島におけるヨーロッパ諸国の勢力図は大きく塗り替えられたのであるが、すでに一七一三年のユトレヒトの和約でスペインに代わり、オーストリアがミラノ公国の支配を始めていた。この支配は後にナポレオンの半島侵略によって幕を閉じるのであるが、たとえばヴェネツィア共和国は、世紀の終わり、一七九七年にナポレオンと交わしたカンポフォルミオ条約で、ついにその独立を失うことになる。南のナポリ王国は、三八年のウィーン和約以来、ブルボン家の支配下に入り、パルマ公国もオーストリアによる十年間の支配の後、四八年からブルボン家の支配を受ける。トスカーナはロレーヌ大公によって治められることとなる。ジェノヴァ共和国はフランスの侵入までその独立を守ったが、それでも六八年にコルシカをフランスに譲渡している。こうしたなか、サヴォイア公国だけは、他のイタリア半島内の諸国とは反対に領土を拡大し、一七一三年のユトレヒトの和約により、シチリア島を獲得して、シチリア王国となり、一七二〇年のハーグの和約で、シチリア島をサルデーニャ島と交換、サルデーニャ王国となり、その勢力を増して半島内最強の国家となっていたのである。

こうしたなか、そのサルデーニャ王国のアスティの、裕福な、しかしあまり重要ではない貴族の家に、アルフィエーリは生まれた。その誕生に父は狂喜するのだが、すぐに亡くなってしまい、アルフィエーリは母と新しい義父、そして兄弟たちとともに、幼少時代をアスティに過ごすこととなる。九歳のときに後見人である叔父の意見でトリノで教育を受けることとなり、トリノのアカデミーに入れられ、そこで厳格に、だがまったく無益な勉強をさせられる経緯は、本書『アルフィエーリ 自伝』のなかで述べられているとおりである。

アルフィエーリは一七年に相続財産を姉ジュリアに譲り渡し自らは年金を受け取るという手はずを整えると、幼年時代、少年時代、そして青年時代を過ごしたこのアスティ、そしてトリノを含むサルデーニャ王国、すなわちピエモンテを永久に棄て去り、トスカーナに移り住んでしまう。その理由は、本文でも述べられているとおり、イタリア語での文筆活動を行うには純粋なイタリア語とされるトスカーナ語を完璧に自分のものにする必要があったためと、生涯を共にすることになるオルバニー伯爵夫人と出会ったため、そしてサルデーニャ王国の専制の下で自由を奪われたまま生きることに、耐えられなくなったためであった。

こうして生まれからすれば異国のトスカーナにて、「自由人」としての身分を手に入れた彼は、「イタリア語」での創作活動に励むことになる。彼はその悲劇で、専制の圧政に立ち向かう個人の姿を描く。そして自由の共和国実現の夢を民衆に委ねたのである。フランス革命に際しては、一七八九年に民衆によるバスティーユ解放に感激して『バスティーユ抜きのパリ』を著している。その翌年、すなわち一七九〇年に本書第一部は脱稿されているのだが、そのなかでも彼は専制君主を糾弾する姿勢を貫いている。この一七九〇年以降の彼の生涯は、本書第二部で語られることとなる。一七九二年、革命のさなかに、危険を逃れるためパリを脱出するエピソードを、アルフィエーリはたいへん生き生きと描いているが、それまで一途に専制君主を攻撃していた彼の矛先は、これ以降、君主だけではなく民衆にも向けられるようになる。そしてピエモンテを追われたカルロ・エマヌエーレ王にフィレンツェで拝謁したときには、あれほど毛嫌いしていた専制君主である彼に、仕えたいとさえ思うのである。パリ脱出のときに実際に身の危機に直面し、自らの理想と実際の革命の落差を目の当たりにして、アルフィエーリのなかに変化が生じたのだろう。おそらく彼の抱いてきた自由の理想が、『フランス嫌い』にも表された反フランスの思いを抱いた時点で、明確な形をとってあらわれてきたのである。「イタリア」という形で。

彼が自らの創作に用いたのは、創作活動を始めた当初からイタリア語であったが、それは彼の母語ではなかった。アスティの貴族の家で生まれ育った彼の周りで話されていたのは、ピエモンテの方言とフランス語だったのである。ヨーロッパ中を遍歴し、各国の人々と交わるうち、自らを語る言葉の必要性を痛感した彼は、イタリア文学に通じたトリノの友人たちの助けを受けながら、徐々にイタリア語で書くことを習得し、ついには祖国を棄て、フィレンツェに移り住むまでになる。だがそのフィレンツェも、彼の忌み嫌うフランス人の手に落ちてしまう。このフランス軍が、オーストリア軍の到着により、トスカーナにおける力を失ったことをアルフィエーリは喜んでいる。だがいずれにせよ、イタリアは相変わらずヨーロッパの他の諸国の権力抗争の場であることに変わりはなく、その「自由」は踏みにじられていた。のちに十九世紀の初めから一八七一年のイタリア国家統一に向けてのリソルジメント運動の流れのなかで、アルフィエーリは「祖国イタリアの父」として、イタリアという国家の理想を掲げた先駆者とされたが、「イタリア」はピエモンテという祖国を失った彼の新たな祖国であり、彼の創作の原動力となっていたと考えられる。

ただし、アルフィエーリは自らの生まれを忘れたわけでは決してない。忘れようとしても忘れられない場所、それがピエモンテであり、幼少期の記憶が刻まれたアスティとトリノであった。ピエモンテで行われている圧政や、この地方の閉鎖性に絶望し、自由で広い世界に向けて国を飛び出した彼は、自分には祖国はない、と宣言した。だが彼は九六年、フランス軍の侵攻によりピエモンテが崩壊したときには「自分の最後に残された存在理由がむなしく消え去ってしまうのを目の当たりにした」と、受けた衝撃の大きさを語っている。また、『自伝』を著し、過去を振り返ることは、自らの生まれを見つめ直すことにほかならず、ここからピエモンテが一生彼につきまとって離れない問題だったことは明らかである。

本書の原題は『アスティのヴィットリオ・アルフィエーリの自伝』である。アスティに生まれ、アスティに育ったアルフィエーリは、人生の最後に自らの生まれを確認しつつ、『自伝』でもってその創作の生涯に幕を下ろしたのである。

なお、翻訳にあたっては *Vittorio Alfieri, Vita scritta da esso*, in : *Opere di Vittorio Alfieri da Asti*, a cura di Luigi Fassò, Asti, Casa d'Alfieri, 1951, voll. 1 を底本とし、その他モンダドーリ版、リッツォーリ版、ガルザンティ版を参照した。翻訳の分担は、第一部の序および第一期、第二期、第三期、第二部の小序および第二十章から第二十八章を大崎が、第一部の第四期、第二部の第二十九章から第三十一章、カルーゾ神父の手紙を上西が担当した。

*

本書の刊行にあたり、さまざまな方々のお世話になりました。本書の出版に対して財政的な助成を賜りましたイタリア外務省ならびにイタリア文化会館に、この場をお借りしてお礼を申し上げます。また企画から完成までの三年に及ぶ長い歳月、二人を暖かく見守って下さった、イタリア文化会館のシルヴィオ・マルケッティ館長ならびに図書室司書の豊田正子さんに厚くお礼を申し上げます。本書の翻訳が決定してから、力量不足の訳者に、イタリア語に関して細部にわたりご教示いただいた、東京大学南欧文学科のジョルジョ・オリリア先生に幾重にもお礼申し上げます。先生はアスティのご出身で、アルフィエーリの同郷人でいらっしゃいます。ラテン語に関しては、一橋大学講師の日向太郎さんにお世話になりました。東京大学での恩師、西本晃二先生には、解題でアルフィエーリの全体像について書いていただきました。深くお礼申し上げます。最後に、編集でご苦労をおかけした人文書院の松井純さんに、心からお礼を申しあげます。

二〇〇一年三月十二日

訳者を代表して　大崎さやの

著者略歴

Vittorio Alfieri（ヴィットリオ・アルフィエーリ）

1749年アスティに生まれ，1803年フィレンツェで没したイタリアの作家。トリノのアカデミーで学んだ後，ヨーロッパ中を巡る旅に出る。母国サルデーニャ王国の専制君主体制を嫌い，1778年に国を棄てトスカーナに移住する。作品における激しい個人的感情の吐露は，従来のイタリア文学には見られなかったものであり，ロマン主義の先駆者とされている。彼はその有為転変の生涯のうちに，数々の悲劇を書いている。『パッツィ家の陰謀』，『ポリュネイケース』，『ティモレオーン』などで，専制君主の圧政に立ち向かう自由な個人の姿を描いた。後年の『サウル』，『ミルラ』は，個人の心理描写がより際立っている点で，彼の悲劇の到達点を示す傑作とされている。またいっぽうで『君主と文学について』，『専制論』などの政治論考を残している。フランス革命の際には，『バスティーユ抜きのパリ』ではじめは革命を称えるが，後のパリ脱出時の危機的経験から一転して『フランス嫌い』では激しい憎悪の情を表している。詩作の方面ではペトラルカに範をとった『有韻詩集』を，ただし劇的なまったく新しいスタイルで著している。

訳者略歴

上西明子（うえにし・あきこ）

1958年東京都生。東京大学大学院人文社会系研究科南欧語南欧文学専攻博士課程修了。東京都立大学ほか講師。専門は18世紀イタリア文学。主要論文に「『捨てられたディドーネ』の初版修正版の比較」（1995年），「メタスタージオのオペラセリアにおけるアリアの劇的効果」（1997年）など。

大崎さやの（おおさき・さやの）

1970年埼玉県生。東京大学大学院人文社会系研究科南欧語南欧文学専攻修士課程修了。同博士課程在学中。専門はイタリア文学・イタリア演劇。主要論文に「ゴルドーニ『避暑三部作』にみられる18世紀のヴェネツィア社会」（1999年），「ガスパロ・ゴッツィのゴルドーニ演劇批評をめぐって」（2001年）など。

アルフィエーリ 自伝

2001年4月10日 初版第1刷印刷
2001年4月15日 初版第1刷発行

著 者 ヴィットリオ・アルフィエーリ

訳 者 上西明子／大崎さやの

発行者 渡辺睦久

発行所 人文書院

〒612-8447 京都市伏見区竹田西内畑町9
電話 075-603-1344 振替 01000-8-1103

印刷所 内外印刷株式会社
製本所 坂井製本所

落丁・乱丁本は小社送料負担にてお取替えいたします

© 2001 Jimbun Shoin Printed in Japan
ISBN 4-409-14051-5 C3098

Ⓡ〈日本複写権センター委託出版物〉
本書の全部または一部を無断で複写複製（コピー）することは，著作権法上での例外を除き禁じられています。本書からの複写を希望される場合は，日本複写権センター（03-3401-2382）にご連絡ください。